新學林

牠鄉何處？

城市·動物與文學

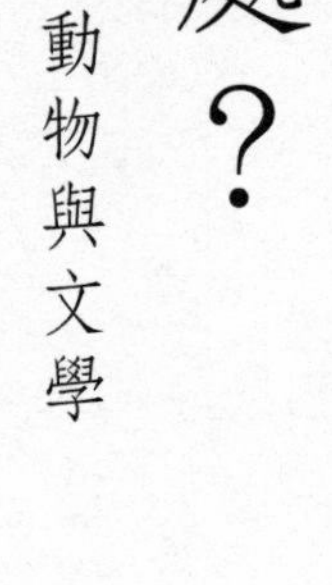

推薦序。

當我們談論動物時，我們在談論甚麼

同為華人地區，港臺兩地關係親近，兩地近年在許多社會議題上均互相呼應，彼此參照；臺灣享有民主政制，香港人在這方面仍艱苦奮鬥中。然而民主社會的內涵，也不單純只等如一張選票，公民質素、文化底蘊，同樣是成熟個體與成熟社會必備。

過往，動物議題往往被輕易埋葬在「人禽之辯」這種傳統論述（我稱之為「既得利益者」論述）中，「展覽動物」（如動物園中的動物）、「經濟動物」（肉食、皮革等）、人與動物區隔（城市建築物設計）等現象，遂變得理所當然。港臺同為高度城市化、全球化的地方，亦無法免於上述情況。以香港來說，每當事情涉及人與動物的糾紛衝突時，事情便會被簡化——反正動物無法反擊又不能投票，按既定的主流意見或現行法例處理，便是最安全方便的做法。由捕捉社區動物，到動物實驗、農場動物，都是一樣的公式。

然而公民社會的其中一個特徵，就是「參與」。現時，香港人習慣的，依然是「代議士」式政治：不論是官方選舉、民間活動還是社會運動，最常見的是「選出」或「推舉」一個願意出頭的人，由他代勞一切關乎自身利益的工作或行動。在這個「選舉」的過程中，我們很可能是要選出一個「英雄」，而不是藉著選舉為自己充權（empowerment）。在動物議題上，理想的情況是：香港的民選議員（或區議員），應廣泛地收集市民意見，讓漁護署（香港政府架構中處理動物事宜的部門）和動物保護組織的專家說明各種做法的利弊；和市民一起討論動物處境以至社區發展的方向和願景……然後才參與制訂政策的工作。反過來說，議員若打開公共諮詢大門，市民也應該積極參與討論。我們見到臺灣動保團體與市長甚至總統候選人見面，提出意見，實在十分羨慕；香港的動保團體與關心動物的市民雖受掣於現實，但如何更主動地參與社區塑造與教育工作，也是值得思考的事。

「如何提升公民意識」大概是幾百本學術專著也討論不完的議題，這裡只簡單地說一句：讀書。或許這就是作者寫作本書的其中一個目的：由硬邦邦的理論層面，到抒情深沉的文學作品，都是改變文化所必需。畢竟，動物權其中一個重要面向，正是在理性主義以外，兼顧生命的感受與情緒，與人類語言以外的表達方式。文學作為人學（anthropology），固然反映人類的生活；而人類的生活，又是與其他生物分不開的。是以，動物在文學作品（以至其他藝術作品）中的形象，就反映了人類與動物的關係，人類在地球上的位置，人類的道德觀、倫理觀、生命觀等。探討動物文學與相關敘事，實有助於人類反躬自省，安身立命。

臺灣「動物文學」的發展遠較香港壯大，既有劉克襄、廖鴻基、吳明益、朱天心等著名的動物作家，亦有如黃春明、朱西甯、駱以軍等人的作品。值得留意的是，臺灣「動物作家」的寫作題材並不限於動物，也包括其他與大自然有關的題材，例如海洋、蔬菜，甚至鐵路、菜市場等；而他們筆下的動物亦非「寵物」，乃是社區或大自然中的一員，與人類的關係若即若離。由「動物文學」發展至

「自然文學」，再發展至對人文生活的關懷，可謂必然的結果，因為動物與自然環境無從分割，而人文生活的質素，正好反映在人如何對待「異類」、「弱勢」。另外，臺灣的動物文學（以至自然文學）往往有「本土化」色彩，作品除了反映動物生活外，也同時反映臺灣的風土特色，原住民生活、臺灣文化、價值觀等。這跟臺灣近年「本土化」思考不無關係。臺灣動物文學作家的另一個特點，在於他們都身體力行，除了在書房中寫作外，也投入相關社會運動中。如吳明益為環保社會運動發聲；廖鴻基曾當過十年漁夫；朱天心積極關注社區動物等。因此，臺灣的動物作品，更多地結合了社會問題探討，與地區之間的關係更密切。以上種種，都是香港仍須急起直追的。

在追求民主與實踐民主時，我們希望說話得到回應，乃理所當然；但所謂的「回應」，到底是息事寧人，權傾一面，還是建立討論的平臺，彼此了解？我們有足夠的能力，解讀人類與非人類的各種混雜的信息嗎？我們是否承認，在某種遊戲規則前，某些階段與某些生命，從來都是啞口無言或不被聆聽？如何確保各種聲音都得以被聆聽與考慮？箇中講求的，不單是體制健全，還有開闊的心胸、求真的勇氣，與情理兼備的溝通方式。本書之出現，正好為形成這些元素，為動物與人類塑造更理想的生活環境。說到底，當我們談論動物時，我們其實在談論人類自己。

張婉雯

（本文作者為香港作家，代表作有《我跟流浪貓學到的十六堂課》、《甜蜜蜜》、《微塵記》。）

推薦序。

悲傷故事的一千零一夜

這三個月，每天傍晚，都和妻子在大安森林公園繞著外圈走路。晚上的公園，有各式各樣的人：有非常專業的跑者；有在一處寬闊地用音響放著拉丁情歌，扭腰擺臀無比嫵媚跳著舞的阿婆們；也有遛各式名種犬的老人；遛小孩的年輕母親；穿著高中制服手牽手的少年少女情侶；兒童遊樂區的溜冰場有教練帶著一群大大小小的孩子練直排輪溜冰；還有一二極虔誠的婦人，在一尊頗大的白石觀音像前禱告；或有南洋女孩的看護推著輪椅，上頭坐著身形萎縮的老人。說來這晚間的公園，這麼多人在運動著，很像一個人世四季輪迴、青春到老去的全景展示。

有幾天，連續幾天，我們發現一隻非常漂亮的黑雜褐色，尖耳，眼上像畫了兩團黑眉的狗，坐在公共廁所旁的一處灌木叢邊，一臉哀傷、惶然，不理會我們這些經過牠的人類。妻子說：「好可憐啊，應該是和主人走散了，牠等在那兒，應該就是當初走散之處，牠希望在那兒等著，主人會回來找牠。」

但我們無法再收容牠啦，我們家的小公寓，已經收養了三隻當初領養的米克斯犬，空間的壓力已到飽和。怎麼辦呢？當你沒法收容牠，只能硬下心走開。第二天再經過時，還是看見牠一臉固執地坐那兒等著。妻子說：「這應該是遺棄了吧？如果是走失，牠主人應該會回來這找牠吧？」我們邊走著公園的紅土跑道，邊討論著，不知道自己已被遺棄的等待，真是最悲傷的事。牠一定相信那遺棄牠的主人會回來，那麼精神抖擻地坐在那處等著。

後來幾天下了滂沱大雨，我們拿著傘，踩著一灘灘積水仍在公園走路。有點擔心那狗，第一圈走到那固定區，發現牠不在那位置了。不會是被捕狗隊抓走了吧？走第二圈時，發現牠在另一處的草叢中。「傻瓜，還淋著雨。」妻子說。我們穿過馬路去超商買了熱狗，回到公園，我拿著熱狗，踩著草叢的水窪，蹲低身子向牠靠近，牠警戒的後退彈走。我把熱狗捏成小塊放地上，慢慢後退離開。妻子說：「吃了，牠吃了。」

第二個雨天，我們傘下眼睛巡梭，看見牠在無人的兒童區沙坑上，用前腳嘩嘩嘩挖了個坑。然後突然看見一隻大白狗跑來佔住那個坑。「天啊，原來牠還有同伴。」一旁又一隻比較小的黃狗。我拿熱狗靠近時，另兩隻狗對我較警戒，我有一份心思，把熱狗湊近牠，希望牠吃，但牠好像心不在焉，在積水上撒蹄跑起來。那些熱狗快被牠的同伴吃了。

我對妻子說：「往好處想，牠有同伴了，不是自己一個孤伶伶在那等牠的主人吧？」

我們每天回家，都會告訴兩個孩子：「今天在公園又遇到那隻漂亮黑狗，我們又跑去超商買一種密封包的肉腸，買了三條，分牠和牠的老大和同伴吃啊，後來經過垃圾桶，爸爸把那些塑膠封袋扔了，不料順便把我買的十注大樂透彩券也丟啦，或許本來這次會中頭獎啊，但算了爸爸也不想再冒雨去公園裡翻垃圾桶啦。」一如此這般，每天都有關於公園那隻狗的情節新進度。直到前幾天，雨實在太大了，我們有三天沒出去走，等天晴再走去公園時，仍然熙攘的運動人群，但怎麼樣也找不到那狗了。也許是終於被捕狗隊抓走了？也許像草原上遷徙的野生動物，一整群離開這公園，往城市的另個地方流浪了？妻說或是被好心人收養了。但回家後，孩子們問起公園那隻小狗呢？我們訕訕的無法回答。

我想，這個經驗，只是一般的，對流浪狗的心中的不忍。我是在幾年前，在臉書看到一位叫「丸子」的女孩PO上的四隻小狗兒，牠們在收容所，第二天將被處死焚化，我一個不忍，決定收養，但這之後才認識包括「丸子」和她的老師黃宗慧、黃宗潔姊妹（後來我也成了她們臉書的讀者），這些多年默默付出的動物保護者，我才破碎片段理解，要和這個將屠殺動物習以為常的社會，或文明，交涉、指出其不義、或擴大對他者痛苦的感受想像力，這是多麼艱難巨大的行動。它牽涉到哲學、生命倫理、法令、以及城市人習慣清除其他動物、將其空間掠奪、在人們看不見的場所殺死牠們、使其不存在。甚至在運動領域，這些動保運動者，可能是最弱勢，最難引起社會主流關注、同情的一群人。他們關注的動物權，不只這些直觀可感的流浪狗、流浪貓之撲殺，包括實驗動物、經濟動物，最基本的動物權；甚且關心包括幾年前狂犬症透過媒體渲染，造成人們撲殺想像中威脅的野生幼獾；

包括白海豚事件；包括虐貓、虐狗事件也是透過現代媒體傳播形式，造成所有旁觀者的驚悚；包括更複雜的「零安樂」之後，第一線收容所人員承受不了另一種動物受苦形式而自殺，造成的輿論衝擊。人類對動物的殺戮，遠已超過狩獵捕食之原始需求，已經被裹脅進現代資本社會、都市化、生態破壞、全球化消費鏈……，種種編織錯綜的「看不見／不看見之惡」。想要阻止眼見的任一環節對動物的施暴，往往牽一髮動全身，極難回溯這整個建構在將動物去感受化、去生存權化、去領域空間化、去尊嚴化的體系。我們這些後來的人，生活在這個體系裡，往往缺乏對這個體系在滅絕、傷害、殺戮這個星球在人類之外的動物們，所有仍然在繼續進行的全景理解。

我深深感受到這種「與人類謀動物生命權」的艱難，置身其中的這些少數又少數的投入者，很像被捲進一孤獨的黑洞，那個心智的損耗和哀傷，外邊人真是難以想像。我見過一些為動保意識投入的美好人們，他們常會譴責自己、憂鬱、憤怒，人手、資源皆不成比例的稀少，你感覺他們在替這個處處虐殺、侵害的文明噩夢補破網，但根本力不從心。我非常尊敬這些為無法替自己爭辯的動物，向自己的人類同伴，大聲疾呼，試圖說情、辯證的人。據說二戰結束後，駐柏林的美軍要求當時的德國人，分批進電影院觀看集中營屠殺的紀錄片，有一個現象，電影院所有的觀影者都把臉撇開，或低頭閉目，心理學說是不願目睹自己的種族所犯的殘酷行為。事實上，為無言無聲的動物發言，提醒人類同伴擴大自己的感受，體會到動物們在完全無法反抗的殺戮、虐待、剝奪、異化，那些不可思議的痛苦，這樣的說情以及思辨，像在漫漫黑夜中孤獨前行，因為不要讓自己所在其中的這個文明，喪失理解和感受的想像力。

黃宗潔的這本《牠鄉何處？城市．動物與文學》，像是關於這個時刻，人站在曠野上，為什麼《小王子》裡的小狐狸、《一零一忠狗》、《美靴貓》、《天鵝湖》、所有童話故事裡的獅子、老虎、大象、長頸鹿、漂亮的飛鳥、海豚、兔子、鵝……所有的動物都不見了？這本書像是悲傷故事的一千零一夜，打開潘朵拉之盒，一個抽屜一個抽屜拉開，對動物這個文明久遠以來人類的地球夥伴，思索「本來不該弄成這樣屍骸遍野、慘酷地獄」，這些動物原本在我們心靈史中，可能更好的故事。她娓娓道來，一則一則動物的故事，溫和但縝密的思辨，而且展列了所有議題延伸的書單。我覺得這是一門現代人（不分大人、小孩）的必修課，我們對動物的真實處境如此無知，但這一切其實可以因一小點滴的願意理解，而產生極大的進步。這是一本現代人的必讀書。

祝福這本書。

駱以軍

（本文作者為臺灣作家，代表作有《西夏旅館》、《女兒》、《胡人說書》等。）

自序。

讓改變的力量，
流動到遠方

二〇一三年七月，當時還是「狒記者」的《聯合報》繽紛版主編小安，以「黑暗系動保姊妹」為主題做了一個訪問，當時她問到我們姊妹「動保的起點」是什麼，我是這樣回答的：

十多年前自己還在國中教書，某天在大雨中看見一隻渾身濕透，在淹水的馬路和騎樓凹陷處掙扎的白貓。當時我很訝異，水並不深，但牠竟爬不上來。後來才聽說那隻貓那天早上就被車撞了，距離我發現牠已經整整一天，竟然都沒有人理會。

把牠送到醫院後，醫生說牠傷得太重，後腳注定癱瘓，就算救活了也必然送不出，只有安樂死一途。那個年代不像今天能夠網路求援或刊登照片徵求送養，醫生這麼說幾乎等於宣判死刑，我甚至沒有懷疑這是不是唯一的出路，付了該付的費用，就帶著抱歉，用逃離般的速度離開獸醫院。

那是一隻哺乳中的白貓，應該是出來覓食時遭遇車禍，而不知在何處的孩子們恐怕也難逃厄運。讓牠在又濕又冷的狀況下被安樂死，我後來深感後悔，怎麼就這樣放棄了呢？

遇見那隻白貓時，我還在一個無知、憑傻勁和熱情做動保的年紀，很多事情沒有想那麼多，但牠讓我十幾年來都深深後悔著，也讓我在後來的路途上一再提醒自己，不要那麼輕易放棄。

現在回頭看這段敘述，遺憾的心情仍在，當時跑去附近的大樓求助，對方沒有紙箱，只給了我一個麻包袋，後來在雨中非常狼狽地用麻包袋把牠帶上公車的情景，回憶起來仍如此清晰。但嚴格來說，那並不真的是我的動保「起點」，如果動保意味著為動物「發聲」，那麼更遙遠的起點應該是小學時，班上同學在午飯時間抓了一隻蝴蝶進教室，把蝴蝶弄死了，我非常生氣地指責他們並且跑出教室的那一刻吧。當然那個時候的我還不知道，關心動物意味著，日後還會有無數心碎與無力的時刻在等待。

有很長的一段時間，做動保是一件非常孤單的事。別人多半只是或善意或嘲諷地說你「有愛心」，真正將其視為一個議題在關心並且願意付諸行動的人並不多。更不要說如果你在意的是所有動物的遭遇，那世界各地層出不窮的各種生物滅絕、動物被虐待與殺害的新聞，足以讓你每天都無法保持太愉悅的心情。在還很年輕的那些日子，去當時數量仍相當有限的動保團體當志工，編輯油印的宣傳刊物；放假的時候去動物園門口請遊客簽名連署《動保法》；偶爾在報紙上投稿發表對於動物議題的看法，是當時我所能想到的，做動保的方法。但是始終覺得無論怎麼做，都是不夠的。

直到二〇一三年狂犬病造成的恐慌，卻成為一個意料之外的轉折。那是一個黑暗的夏天，動物因為人類對於疾病的恐懼，遭到仇視、拋棄、捕捉與撲殺。各種形式的死亡紛至沓來，基於同樣想為動物做一點事的心情，幾位志工朋友串連起來，在網路上發起「放牠的手在你心上」的活動，集結各界的力量，竟也讓許多識與不識的聲音產生了共鳴。一連串的巡講活動與後續網路文章的集結成書，讓我相信，改變是有可能發生的，即使只是非常微小的改變，還是可以成為堅持下去的力量。

更重要的是，我逐漸發現，許多人並不見得是不願意關心，而是他們過去沒有理解這一切的管道。雖然近年來環境教育、生態教育看似開始受到重視，但著眼於人與動物關係的討論其實並不多，除非教師自身對此有一定的概念與關注，否則基礎教育中很少有課程可以真正對於動物倫理進行探討與思辨。一直以來，動物被切割在日常之外，成為少數動物愛好者的「個人嗜好」，對其他人來說，動物既被無視，自然也就無感。因此無論是當初在國中任教輔導活動，或是後來進入文學系所，我始終試圖在課程中融入倫理的思考，希望讓更多人願意開始看見、感受，那麼改變的力量就有可能如同狂犬病事件時，由眾人所累積的小小善意一般，順著文字與話語，流動到更遠的地方。

而這本書，可說是我到目前為止，對於城市中人與動物關係思考的總結與回顧。儘管限於篇幅與各章節必須顧慮到的脈絡問題，許多議題無法兼顧而暫時割捨了，例如勞役動物、例如動物路殺，都有待後續更多的討論；撰寫之時最困擾與難過之處更在於，傷害無所不在，動物的相關新聞用層出不窮都不足以形容，每每寫完一章，又發生許多應該一併納入討論的事件。但我期待這本書可以成為一個思考動物議題的起點，它不會有結束的時候，討論也就必然持續。

一本書的完成，是仰賴了無數善意積累的成果。謝謝當初策畫了這個不一樣的文學讀本系列，並且給予作者最大寫作空間的兆婷，要不是兆婷的邀約，這本書從一開始就不可能成形；更感謝後續接手完成本書的瑋崢以及主編琇茹，在這麼短的時程內進行所有的編務工作，真的辛苦了。謝謝子維提供了動人的封面照片，尤其最初想使用的那張照片其實因電腦損毀而消失了，子維特地在七月暑熱的東華校園重新尋回那些水泥地上的狗腳印，真的非常感謝；謝謝宛臻提醒我關於使用照片授權的相關知識；以及偉蘋協助居間聯繫攝影師 Jimmy Beunardeau 與屏科大保育類野生動物收容中心，同意封底馬來熊照片的授權。謝謝二姊宗慧幫本書想了一個貼切的書名。順著封面的狗腳印，封底走出的卻是一隻小熊，一方面呼應了書名「牠鄉何處」的探問，也隱含著我希望將野生動物與同伴動物的關懷一併納入的心意。

在本書撰寫的過程中，更是得到許多師長與朋友的慷慨幫助，謝謝錢永祥老師在動物倫理上的啟蒙；謝謝嘉如、宛瑄在動物電影片單上的補充；明益、國偉、室如、珮琪、麗榕老師都提供過不同層面的支援；謝謝書友兼貓友的時光小美，不只在每章書稿完成後提供了許多回饋，一路上也為我分擔了許多焦慮的心事；謝謝「動物當代思潮」的宗憲老師和en，雖然我們總是在聊天室輪流丟很多字給彼此閱讀，而且每個人的行事曆都滿到不像話，但能夠有一起想著還可以為動物做哪些事的朋友真的很好；謝謝克蘭、淳之、小安、凱琳、阿潑，大家這陣子一直被我疲勞轟炸，參與各項選照片、問排版的瑣碎細節，真是不好意思。但無論是分享令人崩潰的動物新聞，或是一起開心地聊著關於動物的傻話，能夠因為動物而相遇的緣分，我很珍惜。感謝怡伶在封面設計上提供了非常具體的建議和示範；瑞芸和 Chloe 不厭其煩地給我許多設計相關的專業意見；高中好友們純宜、詩韻、燕芬、永明、珮怡也熱心提供對於照片的想法；大姊宗儀在我校對到頭昏眼花的時候，義不容辭地支援了檢查中英文名對照的工作；也謝謝敘銘協助繁瑣的註腳與書目，雨儂細心比對和查找書籍頁碼；以及祥昱、秀寧和書帆在我遍尋不著某本書時提供的遠端書籍支援。

謝謝駱以軍和張婉雯的序文。每逢有動物議題需要幫忙，駱以軍總是情義相挺；婉雯則分享了許多香港的經驗，動物議題不分地域與國界，需要更多的交流與相互支援。也謝謝所有授權給本書的選文作者。

無論如何，感謝所有在這段過程中提供不同協助的朋友，以及玉敏、明玉、維娟、依瑾、振弘、宜如、鈺婷、珮馨等眾多友人的鼓勵。一直覺得自己很幸運，在生命的不同階段，都得到許多人的照顧。無論是求學階段的同學、弘道和明志的同事、或是現在東華華文系的大家，都給我許多支持和幫助。謝謝姐姐宗儀、宗慧，雖然長大之後，大家總是分不清我們三個，但愛動物的心確實是一樣的。我內心十分感謝當初所有在狂犬病事件中參與寫文與協助各項志工活動的朋友。有些感謝放在心中，就不一一點名列出，畢竟再寫下去就太像得獎感言了。

一本書或一堂課能產生什麼影響呢？就像柯慈（J. M. Coetzee）在《伊莉莎白．卡斯特洛》中，約翰和他推廣動保的小說家母親伊莉莎白的對話：

「媽，你真的相信，上過幾堂詩詞欣賞課就會關閉屠宰場嗎？」

「不會。」

「那為何還要上詩詞欣賞？」……

「約翰，我不知道我想做什麼，我只是不想靜坐著枯等。」

多讀幾篇小說、散文或幾首詩，關閉不了屠宰場，當然也關閉不了收容所或是實驗室。但因為不想靜坐著枯等，因為看見了，知道了，無法泰然處之，所以我們總得做些什麼。謝謝所有風雨同路的人，謝謝所有生命中的相遇。

謝謝親愛的豆豆與鳥弟，你們是我永遠的愛與想念。

謹以本書獻給我的母親，雖然她總是無法理解她的女兒為何要把自己的日子過得那麼忙，還是用愛包容了這一切。

黃宗潔

目錄。

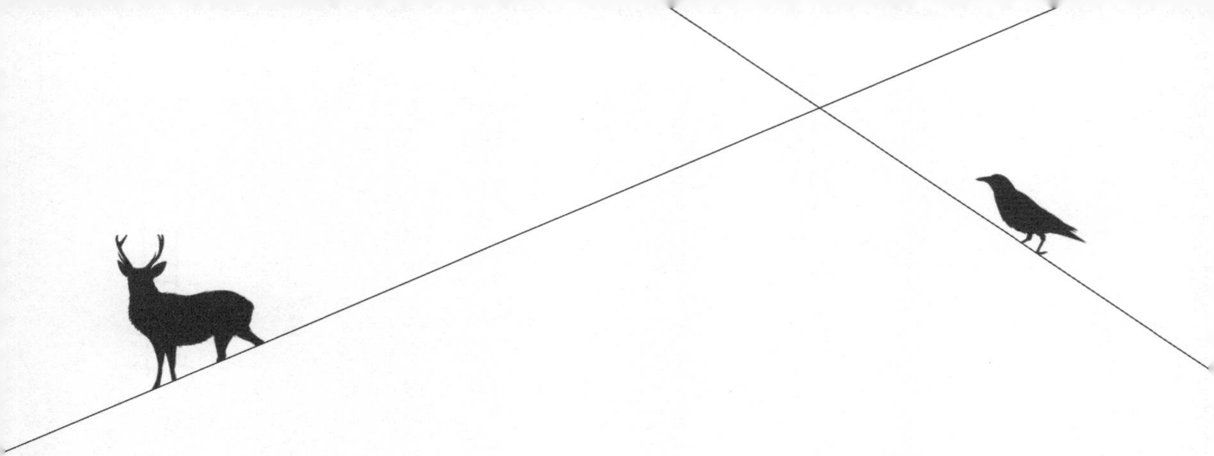

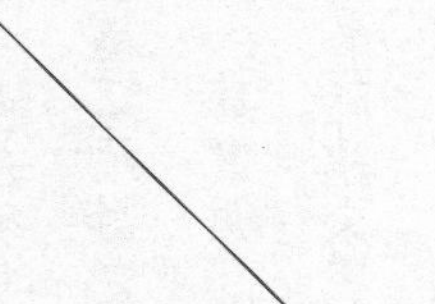

導論。

不得其所的動物

城市中的動物身影

二〇一五年五月，在美國三藩市海灣區的車底下，出現一隻看似奄奄一息的小海獅，路人報警並送至海洋哺乳動物中心療養後，所幸並無大礙。但獸醫檢驗時卻發現，這隻小海獅同年二月間已入住過該中心，當時取名為「垃圾哥」（Rubbish），救援並增磅成功後已於三月底野放，想不到才事隔月餘，牠又形容消瘦地流落街頭。[1]

在地球的另一端，香港於二〇一七年七月間，有登山人士在大嶼山引水道旁發現一隻體型瘦弱的大理石花色小狐狸，救援後多個單位包括漁護署、愛護動物協會、海洋公園等皆表示無力長期照顧收容，小狐一夜之間頓成「狐球」，不知該何去何從的命運亦引發眾多市民關切。[2]

上述兩例無論就物種、城市環境與動物落難原因都看似迥異，沒有相提並論的理由，但它們卻指向了同樣的問題核心，那就是無論要討論當代動物的處境或人與動物的關係，往往必須回到城市中思考。這其實是個違反過去我們所熟悉的「常識」或「直覺」的選項，因為提到動物，過去多半是被放在自然、荒野的脈絡之下進行討論。一直以來，將文化與自然、人與非人動物視為二元對立的兩種互斥系統，始終是多數人看待生活世界的主流態度。然而，人與動物關係的改變，其實與都市化的進程息息相關，這是一個持續與自然對話／對抗的過程，因此，若將動物抽離城市的脈絡來思考，不僅不符合現實，亦無法真正梳理出人與自然環境之間的複雜互動。

無論美國的小海獅或香港的小狐狸，牠們同樣都出現在某個「不該出現」的錯誤場所。海獅擱淺是海水暖化、海洋環境劣化影響食物來源所致；而小狐狸無論是人為棄養或走失、逃逸，都與非法野生動物買賣及運輸有關。換言之，牠們的「不得其所」，推論到最後仍然是人類行為所導致。這也是何以在當代人文地理學的反思中，一個很重要的潮流正是重省人與動植物「混雜動態的生命」。如莎拉・華特摩爾（Sarah Whatmore）所言：

（過去）動物的地位大多掉落在當代人文地理學與自然地理學的議程外，或者更準確地說，是掉落在這些議程的間隙裡。不過，新的「動物地理學」焦點正在浮現，試圖證明動物位居一切社會網絡中，從野生動物的狩獵旅行，到城市動物園、國際寵物貿易，到工廠養殖，擾亂了我們有關動物在世界裡「自然」位置的假設。[3]

1 〈小海獅流落三藩市瞓車底〉，《蘋果日報》，2015/05/02。

2 這隻小狐狸原本被認為是罕見的大理石狐狸（Marble Fox），但基因檢測後發現是較常見的赤狐（Red Fox），海洋公園表示，「基於赤狐不適合與北極狐或園內其他動物一起生活，而公園亦未有符合赤狐福利要求的配套設施作為其長期居所」，因此不適合長期收容。直至本書截稿，小狐狸的歸屬與命運仍是未定之天，然而在此過程中的種種波折與爭議，卻可說是香港城市動物問題的重要縮影。相關新聞及評論參見〈唔係瀕危物種嘉道理農場：無能為力〉，《蘋果日報》，2017/08/04；〈非法人球小狐狸　赤狐的死活與啟示〉，《香港01》，2017/08/06。

3 引自保羅・克拉克（Paul Cloke）、菲利普・克朗（Philip Crang）、馬克・古德溫（Mark Goodwin）著，王志弘等譯：《人文地理概論》（臺北：巨流出版，2006），頁15。

本書的核心概念，正是希望指出此種新的「動物地理學」的視野，將眼光放回我們生活的場域，正視動物非但不是少數愛好者才需要關心的對象，更與我們的生活緊密連結，且早已被人類毫無節制與遠見的所作所為嚴重影響與傷害。動物與自然不是框限在電視機裡那看似遙遠到與我們無關的沙漠或草原，而是就在我們的日常之中。

保羅．波嘉德（Paul Bogard）在《夜的盡頭》一書中，就曾以拉斯維加斯的發展為例，說明城市的開發與快速的變化，如何令原先生活在當地的生物措手不及。文中描述這座世界最明亮的城市，在夜晚會吸引大量的蝙蝠與鳥類，來捕食因為趨光性而飛舞在燈束下的無數昆蟲，看似食物不虞匱乏的環境，卻是蝙蝠與鳥類改變在棲地覓食的習性，必須耗費體力長途跋涉到市中心的致命陷阱，因為等牠們再飛回巢穴時，往往沒有足夠的食物餵養下一代。他因此回想起自然主義作家艾倫．梅洛伊（Ellen Meloy）筆下，在酒店外被人工火山爆發驚嚇，最後誤觸拉斯維加斯大道旁高壓電纜，瞬間變成焦炭的那隻母野鴨，並感嘆道：

> 這座城市最早的住宅區可以追溯到一九四〇年代，比第一家簽約設立的賭場更早點亮光線，但在不到人一生的時間內，原本幾乎一片漆黑的地方，已經發展成全世界最燈火通明的地方，人口數從一九四〇年代的八千多，快速成長到一九六〇年代的六萬多，再一路成長到如今超過兩百萬的水準。「歡迎來到拉斯維加斯」的好客標語，不過是一九五九年以後才有的事物。但梅洛伊筆下的母野鴨、盤旋在天際星光裡的蝙蝠與鳥類，在這塊土地上繁衍多久了？如果

以進化論的時間軸來看，牠們根本就沒機會和拉斯維加斯快速變遷的環境一起演化。[4]

人改變與破壞地球的速度太快，快到許多動物的腳步根本來不及跟上。這是何以近年來，許多科學家主張以「人類世」（anthropocene）概念來理解當代人與環境的關係。「人類世」一詞的出現，正是因為「許多專家認為地球已被人類改變得面目全非，因而可以認定全新世已經結束，應代之以另一個新的地質世代」[5]。於是尤金．史多謀（Eugene F. Storerme）及保羅．克魯岑（Paul Crutzen）提出的人類世一詞逐漸普及，標誌著「人類的世代」之來臨。不過，即使同樣站在同意人類作為已改變地球環境的立場，看待人類世的態度也可能有相當大的差別。由此開展出的一連串討論中，有兩種完全相反的態度，一是認為人類具有創造性的力量，重塑了自然亦將啟動一個更好的未來；二是認為人類目前遭逢的環境危機，正說明了「他們其實既不明白，也無法控制大自然，無法掌握複雜的全球變遷，而人類世將人類意圖和施為的失敗，銘刻進地球的地質和大氣之中」[6]。愛德華．威爾森（Edward O. Wilson）在《半個地球》書中，對前者所抱持的態度多所批判，黛安．艾

---

4 保羅．波嘉德（Paul Bogard）著，陳以禮譯：《夜的盡頭：在燈火通明的年代，找回對大自然失落的感動》（臺北：時報文化，2014），頁28。

5 愛德華．威爾森（Edward O. Wilson）著，金恒鑣、王益真譯：《半個地球：探尋生物多樣性及其保存之道》（臺北：商周出版，2017），頁25。

6 烏蘇拉．海瑟（Ursula K. Heise），陳佩甄譯：〈「人類世」的比較生態批評〉，《全球生態論述與另類想像》（臺北：書林出版，2016），頁237。

克曼（Diane Ackerman）《人類時代》一書，亦談了許多人類行為如何影響生物演化之例——在這個快速變遷的環境中，動物們雖然看似如波嘉德形容的，演化的速度跟不上人類所帶來的時間差，必須被動與被迫去面對環境的鉅變；但在適應的過程中，人類其實等於介入了動物的篩選機制，只有那些更能應付城市生活的物種與個體，方有可能存活。[7]

問題在於，儘管人類的作為早已改變動物在「自然」中的位置，卻又不願意正視與接納此一位置的改變。文明越是「進步」，動物與自然越被當成應該驅逐的他者，一旦稍有「越界」之虞，我們便因其所具有的力量、疾病與汙穢等威脅的可能，而感到驚恐憤怒。這或許也說明了何以臺灣在二〇一三年傳出鼬獾感染狂犬病的消息時，全國遂陷入巨大的恐慌，一連串擊殺野生動物、棄養同伴動物的事件，在那兩個月比病毒蔓延得更加迅速。[8]換言之，想要維持動物在我們想像中既有「位置」的企圖，讓人與動物的關係在現代化的過程中產生了某種斷裂，在城市文明潔淨合宜的秩序與邏輯之下，動物被視為一種失序的介入與存在，香港的「未雪」事件亦為一例。

二〇一四年八月間，一隻小狗誤闖港鐵軌道，列車暫停幾分鐘後驅趕不果，港鐵便恢復通車導致狗被撞死，不只在當時引起眾多批評，也成為香港動物權益運動史上的指標事件。[9]韓麗珠據此指出：

> 只有在職責和「正常運作」大於一切的情況下，而群體又把責任攤分，活生生的性命才會成為「異物」，必須把牠從路軌上剷除。「異物」的出現並不是因為人們變得鐵石心腸，而是人和人之間，人和外界之間的連結愈來愈薄弱。清晨的鳥鳴、山上的猴子、流浪貓狗、蚊子、

樹、草、露宿者、低下階層、吵鬧的孩子、反叛的年輕人、示威者、雙失青年、不夠漂亮的女人、性小眾、意見不同的人……才會逐一成為「異物」，給逐離和排擠。[10]

這些被排除、被視為「異物」的動物，在城市邏輯的運作下，何處才是牠們得以容身之居所？又該如何才能將這些斷裂的連結重新接合？正是本書所關切的核心命題，亦是選擇城市空間作為思考動物議題開端的理由。

動物書寫與動物倫理

另一方面，在進入本書的討論之前，亦有必要簡單梳理書中的幾個主要概念。茲分述如下：

7 有關人類世下人類活動對動物造成的影響，可參見黛安・艾克曼（Diane Ackerman）著，莊安祺譯：《人類時代：我們所塑造的世界》（臺北：時報文化，2015）。本書將於第二章對人類世的概念與影響進行進一步討論。

8 有關該事件的討論請參閱本書第三章。

9 〈唐狗「未雪」被撞死　全城憤怒　控制中心草菅狗命「一分鐘內處理好佢」〉，《蘋果日報》，2014/08/22。

10 韓麗珠：〈牠們不是異物〉，《香港獨立媒體》，2014/08/23。

動物書寫

首先需要釐清的是，本書對於相關文本的選擇，並非傳統定義下的「動物文學」或「動物小說」。過去對動物文學的理解，多半是指以動物為主角的故事，早期這些故事皆以兒童讀物或寓言故事的形式出現，具有高度擬人化的色彩，動物被賦予刻板化的角色形象，與牠們本身的特質並無直接相關；其後，厄尼斯特．湯普森．西頓（Ernest Thompson Seton）等人將動物小說帶入另一個新局面，《西頓動物記》中不只有鮮明的動物角色如狼王羅伯、烏鴉銀斑，故事本身也結合了西頓對動物行為的觀察和知識。因此，這類作品已然達到如吳明益所形容的，「在科學知識與文學想像之間的『雙重接受』」[11]之效果。若以此作為觀察其他動物作品的標準，也可發現傳統的動物小說，似乎總在科學知識和文學想像的光譜兩端之間挪移，最糟的狀況則是「雙重不被接受」——一如這些作品所描述的主角一樣，在人類社會中找不到安身之所。

因此，秉持著「雙重接受」的態度，本書選擇的作品，並不侷限在文學性強的小說，亦不刻意強調符合科學知識者才納入討論，甚至動物也不需要是主角。希望在科學性或文學性之外，亦能兼顧甚至凸顯動物之主體性。因此，在本書定義下的動物書寫（animal writing），是以動物為主體進行的相關思考與寫作。一直以來，動物書寫若較偏向生態環境關懷或具有科學知識者，如劉克襄、吳明益、廖鴻基的作品，多半被納入自然書寫的框架中進行討論，且自然環境又被切割為海洋與陸地，其中以鯨豚為主角的創作，就會另列為海洋書寫或海洋文學；至於較具有文學或寓言性質的，則會回到傳統文學小說的文本分析脈絡中。本書希望打破舊有的分類框架，選擇以較為廣義的方式，將創作中涉及動物議題、動物關懷或可反映人與動物關係者，皆納入「動物書寫」的範疇，因此，就算動物不是主角，或者整部作品涉及動物的比例不高，甚至作者本身不見得是要談論或反映人與動物關係，但只要其中的情節內容有助於理解或反思動物倫理議題者，都會納入討論。這是何以例如吳明益《單車失竊記》或 J. K. 羅琳（J. K. Rowling）《哈利波特》，這些傳統上不可能被歸類為「動物文學」或「動物小說」的作品，仍在本書的討論範圍之內。

動物權與動物福利

珍．古德（Jane Goodall）曾引用史懷哲（Albert Schweitzer）的名言：「我們需要一種包括動物在內的無邊界的道德」，提醒讀者「我們目前對於動物的道德關注，實在太過於微不足道，而且，還相當令人困惑」[12]。凱斯．桑斯汀（Cass R. Sunstein）在《剪裁歧見》一書中分析了有關動物權利可能引發的各種爭議之後，也曾一針見血地指出：「但是既簡單又嚴重的問題是，在太多時候，動物的利益不曾受到絲毫考慮。」[13]本書立論的基礎，在於我們需要將動物納入道德考量的範圍，亦即

11 吳明益：〈我們是動物教養長大的——關於《西頓動物記》與動物小說〉，收錄於厄尼斯特．湯普森．西頓（Ernest Thompson Seton）著，莊安祺譯：《西頓動物記》（臺北：衛城出版，2016），頁 14。

12 引自馬克．貝考夫（Marc Bekoff）編著，錢永祥等譯：《動物權與動物福利小百科》（臺北：桂冠圖書，2002），頁 12。

13 凱斯．桑思汀（Cass R. Sunstein）著，堯嘉寧譯：《剪裁歧見：訂作民主社會的共識》（臺北：衛城出版，2014），頁 152。

以倫理學的角度，重省人對待動物的方式。而在討論有關非人類動物之道德地位時，有兩種時常被混淆、卻是基於不同甚至相對的哲學觀而來的概念，即動物福利（animal welfare）與動物權利（animal rights）。

動物福利

動物福利的觀點，主要是基於效益主義（utilitarianism）[14]的哲學觀，代表人物為傑若米・邊沁（Jeremy Bentham）和彼得・辛格（Peter Singer）。邊沁駁斥一般人認為不需將動物列入道德考量的態度，主張：「問題不在於『牠們能推理嗎？』，也不是『牠們能說話嗎？』，而是『牠們會感受到痛苦嗎？』」[15]辛格引述邊沁的論點後，補充說明雖然邊沁於文中使用了「權利」一詞，但他要追求的是平等而非權利，邊沁所談的道德權利，「實際指的是人和動物在道德上應該獲得的保障；可是他的道德論證真正依賴的支撐，並不在於肯定權利之存在，因為權利的存在本身還需要靠感受痛苦及快樂的可能性來證明。用他的論證方式，我們可以證明動物也應該享受平等，卻無須陷身在有關權利之終極性質的哲學爭議裡頭」[16]。

至於邊沁與辛格所倡議的平等原則，是考量上的平等（equality of consideration），而非待遇上的平等。舉例而言，冬天晚上因為不希望孩子受到風寒，而給孩子加一床被子，和讓家裡的狗進屋睡覺，雖然對待方式不同，仍可說是基於平等的考量。[17]此外，效益主義既以動物是否能感受痛苦（suffer）作為給予其道德上的平等考量之關鍵，因此，在效益主義的概念下，人類進行的各種動物利用，都應以產生最少痛苦為著眼點，且將人與動物可能承受的痛苦同樣列入考量。

值得注意的是，由於動物福利的立論觀點，是基於人類不可能完全避免動物利用的前提進行道德考量，因此一般以「動物福利」為倡議目標的立場，多半是指「人道」使用動物，最低限度應禁止「不必要的殘忍」[18]。換言之，無論是科學研究、飼養動物作為食物、將動物作為狩獵的對象，「只要做這些事所產生的整體利益，高於當事動物所承受的傷害」[19]，並符合上述人道標準，效益主義是可以容忍某些動物利用的。

至於何謂人道或考量動物福利，有三種主要的看法，一是強調動物的感覺（feel），因此應免於動物處於過長與過度的疼痛、恐懼、飢餓等狀態，能感受到舒適；二是要滿足動物的生物性功能，能正常生長和繁衍；三是強調自然的生存方式（natural living），要能生活在合理的自然環境中發展

14 效益主義又譯為實效主義，近來亦有哲學家主張應將實效主義改稱為「深度的實用主義」，更能貼近其務實、彈性，且具有折衷妥協的開放性之特質。見約書亞・格林（Joshua Greene）著，高忠義譯：《道德部落：道德爭議無處不在，該如何建立對話、凝聚共識？》（臺北：商周出版，2015），頁29。

15 彼得・辛格（Peter Singer）著，孟祥森、錢永祥譯：《動物解放》（臺北：社團法人中華民國關懷生命協會，1996），頁46。

16 同前註，頁47-48。

17 錢永祥、釋昭慧：〈人與自然觀點：動物倫理之論述（上）——【世界文明之窗】講座實錄〉，《弘誓雙月刊》第88期（2007.8），頁51-64。

18 《動物權與動物福利小百科》，頁47。

19 同前註，頁45

其天生的適應能力。這三個取向偏重的重點雖有不同，但在評估動物福利的優劣時，都會作為價值判斷的標準之一。[20]

動物權利

主張動物權利論的代表人物為湯姆．睿根（Tom Regan），相較於效益主義認為只要人道利用，並且不製造不必要的痛苦，就可以進行有限度的動物利用；權利論則主張，人類使用非人類動物在原則上即屬不當，因此若探討什麼程度的痛苦和死亡算必要，是未掌握問題核心的討論。因為既然根本不應該用這些方式使用動物，那麼任何程度的痛苦或死亡都屬於非必要。[21]也就是說，如果一件事情在根本上是錯誤的，它就不該有程度上的差異——如果用動物進行致死劑量實驗是錯誤的，這個錯誤不會因為由使用兩百隻動物下降為六隻就改變。[22]

睿根認為，人與動物關係中真正「根本的錯誤」不在於動物受到的苦難，而是「將動物視為我們的資源的體制」[23]，在這樣的觀點下，只是讓肉牛有多一點空間，少一點擠在一起的同伴，並不能消除甚至觸及這種將動物視為資源的基本錯誤，因此，若就農場動物的議題而言，牠們需要的不是讓飼養方式更人性化，而是要完全解構農牧經濟體系。[24]

權利論可說是對於伊曼紐．康德（Immanuel Kant）道德哲學的擴充，康德批評效益主義的哲學觀，認為效益主義的論點若推到極致，那麼只要整體利益大於個體，不只動物可以被利用，人也可以傷害。康德認為，人必須被當成目的本身，而不能僅被當作手段，不論利益多強大，傷害某人來讓其他人獲得利益必然是錯誤的。權利論則主張動物也應被當成目的本身。[25]值得注意的是，康德的角度說明了他認為人對動物只具有**間接**責任（*indirect* duty），人對動物本身並無虧欠，這些動物本身也不一定應得任何特定的對待，只是人類處理牠們的方式必須受到限制；但權利論主張的是人對**動物本身**有直接的虧欠或責任，也就是**直接**責任（*direct* duty）觀點，這點權利論與動物福利論的態度則是一致的，只是在看待動物利用的問題時，權利論主張全面廢止（abolition），福利論則支持改革（reform）。[26]

綜上所述，可以發現權利論的道德主張，其實是陳義甚高的理想，要落實在現實社會中，仍有相當的難度，畢竟要全面廢除動物利用或農牧經濟體系，絕非輕易可達成的目標。因此當代的動物權利運動（animal rights movement），有不少結合了動物權與動物福利的主張，「認為動物權利乃是一種理想事態，唯有不斷落實動物福利措施，方能實現。這個混雜的立場——動物權利是長期目標，動

---

20 同前註，頁58-59。

21 同前註，頁45。

22 有關動物福利與動物權利在實驗動物運動上的立場差異，可參見本書第六章的討論。

23 引自波依曼（Loius P. Pojman）編著，張忠宏等譯：《為動物說話：動物權利的爭議》（臺北：桂冠圖書，1997），頁70。

24 同前註，頁71。

25 同前註，頁45-46。

26 湯姆．睿根（Tom Regan）著，王穎譯：〈倫理學與動物〉，《中外文學》32卷2期（2003.7），頁18。粗黑體為原文強調。

物福利則是近程目標——稱為「新福利論」（new welfarism）」[27]。對新福利論的倡議者而言，任何運動目標都是漸進式的，亦即，「今天若能爭取到較為潔淨的籠子，明天才可望爭取到空的籠子」[28]。

其他的倫理進路

此外，仍有許多從不同進路思考動物倫理的方式，例如瑪莎・納斯邦（Martha C. Nussbaum）針對西方哲學長期忽視道德情感的狀況，重新賦予情感在道德行為中的重要性，主張以能力進路（capabilities approach）考量。生命個體需要一些能力，方能進行其生命所需的各種運作。因此，為了讓生命個體能順利地運作，活得像個生命，其能力應該獲得尊重，不可以去剝奪和傷害。換言之，對納斯邦來說，讓動物的生命能夠順利運作的前提，就是所謂的「能力」，她列出的能力，就動物而言包括了生命、身體的健康、身體的完整（不受傷害）、感官與反應能力（不被剝奪）、情緒（不受驚恐與剝奪安適的環境）、與其他動物互動玩耍等合適的生存環境。納斯邦的倫理觀特別強調情感的價值，認為人類之所以會具有倫理行為，是因為人有「憐憫之情」（compassion）。她主張情感並非一種「非理性的運動」（non-rational movement），相反地，情感是具有認知要素的。納斯邦依據亞理士多德（Aristotle）對憐憫之情的解釋加以修正，認為憐憫之情具有三個認知要素：⑴「分寸的判斷」（the judgment of size）；⑵「非應得的判斷」（the judgment of nondesert）；⑶「幸福的判斷」（the eudaimonistic judgement）。簡言之，憐憫之情成立的條件是，我判斷這個對象遭受了嚴重的苦難；此外，當事者不應得到這樣的苦難；第三，我們把受苦者納入我們生命計畫的一部分，當其處境改善時，我們也會感受自身的幸福與滿足。[29]納斯邦的倫理觀將人作為道德行動者本身的情感能力列入考量，從而讓情感與倫理的實踐可能打開一個不同的面向。

另一方面，伊曼紐．列維納斯（Emmanuel Levinas）的倫理哲學，則由「臉」（face; visage，亦有學者譯為「面貌」）這個關鍵字切入，主張人與他者的倫理關係，是由人類的「面貌」所展現的。其實列維納斯對於動物的面貌是否足以讓我們將其納入倫理關係之中，答案是相當模稜兩可的：「我不敢說在哪時候你有權利被稱為『面貌』。人類的面貌是完全不同的，而只有在那成立之後我們才發現某隻動物的面貌。我不知道一條蛇是否有面貌。」但基本上他仍認為「我們不能完全拒絕動物的面貌。透過面貌我們才瞭解（譬如說）狗」[30]。他曾如此解釋倫理的意義：

> 倫理做為第一哲學的三個基本重要概念：存在、空間（地方）和他者（別人）。所謂倫理，就是要漠視自己生物性的存在，超越掠奪空間的欲望，完完全全迎向他者。……遊走於我之

27 《動物權與動物福利小百科》，頁48。
28 同前註，頁48。
29 本段有關納斯邦的動物倫理觀，感謝錢永祥老師的指導，並整理自王萱茹：〈探究動物倫理的新發展——從納斯邦的「憐憫之情」談起〉，「第一屆動物當代思潮研討會」會議論文，2014//12/07，及〈論瑪莎．納斯邦（Martha C. Nussbaum）的動物正義論〉，「關懷生命協會」網站，2014/05/08，亦可參考錢永祥：〈納斯邦的動物倫理新論〉，《思想》第1期，2006，頁291-295。
30 引自梁孫傑：〈要不要臉?——列維納斯倫理內的動物性〉，收錄於賴俊雄編：《他者哲學：回歸列維納斯》（臺北：麥田出版，2009），頁242-245。

> 外的他者，他可能會騷擾我在家的安寧，而我對他卻毫無制約的能力。雖然我對這位陌生人一無所知，但我們之間可以產生一種既非融洽和諧，也不是爭鬥齟齬的關係。[31]

此處的他者，能否由人類他者延伸為動物他者，從而在人類掠奪空間的欲望中，保留一個不必融洽但也無須爭鬥的可能？對於當代人與動物爭地的緊迫關係中，列維納斯的倫理學，無疑提示了一個可能的方向。

綜上所述，無論睿根追求核心價值探問的權利論；辛格用量化實踐的方式進行評估的效益論；納斯邦對「憐憫之情」的重視，賦予情感在道德行為中重要性的主張；或列維納斯對於將他者的臉列入倫理考量的價值觀，都各有其不容忽略的意義和價值。阿馬蒂亞・庫馬爾・沈恩（Amartya Kumer Sen）曾在《正義的理念》一書中引用希拉蕊・普特南（Hilary Putnam）的看法，強調倫理是一種實踐，也因其是一種實踐，它就不只涉及價值判斷，還包括哲學、宗教與對事實等信念。換言之，倫理追求的不是至高無上的絕對真理，而是在現實上可行的方案，因此他建議：「涉及現實抉擇的實踐理性，需要有個框架以對於各種可行方案的正義進行比較，而不是指出一個不可能被超越的、卻很可能不存在的情境。」[32]在面對這些立場各異的倫理觀時，這或許是個相當實際且中肯的建議。

章節概述

本書除導論外共分九章，各章皆可單獨閱讀，然在結構上，又可略分為前六章與後三章兩大部分。前六章是以人類對待動物的幾種主要形式與議題進行區隔，分為展演動物、野生動物、同伴動物（狗）、同伴動物（貓）、經濟動物與實驗動物，又隱含兩兩一組的關係；後三章則分別從當代藝術中的動物利用、被符號化的動物變形，及大眾文學中的動物形象分別進行論述。各章重點略述如下：

第一章將由動物園這個兒時被打造成「快樂天堂」的場域，進行展演動物議題思考。探討動物園的存在，從過去的娛樂、炫富，轉變為現在強調保育與教育的功能，但動物園中實際發生的種種不當飼養與不當接觸的案例，卻又似乎是對於所謂教育功能的反諷；究竟動物園對於民眾而言意味著什麼？我們想在動物園中看到什麼？能看到什麼？動物們又是如何看待牠們自身的被看待？將於本章進行討論。

第二章討論野生動物議題，此章重點在於論述長期以來人想要將動物排除在外的心態，將先從探險家保羅・桐謝呂（Paul Du Chhaillu）對大猩猩的追尋故事出發，析論人性與動物性的曖昧界線，

---

31 引自梁孫傑：〈狗臉的歲／水月：列維納斯與動物〉，《中外文學》第34卷第8期（2006.1），頁128-129。

32 阿馬蒂亞・庫馬爾・沈恩（Amartya Kumar Sen）著，林宏濤譯：《正義的理念》（臺北：商周出版，2013），頁73。

以及人們如何試圖從中切割出一條涇渭分明的心理界線；其次則以香港野豬為例，說明人與動物在生活空間重疊的情況下產生的衝突；最後則介紹因人類移動或刻意之作為所造成的「外來種」問題及爭議。

三、四兩章討論同伴動物議題。第三章先論狗在人類社會中的角色，在人與狗漫長的互動史中，狗如何曖昧地同時具有備受疼愛的寵物、被人厭棄的流浪動物、以及可以上桌的食物等多重身分，這些被人主觀賦予的不同身分，讓狗在不同文化脈絡下有何不同的處境，又引起哪些爭議；第四章則討論貓在人與動物互動史中，奇妙的特殊待遇，思考人身為「貓奴」背後的可能原因，以及當代城市生活中，貓介於馴養與野性之間的特質，如何讓牠們在「貓獵人」與「生態殺手」這兩個標籤之間，成為人們又愛又恨的對象；最後則以移動性的概念，尋找一個人與動物空間的跨物種協商之可能。

第五章討論經濟動物。肉食議題似乎總是觸碰到我們最敏感的神經，許多時候人們其實並不想知道，食物出現在盤子上之前發生了什麼事，因此圍繞著經濟動物的話題，往往相當快速地就進入人是否應該吃素的道德辯論中，卻也可能因此失去了更深入思考經濟動物處境的機會。本章將先試著解開肉食何以引發不安的感受；繼而思考如何將餐盤前的斷裂路程加以連結，讓被視為商品的「動物肉身」重新被看見；最後則討論在氣候異變、資源日益匱乏的今日，人們又該如何建立新的飲食倫理觀。

第六章討論實驗動物議題，如前所述，本書前六章隱含兩兩一組的相關性，經濟動物與實驗動物，皆屬動物權益運動中涉及動物數量最多，但相對也較為弱勢與邊緣的存在。以科學之名是否就代表絕對的正當性？動物利用的界線何在？是本章欲思考的核心問題。本章將先論述早期將動物視為機器的哲學觀，如何造成把倫理思考排除在科學實驗之外的主流態度；並以亨利．史匹拉（Henry Spira）的動物實驗革命為例，對實驗動物所牽涉到的倫理議題及運動策略進行介紹。

第七章開始，將由文學藝術以及日常生活中的各種動物符號切入觀察。先由當代藝術中涉及動物利用的作品進行討論，保育的考量時常被認為是對藝術自由的干涉，但本章將以若干涉及活體動物使用甚至帶有暴力色彩的作品為例，說明倫理與美學之間並非對立，藝術永遠可以有不傷害生命的，更有想像力的選擇。

第八章則透過藝術與文學中，涉及「混種」概念的創作，分析這些形象究竟是古代神話的再現，或是後人類概念中，人機合一的混雜生命樣態之呈現？此種混沌的形象如果可以視為動物的「越界」，此種越界的現象又如何與前述人亟欲在動物與人之間劃出界線的心態對話？

最後一章則以若干大眾文學中的動物形象進行討論，先由《少年Pi的奇幻漂流》論述動物在文學中被視為隱喻的傳統；再以小說中常見的動物愛好者形象，思考人對動物的情感投射；最後則述及，如何以文學為鏡，找到重新銜接人與動物斷裂連結的方式。

上述各章所討論之議題，既獨立又相關，事實上，它們都與人類看待環境、看待動物與看待自身的方式，千絲萬縷地糾結在一起。因此，書寫動物，就是書寫人與自然、人與環境、人與他者的關係。書寫動物就是書寫人類自身，是理解人與自然命運的途徑。本書書名「牠鄉何處」既呼應後殖民理論家愛德華．薩伊德（Edward W. Said）回憶錄《鄉關何處》（*Out of Place, A Memoir*），亦指涉女性主義者夏綠蒂・吉爾曼（Charlotte Perkins Gilman）的烏托邦小說《她鄉》（*Herland*）。在文明發展的進程中，擁有權力資源的一方總是傾向於將他者邊緣化：弱勢族裔、女性，以及動物的命運皆是如此；但文明的進步，卻也讓悅納他者的倫理態度逐漸成熟，於是在後殖民與性別研究的領域，我們已看見了不少努力與抗爭的成果。但如今依然被邊緣化的動物們，不得其所的命運若要有所改變，還有待更多人願意了解，無論我們如何在心理上與實際空間上試圖劃界排除，人與動物都生活在同樣的場域，牠們不是入侵的他者，而是擁有同一片土地、海洋與天空的存在。我們與牠們的命運注定緊密相繫。

問題討論

1. 在日常生活中，你是否也曾有過「動物出現在錯誤地方」的感受？請舉例說明，或針對本章提及的小海獅與狐狸之例，就你所知舉出相關新聞事件進行分享。
2. 有關動物倫理的思考，請針對本章所介紹的幾種說法當中，選擇你認為較能接受的觀點，並說明理由。

作業練習

1. 請以小組為單位，列出你們認為本年度最重要的十大動物新聞，並說明理由。
2. 如果你有一百萬的預算，可用來執行一個動保議題的計畫，請設計一個活動計畫書，說明你為何選擇這個議題、將如何運用這筆經費，並簡要列出預算明細。

關於這個議題，你可以閱讀下列書籍

■ 阿馬蒂亞・庫馬爾・沈恩（Amartya Kumar Sen）著，林宏濤譯：《正義的理念》。臺北：商周出版，2013。

■ 哈爾・賀札格（Hal Herzog）著，李奧森譯：《為什麼狗是寵物？豬是食物？——人類與動物之間的道德難題》。臺北：遠足文化，2016。

■ 約翰・斯圖亞特・穆勒（John Stuart Mill）著，邱振訓譯：《效益主義》。臺北：暖暖書屋，2017。

■ 強納森・海德特（Jonathan Haidt）著，姚怡平譯：《好人總是自以為是：政治與宗教如何將我們四分五裂》。臺北：大塊文化，2015。

■ 約書亞・格林（Joshua Greene）著，高忠義譯：《道德部落：道德爭議無處不在，該如何建立對話、凝聚共識？》。臺北：商周出版，2015。

■ 保羅・克拉克（Paul Cloke）、菲利浦・克朗（Philip Crang）、馬克・古德溫（Mark Goodwin）著，王志弘等譯：《人文地理概論》。臺北：巨流出版，2006。

■ 保羅・波嘉德（Paul Bogard）著，陳以禮譯：《夜的盡頭：在燈火通明的年代，找回對大自然失落的感動》。臺北：時報文化，2014。

■ 彼得・辛格（Peter Singer）著，孟祥森、錢永祥譯：《動物解放》。臺北：社團法人中華民國關懷生命協會，1996。

■ 史帝芬・平克（Steven Arther Pinker）著，顏涵銳、徐立妍譯：《人性中的善良天使：暴力如何從我們的世界中逐漸消失》。臺北，遠流出版，2016。

■ 二犬十一咪策劃、訪談，阿離、阿蕭撰文：《動物權益誌》。香港：三聯書店，2013。

■ 湯文舜：《人間等活》。香港：三聯書店，2015。

按：《為什麼狗是寵物？豬是食物？》與《動物解放》這兩本著作，於本書中有多章皆曾引用之，故僅在本章列為參考書籍，後文不再重複羅列。

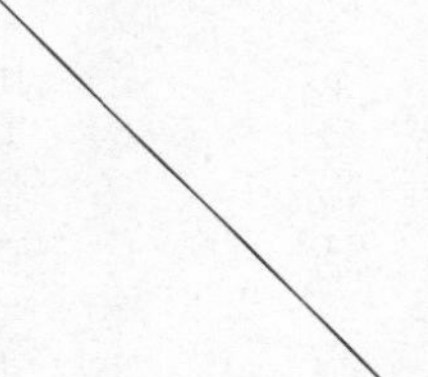

展演動物篇。

動物園中的凝視

牠們為何身在此處？

動物園或許是多數都市人接近與「接觸」野生動物的第一扇窗，它是校外教學熱門的地點，也是許多父母帶子女「認識自然」的優先選擇。長期以來，動物園亦以保育、教育的功能自居，「快樂天堂」的形象更是深入人心：「大象長長的鼻子正昂揚，全世界都舉起了希望；……告訴你一個神奇的地方，一個孩子們的快樂天堂」，不只是許多人朗朗上口的歌謠，也是一代人的集體記憶與看待動物園的主流態度。

但另一方面，無論是各地動物園不當飼養甚至動物虐待與傷害的案例[1]、遊客闖入或掉入園區造成的憾事[2]，都讓更多人開始重新反省與思考人類圈禁野生動物來娛樂或觀賞的意義，並用不同的眼光來看待圈養動物的一生。例如曾於二〇一四年來臺舉辦「人造動物樂園」個展的德國攝影師布列塔・賈欽斯基（Britta Jaschinski），其代表作如《動物之殤》（*Broken Animals*）、《動物園》（*ZOO*）等系列，皆以一系列失去色彩的黑白畫面，表現動物園或馬戲團中動物孤單的身影或空洞的眼神，藉以凸顯牠們「被囚禁、束縛與被強迫的面貌」，以及將動物們「錯置在人造環境中的殘酷與虛無感」[3]。

不過也有更多攝影師，不以強烈抗議意味的方式呈現道德訴求，而是試圖讓影像本身說話。例如丹尼爾・札克哈洛（Daniel Zakharov）的作品《現代荒野》（*Modern Wilderness*），透過高樓、

1 如法國動物園曾發生盜獵者入園槍殺犀牛的事件，參見蔣奇廷編輯：〈法國動物園內一犀牛遭槍殺後犀牛角被鋸〉，《環境資訊中心》，2017/03/10。又如中國大陸的動物園因為有相當高比例的野生動物表演、活體餵食秀以及和野生動物合照等活動，因此動物虐待與不當飼養的問題始終相當嚴重，要求黑熊高空單車表演、大象倒立、獅虎跳火圈等皆不乏其例，可參閱龍緣之：〈中國光怪陸離、虐行盡出的動物表演秀〉，《動物當代思潮》，2017/05/19。此外，就算並非表演用的動物，疏忽照顧的情況亦不時可聞，河南許昌西湖公園動物園於二〇一六年已被指出管理不善，二〇一七年間再爆出大型猛獸瘦弱倒地、食物腐敗等狀況，園方的回應卻指出這是因為「市民視野開闊，要求愈來愈高，動物園已不能適應現在遊客們欣賞標準」。請見〈河南動物園涉虐猛獸　園方：遊客欣賞標準高〉，《東網》，2017/07/20。又如江蘇常州淹城動物園，二〇一七年六月因股東內部矛盾與資產凍結，無法將動物出售等問題，竟將活驢扔入虎池讓老虎活活咬死（此非固定的「餵食秀」），遭到大量批評後，園方設置「無名驢之紀念碑」提醒民眾「動物凶猛」，最大的反諷莫過於是。參見〈活驢殘忍餵虎　動物園設「無名驢紀念碑」〉，《自由時報》，2017/07/04；〈疑因股東內部矛盾導致　遊客直呼受不了　江蘇動物園扔活驢餵老虎〉，《星島日報》，2017/06/06。

2 這類例子在世界各地都不乏其例，較為人知者例如美國辛辛那提動物園（Cincinnati Zoo）於二〇一六年五月，因一名四歲男童跌入壕溝，導致銀背大猩猩「哈拉比」（Harambi）被射殺；同年五月智利亦發生男子闖入獅子獸欄意圖自殺，使得兩隻獅子被射殺的事件；又如二〇一七年春節期間，中國浙江寧波市的雅戈爾動物園，發生男子因逃票闖入虎欄身亡，老虎亦被擊斃的事件。以上新聞可參閱蔡筱雯報導：〈男童闖獸欄　害猩猩遭射殺〉，《蘋果日報》，2016/05/30；〈智利男闖獅子區自殺　動物園救人擊斃二獅〉，《中央通訊社》，2016/05/22；〈為逃票誤闖被咬死　老虎最後也被射殺〉，《蘋果即時新聞》，2017/01/30。

3 布列塔・賈欽斯基（Britta Jaschinski）：*Artificial Paradise*，「Bluerider ART 藍騎士藝術空間」網站。賈欽斯基之相關作品與報導可參見「Britta Jaschinski News」網站。此外，又如攝影師 Jimmy Beunardeau 的作品《*WILD-LIFE*》，則是以屏科大保育類野生動物收容中心所照護的動物為對象，拍攝了一系列的影像作品，藉此帶出這些被棄養或因非法販賣、走私等理由被沒入的落難動物之故事。可參見楊景川、綦孟柔口述，動物當代思潮紀錄：〈落難動物最後的棲身之處：「白熊計畫×WILD-LIFE」攝影聯展導覽〉，《農傳媒》，2017/08/22。

欄杆、圍籬為背景的水泥叢林中的動物影像，提醒觀者思考圈養動物的相關議題。[4]他強調這些作品並非旨在批評動物園，而是聚焦於動物奇怪與詭異的日常生活[5]，當我們覺得獅子、長頸鹿和背後的高樓格格不入時，也就等於開啟了思考「牠們為何身在此處」這個問題的可能。有趣的是，這系列作品仍令部分動物園的實務工作者感到不快，認為這些照片會讓人覺得「動物好像很無聊，很像囚犯。……（但）沒有動物園的話，看過『活生生』動物的人數會非常少，而保育這件事則根本別提了」[6]。

前述這段文字或許可以帶領我們進入以下的討論：我們是否真的要看到「活生生」的動物才有可能開展對動物的關心？又是否需要以及為何需要營造動物園是個「快樂天堂」的形象？更核心的問題是：我們想在動物園中看到什麼？又能在動物園中看到什麼？永無止盡的展示，各種不同的立場，要討論動物園，其實比我們想像中困難。如同湯瑪斯．法蘭屈（Thomas French）在《動物園的故事》一書中所言，「動物園彷彿是一本人類恐懼和痴迷的大目錄，詳列我們各種看待動物和看待自身的態度，各種我們不願面對的內心世界」[7]。但也唯有打開這本恐懼與痴迷的目錄，才能直面動物園的前世今生，認真思考動物園的現在與未來。

動物園中的凝視[8]

傳統動物園的圈養方式

動物園的前身，原是王公貴族收集珍奇異獸，既為炫富也為娛樂之用的私人展場。動物被迫進行各種搏鬥表演，既顯現人對自然的宰制與權力，也滿足對珍罕之物的好奇心理。至於當代概念的動物園，從啟蒙運動時期法國對貴族動物園的抵制開始，動物園先是演變成結合植物園、博物館的模式，直到十九世紀的倫敦，才有了第一個專門展示動物並對大眾開放的動物園。[9]此後「大眾娛樂和

---

4 TheNok：〈被囚的野性：拍攝園內動物的另一面〉，《photoblog.hk 攝影札記》，2013/06/08。

5 札克哈洛在個人網站上表示："My intention was not to criticize zoos, but to focus on the strange and bizarre daily life of animals." 參見「Daniel Zakharov - Photography」網站。

6 張東君：〈批評動物園的工作請留給大人做〉，「青蛙巫婆部落格」，2013/06/09。

7 湯瑪斯・法蘭屈（Thomas French）著，鄭啟承譯，《動物園的故事：禁錮的花園》（臺中：晨星出版，2013），頁41。

8 本章有關動物園中凝視之部分觀點引用與改寫自筆者〈觀看動物：從動物園看動物權利的爭議〉，收入《生命倫理的建構：以臺灣當代文學為例》（臺北：文津出版，2011），頁189-219。

9 更詳細的動物園歷史，請參閱埃里克・巴拉泰（Eric Baratay）、伊麗莎白・阿杜安・菲吉耶（Elisabeth Hardouin-Fugier）著，喬江濤譯：《動物園的歷史》（臺北：好讀出版，2007），第一章至第五章。

教育功能」成為動物園的主流價值，遊客的數量攸關動物園的門票收入，自然落在如何讓遊客而非生活在其中的動物滿意。因此，展場的設計必須讓最多的遊客可以同時觀賞到動物，在這樣的狀況下，「人的視覺成了設施建設的標準評判準繩。狹小的獸欄和獸籠或許威脅著動物的生理和心理健康，是緊張狀態和高死亡率的罪魁禍首，但能確保觀眾們迅速而又清晰地看到動物」[10]。不僅如此，當時的獸欄往往以圓形或六邊形設計，這為動物帶來「身陷重圍」的焦慮感，卻能讓更多人在任何角度都可欣賞到動物。

大約在一九〇七年，有些動物園開始了所謂的「哈根貝克革命」，這是動物供應商卡爾·哈根貝克（Carl Hagenbeck）的發明，他在自己的同名動物園內，廢除了鐵欄杆，改以壕溝分隔展示區，其展示方式是以壕溝分隔場地，來創造出有如獅子和羚羊共處般的假象。[11]這種隔離溝因為在視覺上可以更接近「自然實景」，因此頗受歡迎，但對於被圈養的動物而言仍具有潛在的危險性：動物可能會掉入溝內受傷甚至淹死。[12]換言之，壕溝展區其實仍是以遊客而非動物為出發點進行的設計，是為了滿足人們不願看到動物被關在籠子或圍欄內的心態，所創造出的自然假象。

當然，對於需要票房收入的動物園來說，想要取悅遊客亦屬理所當然，但是圈養的環境如果純粹只是考慮「遊客想要在什麼樣的景致中看動物」，那麼一切的景觀工程終究只是另一種形式的「櫥窗設計」罷了。於是，提供給遊客的各種「自然」想像——例如獸籠上畫的叢林景物，或是種在盆中的棕櫚樹——在遊客看不見的夜間欄舍都不再需要，動物們就只能待在水泥的欄舍或籠中，如同曾任亞利桑那—索諾拉沙漠博物館（Arizona-Sonora Desert Museum）館長的大衛·漢卡克斯（David

H. Hancocks）於一九九五年所言：「幾乎只要你走進動物園的任一個動物休息區，你便會回到一九五〇年或更早的光景。」[13]不幸的是，這段二十年前的評論，今時今日卻尚未「過時」，此種鋼筋水泥式的狹小欄舍不但未成歷史，更是許多圈養動物終其一生的囚居之所。

當然，各地動物園的狀況不一，難以一概而論，若要了解當代動物園圈養動物的狀況與問題，攝影師羅晟文於二〇一四年開始展出的作品《白熊計畫》，或能成為一個思考的起點。此計畫特殊之處，在於羅晟文選擇了單一物種白熊為觀察對象，這個物種並非隨機選擇，而是基於下列理由：

受圈養的北極熊正站在所有動物園議題的輻輳點上：牠們既是「異地動物」，也是「明星動物」，更常常「適應不良」；這些超現實的白熊展示檯具體刻劃了當代動物園的模糊與矛盾。儘管白熊是動物明星，往往握有優渥資源，但牠們適應不良的表徵與其所搭配的巨型舞台，不僅讓動物園宗旨受到挑戰，更使「地景動物園」概念失效。換言之，沒有動物園有能力模

10 同前註，頁151-152。
11 不過壕溝展示法並非哈根貝克所獨創，早在一五一九年，墨西哥阿茲特克王Montezuma御用的動物園就已採用壕溝隔絕法。見馬克·貝考夫（Marc Bekoff）編，錢永祥等譯：《動物權與動物福利小百科》（臺北：桂冠圖書，2002），頁372-373。
12 《動物園的歷史》，頁234-240。
13 引自薇琪·柯蘿珂（Vicki Croke）著，林秀梅譯：《新動物園：在荒野與城市中漂泊的現代方舟》（臺北：胡桃木出版，2003），頁92-95。

擬北極熊原始棲地的尺寸和環境，遊客永遠不會看到冰山與積雪；取而代之，映入眼簾的是草原，泳池，石塊假山，彩繪冰山，以及白色油漆。[14]

於是，隨著他的腳步，我們將會看到全世界的白熊展場，不只充滿了前述各式各樣「自欺欺熊」的展場符號和彩繪，諸如塑膠板做成的海豹浮板，或是因為地點在西安就佈置成黃土高原情境的白熊展場……更是在在呈現弔詭的「舞台與家的概念之並置（與必然的互斥）」。這些將觀景窗中的人和狹小展場中的熊置放於同一畫面之中，充滿了細節的照片，與他透過長時間的駐點觀察，將刻板行為[15]快轉壓縮成四格影像的「白熊進行曲」[16]，遂共同展示出世界如何在不同的文化脈絡下，將動物割離原有的生存空間與脈絡，放入動物園這個「現代文明中最早的後現代櫥窗」[17]裡。

遊客想看到什麼？

「白熊進行曲」因其快轉的特殊影像效果，使得動物的刻板行為看來格外震撼。諷刺的是，現實環境中許多遊客在看到動物展現例如來回轉圈、反覆抓門或是搖擺身體等種種因圈禁產生的刻板行為時，卻往往以為那是動物「可愛」的表現，甚至動物表演的一部分。換言之，動物園常標舉著教育民眾的功能和責任，但遊客的認知似乎仍停留在過往娛樂功能的想像上，當動物僅被當成展示品或取悅遊客的對象時，各種有意無意的動物傷害事件會層出不窮，也就不令人意外。單以已有百年歷史的臺北市立動物園為例，自一九二一年中秋首次夜間開園，就有各式「餘興節目」如尋寶、煙火、臺灣戲、日本戲、音樂、舞蹈；一九三〇年代更開始安排動物表演如鸚哥鬥毒蛇、動物慰靈祭；一九四一年尚有猴子著軍裝騎單車的紀錄。戰後的動物園，由於大型動物都已於戰爭期間處死，缺乏猛獸的動物園再度訴諸動物表演來吸引遊客，一九四九年有龍虎生死鬥、阿里山捕獲的小熊表演；一九五二年小象馬蘭也加入表演走梅花樁，而此時園方對動物表演的說法則是可「助長動物健康」[18]。

在這樣的脈絡之下，動物園從一開始給遊客的印象，的確就是有各種表演節目的娛樂場所，動物被當成玩物的結果，則是各種不當對待甚至虐待的歷史亦與動物園的存在一樣悠長。一九三三年七月發生小揚子鱷才破蛋而出就被遊客投石砸死的事件[19]；一九五九年則有斑馬被塗油漆、白鸛被槍殺、

14 羅晟文：〈人造景觀中的大白熊〉，《國家地理雜誌》，2016/04/26。

15 刻板行為，亦稱動物刻板症（stereotypes in animals）：「是指一連串重複、相當沒有變化且不具明顯功能性的動作。……在動物園或圈限於農場的某些動物所表現出來的極端異常行為中，可以看到諸如來回踱步、咬欄杆、轉動舌頭、假咀嚼等刻板症。喬其亞．梅森（Georgia Mason）觀察畜貂農場中的一隻母貂，被關在 75×37.5×30 公分大的籠中的行為，發現牠會反覆地用後腳直立站起來、用前爪攀爬上籠子頂端，再用以背著地的方式把自己摔下來。……在大多數的情況中，我們無法得知刻板症是否有助於個體應付其環境，或者曾經有過助益但現在沒有，或者根本一點幫助也沒有，只是一種行為異常而已。……所有的情況都顯示，刻板症的出現表示個體與環境的抗衡出現了問題，所以它必然是生活品質很低的警訊。」見《動物權與動物福利小百科》，頁 326-327。

16 影片可參考《大白熊進行曲》，連結：vimeo.com/121528708。

17 此為郭力昕於 2015/07/19 臺北「流浪的攝影空間」舉辦《白熊計畫——羅晟文個展》對談時提出之觀點。

18 徐聖凱：《臺北市立動物園百年史》（臺北：臺北市立動物園，2014）。臺北市立動物園的動物表演，在當時推動現代化的王光平園長的反對之下，在一九七八年終於結束長達二十九年的動物表演。見前揭書，頁 150。

19 同前註，頁 58。

喜馬拉雅熊被香菸燙傷嘴等案件；還有遊客用菸頭燙或針刺長頸鹿；獅子的嘴被鞭炮炸傷。一九七○年代，動物園每逢週一都需要對動物投藥以免牠們腹瀉甚至死亡，因為假日會有大量胡亂餵食的狀況出現。[20]

這些案例固然是舊時遊客缺乏相關素養所致，然而觀諸當代世界各地的動物園，就會發現情況改善的程度恐怕遠比想像中來得少。若以「動物園」和「虐死」當關鍵字，搜尋結果之多將令人訝異。二○一七年三月，捷克甚至發生三名分別為八歲、六歲、五歲的男童闖入動物園虐死紅鶴的新聞。[21]至於鱷魚被丟石頭致死、海龜池被拋擲大量硬幣和紙幣，不只影響海龜活動，甚至因誤食而喪生……這類事件亦時有所聞。[22]這不禁令人懷疑，遊客進入動物園的目的，難道就是以動物取樂，傷害牠們的生命也在所不惜？這豈不是和我們原本認知的「生命教育」功能完全背道而馳？要回答這個問題，我們必須先了解遊客的心理，也就是，他們到底想看到什麼？

根據一九八五年在攝政王公園（The Regent's Park）的一項研究發現，遊客在猴籠前的平均觀賞時間是四十六秒，在設有一百個獸籠的博物館中也只會停留三十二分鐘。[23]換句話說，遊客在動物園中真正花在「觀看」的時間其實非常有限。在平均一分鐘不到的時間內，他們期待的是什麼樣的觀賞經驗呢？在旭山動物園工作的坂東元如此表示：「極端地說，之前的動物園只要展示動物的樣貌就好了。但隨著時代進步，一般人在電視與書籍上有更多機會可以看到熱帶雨林或叢林動物生活的姿態，因此有許多人覺得動物園裡的動物『不會動不好玩』、『好臭』、『好無聊』等等。」[24]那麼，哪些動物會令遊客感到有趣或可愛？答案是，體型大的動物、年紀小的動物與罕見的動物。根據研究，動物的體型愈大，遊客觀看的時間就愈長；另一方面，只要圍欄裡有一隻動物寶寶，遊客停留該處的時間就會增加一倍。[25]至於遊客不喜歡某個展場的三個常見原因，則是：「沒有生命力、不喜歡那種動物以及看不清楚。」[26]上述研究解釋了遊客在園中種種脫序行徑背後的關鍵之一，在於他們需要感受到動物「會動」，才會覺得「好玩」。於是自行丟石頭、銅板進行「測試」，或由園方安排餵食秀與觸摸活動，都成為提高遊興的項目。換言之，如果動物不會（在他們眼前）動，對很多人而言可能就意味著「不具參觀價值」。雪莉·特克（Sherry Turkle）在《在一起孤獨》這本分析當代人與機器關係的精采著作中，曾舉了一個相當值得深思的例子，作者十四歲的女兒在參觀達爾文特展時，對展場內來自加拉巴哥斯群島（Galápagos Islands）的象龜端詳一陣後說：「他們可以用機器動物啊！」她

---

20 同前註，頁144。

21 〈3男童闖動物園虐死紅鶴　最大的年僅8歲〉，《自由時報》，2017/03/15。

22 鱷魚被石頭砸死之例，各地皆時有所聞，如大陸武漢動物園曾發生八隻鱷魚被遊客砸死四隻的事件，〈中國遊客亂丟石頭　八條鱷魚四條被砸死〉，《ETNEWS》，2013/07/12；突尼西亞於二〇一七年亦有遊客集體用石頭砸死鱷魚，〈遊客集體「丟大石頭」　突尼西亞動物園鱷魚腦出血死亡〉，《ETLIFE 生活雲》，2017/03/02。海龜新聞參見：〈水族館海龜揹著人民幣！生態池變許願池散發「銅臭」〉，《ETNEWS》2015/09/17。《泰海龜吞錢幣不治　盼民眾重視生態保育》，《中央社》，2017/03/21。

23 《動物園的歷史》，頁205。另外的研究也指出，遊客在各動物園每個獸籠的平均觀看與停留時間大約是半分鐘至兩分鐘。見《動物權與動物福利小百科》，頁381。

24 原子禪，《愛與幸福的動物園：來看旭山動物園奇蹟》（臺北：漫遊者文化，2009），頁40。

25 此為一九八六年在美國傑克森維動物園（Jacksonville Zoo）的研究，見《新動物園》，頁240、288。

26 同前註，頁121。

的理由是，如果只是趴在那裡一動不動，何必大費周章把烏龜運過來？而且這樣想的不只她女兒，不少其他孩子同樣表示：「以烏龜會做的事情而言，不需要在這裡養活的烏龜。」[27]雖然特克提出此例的主要目的，在於憂心真實性的意義是否在機器時代已然稀釋到沒人在乎，但她於書中引用的發展心理學家皮亞傑（Jean William Fritz Piaget）的觀點，亦可作為我們思考人與動物關係的參考。皮亞傑發現，小孩子用來判斷物體是否有生命時，在意的就是會不會動。對年紀還很小的孩子來說，「只要會動的東西都有生命」[28]。雖然隨著年紀增長，他們會慢慢調整這過度簡化的判斷標準，但動物園的情境顯示，人們似乎是以退回童年時期的認知模式在看待與對待動物。因此，只要動物園無法捨棄餵食表演和觸摸親近的號召模式，各類錯誤的對待行為顯然仍會繼續下去，那麼所謂的生命教育，恐怕也只是空談而已。

動物如何看待自己的被看待？

所幸，隨著動物福利觀念的推動，已有部分動物園逐漸修正過往以取悅遊客為唯一前提的做法，開始考慮生活在其中的動物感受。何曼莊在《大動物園》一書中，曾以倫敦動物園為例，描述這個歷史悠久、飼養動物數量居全世界之冠的動物園，如何不斷將各式行銷企劃推陳出新：「其中春夏的夜間活動特別受歡迎，例如在老虎區的草坪上觀看藍光版的《少年Pi的奇幻漂流》，為了不讓聲音驚擾老虎閣下，全場觀眾每人一臺藍芽耳機，限額售票，入場費二十英鎊。」[29]何曼莊的結論言簡意賅：「倫敦動物園那些輝煌的『世界第一』里程碑處處都在強調：科學和保育不是請客吃飯。」[30]正因為不是請客吃飯，那些保育或教育的理念並不見得都是口號，但當動物園畢竟就是一個需要大量經費，以及有著營利意圖的單位時，它的一切決策，都不可能完全脫離金錢與票房的考量，迎合遊客的做法也就成為影響許多動物命運的關鍵。

但是迎合遊客的喜好與考量動物的實際需求，難道一定是互斥的嗎？近年來頗受矚目的北海道旭山動物園，就以其「行動展示」的概念為號召，提供了一種新的思維模式。旭山動物園最核心的展示理念是：希望展場的設計能「引出動物本來的行動，讓參觀遊客看」[31]，至於什麼是「動物本來的行動」？也就是：「接近野生狀態，對動物來說為適合居住的環境之意。」[32]例如「對貓科動物來說，睡覺就是牠們的工作，所以就讓牠們能安心地睡覺，並且高明地讓參觀遊客觀看」。因此園區內遠東豹的獸欄，設計成遊客要抬頭才能看到上方的豹，因為這對遠東豹來說是處於優勢的位置，能令牠們感到安心；紅毛猩猩的「空中放飼場」則是基於紅毛猩猩在樹上生活，以及不會掉落與不放手的特性，讓牠們在離地十七公尺的高度用繩索行走；另外像是企鵝館三六〇度的水中隧道與冬季散步、

---

27 雪莉・特克（Sherry Turkle）著，洪世民譯：《在一起孤獨：科技拉近了彼此距離，卻讓我們害怕親密交流？》（臺北：時報出版，2017），頁47-48。

28 同前註，頁74-75。

29 何曼莊：《大動物園》（臺北：讀癮出版，2014），頁20。

30 同前註，頁20。

31 《愛與幸福的動物園》，頁70。

32 同前註，頁70。

海豹館的垂直水柱等[33]，均是話題性與動物習性兼顧的例子。

當然，如果要以動物福利的眼光鑑定，旭山動物園的園區展示並不見得都盡如人意，但是旭山在整體展場的設計上最值得肯定之處，在於他們能夠脫離傳統動物園只在意「遊客目光」的立場，把生活在園區中的「動物需求」考慮進去，並力圖在本質上看似衝突的兩者之間，尋求園區利益與動物福利之間的平衡點。另一方面，旭山亦巧妙地掌握了觀看的技巧，將遊客的眼光由直接的觀賞轉變為「搜尋」，除了前述的遠東豹之外，「野狼之森」亦是一例，將狼安置在充滿矮樹叢的展場中，讓遊客沿著參觀動線自行尋找狼跡，如此一來，既能增加環境豐富化的需求，也避開了遊客會抱怨「看不到動物」或「找不到動物」的問題。他們甚至讓遊客在不知不覺中擔任起「誘餌」的角色：在北極熊館，從一樓展場看水池時，人的視線是感覺身在水中，但是「從北極熊的角度看來，剛好人的頭顱在水面上出沒」[34]。於是人的頭顱在北極熊的視角而言，遂具有類似海豹的效果。這些做法是否真能將遊客對動物造成的壓力轉化成助力，或許仍有待評估，但無論如何，旭山的嘗試至少提醒了其他動物園，將「動物如何看人？」納入思考，絕對是動物園不容迴避的重要議題。

動物如何看人？是過去動物園很少思考的一個問題。生活在野外的動物，通常少有目光接觸，因為凝視可能同時意味著挑釁與攻擊的前兆，因此「不要盯著動物的眼睛」可能是人與動物接觸時的某種野外生存守則。但是對於動物園的動物來說，熙熙攘攘的遊客很有可能是牠們一成不變的生活中，少數的刺激來源之一，遊客的目光對動物的意義遂發生了移轉。動物如何看遊客，以及牠們如何看待自己的被看待，甚至可能影響某些動物的生活品質，德國柏林動物園（Berlin Zoo）中的北極熊努特（Knut）就是令人印象深刻的案例。當年柏林動物園費心打造努特成為票房明星，可說集萬千寵愛於一身，風光一時無兩，但當努特長大，不再「可愛」之後，遊客的熱潮迅速消退，不再是眾人眼光聚焦之所的努特，竟因此產生了行為問題。德國動物學家彼得．亞拉斯（Peter Arras）說：「牠是一隻問題熊，將來絕對不會交配，而且牠已經沉溺於人類的相伴及掌聲。如果沒有人看牠表演，牠會嚎哭（從動物園入口處就可聽到哭聲），只要有觀眾出現，牠就會平靜下來，開始表演，就像在馬戲團。」[35]二〇一〇年，《法新社》曾拍到一名六歲小女孩帶著北極熊布偶去看牠，努特居然隔著玻璃，把臉貼向布偶彷彿尋求溫暖，令人相當不忍。[36]年僅四歲就不明原因猝逝的努特，牠的一生不僅說明了遊客對於展示動物的身心影響可能超乎想像，更提醒了我們，在動物園中人與動物的凝視／被凝視，是何其重要的一件事。

如果以為，動物無法適應被圈禁的生活，只是因為牠們之前不曾被人所豢養，就太簡化了動物被迫生活在這個完全脫離牠們既有世界的環境，所遭遇的種種衝擊。法蘭屈就曾如此描述：

> 用「牠們沒被圈養過」一語帶過是很難形容牠們目前的感受的，在這之前牠們從沒踏入建築

33 以上各例請參照前註所引書，依序為頁71、81、78、169、92。
34 同前註，頁88。
35 引自李育琴編輯：〈努特失掌聲　個性大變成問題熊〉，《環境教育資訊中心》，2008/01/29。
36 林育綾報導：〈透視明星北極熊「努特」一生　大起大落讓粉絲心痛悼念〉，《今日新聞》，2011/03/22。

物過，應該說在牠們的概念中根本沒有所謂建築物的存在，……牠們究竟會怎麼看待這樣一種極端的周遭環境變化？牠們內心要作出何種調整才有辦法維持其對自我生命形式的認知？……人類爸媽將會背著小朋友們走到牠們面前指指點點，學校的孩子也會學到牠們的名字，然後對著牠們大聲叫喊（接著馬上就忘記）。但人們卻永遠不會理解牠們原先生存的那片土地，不會明白牠們所背負的失落，不會懂得牠們內心糾纏的記憶，不會知道牠們是承受了多少東西才站在這裡——一個動物園的展示區裡。[37]

在《動物園的故事》中，法蘭屈以美國坦帕市（Tampa）勞瑞公園動物園（Lowry Park Zoo）裡幾隻「明星動物」的一生，帶領讀者深思動物園的種種矛盾。黑猩猩赫爾曼（Herman）的母親被獵殺，自己則差點被當成野味賣掉，雖然幸運獲救，但被當成寵物飼養的早期人類家庭生活經驗，卻讓牠終其一生都無法認為黑猩猩是自己的「同類」並與之交配，「雖然生活四周都是黑猩猩，但赫爾曼的內心深處卻和牠們有著隔閡」[38]；同樣出生在動物園，從小被人餵養長大的老虎恩夏娜（Enshala），卻未長成溫馴的大貓，相反地，就算以野生老虎的標準，她凶悍的程度亦不遑多讓。恩夏娜最後因動物園管理不善、人力不足的人為疏忽，離開自己的虎欄而遭到槍殺。

無論是恩夏娜、赫爾曼、努特，或是前述種種動物園的案例，彷彿都說明了對動物而言，在動物園內保有自己的動物性是不被允許的，但如果保有的是對人的親近性與渴望，牠們的日子也並不會因此比較好過。動物園中的動物，是某種介於野性與文明之間曖昧的存在，牠們不再屬於自然，只能有條件地在城市文明所允許的範圍內，以人們想像和期待的形象出現。而這樣的形象，幾乎必然是失焦的。如同約翰・伯格（John Berger）所言，遊客去動物園看動物，基本上和畫廊內的觀眾一幅幅地看畫沒什麼兩樣，但是「動物園內的視點總是錯誤的，如同一張沒有對準焦距的相片。……不管你如何看待這些動物，你所看到的只是一種已完全被邊緣化的東西」[39]。伯格此處所指的邊緣化，意味著動物園中的動物只能身處於前述種種人造的生存空間中，不論是假樹或枯枝，都只是如同劇院中小道具般的象徵物而已。牠們的生活環境基本上就是虛構的，在這樣的狀況下，動物們的反應和行徑自然也產生了改變，「除了牠們自身的倦怠無力或過度旺盛的活力之外，已經沒有什麼東西環繞在牠們四周」[40]。一如何曼莊形容長春動植物公園猛獸區的狀況：

新建的高台步道，讓人居高臨下觀賞老虎和黑熊過著俏皮的家居生活，走道盡頭還有圓形廣場讓人與老虎隔著強化玻璃同高對望，巨大的成年老虎端坐在柔軟厚實的草木上，不一會便像隻貓一般地呼呼睡去。無論獅虎熊豹，在長期的圈養之下都會失去野性，即便是剽悍的東北品種也是一樣，牠會忘記獵食的技巧、生存的本能，牠會習慣住在固定供食的圍欄內。[41]

---

37 《動物園的故事》，頁70、75。
38 同前註，頁54-55。
39 約翰・伯格（John Berger）著，劉惠媛譯，《影像的閱讀》（臺北：遠流出版，2002），頁24。
40 同前註，頁25。
41 《大動物園》，頁182-183。

如果對比約翰．維揚（John Vaillant）那本驚心動魄、充滿力量又令人感慨不已，描述人虎衝突的《復仇與求生》，書中東北虎的形象集美麗、神祕、優雅、智慧與力量於一身，牠們如暗夜般靜默，卻又可以發出讓大地震動的怒吼；何曼莊筆下這群軟綿綿懶洋洋的大貓，以及讓遊客抱在手上當成絨毛玩具般合照的小老虎，可能很難讓人聯想到是同一種生物。因為牠們如果「不自量力」地試圖保有與生俱來的野性，只會遭到如同恩夏娜一般的下場。[42]

在「活生生的動物」與不見容的野性之間

至此，我們來到了動物園最根本的矛盾之處：我們希望看到「活生生」的野生動物，所以動物必須會動、會進食、甚至會「獵食」[43]，來滿足這種野性與親近的想像；但前提是這樣的美必須建立在安全距離之外，只要這個界線稍微遭到挑戰與破壞，甚至只是基於「可能」的破壞，「動物處分」都是必然的結局。除了前述遊客闖入獸欄或動物逃逸事件之外，戰爭中的動物園是最典型的例子。改編自真實事件的電影《大象花子》，就描述了日本的動物園如何因戰爭執行動物處分的故事。至於臺北市立動物園，也同樣在二戰期間以「為時局捨身」名義，於一九四三年十二月二十七日開始處分動物，依序為熊、獅、虎、豹，皆以電擊突刺臉部方式電斃。當時逃過一劫的，只有被視為貴重資產的動物明星紅毛猩猩一郎和大象瑪小姐，蟒蛇鱷魚則因仍在冬眠中暫不處理。[44]然而所謂的「為時局捨身」，說穿了不過是擔心若因空襲等戰爭中的不確定因素，讓動物園中的動物逃逸，會對人造成威脅罷了。由此看來，伯格以博物館觀畫的經驗形容動物園中的凝視，實有其準確之處，我們對動物的「野性之美」的讚嘆，只有在「畫框」之內方能成立，一旦溢出此一框架，動物就會立刻變回危險而需要移除的存在——無論牠們是否造成了確實的威脅。[45]

但是今時今日，對於這些並不適合豢養的大型野生動物而言，最艱難與弔詭的處境莫過於，野外甚至也已經沒有牠們的容身之處。如同史帝夫・貝克（Steve Baker）從另一種角度對動物園中凝視的思考，不同於伯格將動物園中的動物視為處在邊緣，換言之，亦即邊緣之外仍擁有「真實」的空間，貝克雖然同樣認為動物園的訪客只是用自己的凝視把動物框限住，但他並不像伯格般相信動物擁有某種「應該被看待的真實樣貌」，他認為凡是主張「讓動物以牠們應該被看待的樣子」出現的人，

---

42 另一方面，某些管理不善的動物園甚至會傳出飼育員虐打動物的新聞，如：〈直播「虎窩追逐戰」爆虐待？貴陽動物園：他們在嬉戲〉，《ETNEWS》，2017/02/16；〈薩爾瓦多動物園河馬遭虐打致死〉，《Now 新聞》，2017/02/28。

43 儘管活體餵食的表演近年來因遊客觀念的改變，較容易引發爭議，因此已逐漸減少，但仍有部分地區保留此項表演，例如中國哈爾濱的東北虎林園，就一直以遊客可以出錢購買活體動物來進行餵食為賣點，雞、鴨、羊、牛各有不同價碼，參見〈哈爾濱遊客投活食餵虎與論褒貶不一〉，《大紀元》，2009/10/18；遊客過度餵食的結果，使近兩年園中老虎多半體型異常肥胖，成為另一種不當飼養的負面教材。參見文皓心報導：〈老虎過年也變肥？　哈爾濱東北虎林園被質疑過度餵食〉，《香港01》，2017/02/09。

44 《臺北市立動物園百年史》，頁88-93。關於這段戰爭中的動物園歷史，亦可參看吳明益小說《單車失竊記》（臺北：麥田出版，2015）中的相關段落。

45 事實上，動物處分的例子仍不時可見，二〇一五年，中亞國家喬治亞（Georgia）首都提比里斯（Tbilisi）因大洪水造成獸欄沖毀，動物離開園區，結果多數遭到射殺。甚至連已經中麻醉槍倒地的動物都不例外。參見〈喬治亞「洪水猛獸」滿街竄　特警殺光出逃動物　園方痛批反應過度〉，《關鍵評論》，2015/06/16。

都忽略了我們和動物的關係早已受到歷史和文化等因素的制約，所以並沒有所謂關於動物的正確形象存在，也不應該再用某一套視覺的強制律令（visual imperative）壟斷我們對動物的看法，因為那些較正面或美麗的形象（例如動物身在棲地的美麗照片），也可能只是某種對大自然的浪漫化或美學化的想像。亦即，他並不認為還有某種可供回歸的「浪漫美麗」的自然存在。[46]貝克的觀點無疑指向了當下的現實：伊甸不再。

《動物園的故事》一書的開場，正是一群搭乘飛機的大象。這些數量已經越來越少的動物，在牠們的原始棲地卻被認為必須進行「數量控制」：由於空間不足，加上大象對樹木造成的破壞威脅到其他動物的生存，嚴重的盜獵問題又讓牠們在非洲幾乎無處可去，就算是所謂的保護區，也仍然「受限於人類劃定的界限，受限於人類自身的需求，受限於人類定義的規則」[47]，於是這群大象只剩下被殺掉和送去動物園這兩條路。雪上加霜的是，在野外被視為「數量過剩」的動物，到了動物園，還可能面臨「基因過剩」的遭遇。二〇一四年二月，丹麥哥本哈根動物園（Copenhagen Zoo）公開處死十八個月大的長頸鹿馬略（Marius）引發全球關注與爭議，理由就是「基因過剩」。由於哥本哈根動物園參與了歐洲動物園及水族聯盟（EAZA）的長頸鹿復育計畫，而馬略所屬的亞種在聯盟動物園中數量已經飽和，為避免近親繁殖，以及進入繁殖期的公長頸鹿打鬥，唯一的出路是交由非聯盟動物園飼養，但最終並未洽談成功，於是園方仍決定將馬略處死。[48]

其實馬略的遭遇並非特例，而是歐洲許多動物園中的常態，隔年丹麥歐登賽動物園（Odense Zoo）亦因基因過剩的理由殺死一隻九個月大的母獅[49]；挪威克里斯蒂安桑動物園（Kristiansand

Zoo）則將數量過多的斑馬安樂死後餵食園內老虎。[50]但這些事件同樣也無不例外地引發了眾多有關科學、保育、倫理與教育等不同立場與觀點的爭議。無論動物園如何強調弱肉強食的法則、以及動物繁殖的天性不該被抹殺，故而寧願讓牠們繁殖後再將「多餘的」幼崽安樂死，這些都是人為選擇的結果，而非理所當然的標準答案。如同何曼莊在《大動物園》所提醒的，這是「人為重建的自然食物鏈」[51]，而「當『基因過剩』成為殺戮的正當理由，動物園原本很脆弱的立足點也就開始動搖」。[52]這些案例在在提醒與挑戰了我們原本對動物園的認知。如果堅持「親近才能理解」，或許太過簡化了我們在動物園中所想像的人與動物「親密接觸」，背後要付出的代價。

---

46 Steve Baker, "*Picturing the Beast: Animas, Identity, and Representation*"（Urbana: U of Illinois P, 2001）, pp.190-194.

47 《動物園的故事》，頁23。

48 維多魚：〈丹麥動物園公開肢解長頸鹿〉，《台灣動物新聞網》，2014/02/10；林于凱：〈一場肢解的生命教育（上）——長頸鹿Marius之死〉、〈一場肢解的生命教育（下）——血淋淋之外，還看到什麼〉，「關懷生命協會」網站，2014/02/16。

49 〈丹麥動物園公開解剖獅子引發憤怒〉，《紐約時報中文網》，2015/10/16。

50 彭紫晴：〈園內數目過多斑馬被挪威動物園處死餵老虎〉，《關鍵評論》，2016/04/29。

51 《大動物園》，頁8。

52 同前註，頁10。

將動物園視為紀念碑

動物園是否可以作為反省人與動物關係的起點？答案自然是肯定的。但它並非建立在動物園的存在本身，更不是一味將所有動物園合理化為保育或教育的場所就可以解決。動物園具體而微地呈顯出人如何看待動物與自然，以及其中既想親近又想征服的矛盾心理，當這些原本屬於自然的野生動物，已經因為各種理由進入了我們的生活場域，在「事已至此」的狀況下，如何找出顧及現存之圈養動物的福利，並得以讓民眾建立尊重生命，而非將其當為玩物的態度，才是動物園的首要任務。畢竟，「動物園不是自然界的一扇窗，它是一座稜鏡，我們呈現什麼文化，它便折射出什麼光芒」[53]。想要親近與認識動物的渴望，永遠不該也不足以作為圈禁動物進行娛樂的理由。

或許今時今日，與其將動物園視為休閒娛樂或教育中心，不如當成一種紀念碑，記憶這些動物的曾經存活與即將死去。借用阿爾維托．曼古埃爾（Alberto Manguel）在《意象地圖》中討論猶太紀念碑時所提醒我們的一段話：

> 一件藝術品必須能使我們不得不走入妥協，不得不正面相向，才能夠成為一種促使觀者有所領悟的影像；即便不能導引頓悟，至少也應提供一個對話的地方。……每一座真正的紀念建築（換言之，每座既是記憶也是內省的紀念建築）都該在正門上刻下狄德羅小說中一座城堡

牆上的字句：「我不屬於任何人也屬於每個人；你進來之前已經在這兒；你離去之後也將留在這兒。」[54]

自然從來不是屬於我們的，但我們每個人都是它的一部分。身為遊客，我們停留與駐足不過短短數十秒或數分鐘，如果說這些被囚禁的生命和靈魂，牠們受的苦真能讓我們從中學到什麼的話，那意義或許不是出現在相遇的那一分鐘，而是在我們離去之後，究竟願意開始為牠們做些什麼？

53 《新動物園》，頁341。
54 阿爾維托・曼古埃爾（Alberto Manguel）著，薛絢譯，《意象地圖：閱讀圖像中的愛與憎》（臺北：商務印書館，2002），頁317-318。

選文：長春動植物公園——滿洲的春天

何曼莊

一名曾在長春念書四年的女孩跟我說：「你去長春應該很失望，長春根本沒有動物園。」我十分驚訝：「有啊！而且，長春動植物公園還曾經是亞洲第一的動物園呢！」

每次想起長春，我就想起偽滿皇宮裡的溥儀，當然，浮現在我腦中的是尊龍的俊臉，溥儀本尊的臉孔，對我來說總是很模糊。

一百零五年前的今天（專欄刊出日期：二〇一三年十二月三日），三歲的愛新覺羅・溥儀在北京紫禁城的太和殿上登基，那一日，天氣奇冷，溥儀驚嚇大哭，跪在寶座下方的父親安慰他說：「別哭啊，快完了。」這個時候，北京的有錢漢人正在煙花巷內大肆慶祝慈禧太后的死訊。那時清朝確實快要完了，在溥儀登基後的第三年，辛亥革命爆發，中國改制民主共和，宣告了封建帝制的終結。但是現在回頭看來，即使建立了民主體制，那些心懷野心的王侯軍閥，對於帝位的癡心妄想卻從來沒有完了。

跟袁世凱那種「普通人想當皇帝的心」當然不同，溥儀身上流的是偉大祖先的皇族血液，他在獨一無二的紫禁城出生長大、一直住到十八歲，甚至還穿過三年龍袍，如果帝制要恢復，有誰會比他更有資格呢？在紛擾不休的共和之初，溥儀太想當回皇帝，結果成為中國史上退位又上位最多次的皇帝，一九一七年在北洋軍閥張勳的支持下，他第一次復辟，只撐了十二天，但他不氣餒。

溥儀第三次登基，是在他那威盛祖先發跡的滿洲，一方孤寂而荒涼土堆上，灰色無神的天空襯著喇嘛法帽的尖凸，婉容皇后愁容滿面，滿族大臣與日本軍官各懷鬼胎，在北風吹襲中，「滿洲國」成立了，兩旁成群的駱駝都一一歡呼著下跪了。

滿洲是中國「東北」的舊稱，範圍跟今日的省界當然不同，但最大的差別還是在於「滿洲」這個名稱，原名乘載著太多沉痛的歷史包袱：一九三一年，日本軍佔領東北南部，此時溥儀正好被趕出紫禁城，於是日軍將他迎接到東北，成立了「滿洲國」，此一傀儡政權不被國際承認，後皆稱「（偽）滿洲國」。一九六二年美國有一本反共的政治陰謀小說名為「滿洲候選人」（*Manchurian Candidate*），從此這個詞在美國英語中變成了政治詞彙，意思是「傀儡」、「受人操縱」、「被洗腦」的政客。

電影《末代皇帝》在一九八八年入圍九項奧斯卡金像獎，九項全中。要是我對「滿洲國」有那麼一點浪漫的想像，都是因為導演貝托魯奇把電影拍得那樣深刻入骨、絕美而浪漫。尊龍、陳冲優雅到冒泡，坂本龍一西體東用的配樂完美流洩每個悲傷的角落（他還順便出演了株式會社滿洲映畫協會的理事長甘粕正彥），這麼好看的電影，我情願中招，將我氾濫的同情心投入溥儀人生的悲劇性當中：貝托魯奇用了不合實情的電影語言、混搭杜撰的服飾化妝和過度美麗的男女主角，並讓片中所有漢滿日人都講英語，即使在這些所有虛構的不正確之下，這還是一部無懈可擊、感人至深的好電影。

在電影場景中，（偽）滿洲國宮殿內，無論是鴉片煙霧瀰漫的皇后臥室，或是靜默無語只聽見刀叉碰盤聲的長型餐桌上，陽光總呈現著陰鬱的灰藍色，實際上在緯度那麼高的東北，陽光真的很斜，有時候看上去白熾耀眼，但灑在身上連內衣都曬不乾，真是不到北方，不會知道甚麼叫做「冷太陽」。在這樣的冷太陽之下，卻是日本和蘇俄兩個軍國主義國家都想要的滿洲，溥儀在電影中神氣地說：「滿洲是最富饒的邊境，煤、鐵、鐵路！」滿洲除了重工業原料，還有大、小興安嶺跟長白山上豐富的農林資源，融冰後的松嫩平原上，春麥、大豆、馬鈴薯等豐富的糧食生長著，在這塊北方富土的正中央，是滿洲國首都新京，南滿鐵路的起點，也就是今天的吉林省長春市。二十世紀初日本人蠶食鯨吞佔領東北的第一步，便是以購入「滿鐵長春附屬地」為起點，參考了巴黎、英國和美國的都市計畫理念，以長春站前廣場為中心，開發放射性道路網路，建立田園都市，這些在當時最有前瞻性的現代化都市配置中，有許多一直留用到今天，其中長春動植物公園的前身「新京動植物園」，也是當時大規模綠化工程的重要成績。

長春動植物公園位於長春站前的人民大道上，距離市中心的人民廣場只有三公里，門票三十元，從寬闊筆直的人民大道往西走一條街，沿街的民宅在冬夏溫差六十攝氏度下經歷激烈地熱脹冷縮，裂痕多到怵目驚心，所有的招牌都褪了顏色，包括那些延邊朝鮮族開設的特色餐廳，紅底招牌上寫著「狗肉鍋」。只有特種會所的招牌永遠嶄新，因為那都是用五顏六色的小燈泡組成的，通電之後就閃亮亮。雖只有一牆之隔，但一走進長春動植物公園，即刻便被純淨的綠意包圍，一顆修剪成大象形狀的綠樹正在對我微笑，潮濕泥土與植物的呼吸瞬間洗去了外面大街上所有令人沮喪的煙塵。

長春動植物公園最早在偽滿時期由日本人規劃建設，花了兩年多的時間，建造了這個在當時號稱「亞洲第一」的「新京動植物園」。它佔地極大，面積是東京上野動物園的二十倍，園內有自然河流行經、開園初期便有兩隻獅子、十隻東北虎、銀狐一百五十隻、大批水鳥鳴禽為水邊增添美好景色，還有台灣獼猴、梅花鹿等從「別的殖民地」輸入的動物。依照《大新京都市計畫》中的都市綠化政策，當時的長春是一片綠海，一九四二年時，達到人均綠地二二七二平方米，超過美國華盛頓一倍，有日本大城市的五倍，是世界第一，人稱「北國春城」的長春當之無愧。

太平洋戰爭爆發，美軍空襲壓境時，不只是在日本境內下令所有動物園格殺猛獸，連新京的獅子老虎也沒逃過一劫，除了猛獸之外，其餘的動物也在戰亂中散失死亡，到了日軍投降，國民軍接收動植物園時，將此地草木砍伐一空，用作練兵場，到處都是戰壕與工事，而到了敗退之際，這個曾經的亞洲第一動物園內，一隻動物也不剩，滿目瘡痍，還埋了不少炸藥和地雷留給即將接收此地的解放軍，那是一九四八年。

破壞只需要短短的時間，但把地雷和未爆彈清除、再把樹木種回去卻需要幾十年。

一九六〇年，首先「植物園」終於恢復了，共種下三千一百一十七株樹木，其中從長白山引進的美人松和君子蘭是新植物園的主角，期間還曾有五百頭鹿在此園內放養，後來隨著收編的動物越來越多，才改為圈養。說到圈養，整個東北到處都有虎園，長春除了動物園之外，還有一個吉林東北虎園，村上春樹在《邊境‧近境》中提到在長春抱小老虎拍照的地方就是虎園，小老虎雖小，卻牙爪俱全、皮肉緊實，中國人對於這種很驚險的狀況總是會說：「沒問題！沒問題！」但從照片上看來，村上先生還是緊張到不行。而在長春動植物公園的猛獸區有新建的高台步道，讓人居高臨下觀賞老虎和黑熊過著俏皮的家居生活，走道盡頭還有圓形廣場讓人與老虎隔著強化玻璃同高對望，巨大的成年老虎端坐在柔軟厚實的草木上，不一會便像隻貓一般地呼呼睡去。無論獅虎熊豹，在長期的圈養之下都會失去野性，即便是剽悍的東北品種也是一樣，牠會忘記獵食的技巧、生存的本能，牠會習慣住在固定供食的圍欄內，馬上得天下的滿洲人也是一樣，他們住進皇宮之後，便漸漸失去了驍勇善戰的天分。

在今天這樣的日子裡，我搭乘火車從瀋陽到達長春站，那巨大又陰暗的車站裡，每天平均有一百二十三列火車停靠，五萬人次進入，達到飽和的站內像吃壞肚子的魔王胃袋，看不清方向，還有一股怪味，連接車站南北廣場的地下通道足足有一公里長，沒有電扶梯，所有人的行李都在階梯上乒乓作響，這個火車站舊了，但它一點也不老，真正的老火車站在一九九二年被以爆破方式拆除，但短短二十年後，這個現代化車站又快要不敷使用了。

走出站南，廣場上是煙塵無際，三五個剛下火車的農民工，將扁擔和棉被一擱，直接坐上泥地抽起最便宜的香菸，你看得見馬路對面的大和旅館舊址、也知道滿鐵圖書室古蹟樓就在八百公尺外的不遠處，但在這個放射狀馬路的圓心你找不到穿越的號誌，在從八個方向同時切入的汽機車、鐵皮車、三輪腳踏車之間，你也沒有膽量踏出一步，想招呼計程車，但是放眼望去一台也沒有，他們都在路上疾駛急停，車資十分低廉，所以他們都要求乘客拼車好多賺錢。以東廣場為起點的亞泰大街，正為了新地鐵線的建設，全面封路，足有兩台公車那麼長的鋼筋、加上滿天吊臂佔滿所有的人行車行空間，灰泥在大雨中形成滾滾黃沙淹沒路人的腳背。再往東去，在磚石、廢土等層層堆疊包圍的宮牆之後，溥儀曾居的「偽皇宮」現已改成博物院，這是長春最著名的觀光景點，每天一輛輛遊覽車晨昏不歇地，將遊客駛入載出。

似乎長久以來，「破壞、建設、再破壞、再建設」的忙碌，就是長春的宿命，就連最美好的綠肺——動植物公園也總逃不過命運的追趕，它曾經全滅，但當滿洲的春天再來，蒙塵的地面又將再度長出草木，長春人就在這個地方，一次又一次地，把家園再次建起。

——選自何曼莊《大動物園》／讀癮出版／二〇一四年，原刊於博客來 OKAPI 專欄

問題討論

1. 過去參觀動物園的經驗，有什麼令你印象最深刻之處？看完本單元，你對動物園的想像或態度有任何不同之處嗎？
2. 你如何看待野外的數量控制，以及在動物園囚禁一生這兩種選擇的矛盾？
3. 有關哥本哈根與其他歐洲動物園因數量或基因過剩，公開殺戮與肢解動物進行「生命教育」的爭議，請談談你的看法。

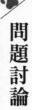

作業練習

收集動物園相關新聞，並寫下你的看法。

相關影片

- 《馬達加斯加》，艾瑞克・達奈爾及湯姆・麥葛瑞斯導演，班・史提勒、潔達・蘋姬・史密斯、大衛・史威默、克里斯・洛克主演，2005。
- 《大象花子》，山川宏治導演，反町隆史、北村一輝主演，2007。
- 《搶救旭山動物園》，津川雅彥導演，岸部一德、柄本明、堀內敬子、六平直政主演，2010。
- 《我們買了動物園》，卡梅倫・克羅導演，麥特・戴蒙、史嘉蕾・喬韓森主演，2011。
- 《黑鯨》，蓋比艾拉・考伯斯維導演，CNN 紀錄片，2013。
- 《動物不是娛樂三部曲》，傅翊豪、陳正菁、朱利安・弗塔克導演，臺灣動物平權促進會，2015。
- 《園長夫人》，妮基・卡羅導演，潔西卡・雀絲坦、丹尼爾・布爾主演，2017。

關於這個議題，你可以閱讀下列書籍

- 班傑明·密（Benjamin Mee）著，楊佳蓉譯：《那一年，我們買下了動物園》。臺北：三采文化，2010。
- 黛安·艾克曼（Diane Ackerman）著，莊安祺譯：《園長夫人：一個戰爭的故事》。臺北：時報出版，2008。
- 埃里克·巴拉泰（Eric Baratay）、伊麗莎白·阿杜安·菲吉耶（Elisabeth Hardouin-Fugier）著，喬江濤譯：《動物園的歷史》。臺北：好讀出版，2007。
- 傑洛德·杜瑞爾（Gerald Durrell）著，李靜宜譯：《現代方舟25年》。臺北：大樹文化，1995。
- 馬克·米榭—阿瑪德利（Marc Michael-Amadry）著，尉遲秀譯：《30街的兩匹斑馬》。臺北：讀癮出版，2013。
- 湯瑪斯·法蘭屈（Thomas French）著，鄭啟承譯：《動物園的故事：禁錮的花園》。臺中：晨星出版，2013。
- 薇琪·柯蘿珂（Vicki Croke）著，林秀梅譯：《新動物園：在荒野與城市中漂泊的現代方舟》。臺北：胡桃木出版，2003。
- 原子禪著，黃友玫譯：《愛與幸福的動物園：來看旭山動物園奇蹟》。臺北：漫遊者文化，2009。
- 何曼莊：《大動物園》。臺北：讀癮出版，2014。
- 吳明益：《單車失竊記》。臺北：麥田出版，2015。
- 徐聖凱撰述：《臺北市立動物園百年史》。臺北：臺北市立動物園，2014。
- 夏夏：《一千年動物園》。臺北：玉山社，2011。

野生動物篇。

一段「劃界」的歷史

我們都來自相同的源頭

知名紀實攝影師薩爾卡多（Sebastiao Salgado），曾在《重回大地》一書中，述及二〇〇四年在加拉巴哥斯群島（Galápagos Islands）拍攝野生動物的經驗，如何改變了他對於人與動物關係的看法。當時他看到一隻碩大的象龜，立刻拿起相機捕捉鏡頭，卻發現象龜的反應是轉身就走，儘管速度不快，但無論如何就是無法好好入鏡。這讓他反省：如果拍攝的對象是人，我們必然會經過對方同意，為何拍攝動物就不必？於是他開始「角色扮演」，以象龜的姿勢、高度、速度來移動，花了一整天的時間才讓象龜卸下心防。

這次的經驗讓他體會到，有別於其他加拉巴哥斯群島上因為未曾和人接觸，所以對人缺乏戒心的動物，象龜的反應背後其實凸顯了一段漫長的人與象龜互動的歷史。自十八世紀以來，加拉巴哥斯群島作為新大陸與歐洲之間的中繼站，船員總是在這裡活捉象龜，以這種長時間不進食仍能存活的動物作為漫長船程的新鮮肉源。因此對象龜來說，人類就是牠們生命中唯一的掠食者，這樣的遺傳記憶經歷了兩世紀仍然留存在象龜的基因裡。由此他發現：「並非只有人類具有理性，而是所有物種都具備自成的理性，只是需要花時間去尋找和瞭解。」[1] 換言之，象龜的反應是基於某種「理性」進行的判斷——儘管多數人可能會稱之為「本能」，但這個「動物也有理性」的體悟卻深深影響了他後續進行《創世紀》野生動物攝影計畫的基本態度。

其後和一隻美洲鬣蜥的相遇，則讓薩爾卡多將人與動物關係的思考又推進一層：

有一天，看到一隻爬行的美洲鬣蜥。這並非少見、極不尋常的事情，也與人類沒有特別干係，只是在觀察牠前足的一隻爪子之際，恍惚間，我竟然看見一隻中世紀戰士的手！而牠身上的鱗，則讓我聯想到鎖子甲（一種鎧甲），而在鎖子甲下方的指頭竟然酷似我的指頭！當下，我對自己說：這隻鬣蜥是我的親戚。證據就在我眼前，我們都源自相同的細胞，……我想要藉著「創世紀」呈現蘊藏在生物裡所有組成元素的尊貴與美，以及我們都來自相同的源頭的事實。[2]

事實上，這樣的看法並非獨特的創見，早在一八九八年，寫下膾炙人口動物文學經典《西頓動物記》的厄尼斯特．湯普森．西頓（Ernest Thompson Seton）就曾說過：「我們和野生動物是骨肉之親。人所有的一切，動物沒有絲毫一點是沒有的，而動物有的一切，人在某個程度上也必然共享。」[3]只不過無論「相同源頭的事實」、「骨肉之親」或所謂「動物也有理性」的觀點，都是許多人無法接

1 薩爾卡多（Sebastiao Salgado）口述，馮克採訪整理：《重回大地：當代紀實攝影家薩爾卡多相機下的人道呼喚》（臺北：木馬文化，2014），頁38-39。
2 同前註，頁217-218。
3 厄尼斯特．湯普森．西頓（Ernest Thompson Seton）著，莊安祺譯：《西頓動物記》（臺北：衛城出版，2016），頁21。

受與承認之事。然而這樣的態度卻提醒了我們，人與動物之間的界線究竟該如何區隔？恐怕並非那麼涇渭分明與理所當然。

自孟子那句「人之異於禽獸者幾希」的著名探問以來，人類對於畫出清楚的「人禽之『辨』」始終有種焦慮與急切。但試圖將人性與動物性清楚切割的結果，就是人對於內在與生俱來的動物性產生更多抗拒與恐懼。段義孚（Yi-Fu Tuan）曾在《逃避主義》一書，指出人類文化中逃避主義的傾向，而人們最想逃避的對象之一，就是變化無常的自然。因此，對於作為「自然」的身體（身為「動物」的身體），人會竭盡所能想要擺脫或戰勝這樣的動物性。舉例而言，進食與性，都是身體最動物性的需求，把進食變成社交禮儀、或是性壓抑與禁欲，就成為人類遠離動物性的表現之一。[4]於是，從內在心理的角度來看，人們將人性與動物性進行區隔；從外在環境來觀察，界線的區隔就成為生活空間上的排除。物理距離越遠，心理距離也就越大，排除與抗拒遂構築成一個循環的迴圈。但另一方面，隨著人類過度開發、環境與氣候惡化造成的種種連鎖效應，野生動物和人的生活場域產生高度重疊，無法真正將動物排除出去的狀況，讓許多衝突亦應運而生。

因此，本章將分別從這兩個方向進行討論，先透過一段大猩猩發現史，回顧人類想要切割自然與文明、動物性與人性的心理劃界；其次則針對生活空間的物理劃界進行討論，思考當代都市中人與動物在生活空間重疊的狀況下所產生的種種衝突；以及同樣與領域重疊相關，但更為複雜的，因人類移動或刻意引入所造成的「外來種」爭議。

心理的劃界：野性？人性？

蒙特·瑞爾（Monte Reel）《測量野性的人》一書，以探險家保羅·杜謝呂（Paul Du Chhaillu）一生對大猩猩的追尋故事，折射出整個維多利亞時代，包括查爾斯·達爾文（Charles Robert Darwin）、理查·歐文（Richard Owen）等科學家，看待生物、演化、人與動物界線的不同認知。因此，透過大猩猩的發現故事，我們亦可勾勒出一段人類思考「野性」為何的歷史。

這段測量野性的歷史，具體而微地展現了人是如何汲汲於在自己與動物之間切割出清楚的疆界。發展出我們如今最熟知的生物分類系統的卡爾·林奈（Carl Linnaeus），雖然將人類與猿類都歸為靈長類，但他仍相信人是一種獨一無二的動物，因此在寫給朋友的信中，表達了某種無奈之情：「必須把人類歸在靈長類中讓我感到不是很舒坦。」[5]其後的幾十年間，科學家們始終致力於將人盡可能地和猿類分開，到了十九世紀初，人類終於享有一個單獨的「目」（order）；但對於分類學系統中，將人類和猿類強行劃分成不同類別的方式，歐文認為並不適切，他主張所有的脊椎動物，包括人類在內，都具有「相同組織架構」（unity of organization），再各自以其特殊的方式發展，他接受

---

4 段義孚（Yi-Fu Tuan）著，周尚意、張春梅譯：《逃避主義：從恐懼到創造》（臺北：立緒文化，2014），頁43。

5 引自蒙特·瑞爾（Monte Reel）著，王惟芬譯：《測量野性的人：從叢林出發，用一生見證文明與野蠻》（臺北：臉譜出版，2015），頁46。

物種遞嬗的觀點，但強調無論如何嬗變，都不可能把人猿變成人。有趣的是，對他來說，就算未來人獸之間不再具有明顯的分界，但「只有那些不夠文明的人才需要擔心人和大猩猩之間的相似性」，而且透過他的研究，人腦裡的某些結構是人猿所沒有的，單憑這一點，人類就值得擁有一個比「目」更高階的分類位置，應該歸在一個完全不同的亞綱[6]；湯瑪斯・赫胥黎（Thomas Henry Huxley）則挑戰了歐文的說法，認為這些大腦結構並非人類所獨有，而是所有高等人猿和許多低等猿類都有的。[7]基本上，由於歐文的看法保留了《聖經》中人是獨特造物的觀念，因此較符合當時的觀點，而達爾文與赫胥黎的演化觀則有待更久之後的種種證據，才成為今日多數科學家所接受的版本。[8]但是回望這段歷史，我們不難發現糾結的核心之一，始終圍繞在人要如何將自己與其他動物區隔開來，找出獨一無二的人類特質所產生的論辯。

而在這場科學界的角力中，桐謝呂不只扮演著提供歐文大猩猩標本的重要角色，透過演講和書寫，這位年輕的探險家讓大猩猩瞬間成為結合了恐怖、力量、具威脅性卻終究要臣服於人類的謎樣魅力生物。但他那充滿了矛盾的大猩猩敘事，清楚地凸顯出劃界的焦慮與困惑。他的大猩猩一方面看起來像「來自地獄的怪物」，有時候又像是對於眾人誤解的澄清[9]，因為他自己同樣搖擺於這兩種觀點之間。不同於可以篤定說出：「愚蠢而弱小的野蠻人仍舊可以捕捉到更為蠢笨但力量強大的大猩猩當獵物，這是因為人能夠運用其理性，但獵物只有牠的本能」[10]的查爾斯・狄更斯（Charles John Huffam Dickens），桐謝呂接觸大猩猩的時間越長，越覺得牠們帶來一種「令人不安的熟悉感」，獵殺大猩猩有時甚至讓他感受到自己像個「殺人犯」。而察覺人獸之間相似性的念頭同樣讓他不舒服，懷疑是自己「靈魂受到詛咒」使然。[11]於是，對於自己似乎無意之間模糊了人與動物的界線，他漸漸選擇堅定立場，對聽眾宣稱「大猩猩和人類這個物種中所有的種族截然不同」[12]。但與此同時，科學界對於自然的探索與論爭仍在持續，身處這個看待自然的觀點不斷遭受新的衝擊與挑戰的年代，榻謝呂對於探險與獵殺的想法也逐步改變，最終厭倦了獵殺與遠征的他，成為孩子們心中說故事的保羅，對後世的叢林冒險小說產生了深遠卻被世人遺忘的影響。[13]

對榻謝呂來說，人與猩猩的界線，隱微地攸關著自身身世的認同，他極力隱瞞母親是混血黑人一事，因為那仍是一個認為黑人演化得比較慢，所以更接近人猿的年代，在美國，「大猩猩」一詞更是用來羞辱黑人的用語。[14]他在看待猩猩與人類該如何劃界這個問題時，態度上的矛盾與搖擺，背後除了反映那個年代在科學、宗教與社會文化等各種脈絡交錯下複雜的認知衝擊之外，也讓我們看到其中人想擺脫及否認「動物性」的內在焦慮。我們距離榻謝呂為了符合他想像中英國上層社會禮儀，

6 引自前註書，頁 36-40，46-48，71-72。
7 同前註，頁 71-72。
8 同前註，頁 115-120。
9 同前註，頁 145-146。
10 引自前註書，頁 156。
11 同前註，頁 97。
12 同前註，頁 229。
13 同前註，頁 267-268，300-301，309-315。
14 同前註，頁 227。

而在演講前閹割猩猩標本（如同前述，這是一個典型排除動物性的動作）的維多利亞時代已經很久了，但是人性與動物性的衝突卻從未消失。只不過如今我們面對的具體衝擊已然轉變為：當猩猩也會使用 iPad，我們該如何繼續說服自己，人擁有獨一無二的大腦與理性？

黛安．艾克曼（Diane Ackerman）的《人類時代》一書，就以多倫多動物園（Toronto Zoo）中專心玩著 iPad 的紅毛猩猩開場[15]，帶領讀者一同進入人類世（anthropocene）下，我們所塑造出的世界。她提醒我們：「你不可能打造大理石或花崗岩的摩天大樓，而不在大自然裡創造相對的虛空。」[16]人類活動的影響已然對地球造成幾乎史無前例的巨大變化，自然與非自然的界線混淆亦成必然，只要觀察如今生活在我們周遭的物種，就可看出人類世的城市如何嚴重改變了生物的生活方式與演化方向。艾克曼以《伊索寓言》中「城市老鼠和鄉下老鼠」的故事為例，鄉下老鼠說，牠寧可每天啃豆子，也不要在城市裡過著提心吊膽的日子。當今的城市老鼠的確長出了比牠們鄉下表親更大的腦袋，來克服都市生活中無所不在的危險。而且呈現這種差異的不只老鼠，至少有十種生活在都市的物種，包括野鼠、蝙蝠、鼩鼱等都是如此。[17]此外，由於都市中的噪音，讓生活在其中的鳥必須越來越早起，於是牠們的生理時鐘也不斷往前提；為了在都市中活下去，有些動物甚至連身體都發生變化，崖燕的翅膀就是一例——內布拉斯加（State of Nebraska）的崖燕如果要安全地飛過公路，就需要快速穿梭的能力，所以短翼的比較能夠生存，造成都市中的崖燕翅膀越來越短。[18]對此，艾克曼拋出了一個值得深思的提問：「由於我們的科技，烏鶇、崖燕和其他動物以這麼快的速度演化，對此我們該有甚麼看法？牠們會不會變成新品種？或者牠們只是我們這時代的新市民？」[19]

動物可以成為新市民嗎？動物市民（animal citizens）此一概念的出現，顯然重新定義了人和城市中動物的關係。但此種新「市民」的生存權和居民權該如何被定義？或者應該先問，牠們真的有權利享有所謂的生存權和居住權嗎？在許多狀況下，答案其實是否定的。

空間的劃界：城市文明下的想像地理

儘管艾克曼的《人類時代》提醒我們，人與自然的連結方式已經發生變化，我們需要新的因應模式與相處之道。問題是，並非每個人都能接受自己的生活場域必須也必然和動物共享的事實。於

15 這是由保育團體「紅毛猩猩拓廣組織」（Orangutan Outreach）為了避免人工飼養環境下的猩猩生活太過貧乏所開發的猿用 Apps（Apps for Apes）計畫，結果顯示這些紅毛猩猩不但會以 iPad 看電視，也會在螢幕上畫畫。見〈猿猴用的 Apps（Apps for Apes）——《人類時代》〉，《泛科學》，2015/10/06。

16 黛安．艾克曼（Diane Ackerman）著，莊安祺譯：《人類時代：我們所塑造的世界》（臺北：時報文化，2015），頁 41。

17 同前註，頁 146-148。

18 同前註，頁 148-149。

19 同前註，頁 149。

是，這些城市中的動物多半仍被視為不受歡迎的外來者，必須被驅趕甚至消滅。鴿子的處境就是其中最典型的例子。灰鴿在西方的醫學與公共衛生論述下，被喻為「有翅膀的老鼠」，但地理學家柯林．傑洛米（Colin Jerolmack）認為，灰鴿本身從未改變過，是人們對於自然——文化界限的「想像地理」改變了。換言之，灰鴿只是出現在「錯誤」的地方，如果在森林裡，沒有人會覺得牠們噁心，但「穿在腳上的鞋子若出現在餐桌上，便顯得令人厭惡」[20]。而所謂「錯誤」的地點，基本上就是廣義的城市空間。

也就是說，對於生活在都市中的野生動物而言，基本上已經沒有所謂「正確」的地點可言，在最極端的狀況下，牠們甚至可能無法想像何謂「天空」。包子逸在〈鴿子〉一文中，就描述過一群令她印象深刻的，紐約紅色1號線第一百六十八街地鐵坑道裡，侷促地生活著的一群鴿子：

> 牠們的家距離地球表面有一段難以飛過的距離，紅色1號線特別的深，人必須先搭乘電梯，再穿越C線地鐵，沿著樓梯往下走個兩層，才能來到最下面的1號線月臺，而隧道往北要到兩百街左右，往南要到一百二十五街左右，才能來到比較接近地表的地鐵站。但是，宛如怪獸般呼嘯而過的地鐵每三分鐘就要輾過隧道一次，如果這些地下鴿子家族真的想過要投奔天空，這幾十條街的飛行路線可以說是非常危險。牠們所體驗到的風速，不但方向固定，而且定時定量。牠們所看到的光線，也許是某個旅客身上金屬首飾的折射，也許是隧道和車頭流洩出來的光，但從來不是來自遙遠星球的光芒。[21]

宛如科幻小說場景的畫面如此詭異，這些鴿子是如何來到這完全不宜居住的坑道中，卻又頑強地生活下來，是個無解的謎。但生物的適應性，在人與動物的生活空間益發重疊的當代都會，卻不見得會被視為值得欣喜的特質。強大的適應性甚至可能帶來心理上與實質上的雙重威脅。以心理層面而言，是疫病、空間與髒亂的焦慮，實質威脅則發生在某些「強勢外來種」造成的環境失衡。在此先討論人因心理上的威脅感所採取的種種排除舉措，外來種問題將於後文再述。

延續前例，鴿子這種生物可說是最典型的都市動物，更重要的是，看似不可思議的地鐵鴿群背後，訴說的正是一段人與鴿子的歷史。史提夫・辛克里夫（Steve Hinchliffe）在〈城市與自然：親密的陌生人〉一文中，雖然未能直接解開紐約地鐵鴿子之謎，卻解釋了牠們何以有能力在這個奇特的地點存活下去：

> 牠們（按：指街鴿）是喜愛與餵養鴿群的長期社會史產物，這段歷史有助於鴿群適合街道生活，甚而存活於街道底下。野鴿喜好人類事物的本性，使其極易馴養，而馴養的過程又讓牠們更容易與人類一起生活。……經過好幾代選擇性的培育，產生了更為友善、較不畏懼人類，對空間的適應也更優於祖先的家鴿。……逃離鴿籠，以街道為家的家鴿，發現牠們不僅擁有

20 灰鴿一例整理並引用自黃宗潔口述，萬宗綸整理：〈可愛無罪，但不能只停在可愛——社運中的貓熊、黑熊與石虎〉，「人・動物・時代誌」網站，2014/04/25。

21 包子逸：《風滾草》（臺北：九歌出版，2017），頁 230-231。

與生俱來的方向感，更有後天養成的能力，可以記得所見地標的微小細節。因此，街鴿有能力解決野鴿未曾遇過的問題。[22]

這群因為人類馴養而經過數代基因篩選的街鴿，得以順利適應城市空間的挑戰，但牠們並未因此取得城市的居住權。儘管在某些地方，鴿子可能被視為城市風景的一部分，但高密度鴿群所製造的鴿糞、以及對鳥類傳播疾病的恐懼，在在引起人們的焦慮。於是，曾經被視為都市神話的鴿群，瞬間成為需要被移除的「害鳥」，伴隨著禽流感等疾病散播的恐慌，禁止餵食鴿子的禁令也就成為許多城市公園中必備的標語。[23]

當然，這段人與鴿子的互動史，不見得可以改變當代社會中的人鴿衝突，但至少對於這些被視為與人「爭地」的動物處境而言，長期遭到遺忘的歷史脈絡仍有必要被還原。陳嘉銘在〈香港，就是欠了「動物史」〉[24]一文中，就曾以香港水塘公園一帶馬騮引起的爭議之例，指出動物史書寫在當代城市中長期被忽視的狀況及重要性。正因為城市的動物歷史往往總是只以三言兩語帶過，如今很少人知道與記得這群馬騮，當初原是被殖民政府刻意引入，用來減少有毒植物馬錢子對人類的危害。但歷史脈絡已然被遺忘的此刻，牠們遂只成為對遊人造成困擾的存在。據此，他引用英國學者艾瑞卡．法吉（Erica Fudge）的概念，提出書寫動物歷史可增進「物種互惠共存的能力」（Interspecies Competence），如此一來，人們對於「闖入」生活場域的各種動物，無論是流浪牛[25]或野豬，或許也較能體認到牠們早在許久以前就已在當地生活的事實，透過「認知自然，而重視自然」。

問題在於，當城市人口密度越高，活動範圍不斷拓展，無論是人類刻意移入也好、動物原本就棲居於此也好，到最後牠們多半被「一視同仁」地當成入侵者看待，那條能讓動物安生人類安心的界線何在？或者該問的是，「城」與「郊」之間真有界線存在嗎？就成為弔詭的問題。於是，在城市空間越緊迫的區域，人與野生動物生活空間重疊的衝突也就越多。以香港來說，近年發生多起市區野豬引起眾人驚惶的事件[26]，最引人注意的莫過於二〇一六年底，兩野豬誤闖赤鱲角機場停機坪，一隻

---

22 史提夫．辛克里夫（Steve Hinchliffe）著：〈城市與自然：親密的陌生人〉，收錄於約翰．艾倫（John Allen）等著，王志弘譯：《騷動的城市：移動／定著》（臺北：群學出版，2009），頁181-182。

23 辛克里夫也點出，伴隨禁止餵食的規定，常會有同步的鴿子捕殺計畫，以免這些鴿子餓死有礙觀瞻。但這類捕殺與清除計畫往往是偷偷進行，以免遭到抗議。他認為這正表現了部分都市居民對這些動物鄰居的感情。同前註，頁182。

24 陳嘉銘：〈香港，就是欠了「動物史」〉，《立場新聞》，2015/12/11。

25 香港的流浪牛，是隨著生活型態的改變，被農民放逐與遺棄的牛隻，主要分布在西貢、大嶼山等地。為避免人牛衝突，香港漁護署於二〇一一年成立牛隻管理隊（牛隊），進行「捕捉、絕育、遷移」計劃，但不少小牛因此尚未斷奶就被移置異地放養；此外，路殺事件亦時有所聞，二〇一七年五月，發生一起西貢大公牛被撞後遭人道毀滅的案例，但有民眾表示，牛隻被撞與之前野豬狩獵隊追趕野豬驚嚇到牛隻有關，被撞的公牛右腳骨折即遭漁護署人道毀滅的處理方式，亦引發不少批評及爭議。香港官方之流浪牛管理計劃可參閱〈流浪黃牛及水牛管理計劃〉，「香港特別行政區政府漁農自然護理署」網站，2013/07。其他相關新聞可參見〈黃牛捱車撞傷重人道毀滅同伴　相陪待救不願走〉，《明報新聞網》，2017/05/20；李慧妍撰文：〈西貢幼牛遭分離放逐　團體冀約見漁護署停捕捉〉，《香港01》，2017/04/26；吳韻菁撰文：〈漁護署救治小牛　換來調遷、失蹤、骨肉分離？〉，《香港01》，2017/02/10。

26 如二〇一五年五月曾發生小野豬誤闖童裝店事件。見黎家駒、張培生報導：〈野豬逛商場闖童裝店〉，《蘋果

跳海逃生，另一隻在機場開車驅趕時先被撞擊，再被機場特警壓制後，因傷重予以「人道毀滅」[27]。憑著本能游泳來到停機坪的野豬，並不會知道自己就此踏入了死亡陷阱，但牠們的命運，卻凸顯出就算這些動物是土生土長的「原居民」，當地方空間已成為人類改造過的「專屬」空間時，牠們不是必須置身險境[28]，就是注定成為不合時宜的存在——無論是翻食垃圾或是將高爾夫球場的草皮挖起，都將成為居民投訴的對象。[29]

野豬問題近年在香港引起不少爭議與討論，原因就在於都市居住空間越形壓縮，動物的「存在感」就越強，人們發現原來動物不只是到山裡才會出現的「野生」動物，而是就在自己身邊，受到威脅的感受也就越強烈。張婉雯的小說〈打死一頭野豬〉當中，就將野豬與城市邊緣者的處境加以連結，主角的同學阿稔，在某隻野豬因誤闖馬路而被射殺的隔天彷彿也「消失」了，原因是阿稔精神疾病的父親同樣被警察射殺。[30]於是我們看到，表面上動物因為闖入錯誤的地方而遭到「移除」，但牠們真正跨越的是一條隱形的心理界線，這條心理疆界不同於前述區隔人性與野性的人類自我認同危機，而是來自於我們對於文化與自然分野的「想像地理」，來自於我們對何謂「生活遭到干擾或威脅」的定義。

但是，都市匯聚了各種不同背景、階級、文化與族群之人，每個人心理界線的劃界方式，自然也因其不同的生活方式、文化脈絡與道德立場而殊異。理論上來說，當城市居民對待「入侵」動物的態度越趨一致，衝突的可能性也就越低。但是在一個社群團體中，勢必會有不同的聲音存在，因此，最重要的事情並非尋求一個真正的「共識」（因為那樣的共識或許根本不存在），而是在面對必然混雜的城市—自然形構時，如何進行某種「跨物種協商折衝」[31]。以野豬為例，如果說「野豬關注組」

與「野豬狩獵隊」分別代表了動物保護與動物移除的兩端[32]，我們會發現介於中間的多數人，態度可能是浮動的，他們支持或反對某種對待動物的方式，受到各種變數的影響。舉例而言，過去多數居民認為交由野豬狩獵隊處理入侵野豬乃屬理所當然，但隨著野豬所闖入的「人類空間」越來越接近人口稠密之處，人們基於安全考量，擔心在大街上射殺野豬時誤傷民眾，對於野豬關注組協助介入，進行誘捕後野放的接受度因此相對提高。[33]換言之，就算人們改變的並非看待野豬本身的態度，而是考量當下各種安全或利益需求之後的結果，也仍然可能讓人與動物間逐漸協調出新的因應或相處之道。

香港野豬之例格外值得注意，是因為它提醒了我們，香港這個城市的特殊之處，是由驚人的密

日報》，2015/05/11；關於該事件之評論可參見張婉雯：〈港孩與野豬——命運共同體〉，《香港獨立媒體》，2015/05/26。

27 相關新聞參見：〈野豬誤闖停機坪慘死　機管局認曾開車驅趕非蓄意傷害〉，《蘋果日報》，2016/12/23；〈野豬游水闖停機坪　機場特警捉完一隻又嚟一隻〉，《東網》，2016/12/20。

28 如二〇一六年五月，曾發生兩隻野豬誤闖海洋公園，最終喪命於遊樂設施「滑浪飛船」儲水庫的事件。參見呂凝敏報導：〈兩小野豬遊走海洋公園　命喪滑浪飛船儲水庫　漁護署跟進〉，《香港01》，2016/05/31。

29 香港野豬問題的脈絡，可參閱此篇報導：〈野豬去又來　共融或獵殺？〉，《文匯報》，2017/01/02。

30 張婉雯：〈打死一頭野豬〉，收錄於黎海華、馮偉才編：《香港短篇小說選2010～2012》（香港：三聯書店，2012），頁275-291。

31 〈城市與自然：親密的陌生人〉，頁185。

32 有關野豬狩獵隊與香港野豬關注組的成立脈絡與雙方說法，可參考許政報導：〈政府野豬狩獵隊　擺正牌殺豬〉，《蘋果日報》，2016/08/26。

33 此為筆者於二〇一五年九月於香港與野豬關注組理事黃賢豪先生進行之訪談內容。

度與複雜的地貌兩個特色共同構成：

無論站在香港的哪個地方，不管是中心街還是邊緣的新城，你都可能處在高樓的陰影之中或之間，然而同時只花幾分鐘便可步行到海邊或山腳下，或許多數時候還有山有水。……香港高樓林立的市區和它的生物多樣性的情景之間的關聯並不總是那麼明顯或有用，但這兩者的共存卻是一個被關注得太少的情形。[34]

獨特的城市系統使得視而不見無法成為解決與擺脫之道，人們只好直面動物／自然空間存在的事實，從而思考這些「入侵動物」帶來的挑戰——尤其野豬不同於老鼠或街鴿，可以輕易畫分到「害蟲」的思維模式中，野豬的「野」在在提醒人們，人與野生動物比鄰而居的事實。在這樣的狀況下，「相互承認」與「重新評價」的空間，也就可能在過程中打開，從而形成「都市特有的人類／非人類倫理實踐」[35]。

誠然，每個城市都有各自的文化與歷史脈絡，他山之石未必真能攻錯，但如何看待發展、文明與生活的心態和邏輯，卻往往有著跨文化的共通之處。臺灣近年來種種人與野生動物之間的衝突：例如苗栗拓寬道路的工程威脅石虎生存，部分議員和居民卻批評怎可「為了保護生態蔑視開發」[36]；以及柴山獼猴家族被集體毒殺的事件[37]，和香港野豬問題的狀況固然脈絡不同，卻同樣凸顯出人與動物空間重疊的背後，其實與人類世下人類行為造成的各種影響，使得野生動物棲地減少與劣化息息相關。經濟開發是不可能將人自外於生態系，無視對環境的衝擊和影響的。各地因其獨特的地貌環境、物種分布，要面對的「入侵」物種或有差別，但如何重新思考人與動物、人與環境關係，卻是所有人都必須面對的現實。[38]

必須強調的是，這樣的倫理實踐並非意指樂觀的「人與動物和平共處」之想像，而是承認城市作為匯聚不同的人與動物之空間，此一共存的事實，並且體認到面對城市─自然共存的狀況，具有多重的回應可能。也正因為回應的可能性不只一種，在考慮人類的生存、安全、便利之外，不表示兼顧動物生存的選項就不存在，只是這些選項的前提是，人往往需要「犧牲」一部分的便利，以及改變想要快速解決問題、「眼不見為淨」的心態。包子逸〈鴿子〉一文，就凸顯了在直面動物存在的事實時，也必須面對不同道德選擇與處理方式背後的衝突。她鉅細靡遺地寫下主角「阿桂」如何在幾種心情中擺盪：覺得鴿鳴擾人清夢的困擾、母親擔憂鴿子傳染病菌而要求移除的態度、鴿子已經在冷氣機下築巢的不忍、觀察窗外小鴿子出世後生命成長變化的喜悅⋯⋯。阿桂最後選擇用鳥籠

---

34 巴里・謝爾敦（Barrie Shelton）等著，胡大平、吳靜譯：《香港造城記》（香港：三聯書店，2015），頁13、179。

35 〈城市與自然：親密的陌生人〉，頁185。

36 見〈苗議員槓石虎專家　「全世界沒人為生態藐視發展」〉，《蘋果即時新聞》，2016/11/09。另石虎議題可參考陳美汀：〈石虎保育誰的事──你願意放棄「過得更好」的權利嗎？〉，《鳴人堂》，2017/04/06。

37 吳慧芬報導：〈柴山獼猴群疑遭毒殺　6天暴斃15隻〉，《蘋果即時新聞》，2016/08/26。

38 由此觀之，我們對於「城市動物」的想像其實也必須調整，例如加拿大必須面對的是北極熊因氣候異變、覓食不易，而闖入民宅的情況，如果還認為城市動物只限貓狗或老鼠、鴿子，恐怕無法充分回應當代人與動物關係的狀況。見〈加拿大北極熊侵擾民宅　遭擊斃〉，《蘋果即時新聞》，2012/03/30。

拘禁公鴿兩週後野放，並用ＢＢ彈威嚇附近鴿子（結果鴿子未受驚嚇，反而是對面鄰居出來罵人）的方式，或許不見得符合其他人眼中的「安全」或「道德」標準——以擔憂鴿子傳染病菌的立場而言，這些鴿子未被真正「移除」；以動物福利的眼光來看，ＢＢ槍絕對不會是個好選擇，無論是基於威嚇或獵殺的目的。但阿桂看似矛盾的種種行為（一方面要驅趕鴿子，一方面又照顧小鴿子，並且在牠們不慎滾落時前往救援），以及他選擇以如此漫長的過程，來處理對他而言造成困擾的鴿子問題，卻是一個重要的提醒：前述的「跨物種協商折衝」，正是在這樣反覆的、看似衝突的各種選項中挪移，而在過程當中，是否願意用相對比較費事的方法、願意等待一隻小鴿子成長的時間，都可能是城市動物存續與否的關鍵——很多時候，選項並非不存在，只是人們覺得麻煩而已。

當活下去成為一種罪：回不去的伊甸園

在各種因移動造成生活領域重疊的生存競爭中，外來種的爭議或許是其中最為複雜難解的。[39]無論是人類刻意引入某些物種而造成當地生態系統的失衡；或是透過人類移動而「搭便車／船／飛機」來到異地的強勢物種；或因走私、飼養、放生之人類不當行為造成外來種的野外繁殖[40]，所有的外來種問題幾乎無不與人類行動有關。如同艾倫·柏狄克（Alan Burdick）在《回不去的伊甸園》中引述海洋學家詹姆斯．卡爾頓（James T. Carlton）的看法：「沒有一件入侵與人類無關。自然界不會出現歐洲西岸與澳洲東岸的海洋生物交流互換的情形。這樣的事情沒有為什麼，自然界就是不會發生。」[41]這些動物跨越了原本不會跨越的界線，從而造成某些無可挽回的生態衝擊。或許很多人會同意，既然是「外來」種，那麼在維護本地生態多樣性的考量之下，移除是必然也必要的唯一選擇，但是，外來種所牽涉的問題可能遠比想像中複雜。

柏狄克《回不去的伊甸園》一書，就以棕樹蛇（*Boiga irregularis*）為起點，敘述外來物種進入地方生態系之後，「生態同質化」（Homogecene）[42]的危機。這種源於澳洲和印尼的蛇，透過人類移動擴散至原先只有鉤盲蛇（*Braminy blind snake*）的關島和夏威夷，從而對當地的鳥類族群造成巨大的衝擊，因為當地「沒有任何一種鳥類是因應蛇的存在演化而來」[43]。但是，在面對棕樹蛇這種兼

---

39 有關被視為同伴動物的貓狗是否為外來種的爭議，以及放養貓狗與野生動物之間造成的衝突，將於第四章中討論，本章重點將以一般野生動物的外來種為主。

40 如〈外來物種侵遍全球各地 科學家稱或毀滅地球〉，《阿波羅新聞網》，2012/07/31，談論的即是外來種依藉著人類的交通工具，而嚴重威脅到當地生物多樣性的狀況；另如李淑蘭、陳顯坤報導：〈棄養綠鬣蜥個案增南部野外繁殖迅速〉，《公視新聞》，2016/07/30；黃宇恒：〈請不要放生：野生金魚成入侵物種，破壞淡水生態〉，《關鍵評論》，2016/08/18，都提到了類似的不當放養行為造成的生態浩劫。

41 艾倫．柏狄克（Alan Burdick）著，林伶俐譯：《回不去的伊甸園：直擊生物多樣性的危機》（臺北：商周出版，2008），頁265。

42 同前註，頁27。

43 同前註，頁20。

具「有力、優雅與效率」[44]的神奇動物時，柏狄克卻陷入了某種心情上的矛盾，他開始反省：

劃分自然與非自然的那條界線，正在我們人類。……倘若萬物都以自利為出發點，那麼樹與飛機起落架，或者塑膠管與地面上的洞又有何差別呢？若我們劃下那條界線，只適用於人類的某些目的，那麼，那條界線對棕樹蛇或世界上除了人類以外的其他生物來說，根本毫無意義。我知道棕樹蛇為環境帶來巨大的傷害，我也知道，對於棕樹蛇的入侵，身為消費者、旅人、運輸工具的使用者，我必須擔負部分的責任。我無法單方面譴責棕樹蛇，而不思反省自己的作為。[45]

在此我們看到，關鍵再一次回到人如何劃分與看待人與自然、自然與非自然的界線，「原居」與「外來」若以現狀來評估，或許是無所爭議之事，但若將時間延長，原居與否的切截點該定在何處？更何況生態系這個概念本身就並非指向一個恆定不動的封閉世界，相反地，如同生物學家羅伯特．歐尼爾（Robert O'Neill）所指出：「萬物的變換是時時刻刻不斷發生。物種播散、侵入，來了又走，演化與滅絕，任何生物都可能會在某個地方成為入侵者，……一個生態系之所以恆久穩定，不是因為它的物種不曾改變，而是因為它不斷改變。」[46]只是人類活動的軌跡讓原本不會發生的大範圍移動對其他生物成為可能，對棕樹蛇這樣的「入侵者」而言，牠或許純粹基於偶然爬上了一架飛機之上，對牠來說，移動與生存都是某種出於本能的必然，但在錯誤的地點，活下去的能力遂成為一種罪。

由於可被人知的入侵物種[47]，必然是成功案例，而且往往是牠們對當地生物造成的破壞與衝擊，已達致可被觀察的程度，如何進行損害控制，就成為一場漫長而痛苦的攻防戰。以臺灣為例，近幾年較為人熟知的強勢外來種，至少包括福壽螺、小花蔓澤蘭、沙氏變色蜥、亞洲錦蛙、巴西龜、白尾八哥與埃及聖䴉等。[48]牠們不只因棲地重疊造成排擠效應，甚至可能直接捕食較弱小的原生物種，例如亞洲錦蛙捕食原生種小雨蛙[49]、亦有八哥掠食麻雀幼雛的觀察紀錄。[50]基於保護原生種、避免強勢物種過度擴散造成生態單一化等考量，試著在一切發展到無法控制的局面之前，想辦法移除、減

---

44 同前註，頁86。

45 同前註，頁86-87。

46 引自前註書，頁244-245

47 事實上，當我們選擇使用「入侵物種」一詞時，已隱含某種生物優勢的意義，柏狄克在書中引用生物學家馬克．戴維斯（Mark Davis）的說法，分析了不同詞彙背後看待這些非原生物種的隱含態度：在早期多數科學家會使用較中性的詞彙，如「引入的」（introduced）、「非原生的」（non-native）、「建立族群」（founding populations）等，相對而言，「異種」（alien）、「外來的」（exotic）、「入侵者」（invader）則隱含負面意涵。同前註，頁237-238。

48 有關外來種的相關報導相當多，可參見〈外來物種強勢入侵，嚴防生態危機加劇〉，《中華日報新聞網》，2015/06/12；此外，值得一提的是，文中所引之外來種案例發生原因皆不同，有肇因於人為刻意引入而失控的，也有非法走私寵物所造成，但埃及聖䴉則是由動物園逃逸繁衍所造成。參見潘欣中報導：〈「水鳥樂園」危機外來種吃掉原生種〉，《聯合新聞網》，2017/01/03。

49 許智鈞報導：〈保護原生種　學生組隊抓亞洲錦蛙〉，《中時電子報》，2015/05/14。

50 莊哲權報導：〈白尾八哥掠食麻雀　生態警訊〉，《中時電子報》，2015/07/15。

少或最低限度盡量控制這些物種的繁殖數量，便屬當務之急。[51]

但是，在面對這些入侵物種造成的災難時，牠們也是「生命」的事實是否需要納入考慮？就成為一個尷尬的問題。尤其這些強勢物種的誕生，實為人類的「神之手」介入的結果，「作為自然界拓展範圍最廣闊的入侵者，人類文明本身竟已轉化為天擇的力量」[52]，牠們因為我們的喜好、疏忽或試圖解決其他生物造成的問題而被引入，最後卻必須概括承受人類的種種失誤，這是公平的嗎？另一方面，「外來種」可以作為不用考慮對待動物的倫理唯一的理由嗎？當移除動物可以得到獎金[53]，獵殺背後連結的獎勵機制會否讓道德感受相對變得麻木？都是值得思考的問題。

在面對強勢外來物種時，處理方式一般是獵殺和移除後代雙管齊下，而且移除的正當性多半能被民眾接受[54]，但近年來，動物倫理的考量，已逐漸被納入解決外來種問題時的討論範圍。以澳洲的海蟾蜍（cane toad，又稱為甘蔗蟾蜍）為例，這種原產於中南美洲的生物，多年前由澳洲政府引入，目的是控制昆士蘭州影響甘蔗生長的有害甲蟲，然而這是個徹底失敗的行動，海蟾蜍不但不吃甘蔗甲蟲，而且具有毒性的特質讓牠們成為澳洲新的天擇驅力之一——因為只有嘴巴較小、無法吞下蟾蜍的原生毒蛇才有可能倖存。[55]不意外的，海蟾蜍的全面失控讓牠們遭到撲殺的命運，牠們的頑強生命力則讓這個任務變得更加艱鉅，該如何「人道撲殺」海蟾蜍，已成為部分科學家致力研究的方向。目前的研究指出，以冷凍的方式取代棍棒撲殺，可能會是較好的選擇。儘管這個方法是否為「最人道」的選擇仍無定論，加上若冷凍時間不足，可能會發生更不愉快的意外[56]，但這樣的研究方向，至少提醒了人們：生命倫理的考量，不該有任何先入為主的排除對象。畢竟，「所謂的自然，是由人類的記憶去定義的。而人類的記憶比之生態系的記憶，不過是滄海之一粟」。57

51 與此相反的狀況是，對於野外族群太少且因棲地劣化無法主動向外擴散的動物族群，異地繁殖就成為考量的選項之一。

52 《回不去的伊甸園》，頁246。

53 例如捕獲沙氏變色蜥可以得到三元獎金，見〈抓對寶可換錢　嘉義獎勵捕捉外來種蜥蜴〉，《青年日報》，2016/09/07；又如二〇一三年臺灣爆發狂犬病恐慌時，雲林曾推出抓狗送白米的活動，見〈古坑鄉「抓狗送白米」奇招喊卡　但被捉貓狗即將安樂死〉，《ETNEWS》，2013/08/06。

54 辛克里夫以野雁為例，倫敦聖雅各公園（St. James's Park），每年約有數百隻野雁遭滅音槍獵殺，在密爾頓凱因斯（Milton Keynes）會將野雁蛋從巢中取出煮熟再放回，讓野雁無法孵育下一代。見《騷動的城市：移動／定著》，頁182-183。另外，絕育也是目前處理野生動物問題時的一種選項，例如香港的野豬問題，有關單位曾提議為野豬結紮，臺灣的巴西龜也有絕育案例。但整體而言仍不普遍。

55 《回不去的伊甸園》，頁410。

56 鄭宇晴報導：〈澳洲海蟾蜍肆虐學者籲人道解決〉，《台灣醒報》，2015/05/27。

57 《回不去的伊甸園》，頁122。

理解自己眼中所見永遠不是全景

段義孚在《逃避主義》一書談人的分離與冷漠時，曾舉了一個民族誌文獻的例子，一個納瓦霍族（Navajo）的父親在對孩子解釋細繩遊戲時說：「我們必須把生活與星星以及太陽聯繫起來，和動物以及所有的自然聯繫起來，否則我們就會變得瘋狂或是不舒服。」[58]段義孚據此說明，人需要秩序與穩定感，因此思考會破壞已經建立的價值觀，削弱人與人之間的凝聚力。他說：「人們在表達自己的見解時，知道得越多，感覺越敏感，聽眾就越少，個體就會越發感到孤獨。」[59]面對複雜的環境與動物議題時，許多行動者往往也會感嘆「知道得越多，聽眾就越少」，因為他們所揭露出的現實，很可能直接衝擊到一般人所習慣的生活，於是各種基於不想改變或是受到威脅的心態，就會讓人們寧願選擇遠離思考，不想讓其中的複雜破壞了原本建立的秩序感。

但是，秩序與穩定感無法因為選擇視而不見就得到維持，在此，我想借用段義孚以風景畫對人類彼此分離狀態進行的隱喻，說明人與環境議題的關係，他說：

一幅美好的風景畫最關注的是和諧的整體布局。風景畫要顯示出不同物體在大小比例上要相互協調，但是對於那些生活在那裡卻專注於直接需求的人來說，他只會留意整體中的一小部分。風景畫顯示出距離上的優勢，只有處於一定的距離才能觀察到整體結構，才能在個體與現實之間，建立起一種冷靜而富有情感的特定關係。但是，從遠處看，生命與環境之間的和諧本身與觀賞者所看到的和諧並不是一回事。[60]

對於置身風景之中，專注於直接需求的人來說，要求他退到全景的位置，或許不是每個人都能接受。但有的時候，我們只是因為距離太近而忽略了全景的視野，舉例來說，或許很少人會認為自己「全力支持砍伐山坡地」，但卻不知道自己手上的一顆水梨或火龍果，可能已經參與了砍伐山坡地的行為。選擇什麼樣的觀看距離本身並無對錯，重要的是我們必須理解自己眼中所見永遠不是全景，如此一來，面對這個不斷變動的世界，才能保有不斷調整有形與無形邊界的彈性——畢竟，活在一個猩猩會玩 iPad，獼猴也會自拍[61]的年代，我們難道不該重新思考人與動物的界線嗎？

---

58 《逃避主義》，頁 152。

59 同前註，頁 150。

60 同前註，頁 159-160。

61 獼猴自拍事件，甚至引發一系列動物肖像權的爭議。二〇一一年，攝影師大衛．史雷特（David J Slater）在印尼蘇拉威西島國家公園（Island of Sulawesi）拍攝瀕臨絕種的黑冠獼猴（黑冠猴），結果猴子搶走他的相機，拍下多張自拍照。維基百科把猴子自拍照放到網站後，史雷特認為自己擁有版權，要求撤下照片，但維基百科認為這些照片是「非人類的動物作品，版權屬於公有」，美國著作權局的裁定認為維基百科勝訴；之後又有動物維權人士主張，既然照片是獼猴自己所拍，理應擁有照片的所有權，因而代替獼猴提出訴訟，雖然最後法院仍判定動物並未具有自己的著作權，但由此引發的關於動物是否具有自己的著作與肖像權的思考，無疑為動物權利的議題帶來一些新的激盪。參見：〈當獼猴拿起相機「自拍」，牠能擁有那張照片的「著作權」嗎？〉，《關鍵評論》，2017/07/19。

選文：鴿子

包子逸

「為什麼你的模樣如此地疲倦？
你曾經飛越哪些地區？
你又為何抵達這片潮濕的，黑暗的草地？」
靜靜地，他只是靜靜地站著

我懷疑他的雙翅究竟多麼沉重
我懷疑他正在想些什麼，莫不是
那些風雨獨飛的記憶？——
靜靜地，當他靜靜的與我對視

——孫維民，〈鴿子〉，《拜波之塔》

城裡的鴿子和人們緊緊相鄰，彼此往往只是牆裡牆外的關係。

閏九月前的夏天，一對鴿子夫婦選中阿桂窗外冷氣機下方的腹地，和阿桂比鄰而居。

Coo……Coo……鴿子的呢喃在英文字典中有相當柔情的解釋，但在沉睡的夢裡聽起來暗潮洶湧，像法式喉音的宣言，也像在黑暗裡糾纏風聲的老風琴，日日弄皺清晨的好夢。

不勝其擾的阿桂和我商議，要用什麼方法驅走牠們？從動物園崗位退休的老爹建議在窗前黏貼巨大的老鷹照片，最好有鷹眼特寫的那種。

已經在都市裡謀生這麼久的鴿子還會害怕老鷹嗎？會的，有人說，恐懼可以遺傳，害怕能浮水印一樣，生生世世留在基因裡，在還沒有體會過某種恐懼的時候，在心底埋入恐懼的種子——聽見響尾蛇尾巴發出流水一樣的騾響，青澀的小馬也會驚跳起來，那是一種求生本能。

我們終究沒有懸起掠食者不怒而威的肖像，以形而上的恐懼逼視獵物，啟動牠們逃命的反射動作。鴿子情侶只要在凌晨拉起嗓子，阿桂便會在半夢半醒間隆隆搥打牆壁，牠們聽見鄰居的抗議，便識趣地安靜一會兒。

城裡鴿子和人們的關係比夢與現實的關係更緊密。他們同在某個遮風避雨的簷下，奉行一夫一妻制，努力生兒育女，於狹縫中生存，也有居住的煩惱。每日，鴿子與人們輪流離巢，風雨無阻在淺碟似的盆地中覓食，於天際線的缺口間責命，下定目標、起飛、俯衝，尋找良好的制高點，熬過一個又一個多雨的冬日，漸漸也有了熟悉的移動路線、綴滿個人情感的城市座標，在日積月累的微塵中撫平某種程度的獸性，梳理羽毛，在生活中定位出應對之道。

作為最普通的那種灰色鴿子，野鴿並不特別宣揚自己的存在感，討厭牠們的人稱之為「長了翅膀的鼠輩」（rats with wings）。老鼠和鴿子這一類的動物，即使餐風露宿，很少在意義上被分配到「流浪」的圈子，和宜家宜室的都市犬貓共煩憂。

流浪是針對歸屬衍生而來，或許是鳥兒能飛，暗地裡被期待是野的，流浪並不稀奇，無須特別標註；又或以為牠們必然有巢可歸，啣泥草而居，處處可以為家，不適用於流浪的範疇。

城裡的野鳥於是像久居異鄉的遊子，一旦脫離了原始的處境，只能懷著身分認同的尷尬問題，在不確定中安頓身心，儘管已習慣了遠方的霓虹燈，在緊湊的都會生活裡站穩立足之地。

飛進城裡，就是另一種形式的漫遊了。現代叢林有如此多的機會，也有如此多的不自由；牠們終究不像山裡的老鷹，林裡的綠繡眼，能夠自在回應自然的呼吸，都市的危險畢竟是非常不同的。

那些灰階、不太時髦，頸部閃現金屬光澤的鴿子，既不能加入色彩斑斕又歌喉優美的家鳥行列，接受定時定量的供養與娛樂，亦無法回歸山林，當隻真正的野獸，只能勉強活得像一片將雨欲雨的灰雲，永恆地在破碎的城市天空穿梭。

情勢使然，野鴿子即便活在城裡、在家門外，不時在公園與廣場裡走動，人們在心態上依然把牠們當成化外之民，是野的，平常不太放在心上，必要時予以驅逐。

馴養的鴿群則是截然不同的階級了。為了獎金與傳奇，鴿舍養的鴿子講求「血統純正」，專門吸收骨架大、飛得遠、任勞任怨能夠參加比賽的鴿們，平時密集接受訓練，學會人類的指令：只要揮舞紅旗，便要持續地飛。至於擔任重要場合臨時演員的白鴿，牠們穿著白色制服，集體飾演和平的信使，在某些典禮中儀式性地飛向藍天。

阿桂飽受鴿子鄰居騷擾那陣子恰好受了點風寒，咳嗽拖了一陣子都好不了，阿桂的媽便緊張起來，懷疑是鳥鄰居帶來的汙染。和許多張開羽翼的媽媽一樣，母愛的防衛機制極容易在不安中觸動警鈴，產生母愛神經質的病理學聯想：肯定和窗外不潔的鴿子有關。傳說中的鴿子不是帶有什麼可怕的病菌嗎？是致命的吧？——醫生說得沒錯，在母親的心底，一般來說都是口耳相傳的偏方最有效，又屬傳說中的病最可怕。和平的象徵，也不可掉以輕心。

留不得，必須把鴿子趕走，緊張踱步的母親下了逐客令。就在那時候，阿桂發現神鴿俠侶竟已在冷氣下方築了巢，雖然簡陋，卻具體顯現了工業化之後的餘韻，破電線和鞋帶隨便兜攏成一個同心圓，也就是巢了，看起來和生鏽的冷氣機支架毫無違和，更重要的是：在這解構式的迷你違章建築上，多了兩顆蛋。

已經孕育了新生命，就不好趕盡殺絕了。小小的意外將命運撞離了軌道，絕處燃起了逢生的盼望，在貧瘠中灑下雨露。慈悲的芽從無情中解放出來。

阿桂說，既然這樣，就等小鴿子會飛後再趕牠們走吧。

為了這群不速之客，收留者阿桂開始蒐集鴿子資訊，回家就趴在窗邊觀察，終於對牆外的這個小家庭多了點認識。

每天，公鴿和母鴿遵奉相當準時的交班制，白天母鴿在外覓食活動，傍晚五時左右返巢和公鴿換班，接下孵蛋任務，一直到隔日約莫九點，公鳥返巢接班；周而復始，比打卡上班的通勤族還準時。

這對鴿子夫婦，丈夫有些精瘦，性格膽小，一點風吹草動即棄巢而去，飛到對面大樓的平台上，遠遠地踱步張望，非得等到四周沒有任何可疑人影才敢回巢。母鴿圓潤些，也強悍些，就算打開窗戶拿手電筒和放大鏡在她身邊探頭探腦，她也如如不動，眼睛眨也不眨，是堅毅的母者。

兩週後鴿子出世了，光禿禿的肉球長著細細的乳毛，成長速度飛快。雛鳥和父母之間有溝通暗號，只要乳鴿發出高頻的召喚，父母便超人一樣忽然現身，降落於花台附近，準備咧開大嘴餵食嗷嗷待哺的孩子，比滿格的電訊傳輸還火速。

阿桂對這些窗外的生命變化感到十分興奮，特別到鳥店請教禽鳥達人的意見。

〔鳥店像香港的籠屋，壅擠而嘈雜。許多雛鳥被養在抽屜裡，時間一到，老闆便拉開抽屜，取出特大號針筒般的餵食器，將食物填壓擠進一整排圓得像憤怒鳥的寶寶嘴裡。〕

阿桂懷著矛盾的心情去了幾次鳥店，最後買了除寄生蟲的噴劑、消毒水、手套和口罩，捕鳥網、長夾和香茅水，也買了餵食器和飼料。一方面想好好照顧牠們，一方面又自知不能讓牠們過得太舒服，唯恐牠們翅膀長硬了之後飛回來擾人。自私程度的收束，實在是文明社會的艱難考驗。

從此每天下班回來，阿桂都要戴上淡綠口罩和粉紅橡膠手套，打開窗戶觀察鴿子家族，仔細檢視雛鳥，關窗前再拿出消毒水往窗口四個角落嘶！嘶！嘶！嘶！噴霧四次，貼符咒一樣，杜絕看不見的「髒東西」，防患於未然。

等到乳鴿長得像父母一樣大，而乳毛依然稀稀落落的時候，阿桂決定把乳鴿移到窗口正前方可以曬到太陽的花台上，還替乳鴿們搭了一個小涼亭，窗口頓時成了生物觀察平台。

原本冷氣機下侷促的家被迫拆遷後，乳鴿的父母從此只有在餵食的時候才回來，而且更謹慎了。少了家長的護衛，某天夜裡，一隻乳鴿從花台滾下樓去，阿桂連忙持手電筒到大樓底下。不多久，黑漆漆的中庭裡便瞧見一隻不太會飛的乳鴿，紙屑一樣在路面上東倒西歪地飄移。「如果沒救牠，會被貓叼走吧，」阿桂悠悠地說。已經捨不得了呢，但是阿桂堅持說他沒有心軟。

乳鴿的毛漸漸長齊，練習振翅多日後，兩隻鴿子接連兩日相繼離巢。飛離花圃的那一天，小鴿子都先啟程到對面大樓的平台上逗留，來回踱步，伸著脖子東張西望，好像在進行某種人生初始的慎重回顧。

小鴿子離家後，阿桂把花台上的空間大掃除一番，灑了大量據說鴿子討厭的香茅水，以網子隔出拒馬，團團圍住冷氣機，防止再有鴿子回來築巢——鴿子戀家的性情舉世皆知，千山萬水也要回到記憶原點的執著，註定生生世世都要受人利用，替人們傳信，被當成賭注的籌碼。

淨空的時光沒有延續太久，某日清早，阿桂的夢還沒醒呢，他的窗口竟再度傳來大聲而激情的Coo……Coo……！不可置信的阿桂抄起捕鳥網，猛然打開窗戶——原來鴿子夫婦又鑽回冷氣機底下的老家，這次是從側邊的漏洞鑽進來的。母鴿見人開窗，啪地振翅而去，留下慌張的公鴿，一時來不及逃走，就地遭到拘捕。

說是要給這隻「非法移民」一點顏色瞧瞧，阿桂先把公鴿困在拒馬內，又買了個鳥籠放在花台上，將牠隔離拘禁。先給牠驅蟲，再定時餵飯，時不時就拿根木棒輕輕戳牠，公鴿看到人類的手一靠近便緊張得拉屎。

最初公鴿不知道飼料是可食的，餓了好一陣子，阿桂為了讓他學會吃人工飼料，便把一些飼料灑進水盒內，讓牠熟悉味道，接著送飯的時候，把公鴿的頭壓進飼料盒，牠便學會了知道要吃。

我想像母鴿像王寶釧一樣癡癡地望夫，人世間的一天等同鴿子的好多天吧，覺得拆散公鴿和母鴿有點殘忍，每天都勸阿桂把牠給放了。阿桂說要讓牠「學乖」得再等等，而且自認提供的是飯店服務，而不是監獄禁閉，堅持至少限制牠活動一個禮拜，最終關了牠足足兩週。這段時間，有一隻鴿子偶爾會來看牠，但看起來又不像先前那隻母鴿。我不禁想起曾經和阿桂在忠孝東路的U2看的電影《鳥人》，也想起Birdy晴空萬里的笑臉。

剛被捕的時候，公鴿眼睛周遭鑲有一圈血紅的眼線，養了一陣子，紅線褪去，看起來反而少了點疲態，眼睛亮亮的——儘管這可能只是人類自圓其說的誤讀。隨著時間的推移，原本驚慌失措、遭褫奪飛行的公鴿，最後露出了一點安逸，甚至肥胖模樣，無論是多麼不得已。

每日兩次定時將飼料送進鳥籠的小孔時，受馴服者便走過來低頭啄取，吃相起勁；平常沒事的時候便瞇著眼睛打盹，像極了當差的冗員。打盹的時候，鴿子全身的毛蓬鬆成一團毛球，把臉埋進胸口的羽毛軟墊裡，我經常和阿桂貼在玻璃前看牠睡覺，看著看著也覺得溫暖。也許鳥兒的夢遼闊許多，夜裡手電筒照牠，也難得讓牠片刻警醒。日子睡著睡著便這麼和平地過去了。

籠子外卻不太平靜，為了這第二回合的人鴿攻防戰，阿桂買了一把BB槍和水溶性BB彈，不為了暗殺，只想製造點警告，嚇嚇對面大樓上經常徘徊的鴿子，讓牠們不再把這附近當成築巢散步的良好地點。為了實驗BB槍的嚇阻效果，有幾天他一早便站在浴缸上，把廁所上方的透氣小窗當成堡壘的架槍口，只要瞧見對面大樓平台上出現逗留的鴿子，便朝牠們四周發射。BB槍的聲音在大樓與大樓之間造成游擊戰似的迴響，沒想到鴿子一點反應也沒有，依然優哉地晃蕩，大概是已經習慣了台北造勢的噪音，學會充耳不聞。鴿子不會反擊，最後倒是對面鄰居出來罵人了，阿桂心虛地從砲口撤退，槍也收了起來。

此後，選了一個晴朗的日子，阿桂趕在早晨上班之前，把籠中昏睡的鳥放了。

這次告別，鴿子與其他同伴沒有再回來，連對面大樓的平台上，日後也很少看到鴿子了。或許是此處不宜久留的耳語真的在鴿界中傳開；或許是，所有以為重獲自由的，只是從一個牢籠到了另外一個牢籠。

我因此想到，客居紐約之時，我知道城裡有一群鴿子，從來不曉得「天空」的意義是什麼。牠們沒有在所謂的天空中展翅過，不知道什麼叫做白雲，什麼叫做雨水，什麼叫做陽光。

那是紐約紅色1號線第一百六十八街地鐵坑道裡的一群鴿子，牠們的家距離地球表面有一段難以飛過的距離，紅色1號線特別的深，人必須先搭乘電梯，再穿越C線地鐵，沿著樓梯往下走個兩層，才能來到最下面的1號線月台，而隧道往北要到兩百街左右，往南要到一百二十五街左右，才能來到比較接近地表的地鐵站。但是，宛如怪獸般呼嘯而過的地鐵每三分鐘就要輾過隧道一次，如果這些地下鴿子家族真的想過要投奔天空，這幾十條街的飛行路線可以說是非常危險。牠們所體驗到的風速，不但方向固定，而且定時定量。牠們所看到的光線，也許是某個旅客身上金屬首飾的折射，也許是隧道和車頭流洩出來的光，但從來不是來自遙遠星球的光芒。

到底率先來到一百六十八街坑道定居的鴿子是怎麼過來的呢？牠們的家族內是否流傳著一個有關於天空的神話？有沒有離家出走的鴿子，拎著行李出門去尋找傳說中藍色的天空？

多年前的某一天，我經過紐約紅色1號線第一百六十八街，看到幾隻在隆隆噪音中棲息的鴿子，那些原本應該和天空很親近的生物，侷促地在一個完全人工的場域裡生存著。

這一切看起來像極了科幻小說裡的預言，機械時代終於達到激烈的高潮，天空變成了鳥兒們的神話，光不是光，風不像風，雨水不再純粹，而人類再也看不見自然的風景。

兒時逛木柵動物園，我經常搭遊園車上山，先到園區深處的大鳥籠逛起。所謂的大鳥籠就是一個佈下天羅地網的龐大生活空間，大到我認為網內的鳥可能完全沒有意識到自己正在籠中，那裡有河有棲枝，有風有陽光；遊客可以步入大鳥籠內部參觀，近距離體驗虛構的真實、精心規劃的自然，帶著一點興奮、一點悲憫。長大之後明白了人的極限，也曾想過或許鳥族也是這樣看我們的。

阿桂的鴿子飛走後，空蕩蕩的花台也許受鴿糞的照顧，野草長得特別起勁，窗前一片自動自發的藹藹風光。

初秋，我從跳蚤市集挑了張小圖送給阿桂作紀念，那是從泛黃英文鳥類圖鑑拆下來的一頁，主角長得神似阿桂的鴿子，平凡，但小眼睛發著光。阿桂把圖擱在窗口。薄紙托著的二度空間裡，鴿子斂翅而立，胸腔飽滿，有一種立體的俊朗，彷彿隨時能遠走高飛。

——選自包子逸《風滾草》／九歌出版／二〇一七年

問題討論

1. 對於外來種與原生種的爭議，是否還有你曾聽聞的實例可分享？
2. 請分享你對獼猴自拍照引發的肖像權爭議之看法。

作業練習

有關城市中的「跨物種協商折衝」，有時只需要人釋出一些善意的空間與等待的時間，就可產生一些改變。近年來諸如「讓道給紫斑蝶」、「墾丁封路護蟹」的呼籲，都是將動物空間重新放入城市空間考慮的例子，國外亦有不少專為動物設計的通道。請試著找出若干國內外「動物友善空間」的設計或案例，進行小組報告。

相關影片

- 《迷霧森林十八年》，邁克爾·艾普特導演，雪歌妮·薇佛、布萊恩·布朗、茱莉·哈里斯主演，1988。
- 《可可西里》，陸川導演，多布傑、張磊主演，2004。
- 《灰熊人》，韋納·荷索導演，2005。
- 《狐狸與我》，呂克·雅克特導演，貝蒂·若耶布蘿、伊莎貝·卡蕾、湯瑪斯·拉利柏特主演，2007。
- 《大象與男孩》，佛雷德·拉佩吉導演，賽門·伍德茲、基思·謙主演，2008。
- 《血色海灣》，路易·賽侯尤斯導演，2009。

關於這個議題，你可以閱讀下列書籍

- 艾倫．柏狄克（Alan Burdick）著，林伶俐譯：《回不去的伊甸園：直擊生物多樣性的危機》。臺北：商周出版，2008。
- 安德列雅．沃爾芙（Andrea Wulf）著，陳義仁譯：《博物學家的自然創世紀：亞歷山大．馮．洪堡德用旅行與科學丈量世界，重新定義自然》。臺北：果力文化，2016。
- 黛安．艾克曼（Diane Ackerman）著，莊安祺譯：《人類時代：我們所塑造的世界》。臺北：時報文化，2015。
- 愛德華．威爾森（Edward O. Wilson）著，金恒鑣、王益真譯：《半個地球：探尋生物多樣性及其保存之道》。臺北：商周出版，2017。
- 厄尼斯特．湯普森．西頓（Ernest Thompson Seton）著，莊安祺譯：《西頓動物記》。臺北：衛城出版，2016。
- 海倫．麥克唐納（Helen Macdonald）著，陳佳琳譯：《鷹與心的追尋》。臺北：新經典文化，2016。
- 珍．古德（Jane Goodall）著，王凌霄譯：《我的影子在岡貝》。臺北：格林文化，1997。
- 喬伊．亞當遜（Joy Adamson）著，季光容譯：《獅子與我》。臺北：東方出版，1992。
- 勞倫茲（Konrad Lorenz）著，游復熙、季光容譯：《所羅門王的指環：與蟲魚鳥獸親密對話》。臺北：天下文化，2009。
- 熊谷達也（Kumagai Tatsuya）著，蕭照芳譯：《相剋之森》。臺北：野人文化，2010。

■ 熊谷達也（Kumagai Tatsuya）著，蕭照芳譯：《邂逅之森》。臺北：野人文化，2009。
■ 京・麥克利爾（Kyo Maclear）著，張家綺譯：《鳥、藝術、人生：觀察自然與反思人生的一年》。臺北：八旗文化，2017。
■ 麗莎安・蓋西文（Lisa-ann Gershwin）著，吳佳其譯：《當水母佔據海洋：失控的海洋與人類的危機》。臺北：八旗文化，2017。
■ 蒙特・瑞爾（Monte Reel）著，王惟芬譯：《測量野性的人：從叢林出發，用一生見證文明與野蠻》。臺北：臉譜出版，2015。
■ 摩頓・史托克奈斯（Morten A. Strøksnes）著，郭騰堅譯：《四百歲的睡鯊與深藍色的節奏：在四季的海洋上，從小艇捕捉鯊魚的大冒險》。臺北：網路與書出版，2017。
■ 彼得・杜赫提（Peter Doherty）著，潘震澤譯：《鳥的命運就是人的命運：如何從鳥類預知人類健康與自然生態受到的威脅》。臺北：衛城出版，2014。
■ 彼得・渥雷本（Peter Wohlleben）著，鍾寶珍譯：《動物的內心生活》。臺北：商周出版，2017。
■ 理查・道金斯（Richard Dawkins）著，王道還譯：《盲眼鐘錶匠》。臺北：天下文化，2002。
■ 薇琪・柯羅珂（Vicki Croke）著，高紫文譯：《大象先生：勇闖緬甸叢林》。臺北：左岸文化，2015。
■ 吳明益：《蝶道》（修訂版）。臺北：二魚文化，2010。
■ 吳煦斌：《吳煦斌小說集》。臺北：三民書局，1987。
■ 邱常婷：《怪物之鄉》。臺北：聯合文學，2016。
■ 黃美秀：《尋熊記：我與臺灣黑熊的故事》。臺北：遠流出版，2012。
■ 廖鴻基：《討海人》（新版）。臺中：晨星出版，2013。
■ 劉曼儀：《Kulumah・內本鹿：尋根踏水回家路》。臺北：遠足文化，2017。

同伴動物篇 I。

當人遇見狗

從動物到寵物：人與狗的互動史[1]

提到以狗為主題的故事，或許每個人都可以從童年記憶中提取一些印象深刻的形象，牠們當中有些是知名的真實案例，例如日本澀谷車站前的重要地標「忠犬八公銅像」，背後就是一段人狗之間深厚情誼的動人故事；有些例如「靈犬萊西」、「龍龍與忠狗」，讓狗作為「人類忠實朋友」的形象深入人心，就連卡通「小英的故事」裡，都有隻逗趣而不離不棄的小黃狗陪在孤女小英身邊。換言之，狗的忠實與犧牲奉獻形象，似乎就是人狗關係當中最核心的標誌，於是不意外地，「忠犬護主」也就成為狗故事典型的敘事框架。近年來，由於同伴動物議題逐漸受到重視與討論，狗的無私助人形象，遂成為部分人士用以鼓勵民眾關心流浪動物議題的方式之一。舉例而言，二〇一六年臺南震災時搜救犬受傷的新聞，就出現了：「毛孩真辛苦，自私的人類，只有重要的時刻才會想起牠們」[2]的感嘆。但另一方面，傳統忠犬護主敘事模式的案例，近年來在野生動物保育的觀念下，也逐漸被質疑與反省，類似家犬護主與毒蛇搏鬥的這類故事，只會強化人們對於野生動物的偏見，並且稀釋了野生動物被（尤其野放飼養的）同伴動物傷害的危機。

但更重要的是，為何動物一定要「奉獻」或「偉大」才值得珍惜呢？《有故事的人，坦白講。》一書中，曾收錄了一篇與「忠犬護主」看似相反，但也因此格外值得留意的故事：高雄甲仙小林村八八風災的受災戶李錦容先生，在訪談中提到他在水災時帶著兩隻狗逃命，但三天後直昇機來救人時不救狗，他心急之下只好複製忠犬故事模式，謊稱其他村民也是因為他的狗帶路才逃出來的，狗兒因此被當成英雄，災後許多活動還受邀參加。李先生很不好意思地說：「我的狗並不是英雄。小的那隻叫小黑，水災時還是未足歲的小狗，只會嚇得發抖，大的叫多多，每天吃得傻傻的只會找人玩，怎麼可能帶路。」但是對從小和狗一起長大的他來說，狗就是家人，山崩下來的那一刻，他什麼也沒想，轉身拉了兩隻狗就往外衝。父母在這場災難中離開的李先生最後說：「我不太懂得怎麼形容活下來的心情，……以前阿爸早起會繞過來帶多多和小黑散步，現在這二隻狗是我和阿爸唯一的連繫了。請原諒我騙了大家，我的狗不是英雄，但還好有帶牠們出來，不然我就一無所有了。」[3]

對於李錦容而言，狗就是他的家人，但是在生死危急的時刻，他卻必須透過忠犬救人的故事，才能讓他的狗家人得到救援。在重大災難時，動物的生命被當成應該優先放棄的對象，這樣的觀念過去很少遭到挑戰。但是隨著幾次大型災難時部分民眾選擇與自己動物家人同進退的案例越來越多，眾多的「李先生」開始讓舊有的觀念慢慢鬆動，二〇〇五年發生於美國的卡崔娜颶風即為一例。當時許多民眾喪生的原因是為了寵物而拒絕疏散，其中一個令人心痛的案例是一位叫做菲．珀格（Fay Bourg）

---

1 本章曾刊登於《鳴人堂》專欄，分別為2017/06/29〈從動物到寵物：人與狗的互動史〉、2017/07/04〈從寵物到流浪動物：在城市的暗處〉、2017/07/07〈動物還是食物？文明框架下的人狗關係〉，如有需要可參閱電子版。

2 如〈搜救犬桑妮出動救援負傷　發出「嗚嗚」聲想繼續搜救〉，《ETNEWS》，2016/02/06。

3 壹週刊人物組：《有故事的人，坦白講。——那些愛與勇氣的人生啟示》（臺北：時報出版，2016），頁187。

的女士，堅持要和自己的愛犬「杭特」一起撤離，否則不願意上船，搜救人員答應她之後，卻把杭特丟出船外，親眼看著愛犬消失在遠方的珀格，始終無法從罪惡感中恢復，最後於二〇〇八年選擇吞下過量安眠藥身亡。這個重大的天災，造成至少一千八百人、十五萬寵物死亡。無數和珀格一樣無法拋下寵物的飼主，他們的身影和故事，讓美國通過了「寵物疏散及運輸標準」法案，以免「寵物飼主被迫於自身安全或是寵物安全之中做出選擇」[4]，更重要的是，卡崔娜讓人們知道「人跟動物之間的牽繫是斷不了的」[5]。

問題在於，並不是每個人都能感受到這樣的牽繫，狗作為同伴動物之中和我們最親密的一種，卻也可能是衝突最大的。當飼養狗的人越來越多，流浪狗的問題也相伴而生，狗在城市空間中該得到什麼樣的定位，遂更難取得一定程度的共識——投注認同與情感在狗身上的人固然不少，但相對地，覺得狗會造成人與其他動物安全上的威脅，應該比照「外來種」的移除邏輯；或是將狗視為城市汙染與疾病帶原者的聲音，同樣時有所聞。立法院三讀通過禁吃貓狗肉的條款後，反對的聲浪直指《動保法》獨厚貓狗[6]，凡此皆可看出貓狗或許是人們關心與愛動物的起點，但相對而言，反彈的力道也可能特別強烈。

但是，狗看似被放在一個比其他動物優位的位置，得到特別多的關注，甚至立法保護禁止吃食，這樣的狀況究竟是少數愛護動物人士太過擬人化動物，投射過多情感在狗身上，兼且缺乏整體生態觀的結果；抑或反映了狗這種生物在漫長的演化過程中，確實在人類歷史文化上具有某種與其他動物不同的特殊意義？而當飼主的素養並未伴隨飼養寵物的普及現象同步提高，那些被遺棄的動物又該何去何從？該如何解釋人狗之間特殊的依附關係，重新定位與定義狗的存在，每個人的答案不盡相同，但是無論喜歡狗或討厭狗，狗在當代城市的地位，確實如同約翰．荷曼斯（John Homans）在《狗：狗與人之間的社會學》一書中所言：「狗本身的定義現在正歷經被重新想像的階段。」[7]本章將由此書的若干概念出發，透過當前的人狗關係，重審人與狗的互動史；再透過駱以軍的作品〈路的盡頭〉論析臺灣的流浪動物議題；最後則以禁吃狗肉的爭議，帶入城市文明與飲食文化之間的辯證思考。

人如何「創造」狗

無論城市風景中人們牽著狗漫步的畫面，或在西洋畫作裡與家庭成員一起出現，都說明了同伴動物逐漸成為家庭的一份子。[8]但相對地，狗與人的關係越親密，人對狗所產生的影響與改變就越大。荷曼斯在《狗：狗與人之間的社會學》這本精彩的著作中，對於狗如何演化為如今我們所熟悉的樣貌，進行了相當清楚的爬梳。他提醒我們：「看來似乎永恆不變的狗世界實際上是人類不斷干

4 大衛．葛林姆（David Grimm）著，周怡伶譯：《貓狗的逆襲：荊棘滿途的公民之路》（臺北：新樂園出版，2016），頁139。

5 同前註，頁146。

6 徐偉真報導：〈動保法三讀通過　吃貓狗最高罰25萬〉，《聯合新聞網》，2017/04/12。

7 約翰．荷曼斯（John Homans）著，張穎綺譯：《狗：狗與人之間的社會學——從歷史．科學．哲學．政治看狗性與人性》（臺北：立緒文化，2014），頁10。

8 關於貓狗在西洋畫作中象徵意義的變化，可參看《貓狗的逆襲》，頁73-81。

預的結果。」[9]人重新定義了狗，更重新創造了狗——僅管這對許多狗來說，也是災難的開始。

人如何創造狗？騎士查理王獵犬（Cavalier King Charles Spaniel）或許最足以說明人的介入如何對動物造成永久性的傷害。為了讓這種狗更接近十六世紀肖像畫裡的形象，牠們在一九五〇年代被「重新設計」，但「改變頭骨形狀的目標實現得如此迅速，大腦的進化還來不及跟上」[10]，導致牠們可能罹患一種名為脊髓空洞症的疾病——因大腦被迫塞在過小的頭骨中而產生劇烈疼痛。書中用了一個非常貼切的形容：這就像把「十號尺寸的大腦硬塞進六號尺寸的鞋」[11]。但騎士查理王獵犬只是眾多被當成黏土般隨意揉捏成我們喜歡形象的案例之一，所有的純種犬基本上都是人們基於主觀好惡形塑出的「產品」，例如德國狼犬（German Shepherd Dog）被改為後驅角度的體型，造成後腿關節的問題；巴哥（Pug）的鼻子會有慢性呼吸道問題等等。[12]而對於各種畸形體態的執著，不只使得純種狗的基因失序，也造成牠們終生不可逆轉的眾多遺傳疾病。[13]

對於純種犬的迷戀，讓狗宛如流行文化的一種，某些種類的狗會突然大受歡迎，然後快速被「淘汰」。對特定品種犬的刻板印象，往往也肇因於此種一窩蜂流行的效應，舉例而言，羅威納犬（Rottweiler）具有高度攻擊性的惡名，其實是來自於八〇年代後期開始，牠們快速躍升為美國受歡迎的犬種之一的後果。在一九七九年，只有三千隻幼犬被登記，短短的十年間，登記數就達到每年十萬隻左右，當許多人只是一時衝動購買可愛幼犬時，數量的增加意味著攻擊事件的數量也相對提高。[14]近年來，取代羅威納成為怪獸般惡魔寶座的犬種是比特鬥牛犬（American Pit Bull Terrier）[15]。牠們因新興的鬥狗風潮被培育出來，無所畏懼、會緊咬對手不放的特質，具有非常可觀的攻擊力。比特鬥牛犬因此被視為「危險性動物」——即使牠們從來沒有任何攻擊行為亦然。[16]結果就是美國每年因被遺棄、無人領養而遭安樂死的比特鬥牛犬，約在九十萬隻左右。[17]人創造狗、選擇狗、消費狗，隨之遺棄狗。人狗關係的各種變化，意味著我們也必須重新定義與想像狗。

「狗格」地位的改變

毫無疑問地，「狗格」地位的改變和近年來城市發展的變化有著密切關係，動物權與動物福利的概念常被視為城市中產階級的多愁善感，在許多傳統農業社會的生活模式中，對動物的同理心，可能是負擔不起的「奢侈品」[18]。荷曼斯就以薛莫斯・悉尼（Seamus Heaney）的詩作〈及早清除

---

9 《狗：狗與人之間的社會學》，頁216。
10 同前註，頁217。
11 同前註，頁217。
12 同前註，頁218-221。
13 哈爾・賀佐格（Hal Herzog）著，李奧森譯：《為什麼狗是寵物？豬是食物？——人類與動物之間的道德難題》（臺北：遠足文化，2016），頁213。
14 同前註，頁198-200。
15 美國比特鬥牛犬（American Pit Bull Terrier），《為什麼狗是寵物？豬是食物？》一書中譯為「鬥牛犬」，亦有「比特犬」之譯法，為免與其他鬥牛犬種混淆，故仍稱其為「比特鬥牛犬」。
16 《為什麼狗是寵物？豬是食物？》，頁195。
17 同前註，頁198。
18 《狗：狗與人之間的社會學》，頁259。

（*The Early Purges*）為例，說明農村文化看待狗的態度是與都市截然不同的：

現在，看到淒厲尖叫的小狗被壓進水裡淹死
我只是聳聳肩，「該死的小狗。」這麼做是有道理的：
小鎮的人疾呼「禁止殘忍行為」
他們認為殺死牠們有違人性
但經營良好的農場得控管害蟲的數量。[19]

張贊波亦曾在關注中國高速發展的《大路》一書中，提出過底層社會較難對於環境保護有所共感的觀察與思考。當時他在工地看到一則突兀的宣傳壁報，描述閱讀完名為《鯨魚的自述》這個故事的心得，呼籲人類要愛護環境。但是對於在工地上討生活的這些民工來說，「環保」只是個空洞而毫無意義的符號：「不但遙遠的『鯨魚家族』的命運絲毫打動不了他們，即使是對牠們置身其中的環境，他們也多半無動於衷。」[20]至於那些生活在當地的狗，命運多半坎坷難測。張贊波直言：「這裡很多人在對待動物的態度上，有著讓人吃驚的粗暴。要他們像那篇壁報文章中所寫的一樣去『還動、植物一個美好的生存環境』，顯然是癡人說夢。虐狗的場景層出不窮。」[21]雖然張贊波後來將這種「不自知的暴戾」歸因於整個中國在戰爭、革命與政治運動中待了太久[22]，其目的也並非批判底層人民對環境的缺乏關心，但這段敘述仍清楚揭露出對動物的同理與關懷，很多時候彷彿確實需要一些生活的「餘裕」才有進展的可能。

但城市生活中人狗關係的改變，與其說是源於倫理觀念的躍升，不如說是城市空間緊迫所帶來的另一種反映。如荷曼斯所言：

狗愈來愈強化的人格地位肯定和城市世界的狹隘空間脫不了關係。只要狗還待在院子裡生活，比較容易給他任何舊有的東西，以任何舊有的方式對待他。狗可以去搜尋、發現動物屍體或去埋一根骨頭，或是追逐一隻松鼠，做狗會做的事。待在公寓裡的史黛拉會拼命用爪子扒挖地毯，卻扒不出任何東西。[23]

當我們以地毯取代草地把狗帶進屋子裡，牠們與人的親密關係也就發生了巨大的變化：從「動物」搖身一變成為「寵物」。

當然，對於何謂寵物、人類為何需要養寵物這些問題，並無一致的看法，甚至就算同樣被視為「寵物」，不同文化脈絡中關於如何對待寵物才算合乎倫理與法律，更是天差地別。但從學者們試著為寵物所下的定義中，或許仍可勾勒出我們區隔寵物與其他動物差異的幾個標準。歷史學者凱斯．湯瑪斯（Keith Thomas）認為，寵物就是「被允許出現在房屋內的動物，牠有名字，人們也不會吃

19 同前註，頁259。
20 張贊波：《大路：高速中國裡的低速人生》（臺北：八旗文化，2014），頁41-42。
21 同前註，頁43。
22 同前註，頁44。
23 《狗：狗與人之間的社會學》，頁178。人字旁的「他」為原書之用法，非誤植。

牠」[24]。人類動物互動學者詹姆士・史爾貝爾（James Serpell）則將寵物定義為「與人同住，但沒有任何明顯功能的動物」[25]。換言之，同住但具有特定功用，仍不能算是寵物。早期人們豢養狗，多半是為了讓牠們幫忙牧羊打獵等工作，十八世紀時甚至還出現過一種「轉叉狗」，讓狗在廚房一個輪狀圓盤中不斷地跑，以便讓肉叉轉動來烤肉。[26]但隨著時代演變，不具功能性的寵物狗越來越常在一般家庭中出現。

當然，我們可以輕易找出許多例外來否定前述的定義方式，但擁有自己的名字以及排除工具性的目的，的確是人們把寵物與食用動物或輔助性的工作動物區隔開的重要關鍵。近年來，寵物逐漸被視為家庭成員，弔詭的是，牠們被「物化」與「人格化」的程度卻非此消彼長的關係，而是同時並進的狀態。一方面，動物權與動物福利的倡議者，讓「同伴動物」（companion animals）逐漸取代「寵物」這樣的稱呼，目的就是為了消解寵物一詞可能隱含的物化與位階關係。法學家馮希翁（Gary Francione）就主張，我們對待動物的各種方式之所以不正確，是因為我們把動物當成財產，「如果我們認真對待動物，就會意識到不要將動物視為物品是我們的職責」[27]。不過，順著這個論述往下走，馮希翁認為「應該讓所有活著的馴養動物絕育，這樣我們才能確定牠們會完全消失，一隻也不剩」[28]。換言之，為了解放動物，必須除去動物，這在論述邏輯上合理的結論，在道德上卻恐怕不是多數支持動物福利的人士會贊成的觀點。

另一方面，寵物用品工業隨著寵物受重視的程度而益發蓬勃，頂級寵物用品的開發，表面上看似呼應了前述寵物的人格化發展，這些寵物被塑造成「消費者」的形象，消費的商品舉凡還在多數人想像範圍之內的高級寵物食品、玩具、服裝，到包含全身舒壓按摩、花園派對、五星級休閒會館等形形色色的奢華風，都是新世代寵物可能享有的待遇之一。[29]這些不無炫富意味的消費模式看似是為「狗權高漲」、「人不如狗」等觀念背書，但若深入細究，就會發現其中很多商品，只是讓寵物成為更任人擺布的玩具。以「寵物美容」為例，許多飼主只是想將狗打扮成他們喜愛的造型，甚至將狗染得五顏六色，表面上的受寵反而是動物更加被物化的象徵。對於此種現象，史帝夫·薩瓦斯托斯基（Steve Zawistowski）的說法可謂言簡意賅：「如果你花了二十元美金買雨衣給狗狗，那是為了狗好，但如果你花了兩百元美金買狗雨衣，那就是為了自己。」[30]將狗打扮成狗娃娃，只是滿足人們扮家家酒的欲望罷了。

綜觀狗在人類社會中角色與地位的變化，或許就能理解荷曼斯為何會贊同「狗的自然環境是人

---

24 引自《為什麼狗是寵物？豬是食物？》，頁123。
25 引自前註書，頁124。
26 露西·沃斯利（Lucy Worsley）著，林俊宏譯：《如果房子會說話：家居生活如何改變世界》（臺北：左岸文化，2014），頁316-318。
27 引自胡文·歐江（Ruwen Ogien）著，馬向陽譯：《道德可以建立嗎？——在麵包香裡學哲學，法國最受歡迎的19堂道德實驗哲學練習課》（臺北：臉譜出版，2017），頁166。
28 引自前註書，頁166。
29 《為什麼狗是寵物？豬是食物？》，頁128-133。
30 同前註，頁132。

類社會」，這個聽起來似乎毫不激進的「出奇激進的概念」[31]。數千年來，狗以迥異於其他動物的方式參與了人類社會，牠們可以輕易學會人類世界的基本規則，更重要的是，其他的動物無論如何被馴養，都很難像狗一樣產生對人類的依附關係。[32]有些科學家認為，人對狗的選擇性培育，也包含了「理解」人類的溝通這個選項。[33]因此，狗在遇到困難時，會選擇看著飼主期待他們幫忙解決問題[34]；另一個有趣的實驗，則發現狗能理解狼與黑猩猩都無法理解的「意圖信號」，如果把食物藏在三個碗當中的其中一個，用手指進行暗示，只有狗會了解人類手指的方向有食物。這並非意味著黑猩猩「不懂」手指向某處可以拿到某些東西，而是牠不能了解你為何要指給牠看。[35]

但是，就算我們證明了狗與人的關係真的與其他動物不同，是否就意味著牠們的權利得以伸張到擁有「狗格」的程度？（以此類推，有些飼主可能會主張常與狗相提並論的貓，也應該要有「貓格」）由上述的討論，可以發現這個在動物權利觀念推廣過程中論辯的焦點，無論就哲學層面或實務層面，都難以有定論。讓貓狗擁有人格化地位，可說是動物權利運動的願景，但這必然比把貓狗視為財產要來得「進步」與美好嗎？動物法學專家大衛・菲佛（David Favre）就提出相反的看法，他指出，若我們將貓狗從財產位置上解放，也就同時失去合法照顧牠們的權利。有趣的是，他提出一個更具挑戰性的思維：「財產為什麼就不可以有權利呢？」因此他建議以「活的財產」（living property）這樣的概念來理解貓狗位於財產和人格地位之間的位置。[36]「活的財產」是否能在貓狗的道德與權利位階上帶來新的可能性仍待觀察，卻提醒了我們在豢養關係中將動物作為活的生命體，而非視為一般財產進行道德考量的重要性。

透過豢養，我們改變了動物的世界，以狗的例子來說，牠們的自然確實就是人的社會，但另一方面，狗的世界同樣是人們失落的自然。無論我們是否承認或喜愛這個概念，牠們都在漫長的歷史中，滲入了人的生活。但是，當飼主的觀念並未隨著寵物的普及而相對提升，不當飼養與棄養的狀況，將使得許多「寵物」淪落為「流浪動物」，當漫步的狗身後少了那條人類控制的牽繩，牠們彷彿也就從城市風景的一部分，變成具威脅性的城市毒瘤。該如何處理城市中的流浪動物，遂成為人們爭論不休的問題。

從寵物到流浪動物：在城市的暗處

如前所述，貓狗在臺灣常被視為擁有特殊待遇的一群，不只現行的法律常被質疑是否獨厚貓狗，

---

31 《狗：狗與人之間的社會學》，頁 80-81。
32 同前註，頁 93。
33 同前註，頁 99。
34 同前註，頁 91。
35 同前註，頁 100-105。
36 《貓狗的逆襲》，頁 371-372。

甚至到了要立法限制吃食的程度；許多人對待動物的態度亦彷彿映證了所謂愛動物多半僅侷限於自家寵物，部分飼主任由寵物在野外活動的行為，更讓關懷野生動物處境者質疑犬貓造成生態環境失衡。但對於在意流浪動物議題的人來說，臺灣流浪動物的處境，或許會讓他們有完全不同的感受。若綜觀近二十年來臺灣動物保護運動的脈絡，就可發現犬貓或許得到了最多的注意與重視，但牠們的處境以及社會意識的改變，其實並不如想像中那麼多。

為什麼獨獨是貓狗受到這麼多愛護動物人士的注意？說來諷刺，臺灣真正開始有更多關心生命的人投入動保運動，是因為當年一度傳出臺灣「有可能」成為狂犬病疫區的消息後，所捲起的效應——立刻出現了許多潑硫酸與潑汽油的案例[37]；另一方面，在那個沒有《動保法》的年代[38]，當時收容所的狗是如何被處決的呢？一九九七年由關懷生命協會出版的《犬殤》，曾針對當時六十五個公立收容所進行了調查記錄，一籠一籠浸到水裡淹死的、活活電死或餓死的、或因過度擁擠被其他狗咬死甚至吃食的……各種殘酷的事件，在當年的收容所都不算是什麼新聞。這些狗一旦被捕捉，多半不會得到食物，曾有狗從進了收容所之後，就因過度擁擠一隻腳掛在同伴身上始終放不下來；幼犬則是因為籠子間隙太大而活活卡在欄杆中……。那是「愛心媽媽」誕生的年代[39]，也是「為何關心貓狗」的源頭。

狂犬病的恐慌於二〇一三年再起，在三隻鼬獾被確診之後，全臺隨即陷入巨大的疫病恐慌，野生動物被亂棒打死[40]，無數的狗被隨意棄養或毒死，甚至有縣市發起了「抓狗換白米」的活動。[41]人們的反應似乎顯示了十幾年來，社會大眾對於動物的知識仍然嚴重不足，生命教育的概念更是相對缺乏。[42]同年十一月，由九把刀監製、Raye導演，在員林收容所實地拍攝的紀錄片《十二夜》上映之後，引發社會高度關注，大眾驚覺原來過去所想像的「收容所」並非動物的安身之處，而是停留十二夜就要面臨處決命運的「屠宰場」，「零安樂」的呼聲隨之而起，成為流浪動物政策的理想願景，立法院迅速三讀通過《動保法》部分條文修正案，自二〇一七年二月起，全面實施收容所「零撲殺」[43]。

37 〈犬殤專題之三：狗沒發狂，政府抓狂——學者及民間團體對防疫政策的建言〉，「關懷生命協會」網站，1997/03/01。

38 臺灣的《動物保護法》於一九九八年正式公告施行。

39 由於餵養流浪動物者以女性較多，一般民眾往往以「愛心媽媽」或「愛媽」一詞，指稱這些在街頭餵養流浪貓狗，或是在私人土地上大量收容流浪動物的女性。「愛媽」一詞其實隱含貶意，甚至曾有人刻意以諧音「礙媽」稱之。但所謂愛心媽媽其實形形色色，可參閱林憶珊：《狗媽媽深夜習題：10個她們與牠們的故事》（臺北：無限出版，2014）一書。另外，導演朱賢哲於一九九六年拍攝的紀錄片《養生主》，紀錄了板橋浮洲橋流浪狗收容所狗吃狗事件後，楊秋華與湯媽媽這兩位「愛心媽媽」，到這個名為收容所實為垃圾場之處，照顧兩三百隻流浪狗的故事，可說是相當深刻的愛心媽媽與流浪狗關係之素描。見公共電視紀錄片平臺。

40 如高堂堯報導：〈有夠無辜 雪貂被當鼬獾打死〉，《蘋果即時新聞》，2013/08/03。

41 〈古坑鄉「抓狗送白米」奇招喊卡 但被捉貓狗即將安樂死〉，《ETNEWS》，2013/08/06。

42 有感於這波狂犬病恐慌所引發的各種動物傷害，若干志工在網路上號召了藝文界人士共同發起「放牠的手在你心上」網路串寫活動，並規劃一連串全臺巡講。可參閱「放牠的手在你心上」志工小組編：《放牠的手在你心上》（臺北：本事文化，2013）。

43 事實上，目前收容所的政策並非「零安樂死」，而是取消原本公告十二日之後予以撲殺的政策，重病的犬隻仍可施行安樂死。因此稱之為「零撲殺」較為精確，但因坊間仍通稱為零安樂，故本章中並未刻意區隔此兩種概念。

儘管臺灣已進入零撲殺的年代，但流浪狗的問題與爭議並未隨之結束，零安樂觀念在民間的發酵，反而揭露出若整體配套措施並未完善的情況下就執行政策，可能造成的副作用。認定收容所不會執行安樂死之後，通報收容的數字反而更為上升（部分民眾誤以為通報等於救援，討厭動物的人則認為既然已經零安樂，動物更不應該出現在街道上干擾人），但在整體收容環境、寵物繁殖業的規範與犬籍管理、民眾飼養動物的觀念皆未同步改善的情況下，追求理想中量化數字的結果，往往造成更多傷亡，二〇一六年四月間嘉義收容所發生將大量狗隻送往私人狗場，結果熱死三十多隻狗的案例，就是此種惡性循環下的結果。[44]同年五月，新屋收容所園長簡醫生，服用狗隻安樂死藥物自殺的悲劇，更暴露出臺灣在流浪動物議題上的失衡和結構的崩壞，對第一線人員造成的沉重壓力，以及誤以為零安樂之後流浪動物問題就不存在的迷思。[45]

城市動物生殤相

在過去，流浪動物一直是以城市的廢棄物這樣的形象存在，對於此種狀況，有些人毫不在意，有些人關心卻深感無能為力，生命便在社會集體的遺忘中快速地消逝。但長期以來，也不乏關心此議題的藝術家和文學家，試圖以影像和文字為生命留下紀錄、召喚記憶，以對抗集體的遺忘和失憶。旅美藝術家張力山就曾以《意外領域之形骸孤島》（*Accident Realm: Ashen Atrocities on a Desolate Island*，2011）為題，將流浪動物的骨灰置於藝術館內，請觀眾撿拾骨灰置入信封，待展覽結束後一併寄至相關政府單位，將觀展轉化成社會行動。更重要的是，這「拾骨」的舉動，象徵性地翻轉了人與動物的關係，讓這些生前被當成「垃圾」處理的流浪動物，擁有最後，或許也是唯一的溫柔對待。

攝影師杜韻飛以臺灣各公立收容所「安樂死」前的狗兒為素材的作品《生殤相》（*Memento Mori*，2011），對於臺灣流浪動物處境亦帶來了不同的觀看角度。這些作品中的主角全都是被城市所棄絕的生命，牠們沒有名字，只有在收容所中的籠位編號，但杜韻飛卻透過他的鏡頭，讓生前不容於這個城市的牠們，透過死亡開出了一個讓人類反思自身行徑的空間。[46]

《生殤相》特別之處，不只在於杜韻飛讓這些臨死前的狗兒純粹以狗的「真實面目」出現，沒有加上任何修飾——在部分照片中，甚至連牠們因嚴重皮膚病而脫屑、泛紅的皮膚都照得一清二楚——也在於他採取的攝影手法，又非常弔詭地讓這些「狗」擁有了「人」的面貌。因為杜韻飛運用了十九世紀以來古典人物肖像攝影的技術：

> 運用攝影棚的燈光與環境凸顯每個生命的獨特性。用意是希望流浪動物不再只是空洞的議題，不再只是冰冷的統計數字。抽離所有相關的場景，捨棄牢籠與收容所空間和物件，去除任何

---

44 王瑄琪、莊曜聰、許瀚分報導：〈殘忍！嘉縣收容所超載 32狗被活活熱死〉，《中時電子報》，2016/04/26；〈動保專車悶死33毛小孩〉，《蘋果日報》，2016/04/26等相關報導。

45 關於零安樂的種種爭議，可參閱〈零安樂死政策　流浪動物的新天堂樂園?〉，《報導者》，2016/11/15。

46 以下關於杜韻飛與駱以軍的討論，係整理自筆者〈城市流浪動物的「生殤相」——以駱以軍、杜韻飛作品為例〉，《中外文學》第42卷第1期（2013.3），頁107-128。

可能對於流浪動物安樂死的負面觀感以及收容所的成見，讓影像中的流浪動物有一張可被辨識的面容、可被偵測的情感個體，**人們得以不受干擾地凝視著流浪動物的肉體與精神狀態，進行一場對等的生命對話**。[47]

另一方面，為了影像作品能夠擁有更大的詮釋空間，杜韻飛卻又不斷將鏡頭拉遠，從過去想要在流浪狗的臉上捕捉人的神情來觸發同理心，轉為後來「稍微拉遠取景的距離，在動物的姿態與神情上選出更為委婉，更帶距離感的影像，使觀者在情感上也帶些距離」[48]。

而當這些狗兒在杜韻飛的影像中作為被放大的、獨一無二的個體來看待時，牠們看似空茫的眼神與面容，或許還有另一層意義，那就是，當這些狗被攝影師以「肖像畫」的規格對待時，牠們的臉容對於觀者來說亦將截然不同於靜物畫中的花瓶或水果，而會擁有某種類似羅蘭・巴特（Roland Barthes）在討論人像攝影時所描述的「氣質」[49]。

當杜韻飛把狗的面容放大、拉遠、抽離所有背景，作為獨一無二的肖像，觀者亦將無從迴避這些過去被視為「物」的生命，牠們不同的姿態與神情，遂脫離了客觀「真實」，而擁有各自不同的「氣質」。於是，牠們那空洞、「無所思」的目光，也就可能如人物肖像一般，「讓觀看相片的人彷若處在相中人視而不見的未來時間點上。觀看者對這虛幻的、時間錯隔的相互主體性，會感受到極度不安的反身意識，因這種相互主體性是純想像的，似存而錯失的」[50]——觀者意識到自己並不存在於對方的注視中，因此自己非但不是被看的客體，甚至可能在相中人的目光中化為烏有。[51]而當這些流浪狗臨終的肖像讓觀者產生不安的反身意識時，人與動物之間過去那種絕對的位階關係，也就隱然產生了鬆動的可能。

當然，我們亦不能忘記蘇珊・桑塔格（Susan Sontag）的提醒：「照片的倫理內容是脆弱的。可能除了已獲得倫理參照點之地位的恐怖現象例如納粹集中營的照片外，大多數照片不能維持情感強度。」[52]即使攝影者賦予影像道德的要求，它仍然有可能使人麻木，因此，即使我們期待「攝影與影像的『凝視』有可能成為改變世界的力量」[53]，影像都應該作為觸發關懷的起點而非終點。只有當更多人願意去凝視那個影像所凝視的真實世界，眾多無聲消逝的生命，才有可能真正被看見。而駱以軍的作品〈路的盡頭〉，所訴說的正是一個以影像為關懷起點的故事。

---

47 杜韻飛：〈生殤相：流浪犬安樂死日最終肖像〉，《誠品站》，2010/12/10。引文之粗黑體為筆者強調。
48 杜韻飛：〈五年創作，只為那唯一的經典照片〉，《誠品站》，2011/09/13。
49 羅蘭・巴特（Roland Barthes）著，趙克非譯：《明室：攝影縱橫談》（北京：文化藝術，2003），頁125。
50 許綺玲：〈尋找《明室》中的〈未來的文盲〉〉，收於劉瑞琪編：《近代肖像意義的論辯》（臺北：遠流出版，2012），頁337。
51 同前註，頁344。
52 蘇珊・桑塔格（Susan Sontag）著，陳耀成譯：《旁觀他人之痛苦》（臺北：麥田出版，2010），頁51。
53 杜韻飛：〈不讓空山松子落〉，《誠品站》，2011/01/04。

從「十二夜」到「零安樂」之路

駱以軍的散文〈路的盡頭〉及短篇小說〈宙斯〉[54]，以自己領養和送養流浪狗的經驗為素材，可說是當前臺灣文學中，少數深刻觸及臺灣社會流浪動物「生之艱難」處境的作品。〈路的盡頭〉寫的是他如何偶然在聖誕節的夜晚，在「臉書」（facebook）的平臺上，闖入一個名叫「丸子」的女孩的網頁，上面貼著許多有著澄澈雙眼的小狗照片，其中一張下面寫著：「生命終止最後日期：十二月二十六日。過了美好的聖誕節，牠們還能不能活下去。」[55]按下臉書的分享鍵，他焦躁不安的心情卻無法平靜，於是，他撥打了志工「丸子」的電話，「在夜的醚晃和忘記自己已是一中年人的狀態下，決定認養照片中的小黑犬和小黑嘴黃。

故事本來應該到此結束，但當他親臨那個宛如集中營般，由人類打造出來，專門用以遺棄及處決流浪貓狗的現場，他發現自己沒有辦法面對這樣的處境：在同胎的兄弟姐妹中，你選擇了兩隻，而把另外兩隻同樣無辜純潔的小黃狗的眼神映在自己眼眸中，然後轉身離去。那會不會是另外一種形式的遺棄？於是，他終究帶出了那同胞兄妹一共四隻，僅管他也深刻明白，「一整間狗舍的各鐵柵籠裡，我不敢看但還是瞥過的狗們，除了極幸運的極少數，全都會被屠殺。……我只是想伸手攔阻其中一隻或一窩小狗的處死（而不敢看其它籠），要付出極大的代價。『收養』和『遺棄』、『修復』和『傷害』這之間完全不成比例的資源成本」[56]。

對駱以軍來說，在路的盡頭帶回四隻倖免於難的小狗，讓他很快親身體會到「伸手攔阻」這個動作，在其後所要面臨的困境與代價，那竟成為另一段（棄的）旅程的開始。狹小的都市公寓房子容納不下四隻狗，故事遂有了後續。〈宙斯〉一文從小說主角「他」帶著黑狗「宙斯」搭乘高鐵到臺灣南部的一棟透天厝——宙斯未來的新家——展開，但讀者很快就會發現，整篇小說要訴說的，並非宙斯的新生活，而是「遺棄」的各種旋律，這或許是〈宙斯〉一文最奇特也最值得注意之處。換言之，偶然介入了四隻小狗的生命，並因此改變牠們一生的這個救援行動，對駱以軍來說，非但沒有因此撫平看到狗兒照片時的焦躁情緒，恰好相反的是，此次救援反倒像是開啟了潘朵拉的盒子，把過去生命中那些不堪回首的，壓抑在底層的，懷抱著某些罪惡感的記憶，瘡疤般揭了開來：那一隻又一隻，過往曾被他命名、餵養的，例如老家的「小玉」、山上租屋處的「小花」，當他結婚生子或是搬離居屋處之後，某種相互信任與守候之盟約也隨之被打破。那對牠們而言，不正意味著遺棄？收養和遺棄、修復和傷害，在這城市日復一日地，以完全不成比例的巨大差異，無止盡地循環。但是，我們是否都曾直接間接地，共同參與了這樣的機制？駱以軍回首來時路，以某種可佩的誠實面對了自己過去生命中親手製造的遺棄。

54 〈宙斯〉原刊登於《印刻文學生活誌》第 107 期（2012.7），頁 44-66；後收錄於長篇小說《女兒》（臺北：印刻出版，2014）。

55 駱以軍：〈路的盡頭（之一）〉，《壹週刊》第 557 期（2012.1），頁 138。

56 駱以軍：〈路的盡頭（之二）〉，《壹週刊》第 558 期（2012.2），頁 123。

除此之外，駱以軍更由此開展出有關「遺棄」的各類變形敘事：像是他的朋友F，在爬雪霸山時遇見一隻以莫名而過人的意志、沿途跟著他們爬上陡壁、又不可思議地再攀下山崖的小黃狗，在說完那沿途的寒冷與艱難之後，故事仍以一種理所當然的方式畫下句點：「當然是搭車回城市啦，他們離開了山，當然把那小黃狗留在原初遇到牠的地方。牠是山裡的狗，妳難道認為他們其中一個會把那小黃狗抱上車，帶回城市住在那狹小的高樓公寓裡？」[57]又或者是，一隻理論上並不會出現在尋常城市街邊的巨大白鸚鵡，在這並不屬於牠的故鄉中飛翔，髒汙的羽毛與海螺般的悲鳴，對駱以軍來說，那完全不是所謂的「自由」，而是關於遺棄的印記。[58]

這一則則由四隻小狗所開啟的遺棄敘事，揭露了城市如何藉由將不受歡迎的邊緣他者加以切割、企圖營造出「純潔合宜」的生活居所背後，所掩藏的惡夢般真實場景。駱以軍在路的盡頭，碰觸了城市不願面對的「汙穢」暗處，也引發他對於此一議題的深入思考：

其實，某些被遮蔽的記憶暗影，我們或其實亦扮演過不同切面的遺棄者。但當整個如峽谷的城市繁華錯織的層層纍聚的人類各種行為，其中某一種行為被單一從那雜駁中抽離出來（譬如公娼，譬如發臭睡在捷運路口旁紙箱的流浪漢，譬如吸菸者、窮人、痲瘋病患，譬如和人類想像的街道巷弄不同動線的流浪貓狗），我們把他們像用立可白從那現代性玻璃鏡城的圖畫上抹掉。……這一套專業流程、配管、集中後形成的「純潔場景」，……巨大、超現實到你完全無法理解這是人類理性邏輯形成的科幻地獄。[59]

或許有人會認為，公娼、遊民、吸菸者、窮人、痲瘋病患、流浪貓狗等議題乃分屬不同層次，不應混為一談，但他們的共同點在於，都是被城市歸為「汙染」的來源，是疾病、窮困、骯髒、汙穢的帶原者，是在城市所建構的權力關係中，弱勢的那一群；是城市想要打造乾淨明亮的空間形象時，背後幽微陰暗的存在。[60]但是，為何大多數的時候，我們可以對這麼多的遺棄視而不見？是不是因為「我們的感情，早被什麼強大如你抬頭，城市上方所有電線桿上，鉛灰漆色的大型變電箱，或是掛著電線的監視攝影機，你從來沒意識到那麼多的醜東西架設在我們頭頂上，被更多這樣的東西，在更早之前就被阻隔了」[61]？在此，駱以軍以「情感的阻隔」來理解城市中的遺棄及其背後的冷漠、無感，或那些因不想碰觸「死刑正每天在發生」[62]之真實，而選擇轉身迴避、甚至否認這些黑暗確實存在的城市居民，這個觀點是非常重要的。

駱以軍所關懷的「情感的阻隔」，與上述種種「空間的阻隔」不無關係。更具體地說，「情感

57 〈宙斯〉，頁65。
58 同前註，頁63-66。
59 〈路的盡頭（之二）〉，頁122。
60 事實上，許多邊緣族群與動物之間反而建立起更動人的依附關係。《無家者：從未想過我有這麼一天》（臺北：游擊文化，2016）一書中，就記述了一則街友伯伯與貓的故事，可參閱該書，頁90-107。
61 〈宙斯〉，頁50。
62 〈路的盡頭（之二）〉，頁123。

的阻隔」與「空間的阻隔」在城市中一直以互為因果的方式交互作用著：情感的阻隔製造出空間的阻隔（把不想看到的東西棄斥在路的盡頭）；空間的阻隔則進一步強化情感的阻隔（視而不見之後，人們可以更容易地參與城市集體的無情）。這使得每個試圖以一己之力，「挑戰」這種阻隔的人，注定會遭遇到巨大的無力與挫折。但無可否認的是，當我們開始意識到這樣的阻隔，並嘗試以不同的思維及行動模式去面對它，每一次的以卵擊石，也仍然可能造成一些真實的改變。

以駱以軍為例，路的盡頭帶來的衝擊讓他重新反省過往曾經的遺棄，「現在他知道被遺棄的狗們，會被捕捉集中在那像冒著煤灰的火車月臺，那長廊走進去兩列高低整排整排的不鏽鋼柵籠」[63]，在牠們注射毒針死去之後，則被送進焚化爐燒成灰，那就是牠們的去處，是城市集體遺忘但仍然存在的真實去處。於是，他也開始默默地加入了「像傳遞往一個黑暗深井的微弱回音」[64]的「臉書」分享行列，偶爾寫一些文情並茂的文字，試圖用情感的力量打動一些讀者。

而駱以軍由「臉書」平臺開啟了他對流浪動物議題的思考，最終又回到透過臉書的「分享」作為一種實踐關懷的方式，其實亦反映了城市和動物之間互動關係的某種微妙變化。臉書快速而大量的轉貼分享那些「倒數計時」中、時日無多的待援貓狗，是過去即使透過油印刊物、ＢＢＳ公布訊息、建構網站等，都無法如此快速與便利地「推銷」出去的方式。但是源源不絕的待認養動物，最終會不會在無止盡的轉貼中模糊了牠們原本的差異，只成為一張又一張新的轉貼照片？卻是一個值得思考的問題。過多的訊息反倒稀釋了事件本身的力量，時間久了，我們自然學會視而不見。

臉書上這些待救援、限期安樂死的流浪動物處境，也面臨類似的困境：當照片多到讓人覺得無論如何都救不完時，會不會有更多人乾脆決定選擇性忽略就好？畢竟每一次的轉貼之後又會有新一批即將安樂死的名單出現，現況好像永遠不會改變？但是，湯馬斯・詹戈帝塔（Thomas de Zengotita）指出了一種例外的可能，一種不會過目即忘的可能，那就是，「除非那正好是『你的問題』，是個被你『認同』、蒙你圈選的一種社會責任選項」[65]。「路的盡頭」對駱以軍所帶來的衝擊和意義，正在於它將轉貼的照片，還原為一個個獨一無二的生命，當你看見，就有能力從麻木中走出來，成為你的選項，那麼牠們的存在，就不會只是一張照片而已。它從此成為駱以軍「社會責任的選項」之一，於是他開始加入那個往黑暗深井投遞希望的行列，並且期待某人如他，總會在某一天從深井中傳來微弱的回音。

以此觀之，前述的影片《十二夜》，確實像是深井中的回音般，凝聚了更多民眾的呼聲，期待透過TNVR（誘捕、結紮、疫苗、放養）與零安樂並進的方式，「讓痛苦到牠為止」。問題是，從十二夜到零安樂，流浪動物的狀況並未從此以線性的方式漸入佳境，仍有無數流浪動物在不會主動撲殺，但擁擠而環境不佳的收容所中被人們所遺忘。牠們繼續被任意繁殖、購買、而後拋棄。收容壓力造成公立收容所更積極追求送養的「階段性成就」，前述嘉義收容所的事件只是此種結構失衡

---

63 〈宙斯〉，頁53。
64 〈路的盡頭（之一）〉，頁138。
65 湯馬斯・詹戈帝塔（Thomas de Zengotita）著，席玉蘋譯：《媒體上身：媒體如何改變你的世界與生活方式》（臺北：貓頭鷹出版，2012），頁34。

下的冰山一角，當收容所的目標鎖定在盡可能地將狗送養出去，許多不當飼養的案例亦可能在不為人注意的角落默默發生。

舉例而言，當收容所為鼓勵民眾領養，推出各種工作犬領養方案[66]，這類「領養送嫁妝」的活動固然可以增加領養誘因，但如果飼主只是把狗當成工具式的存在，就可能發生長時間將狗鍊在門上或樹上，卻未考慮惡劣天氣或是狗的活動空間等需求的狀況。「領養工作犬送白鐵鍊」[67]的組合當然絕不等於虐待，就提高送養率而言亦可看出具體成效，但畢竟還是複製了傳統豢養與利用動物的模式，較難開展出不同的思維與教育方向。至於「狗送出去之後呢？」這個問題，以目前狀況來說，就成為收容所很難有餘力可以兼顧的失落環節。但這失落的一環，卻可能是流浪狗問題總是在重複迴圈的重要關鍵。「臺灣動物社會研究會」理事長朱增宏曾在訪談中指出：「其他議題至少還能看見進展，但流浪狗就是走一步又退一步，走一步又退兩步」，確實指出了臺灣這二十年來在流浪動物議題上的困境。[68]

有趣（或許很多人也不見得會同意）的是，朱增宏認為流浪動物議題的缺乏進展，恰恰是因為「大家太愛狗了」[69]。雖然朱增宏此言的重點主要是強調TNVR不該被視為流浪動物問題的唯一解方來推動，但社會上看待流浪動物問題的種種矛盾與緊張關係，似乎總圍繞著「愛」這個關鍵字一觸即發。從校園犬到街頭犬，許多衝突和爭論的力氣都花在「愛狗」人士罔顧不愛狗或愛貓、愛野生動物等其他人的權利，任由狗造成其他動物的威脅或環境的髒亂。當爭執的眼光始終放在愛或不愛這件事情上，議題就永遠會是進一步退兩步的狀態。

其實，狗和人的關係與其他動物的確有著距離上的不同已如前述，牠們或許最能召喚人的情感也是事實，虐狗事件常引發社會強烈抨擊並不令人意外，去抨擊這些人的情感為何只有被狗召喚，是沒有太大意義的。真正的重點在於，我們理論上根本不需要強調自己愛或不愛狗，同樣地，也不需要強調自己愛或不愛其他動物，而是我們如何去思考狗在社會環境中的必然事實，找出不同區域、不同情況的狗所適用的處理方式。例如開放式的校園環境，一直反覆把狗抓走未必能解決問題；但開放式的淺山環境，優先送養顯然仍比結紮後放回原地，可以減少流浪狗對野生動物生存造成的壓力。更重要的是，所有的對待都有其底線，飼養後的照顧、收容所內的環境、甚至就算是想要通報捕捉，都不意味我們可以對自己所厭棄、恐懼或不在意的生命為所欲為。這是在所有動物身上都適用的基本原則。捍衛這樣的底線，或許比討論愛與不愛，要實際得多。或許也唯有如此，我們才能從永無止盡的「為何只關心〇〇不關心××」、「這是道德不一致」的爭執迴圈中抽身，體會到無論我們自己關不關心，任何生命都不該被用某些方式對待。

---

66 蔡政珉報導：〈零安樂政策上路　流浪狗化身工作犬找新家〉，《自由時報》，2017/02/02。
67 莊曜聰報導：〈職訓加碼　工作犬頭路更多元〉，《中時電子報》，2017/03/30。
68 李振豪專訪：〈朱增宏番外篇：路人來到養豬場〉，《鏡傳媒》，2017/05/31。
69 同前註。

動物還是食物？文明框架下的人狗關係

另一方面，立法院於二〇一七年四月十一日三讀通過禁吃貓狗肉，明文規定凡「販賣、購買、食用或持有犬、貓的屠體，內臟或含有其成分的食品，可處新臺幣五萬元以上二十五萬元以下的罰鍰，並得公佈其姓名、照片及違法事實」[70]，讓臺灣成為亞洲第一個立法禁食貓狗的國家。消息一出，反應卻是兩極。贊成的不待多說，反對的聲音則可歸納為兩種主要態度，一是前述的「獨厚貓狗」邏輯；二是認為飲食關乎文化，不應以法律限制之。[71]獨厚貓狗的部分在此不重複申述，對於不同文化脈絡中，貓狗作為食物與同伴動物的角色差異，卻可進行一些思考。

事實上，臺灣吃狗肉的風氣並不算盛行，貓肉則更罕見，換言之，食用貓狗並非臺灣主流的飲食文化，因此，之前有關食用貓狗肉的爭議案例，幾乎都是因移工吃狗而發生。[72]每當這些新聞事件引起關注時，民眾的反應亦不外乎兩種，關心動物者發起「文明人不吃貓狗」的呼籲；另一邊則認為越南吃狗既是文化，秉持尊重多元文化的立場，不應過度干涉。這些看法其實並無絕對的是非對錯，但在支持與反對的兩端，卻彷彿隱含著一種城市文明與飲食文化對立的關係，就值得深入探究了。

文明人不吃貓狗？

首先，無論是移工吃狗爭議，或是受到國際動保組織高度關注的中國玉林狗肉節活動，許多團體都是以「文明人不吃貓狗」為訴求，尤其值得注意的是，二〇一七年六月間峇里島將狗肉假裝成雞肉製作成沙嗲的新聞，引發民眾呼籲抵制前往峇里島旅遊，憤怒的群眾指責的內容多半不出「野蠻」、「殘酷」等形容。[73]但這種隱含著進步／落後；優越／愚昧；文明／野蠻二元對立關係的模式，其實就社會運動的策略而言，效果可能是非常有限的。因為此種訴求背後的潛臺詞，就是批評食用狗肉者，是不文明的、落後的、野蠻的。也就是說，它多半只能召喚那些原本就不會將貓狗列入食用對象考慮的人，而較難促成其他的實質改變，甚至只是激化更多的對立情緒。

但是，峇里島狗肉事件其實相當值得注意，因為它可說在無意中實際進行了一場道德思想實驗。梅樂妮．喬伊（Melanie Joy）在《盲目的肉食主義》中，就曾生動地形容：如果我們在派對中請教友人美味燉肉的做法，對方卻回答「首先要準備五磅的黃金獵犬肉」，這個答案可能會令我們手足無措，但假設朋友接著表示他是開玩笑的，鍋子裡只是普通的牛肉，此時我們對那鍋肉的感受，是立

70 劉冠廷報導：〈立院三讀　吃貓狗最高罰二十五萬元〉，《中央通訊社》，2017/04/11。

71 關於地方飲食文化是否應該用保育觀或法律進行約束的爭議，其實不乏其例。強納森．法蘭岑（Jonathan Franzen）在《到遠方：「偉大的美國小說家」強納森．法蘭岑的人文關懷》（臺北：新經典文化，2017）一書中，就曾詳述賽普勒斯（Cyprus）地區雖然已明文規定食用黑頭鶯違法，但當地以陷阱誘捕的狀況仍非常普遍，民眾亦缺乏相對的認知，因為「食物在這裡是神聖的」。見該書，頁75。

72 如〈移工在臺吃貓狗　受罰恐丟工作〉，《蘋果即時新聞》，2016/04/22；盧素梅報導：〈動保團體推不吃狗肉宣導片　名作家朱天心現身力挺〉，《三立新聞網》，2016/04/22。

73 如〈鋼圈勒脖還亂棒敲死　峇里島賣的狗肉是如此殘忍〉，《ETNEWS》，2017/06/20。

刻繼續放心享用，還是會在心理上殘留著不舒服的感受？藉由這個虛擬的情境，喬伊帶我們認清人們對肉的認知的確有所不同的事實：「在數萬個動物物種中，你覺得可以吃而不覺噁心的物種就只有少數幾種，……人類在選擇可食用動物與不可食用動物時，最顯著的依據並不是感覺到噁心感的存在，而是因為這種感覺不存在。」[74] 峇里島的「雞肉」沙嗲原來是由狗肉製成的事件，無疑應證了我們看待肉的標準與認知差異。

另一方面，這個事件其實也具體凸顯出以殘忍來討論吃食，很容易回到前述「獨厚貓狗」的邏輯迴圈：凡是針對殘忍而不該吃某種食物的呼籲方式，常落入「那吃牛豬雞不殘忍嗎」的質疑——偏偏若以動物福利的眼光來看經濟動物議題，工業化農場中的動物對待，的確很難迴避殘忍的疑慮。於是討論的焦點，往往就偏離成對道德不一致的批評。

殘忍可以討論嗎？當然可以，畢竟別的事同樣殘忍並不能抵銷某件事本身的殘忍，也無法因此創造這件事的道德合理性。但由於殘忍與否在不同環境中往往難以用同樣標準判斷，每個人對殘忍劃下的道德底線也必然有程度上的差異。因此真正的問題並不在於殘忍不能討論，而是把焦點放在殘忍太容易陷入道德上二元對立的迷思，可以對個人選擇帶來某種約束性或影響力，但若放置於整個產業鍊甚至公共政策或法律層面來討論時，偏向情感呼籲的「殘忍」就較難成為有效的標的了。

飲食文化不容干涉？

如此看來，我們是否可以歸納出以下的結論：若吃狗肉並沒有比吃其他動物的肉「更」殘忍（先讓我們暫時放下何謂殘忍的定義問題），就算我們個人對狗肉的認知不同，也應該尊重其他人在不同文化下的認知和選擇，吃狗如果是文化，就應該尊重多元文化，不應該將自己的標準套用在別人身上。表面上看起來確實是如此，然而，關於吃狗是文化，所以應該尊重多元文化的說法，或許仍有進一步商榷的必要。

事實上，多元文化之所以多元，正在於它是流動的、因時因地制宜的，文化不是一塊不容動搖的鐵板，更不是一塊拿到哪裡都可以當成免死金牌的通行證。以跨國移動的狀況而言，對於異國文化的不知情固然會帶來整體生活上各種需要重新適應之處，但我們通常不會主張在異國可以無視對方的法律和宗教文化等習俗。[75]有個有趣的反例，更可看出所謂文化概念的浮動：當大型量販店家樂福（Carrefour）中國分店販賣狗肉製品時，人們並未將其看成法國公司順應中國飲食文化，而是在動保團體與市民連署要求之下將狗肉下架[76]——雖然他們並未承諾日後不再販售狗肉，仍可看出文化與食物的關係不見得是如此理所當然與穩固的。

---

74 梅樂妮・喬伊（Melanie Joy）著，姚怡平譯：《盲目的肉食主義：我們愛狗卻吃豬、穿牛皮？》（臺北：新樂園出版，2016），頁21。

75 因此，對於移工吃狗引發的爭議，其中一個關鍵在於，如何讓不知情成為知情，亦即如何真正落實宣導？由此亦可看出許多社會議題需要跨領域的對話與合作。「臺灣動物社會研究會」於2015/11/13假世新大學辦理之「動保、移工——運動的十字路口論壇」，即為跨領域對話的一次嘗試。

76 〈動保界強烈抗議下　家樂福中國分店將狗肉產品下架〉，《香港動物報》，2017/06/16。

此外，多元價值固然是民主社會的重要資產，但如同約書亞．格林（Joshua Greene）在《道德部落》一書中曾提醒的，多元主義是重要的，而且在形而上的層次是正確的，但落在我們身處的現實環境中，它對我們解決問題並沒有太多幫助，如果我們只是堅持捍衛每個人各自擁抱的正義、道德與文化，很多時候「我們並不是在做一種論證，而是在宣稱論證已經結束」[77]。

更重要的是，所謂的「傳統文化」也可能是商業行銷所塑造出的結果，或是因為商業行銷而質變。以玉林狗肉節來說，在二〇一四年的一篇報導指出，一個狗肉節可以帶來的收益，若包含交通、住宿、旅遊等等，可達千萬人民幣左右，巨大的經濟效益讓狗肉節成為當地人民重要的期盼，儘管這個所謂的文化傳統，「只是近十年來才興起的」。事實上，若要談「傳統文化」，比玉林更馳名也更悠久的食用狗肉傳統，是隔壁的貴州。但名揚四海的「花江三絕」（花江狗肉、花江米粉、花江酒）之一的「花江狗肉」已不在當地推薦之列。貴州媒體人孫中漢的說法頗值得注意：

> 若論「傳統」，誰也無法和貴州花江狗肉作比，其源於三國，至今已有數千年的歷史。說花江狗肉既是一種食品，也是一種文化，一點也不過分。但你為何聽不到貴州人渲染「六月六」民族節慶？因為古老的也好、傳統的也罷，都不意味著可以超越時代人類共識。就吃狗肉而言，能不吃儘量不吃；退一萬步講，吃你盡可以吃，但將它當成「節日」甚至包裝成「產業」，這就難免引起眾怒。[78]

文中提到的「時代人類共識」，其實正是文化的真義。文化所反映的，不就是不同時代某個區域某些人的生活方式嗎？它不需要被神聖化，也不應該被妖魔化。若我們能用這樣的眼光重省文化的意義，方能真正平心靜氣地去尋找，屬於這個時代，屬於我們這個地方的，文化的獨特樣貌。

丹·巴柏（Dan Barber）曾在《第三餐盤》一書中引用美國自然作家溫德爾·貝利（Wendell Berry）的看法，強調「食物是一種過程，一種關係網絡，而不是個別的食材商品」[79]。若我們能以這樣的眼光來看待食物，就會發現情感、認知、人道、文化，從來不可能單獨抽離出來討論單一「食材」的合宜與否，因為它們同時作用在我們的食物與農業體系之中。重點不是某一種食材能不能吃，而是我們為何吃、如何吃？如果用體系的觀點來討論，就會發現無論將哪一種條件視為優先，其實都殊途同歸。換言之，我們無須指稱灌食很殘忍，也可以不同意此種飼養法背後的農業體系[80]——尤其是，我們將會發現，這樣灌食得來的鵝肝或肉類，根本不會好吃。

鄧紫云（兜兜）在《動物國的流浪者》一書中，曾記錄了一段在印度那加蘭傳統市場和肉狗相遇的經歷，或許可以作為食物是關係網絡的例證。當時她看見全身被麻袋束縛，只有頭部露在麻袋外，口鼻也被麻繩綁住，周圍飛滿了蒼蠅，只能靜靜等待死亡的幾隻小狗。其中一隻小黑狗嘴部的繩子鬆了，牠想舔舔自己，但只舔得到麻袋的邊緣。她遲疑地靠近，伸出了手，小黑狗聞了聞，看

---

77 約書亞·格林（Joshua Greene）著，高忠義譯：《道德部落：道德爭議無處不在，該如何建立對話、凝聚共識？》（臺北：商周出版，2015），頁419。
78 〈「被消失」的玉林狗肉節〉，《北京青年報》，2014/06/17。
79 丹·巴柏（Dan Barber）著，郭寶蓮譯：《第三餐盤》（臺北：商周出版，2016），頁182。
80 同前註，頁201。

了看她，然後毫不遲疑地舔了她的手：「牠的眼神，那個眼神，沒有一絲怨恨。那不是『救救我』的凝視，那是『陪陪我，我知道發生什麼事，但是陪我。』那是相信人，那是原諒人的眼神。」[81]於是她發現，自己「再也無法刻意視而不見人與狗之間特殊的連結，那已經一同生活了一萬四千年的默契」[82]。關於為何獨厚貓狗，關於為何更多人希望讓狗是寵物而不是食物，這就是答案。

而且，這個故事有個並不感性，卻更能說明道德議題之複雜性的結尾：她在後來當地的聚會中，嘗試了狗肉的味道。這看似矛盾的行為，卻反而更凸顯出關於人如何對待動物，其實是在欲望、倫理、文化、宗教、法律的種種衝突中進行選擇的結果。但如果我們願意在每一次選擇的過程中，永遠不放棄思考與感受，生命才能得到真正的慎重以對與尊重。

81　鄧紫云（兜兜）：《動物國的流浪者》（臺北：啟動文化，2016），頁180。
82　同前註，頁180。

選文：路的盡頭

駱以軍

〈之一〉

路的盡頭，是一道長長的堤防，冬天涸竭的窄河道的出海口，除了像選票印戳圓圈中那個「卜」字形卵石裸露的孤寂河床和滿眼灰黃色的沙灘，稍遠處是像一條長長邊界的海。海和天空都是灰色的。意外的是堤防兩側無比茂盛布滿「水筆仔」的矮樹林，圓葉翠綠，乍看簡直像一片人工栽培的茶園。這裡是從觀音到大溪，台66線一處岔口轉彎進來的海邊。像這個島嶼許多不那麼美而被遺棄的空荒場景。

我連抽了七、八根菸，終於把最後一根菸踩熄。對貓警官和那位高個年輕帥哥說：「走吧，我們進去吧。」

貓警官是多年老友，四十歲了個性仍像十五、六歲的青少年，沉默地活在自己柔軟的小世界裡。他收藏各式舊書，家裡堆得像牯嶺街那些窄小昏暗老闆可以在一紮一紮幾十年來的舊雜誌形成的鐘乳岩洞裡，鑽上爬下的舊書攤。他且收藏各式鋼彈超人模型和航母模型（全是達人等級）。這次是他主動要陪我來此。他自己家裡養了許多口貓，真實世界他穿著警員制服，卻不願如那些學長因長官施壓業績而埋伏路口，狂開紅單給那些貧困騎摩托車沒戴安全帽或小路口紅燈違規右轉的老人、大學生和油漆工……，他常獨自騎機車到南深公路山裡，餵食沿途那些被遺棄的流浪貓。

高個帥哥是前一晚才通過電話的陌生人。因為看了臉書轉貼而也要來領養我那同一窩小狗。

那是在耶誕節那天晚上，我在臉書亂逛，闖進一個叫「丸子」的女孩的網頁，貼了一張照片，大約一籠剛出生的小狗，有黑嘴黃、有小黑狗，在新屋流浪動物收容所裡，其中兩隻眼神澄澈無辜看著鏡頭。下面兩行字寫著：「生命終止最後日期：十二月二十六日。過了美好的耶誕節，牠們還能不能活下去。」不言而喻，就是滅掉、燒掉。

我按了臉書的「分享」功能，立刻又被其他人又分享，再分享，像傳遞一個黑暗深井的微弱回音。失眠的夜晚，我抽菸回著電郵信箱的一些信，內心總浮躁不能平靜。我目前住的四樓小公寓根本不能養狗。最近又剛養了一隻鸚鵡，到處任意拉屎讓有潔癖的妻子（而且整個屋子都是她在打掃、維持）近乎崩潰。我想到永和那有個小院子的老家，我年輕時在陽明山愛撿流浪狗，但宿舍房東不給養，就丟回永和給我那可憐的母親。全盛期家裡養了九隻狗。但後來我們陸續有小孩後，又疲於生計、創作。而我母親幾個月前摔倒，可憐的她自己現在都在坐輪椅，所以就斷了這部份的任何想頭。

但眼前那被我轉貼出去（如此輕易在臉書按個「讚」或「分享」）的那幾隻小狗的時間像好萊塢片炸彈客的定時炸彈上紅色螢光數字在倒數。我按臉書上留的電話打給那位「丸子」，問她現在有沒有人出現認養（在這樣的幾十個人轉貼再轉貼之後）。

結果當然沒有。於是在夜的醚晃和忘記自己已是一中年人的狀態，我認養了照片中的那隻小黑犬和小黑嘴黃（楚楚可憐的眼神）。

那個狗舍裡當然關滿了一籠一籠的狗。被遺棄的狗。將要被注射毒液死去然後焚燒成灰的狗。狗群們騷動著、嗚咽著。其實在進來之前腦裡已浮現過這屋裡的景象，事實上差異不大，像電影裡穿過死囚監獄的窄走道，兩旁是一條條不銹鋼豎立鐵條反光的一種分割感。我不太敢看每一籠裡頭的狗，似乎你不去讓流晃分割的視覺聚焦，裡頭就不是一隻兩隻三隻眼睛迫切盯著你（「帶我走！帶我走吧！」）的生命，而只是流晃的殘影。那個穿膠鞋和實驗室白袍的工作人員也面無表情，不去理會那些狗。我想他們的壓力更大吧。留置的時間一到，這些小狗就要透過他們的手一隻隻結束生命。他們不能看牠們的臉，就如同劊子手絕不能看死囚臨刑時的眼睛。

帶到我們領養的那籠，他念出一串編號。五隻柔軟的小東西偎靠在一起。大約都不到兩個月，有一隻黑狗，眼睛也是溼漉漉柔弱到，似乎嚇到牠們的不是把牠們抓來這（並且已將牠們母親處死；或就要來處死牠們）的人類。而是上下四方，那些比牠們大的，但其實像集中營裡終也要按日期一批一批送進焚化爐，而哀嚎、吠叫、為失去自由而變成猙獰痛苦噩夢的同類。

我選了那隻黑嘴黃，和一隻小黑犬。高個帥哥思索一會，手指比了另一隻小黑犬。工作人員幫我們把那三隻幸運兒抱出來時（天啊！人類為何忍心處決這麼柔軟、完全信任你、眼睛柔美的像我們這個族類在最純潔嬰孩時都無法相比的天使），我看見剩下那兩隻小黃狗，眼神哀傷、迷惑地看著我。牠們不理解為何牠們的兄弟們被帶走。牠們兩個更偎緊了一點。

我們到外頭簽署文件、植入晶片時，我獨自走到停車場抽菸。我想我的孩子會快樂的養大那兩隻小黑和小黑嘴黃；但不會知道他們父親的眼睛映下了那兩隻我沒選中的小黃狗的眼神。我將一輩子難忘。因為我沒有選牠們。

但其實那一整間狗舍的各鐵柵籠裡，我不敢看但還是瞥過的狗們，除了極幸運的極少數，全部都會被屠殺。有的漂亮到我不敢相信牠們的主人為何忍心將之遺棄。那一刻我深深感受到「遺棄」是這世間最沉慟最悲傷的一種能量了。牠們全是棄犬。原來是人類拿來放在舒潔面紙家庭房車廣告、好萊塢電影……那美麗、「人類好朋友」、一種不可思議的忠實和信任……一種發出光輝的展演道具，怎麼會是像《AI人工智慧》那被遺棄的機器人小男孩被堆擠在這集體遺棄、焚化、「處理」、剝奪其生命，變成空氣中一種你知道它存在的炭灰氣味，微弱燭苗的「人間失格」。

這時，妻恰好打電話來，我大致說了剛剛所見的狀況。她在電話那頭說：「把那兩隻剩下的也領養回來吧。這太不公平了。憑什麼因為牠們沒有另外三隻可愛，就要遭到被滅掉的命運？」因為我們介入了。

我踩熄了菸。好多年沒對她說出這句話：「我愛妳。謝謝妳。」

〈之二〉

於是，一整窩小狗（包括我的四隻，和高個帥哥的那一隻），全在那群穿著膠鞋和實驗罩袍的工作人員（他們面無表情，有一種在公立醫院急診室當志工習慣照顧那些插滿管線癱臥病床的孤獨老人，不斷輪替死去而送進冷凍櫃沒有任何親人認領……那種勞動者的氣氛。他們不帶感情但不粗暴的分別用棉花棒醮那些小犬們的眼角、鼻孔和嘴邊的黏液，作犬瘟和腸炎的檢測。）的熟練手續後分裝進不同四只紙箱。

那整個過程始終於我一種「在途中」的顛盪和暈眩感。回程的路我們三人被什麼壓住了而保持沉默。車子再次穿過那些偶爾可見佝僂的老人沿田邊小路走著的海邊枯荒的空曠田野，然後再沿台66線上到中山高。駕車的貓警官之前獨自去看了貓舍（也是等候有人認養，其實最後都要被處決的），臉上也浮著一種如夢似幻的哀傷。

有一本小說中寫到：「有一位羅馬尼亞數學家，用他生命最後的二十年尋找『一些神秘的數字符號』，這些符號隱藏在人類可見的某個遼闊的景色裡，但這些符號是看不見的，可能存在於岩石中或者兩棟房子之間，甚至兩個數字之間，比如像有人說的是隱藏於7和8之間可供選擇的數學裡，等候人類去發現它和破解它。」

這個數學家後來死在瘋人院裡。

其實，某些被遮蔽的記憶暗影，我們或其實亦扮演過不同切面的遺棄者。但當整個如峽谷的城市繁華錯織的層層纍聚的人類各種行為，其中某一種行為被單一從那雜駁中抽離出來（譬如公娼，譬如發臭睡在捷運路口旁紙箱的流浪漢，譬如吸菸者、窮人、痲瘋病患，譬如和人類想像的街道巷弄不同動線的流浪貓狗），我們把他們像用立可白從那現代性玻璃鏡城的圖畫上抹掉。但當這一套專業流程、配管、集中後形成的「純潔場景」（譬如這整座流浪貓狗集中最後要被「人道」處死，整批僵硬的哈士奇、拉布拉多、大麥町、臘腸、拳獅狗、波斯貓、各色雜種貓……全變成「沒有靈魂之死物」丟進焚化爐），這個巨大場景、超現實到你完全無法理解這是人類理性邏輯形成的科幻地獄。

為什麼這些外貌美麗（用作各種廣告、電影溫馨暗示的道具），卻又如此信賴人類，和人類發展出如此古老美德或愛的溫度的神物，會落單變成人類街道將之捕捉、殲滅而後快（有的以滿身爛瘡、臭味或翻拾垃圾而讓城市中產階級不快）的廢棄物呢？源頭是在我們的政府沒有嚴格立法禁止那些任意浮濫繁殖這些鏡頭印象看起來如此「卡哇咦」（尤其是初生幼犬），並且像昂貴寵物（玩具）在寵物店販賣。而且即使各自狗有植入晶片，但飼主將之遺棄，即使尋晶片找到這個遺棄者，也完全不需受罰。上端的繁殖業者將犬貓包裝成一種像植物盆栽（或名牌跑車），現在都會大樓皆該養一隻顯得時尚的形象；而購買方的城市中產階級們沒有意識到，消費完那「卡哇咦」之後，牠是一至少十年壽命，會生老病死，要處理大小便、你和情人分手後可能搬去的租賃大廈套房無法帶去或心力俱疲，或種種理由……奇怪我們所有人看著《玩具總動員》或《AI人工智慧》皆眼眶濕燙有所感那「被遺棄成為垃圾場要集體壓扁絞碎」的「被遺棄者的噩夢」，但我們將這件事如此實體地置放在靠海濱偏荒地的一座收容所裡。那整個龐大（而且單一、整齊）的遺棄場景，讓我恐怖顫慄到，我只是想伸手攔阻其中一隻或一窩小狗的處死（而不敢看其它籠），要付出極大的代價。「收養」和「遺棄」、「修復」和「傷害」這之間完全不成比例的資源成本。

我們不約而同會說起各自童年的夢想：「有一天如果我很有錢，要蓋一個非常大的莊園，讓這些（小時候的我們無力養的）流浪貓狗可以住在裡頭快快樂樂過完餘生……」

（事實上，我帶小兒子一起去彩券行簽累積四億獎金的威力彩時，他也說出一模一樣的話。）

我在臉書上PO了那被搶救回來的四隻可愛小狗的各自特寫照片（真的超可愛），當天立刻爆量被按了八百多個讚（我也被嚇到暈倒）。但是當我把那真正不斷一張一張收容所將被處死的可愛小狗照片貼上，且焦急求救的「保護流浪動物」志工的臉書文章轉PO上版面時，按讚人數立刻銳減到一百以下。事實上，可愛、燦爛光影、美好的影像讓人悅於分享；但在那轉貼中你承受不了的「死刑正每天發生」，那一團濃霧般的黑影，讓人迷惑而不想被捲入。究竟連作為人在這城市討生活，都是那麼疲憊而艱難。

但為何不立法，執法禁止上游的浮濫繁殖貓狗呢？

——《壹週刊》第五五七期／二〇一二年

問題討論

1. 關於飲食文化是否適合用法律進行禁止與限制，又是否應有例外，試提出你的看法。
2. 請查閱杜韻飛《生殤相》、張力山《意外領域之形骸孤島》的影像作品，你是否知道其他與流浪動物相關的藝術或攝影作品，請試著進行比較，說說你對這些作品的想法。

作業練習

關於城市中流浪動物的種種爭議，請以校園犬、零安樂、動物友善空間、飼主責任、餵養與TNVR等主題，分組進行資料蒐集與討論，於課堂上進行小組報告。

相關影片

- 《養生主：台灣流浪狗》，朱賢哲導演，2001。
- 《愛與狗同行》，陳安琪導演，2008。
- 《馬利與我》，大衛．法蘭科導演，歐文．威爾森、珍妮佛．安妮斯頓、艾力克．丹主演，2009。
- 《忠犬八公的故事》，萊思．霍斯壯導演，李察．吉爾、瓊．愛倫、莎拉．羅默爾、艾力克．阿瓦里主演，2010。
- 《十二夜》，Raye 導演，2013。
- 《忠犬追殺令》，穆恩德秋．柯諾導演，蘇菲亞．索妲、山德勒．蘇德主演，2014。
- 《戰地神犬》，鮑茲．亞金導演，喬許．威金斯、托馬斯．哈登．丘奇、盧克．克萊恩坦克主演，2015。

關於這個議題，你可以閱讀下列書籍

- 卡洛琳．帕克斯特（Carolyn Parkhurst）著，何致和譯：《巴別塔之犬》。臺北：寶瓶文化，2017。
- 大衛．葛林姆（David Grimm）著，周怡伶譯：《貓狗的逆襲：荊棘滿途的公民之路》。臺北：新樂園出版，2016。

■ 約翰・荷曼斯（John Homans）著，張穎綺譯：《狗：狗與人之間的社會學——從歷史・科學・哲學・政治看狗性與人性》。臺北：立緒文化，2014。

■ 強納森・法蘭岑（Jonathan Franzen）著，洪世民譯：《到遠方：「偉大的美國小說家」強納森・法蘭岑的人文關懷》。臺北：新經典文化，2017。

■ 太田康介著：《被遺忘的動物們：日本福島第一核電廠警戒區紀實》。臺北：行人文化，2012。

■ 太田康介著：《依然等待的動物們：日本福島第一核電廠警戒區紀實2》。臺北：行人文化，2012。

■ 片野ゆか著，王華懋譯：《我要牠們活下去：日本熊本市動物愛護中心零安樂死10年奮鬥紀實》。臺北：本事文化，2013。

■ 「放牠的手在你心上」志工小組編：《放牠的手在你心上》。臺北：本事文化，2013。

■ 李桐豪：〈養狗指南〉，《自由時報》，2013/12/08-12/10。

■ 林清盛：《第十個約定》。臺北：新經典文化，2016。

■ 林憶珊：《狗媽媽深夜習題：10個她們與牠們的故事》。臺北：無限出版，2014。

■ 陳冠中：《裸命》。臺北：麥田出版，2013。

■ 鄧紫云（兜兜）：《動物國的流浪者》。臺北：啟動文化，2016。

■ 劉克襄：《野狗之丘》。臺北：遠流出版，2016。

同伴動物篇Ⅱ。

在野性與馴養之間

貓馴服了人類？

法國人類學家馬歇・莫斯（Marcel Mauss）曾言：「人類馴服了狗，而貓馴服了人類。」[1]若觀諸人與貓狗在漫長歷史上的複雜互動，這樣的二分法自然略顯武斷，也是對於「馴化」概念的挑戰，但它確實言簡意賅地指出了貓狗作為人類最常選擇的動物同伴，貓在人類心中的意義，和狗的確有著微妙的差別。若與第三章所述「忠犬護主」的人狗故事模型，以及狗在文學中相對常見的「忠實」形象相較，貓在文學藝術中的形象不只複雜得多，更有趣的是，許多貓故事裡往往還會顯露出一種在人狗故事中罕見的，近似愛情的迷戀。

許多創作者都愛貓，寫出恐怖文學中最知名與令人難忘的貓咪形象〈黑貓〉的愛倫坡（Edgar Allen Poe），就是個不折不扣的愛貓人。貓不只扮演著繆思女神般的角色，牠們有時讓人津津樂道之處甚至在於如何「以阻止／妨礙人類工作的方式，『協助』人類工作」。偵探小說家雷蒙・錢德勒（Raymand Chandler）就在信中描述他的貓是自己的「祕書」，這位祕書的角色如下：「通常不是坐在我剛用過的紙上，就是坐在我想修改的草稿上；有時牠倚著打字機，有時也踞在桌子一角，靜靜看向窗外，好像想說：『親愛的，你在那裡忙東忙西根本只是浪費時間。』」[2]無獨有偶地，其他作家對於愛貓的舉動也有類似的描述與詮釋，法國作家皮耶・羅提（Pierre Loti）表示：「我有時只要一坐近書桌，牠就來我膝上坐。跟著筆桿來回搖晃，甚至出其不意，一掌劈下，劃掉牠不贊同的那幾行。」[3]另一位作家漢斯．本德（Hans Bender）則對於貓咪「小瘋」把打字機旁的草稿扯碎的舉動，充滿愛憐地說：「我知道牠專挑布滿修改筆跡的初稿二稿，獨獨不撕完稿清樣。真是善體人意的貓。」[4]在此種「貓咪永遠是對的」的邏輯下，人彷彿放棄了他們要求狗所具備的那些忠實護主犧牲奉獻的特質，寧可犧牲自己的便利、時間與舒適，也不願剝奪愛貓一絲一毫的生活樂趣或是驚擾牠們的睡眠——如同傳說中因為貓咪壓在衣袖上，寧願把衣袖割斷以免打擾貓的穆罕默德一般。

觀諸當代的人貓關係，似乎也證明了上述案例並非少數飼主一廂情願的情話綿綿，貓在歷史上儘管曾因被視為撒旦的化身，經歷了慘酷的「貓大屠殺」[5]，在文學藝術中似乎也難以完全擺脫邪惡陰森的形象[6]，但牠們那難以完全被人類馴服的野性，不把人類放在眼裡的某種淡然，卻擄獲了無數

---

1 引自戴特勒夫．布魯姆（Detlef Bluhm）著，張志成譯：《貓的足跡——貓如何走入人類的歷史？》（臺北：左岸文化，2006），頁213。

2 引自前註書，頁61。

3 引自前註書，頁64。

4 引自前註書，頁64。

5 貓在中世紀時被基督教視為異教徒的象徵、惡魔的同路人，因此在獵殺女巫的同時，經常一併將貓陪葬，加上瘟疫流行的期間，人們普遍認為瘟疫蔓延乃妖魔作祟，貓身為「撒旦的化身」，因此被當成引發瘟疫的元凶，當時為了驅除疫病，甚至會將貓視為祭品活埋入牆中。對貓的大規模屠殺、虐待與妖魔化的現象，直到文藝復興時期才逐漸得到扭轉。同前註，頁38-46；亦可詳見羅伯．丹屯（Robert Darnton）著，呂健忠譯：《貓大屠殺——法國文化史鉤沉》（臺北：聯經出版，2005）。

6 貓在文學中的負面形象，以米蓋爾．布爾加科夫（Mikhail Bulgakov）《大師與瑪格麗特》中的大黑貓貝黑摩斯為代表，牠自私粗暴，連身為主人的魔鬼都無法制伏牠。參見《貓的足跡》，頁70-71。艾比蓋爾．塔克（Abigail

人的心。貓受歡迎的程度，從世界各地屢屢出現的貓站長、貓店長、貓館長，都可看出城市中的人貓關係非常微妙，日本的「小玉站長」、臺灣的「黃阿瑪」和香港的「忌廉哥」，就是幾個為人熟知的貓明星之例。[7]

貓不只以明星化的形象廣受歡迎，這些「站長」或「館長」的出現，最初雖然仍不免帶著傳統動物利用的功能性目的，希望牠們發揮捕鼠的作用，但奇特的是，人和貓的關係中有一項在其他動物利用的歷史裡從未出現，而且幾乎可以說是跨文化的狀況，那就是訂立貓的「工作契約」。李仁淵在〈貓兒契〉一文中，就舉了一則元代出版《新刊陰陽寶鑑剋擇通書》的契約範本「貓兒契式」，正中央是貓的畫像，契約內容圍繞著畫像由內而外以逆時鐘方向書寫。茲引其文如下：

> 一隻貓兒是黑斑，本在西方諸佛前，三藏帶歸家長養，護持經卷在民間。行契○○是某甲，賣與鄰居某人看。三面斷價錢○○，○○隨契已交還。賣主願如石崇富，壽如彭祖福高遷。倉禾自此巡無怠，鼠賊從茲捕不閒。不害頭牲並六畜，不得偷盜食諸般。日夜在家看守物，莫走東畔與西邊。如有故違走外去，堂前引過受笞鞭。某年某月某日，行契人某。

契約的兩邊則寫上「東王公證見南不去。西王母證知北不遊」[8]。

這則契約是買貓之後所訂，雖然以貓的角度來看，這仍然是一個在非自願狀態下被人買賣的「被契約」，若未乖乖捕鼠還要「受笞鞭」，然而貓兒契真正不尋常之處在於，雖然「買賣牲畜動物都有相應的契式，但只有買貓獨樹一幟，不僅有畫像、特別的形制、有行為規範，還需要東王公、西王母來見證。也只有貓兒契是放在需要特別陰陽知識的通書之中，在日用類書裡被歸為剋擇門。貓兒契的契文本身是七言韻文，並寫成螺旋狀，具有術法的色彩。」中國傳說認為家貓乃是唐三藏往

Tucker）則在《我們為何成為貓奴？這群食肉動物不僅佔領沙發，更要接管世界》（臺北：紅樹林出版，2017）一書中引用作家丹尼爾．恩伯（Daniel Engber）的說法，認為相較於狗在文學作品中角色形象的豐富多元，貓不只篇幅遠不如狗，而且牠們的存在往往具有強烈象徵意義，是「全然的寂靜或劇烈的暴力的烘托劑」，牠們以飄忽的形象穿梭在詩當中，卻很少有令人印象深刻的長篇文學作品。見該書，頁 257-258。至於在藝術作品中，貓亦時常肩負著陰暗、背叛或貪婪的典型象徵，如雅格布．巴薩諾（Jacopo Bassano）的《最後的晚餐》（*The Last Supper*），就以貓的角色象徵猶大背叛的壞消息。參見井出洋一郎著，李瓊祺譯：《藏在名畫裡的秘密：不只技法和藝術，最關鍵是隱藏在畫裡的真相》（臺北：三采文化，2016），頁 32-33。不過，也有許多畫家在作品中置入貓的形象，主題和象徵仍有相當豐富的可能，《藏在名畫裡的秘密》就收錄了七十多幅藝術史上的「貓畫」，可參閱之。

7 貓站長小玉（たま／Tama）是日本和歌山電鐵貴志川線的貴志站站長，小玉的飼主原是車站內的商店老闆，因貓屋將被拆除，飼主請求和歌山電鐵社長讓貓住在車站裡，社長靈機一動禮聘小玉「終身擔任」已因人口流失成為無人車站的貴志站站長，每年年薪為一年份貓糧。小玉二〇〇七年一月五日「上任」後大受歡迎，為當地帶來大量遊客與觀光財；黃阿瑪與忌廉哥則是透過網路社群媒體成功吸納粉絲的例子，黃阿瑪被收養後，飼主成立「黃阿瑪的後宮生活」粉絲團，粉絲人數破百萬，之後並出版實體書與 Line 貼圖等相關商品；忌廉哥是香港尖東一家報檔飼養的貓，深受遊客與街坊喜愛，除了出版書籍之外，還曾拍攝廣告。以上相關報導可參見周靜芝：〈Google 首頁圖案　祝貓站長小玉生日快樂〉，《今日新聞》，2017/04/29；陳希倫：〈來自街頭的黃阿瑪　建立百萬粉絲的米克斯王朝〉，《蘋果即時新聞》，2017/03/02；〈香港第一人氣肥貓〉，《寵毛網》，2013/12/02。

8 李仁淵：〈貓兒契〉，「芭樂人類學」網站，2015/11/19。本文改寫自《中央研究院電子報》第 1542 期，2015/11/12。以下有關貓兒契內容皆整理與引用自李仁淵，不再另加註腳。

西方取經帶回來的，且能在寺院中護持經卷、伏惡降獰，或因如此，要請貓兒工作，還需要藉由神靈與儀式的力量，「在人與所有動物的勞動關係中，只有和從佛國帶來民間的貓要如此費心。」

不過，貓兒契在清朝之後相當少見，李仁淵遂下了這樣的結論：「或許人類在歷經數百年的失敗之後，已經放棄了以文字或神靈馴化貓的嘗試，束手為奴。」這樣的看法彷彿呼應了莫斯「貓馴服人類」的說法，但事實上，貓兒契約既非中國「特產」也並未消失，而且似乎還朝著待遇更加優渥的方向發展。在十九世紀的英國，每間郵局都可聘用幾隻「公務貓」，這幾隻貓必須「通過招募考試」，若滅鼠成效不彰，就「中斷薪資給付」[9]；美國在一九〇〇年前後，也有三百隻貓成為郵局的正式員工，郵局局長還需要撰寫貓的工作成果報告[10]（畢竟貓沒辦法自己寫，雖然可能很多人會相信牠們做得到）。時至今日，世界各國都有不少知名的「貓職員」，且經過正式聘請的程序，例如俄羅斯的貓咪圖書館員「庫加」，每個月就有固定貓糧作為薪水[11]；日本和歌山的貓站長「小玉」去世後，現在已有二代站長接班，還有實習生制度[12]；就算未經過這些禮聘的程序，被收養的流浪貓也可能搖身一變成為備受榮寵，睡在黃花梨雙龍戲珠羅漢床上的博物館長。[13]至於街頭巷尾一間又一間的貓咪咖啡、貓咪雜貨數量之多就更不用說，按照貓地圖按圖索驥在小店或街角尋貓，也成了愛貓人與攝影師喜愛的城市行腳方式。這些現象似乎不是用少數人「愛貓成痴」就可以解釋的。貓究竟有什麼讓人情有獨鍾之處，使牠們得到了某種確實有別於其他動物的對待方式？但越來越多的貓咖啡、貓雜貨、甚至貓街或貓村，究竟是「貓權高張」的指標，或者反而顯露更多動物「觀光化」之後的隱憂？是本章欲著力討論之處。

以下將由幾部以貓為主題的文學作品：多麗斯・萊辛（Doris Lessing）《特別的貓》、朱天心《獵人們》與劉克襄《虎地貓》，作為切入討論的起點。藉以觀察在當代城市生活中，貓的天性如何成為爭議的焦點；牠們介於野性和馴養之間的特質，如何影響了與人類的互動模式；並以移動性的概念，帶入城市空間中動物空間邏輯的新思考；最後則討論日益興盛的貓咪觀光，背後可能隱含的動物福利問題。

透過貓的眼睛看世界

多麗絲・萊辛《特別的貓》，可說是最精彩與經典的貓文學之一，不只寫出了人對貓的情感，

9 《貓的足跡》，頁260。

10 同前註，頁259。

11 〈俄羅斯貓咪圖書館員好忙碌　睡覺散步撒嬌月領30袋貓食〉，《ETNEWS》，2013/09/16。

12 〈日本花貓站長小玉辭世　五歲二玉接班〉，《今日新聞》，2015/08/12、蔡玟君報導：〈和歌山「貓站長實習生」值勤中！想當站長必須有這三條件〉，《ETNEWS》，2017/03/13。

13 北京觀復博物館收養了六隻貓，目前牠們的故事已出版為馬未都：《博物館裡的貓館長：那些我們認真鎮守文物的日子》（北京：楓樹林出版，2017）。

也生動地刻劃了每一隻貓獨特的性格。其筆下自尊心強、驕傲的「灰咪咪」與另一隻「黑咪咪」之間的互動充滿戲劇張力，讓讀者充分感受到貓這種複雜迷人生物的魅力，確實如萊辛所形容的那般靈動美好：「若說魚可算是流水的具體塑像，那麼貓就等於是風的圖飾，描繪出那難以捉摸的風的姿態。」[14]

但《特別的貓》之所以動人，並不在於萊辛對貓的禮讚，畢竟這樣的主題幾乎是大部分貓文學中的基調，而是她非常細膩地回溯了成長過程中和動物的關係，從而描繪出自身從非洲那樣純粹野性的世界，跨入倫敦這個最足以代表人類文明發展的大都會，對於貓這種生物的理解和想像的變化，以及重新適應的過程。當我們和萊辛一樣，想要探問貓眼中的世界，並好奇著牠們在觀察人們鋪床、掃地、打包行李時，究竟看到了什麼，其實也就等於參與了這場貓與人對「世界」概念的重新丈量：「每當灰咪咪一連花上半個鐘頭，望著在空中飛舞的塵埃時，她究竟看到了什麼？而當她望著窗外迎風搖擺的樹葉時，她又看到了什麼樣的景象？當她抬頭凝視懸掛在煙囪上方的月亮時，她眼中所看到的又是何種風景？」[15]

都市貓灰咪咪的眼中，會看到什麼樣的風景？這並非只是萊辛浪漫化的抒情提問，事實上，她確實試著透過貓的眼光去體驗城市。當她帶著灰咪咪和黑咪咪去結紮時，灰咪咪崩潰驚嚇的反應，透露出窗外的車流對於一隻貓來說，是發出轟隆怪聲、黑壓壓的巨大機器。漫長的車程讓萊辛得以「透過一隻貓的眼光，去重新體驗現實的交通狀況，學到了嶄新的一課」[16]。城市貓的世界開啟她對貓與自然關係的新觀點，也打破了她曾經想要用非洲童年生活中那些理所當然的野地自然法則，來與都市貓相處的嘗試。

事實上，灰咪咪並非萊辛飼養的第一隻都市貓，當初她想要找的，是一隻「堅忍頑強、性格單純、要求不多，並且有能力保護自己的貓。……牠得自己去抓老鼠吃，要不然就乖乖給什麼吃什麼，……這些條件自然跟倫敦的環境毫無關連，而是我依照非洲的生活所定出來的」[17]。按照過去的非洲邏輯與成長記憶，沒有人會為貓做「去勢」手術，對於每年母貓頻頻生小貓的狀況，基於「總得有人動手除掉這些多餘的小貓吧」[18]的理由，也被視為必要之惡；儘管這樣的事情不代表執行的人會感到愉快，萊辛的母親就曾經短暫地拒絕過扮演生命仲裁者的角色，但最終對於貓滿為患的情況，她也只能「溫柔地撫摸貓咪，並輕聲哭泣」，在和心愛的貓咪道別後，一言不發地離開家門。[19]而且，就算這場原本可以避免的貓大屠殺讓全家人都感到不安，將多餘的貓「處理掉」仍然是非洲基本的生死法則。

但是，她很快發現，「都市貓的生活實在太不自然，牠們當然永遠也無法養成鄉下貓的獨立個性」[20]，這隻會等門、只肯吃「煮得嫩嫩的小牛肝和煮得嫩嫩的小鱈魚」，最後卻因為從屋頂上摔下來而不

---

14 多麗絲．萊辛（Doris Lessing）著，彭倩文譯：《特別的貓》（臺北：時報文化，2006），頁72。
15 同前註，頁135-136。
16 同前註，頁119。
17 同前註，頁28。
18 同前註，頁12。
19 同前註，頁18-21。
20 同前註，頁30。

得不安樂死的貓，從日常生活到死亡，都在在衝擊了她過去對於「我們的老朋友大自然」[21]的想法。或者更直接地說，她終於發現非洲法則不可能適用於都市。當城市文明提供了其他選項，依照過去的習慣把多出來的小貓「處理掉」就成為一種可怕的詛咒，在經歷過一次「詛咒大自然、詛咒對方，並詛咒生命」的痛苦過程後，她終於「下定決心要把黑貓送去結紮，因為說真的，受這種苦真是太不值得了」[22]。儘管她一度也曾經覺得把動物結紮是剝奪牠們天性的可怕之事[23]，但在都市法則的邏輯中，這彷彿也成為另一種「處理」的必要之惡。畢竟當生活的地點不再是充滿掠食者的野外，但演化的速度與生活方式的改變並未同步，原先為了應付自然淘汰的生育量就顯得缺乏調整的彈性，為動物進行違反天性的結紮也就成為都市法則中不得不然的某種妥協。

而萊辛對於「自然法則」的思考和掙扎之所以別具意義，是因為她恰好身處非洲和倫敦這兩個位居自然／文明光譜兩端的地方，價值觀的差異遂帶來格外極端的對比與衝擊。但這樣的矛盾並非只有在最典型的原始自然或文明城市中才會發生，家貓介於野性與馴化之間的特質，讓城市中的人貓關係，必然面臨如朱天心形容的：「人與野性獵人在城市相遇，注定既親密又疏離的宿命。」[24]貓獵人的形象成為牠們在城市求生的雙面刃，既是貓族魅力的來源，卻也承擔了野生動物殺手的惡名。在都市空間和自然野性相遇時，該如何拿捏其中的距離？如果說，在數量控制、安身立命與「活出貓性」之間，如何取捨實無標準答案，透過朱天心的《獵人們》，或可充分理解此一議題何以艱難。[25]

注定親密又疏遠的宿命

在《獵人們》一書中，我們時常可以感受到朱天心試圖與貓保持「合宜」距離的努力。對於貓媽媽在生養小貓過程中的某種自然篩選與淘汰——那病弱的、跟不上母親搬家速度的，總免不了在一胎中折損幾隻。她一方面用理智說服自己，對於食物來源有限的流浪貓來說，這是不得已的篩選機制，以便養活那最有可能順利長大的一兩隻，故忍住不插手不介入；但是「真遇到了，路旁車底下的喵喵嗚咽聲，那與一隻老鼠差不多大，在夜市垃圾堆裡尋嗅覓食的身影，那打直著尾巴不顧一切放聲大哭叫喊媽媽的暗巷角落的剪影……，看到了就是看到了，無法袖手」[26]。因為看到了，所以無法袖手。但這看似單純的大原則背後，牽涉到的問題卻是超乎想像地複雜。首先，這「合宜」的距離出

21 同前註，頁31。
22 同前註，頁139。
23 同前註，頁82。
24 朱天心：《獵人們》（二版）（臺北：印刻文學，2013），頁38。
25 以下有關《獵人們》的評述，部分整理及引用自筆者《生命倫理的建構：以臺灣當代文學為例》（臺北：文津出版，2011），頁165-184。
26 《獵人們》，頁64。

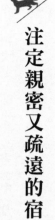

自人類單方面的想像，插手貓的生活，卻又勉力維持一定距離，對貓來說也可能造成困惑，貓咪「花生」就是最好的例子。每逢貓獵人「花生」銜回蜥蜴，搶救心切的朱家人總以貓餅乾換得她的鬆口，結果事情逐漸演變成「花生」想吃餅乾，就打獵來換，朱家不堪這長期以物易物的交易窘境，決心除了定期餵食之外不再回應「花生」以其他獵物交換貓餅乾的行為，冀望如此一來，就能「回到很多人家人與動物的『正常關係』，冀望她不要那麼在意我們（在意我們到底愛吃蜥蜴還是鴿子），冀望她能明白自己是一隻貓，屬於貓族」[27]。但這奮力維繫的界線，卻以「花生」跳窗出走幾日後死在地下停車場黯然收場，讓朱天心不得不猜想是否正因為她們不再與牠進行「好吃又好玩」的交易遊戲，才讓牠受創離去。除此之外，每一次帶貓去結紮，也都要經過一番心理掙扎，之後總是幾乎毫不例外地「後悔剝奪掉她那最強烈的生命原動力，這漫漫無大事可做的貓生，可要如何打發度過」[28]？但是「一以便空著配額給那總也撿不完的小野貓；二是如此公貓才不致為了求偶而跑得不知所終，回不了家」[29]，即使內心矛盾，卻又似乎是不得不為之的「必要之惡」。

另一方面，因為介入，因為插手，貓族也可能在這樣的互動中，逐漸地「喪失天性」，例如那些「只要愛情不要麵包」的貓，因為愛上了人，日日衷情守候，等待著撒嬌擁抱的時刻；（幸運些的）索性進入家庭，認同於人，最後連貓族視為家常便飯的跳躍本能都逐漸失去。[30]對這些貓族賦予的信任與親愛，朱天心感動驕傲之餘，心情卻是複雜的，因為這在在說明了每一次看似微不足道的介入和決定，都可能改變一隻貓的命運。我們認為動物應該「活出本性」（flourish），如同本書〈導論〉中曾提及瑪莎・納斯邦（Martha C. Nussbaum）的倫理學所強調的，「如果我們承認，生命不只是涉及快樂與痛苦，道德的考量也根本不應該侷限於此，我們就會意識到，讓一個生命盡其本性、以其應有的方式運作、發達，乃是一件具有道德意義的『好事／價值』」[31]。但是「各種動物的生活要如何才算『盡性』、動物生命如何才算按照其應有的方式運作，從而我們應該保障動物的什麼能力，都是很複雜的問題」[32]。如同絕育放養的街貓，牠們既有獵人的天性，卻又已被人類半馴養，自然與文明的界線模糊在這類動物身上可說充分體現。「本性」既已難定義，讓生命體都能活出本性的理想在落實上的困難，更由此可見一斑。正因如此，種種界線與距離的拿捏，其間的分寸得失，遂顯得格外猶疑與艱難。

那麼對朱天心來說，什麼才是理想的城市動物空間？她曾以東京鎌倉江之島的狀況為例，形容心中的烏托邦：

> 我喜歡他們的不必理我，不必討好人，不必狎暱人，或相反的不需怕人，不需因莫名恐懼而保命逃開，……他們只是如此恰巧地在生存環境中有人族存在，僅僅如此而已，人貓各行其

27 同前註，頁25-26。
28 同前註，頁68。
29 同前註，頁47。
30 同前註，頁178。
31 引自錢永祥：〈納斯邦的動物倫理學新論〉，《思想》第1期（2006.3），頁293。
32 同前註，頁293。

是，兩不相犯，你不吃我我也無需對你悲憫，有閒的時候，偷偷欣賞一眼便可。[33]

無論此種人貓「各行其是」的空間是否帶著觀光客凝視下的美化，仍可看出在這個理想圖示的背後，核心精神仍是讓貓帶著一定程度的本性，與人共享生活空間。但這樣的願景若將其他動物一併納入時，「貓獵人」的身分就可能轉變為威脅野生動物存續的「生態殺手」。

貓對野生動物造成的危機究竟有多大？這個國內外爭議許久的問題，始終沒有共識[34]，而且看似單一問題的背後，其實還纏繞著諸多態度分歧的種種爭論，遂讓狀況變得更為複雜。包括：我們如何看待貓（狗）的馴養過程與飼養方式？[35]TNVR是解決城市流浪動物的最佳解方嗎？貓狗是外來種嗎？若牠們是外來種，移除就是把牠們「處理掉」的唯一或優先選擇嗎？上述任何一個問題的歧異，都會影響最後的態度與結論。更重要的是，一隻在野外活動並捕殺了野生動物的貓，可能代表著從小就在野外出生、鄉間放養的習慣、不當飼養與棄養、認為貓應該活出野性而刻意放養、TNVR後再原地放養……等各種迴異的原因，每項成因需要對話的對象與解決方式都不相同，換言之，若將其一概而論，回推給部分愛動物人士「任由貓狗在街上撒野」，並以「愛牠就帶牠回家」作為流浪貓狗問題的終極方案，恐怕仍是無法觸碰核心，過度簡化的想法。[36]

33 《獵人們》，頁141。人字旁的「他」為原書中用法，非誤植。

34 關於這個問題，國外的許多文獻，無論看法與數據皆相當分歧。例如曾有報導指出：美國「一份研究報告顯示，貓才是野生動物的最大威脅，每年有數十億隻動物喪生於貓爪下。研究報告估計，每年約有十四億到三十七億隻的鳥類與六十九億到兩百零七億的哺乳動物被貓殺死，每年喪生在貓爪下的動物，比起被車撞死、撞到大樓或被毒死的數量要多得多」。參見謝豪報導：〈野生動物最大威脅　竟是來自貓〉，《台灣醒報》，2013/01/31。但布魯姆在《貓的足跡》一書中以美國和德國有關路殺貓的胃內容物研究指出，貓的胃中有鳥肉的比例相當低，平均起來大約每十五天出現一次鳥肉。他認為把貓貼上鳥類殺手的標籤，恐怕只是轉移大家的注意力，忘記人才是鳥的頭號敵人的事實。（頁212）塔克在《我們為何成為貓奴？》一書中則以澳洲為例，主張「家貓絕對有可能導致物種滅絕，尤其是在島嶼」。（頁92）因為孤立的島嶼在缺乏當地掠食者的情況下，家貓很容易就會空降為食物鏈的最頂端。（頁107）無論如何，貓對於某些已經岌岌可危的島嶼物種來說，確實有可能成為最後一根稻草，這是不容否認的。只是，在我們責怪這最後一根稻草，並且如許多地區已在嘗試進行的大規模撲殺這根稻草之前，更不該忘記的是，在這根稻草出現之前，究竟發生了什麼事？就像塔克所舉出的大礁島林鼠的例子，僅存數量已極度瀕危的牠們，悲劇早在一八〇〇年代就已展開：「當時的農民夷平了硬木群落，種植鳳梨樹。情況到了二十世紀更是惡化，大規模建案將這片昔日的珊瑚礁徹底改變。接著度假的人帶著家貓來到這裡，剩下的林鼠便幾乎都作古了。」（頁89）知名的生物學家愛德華．威爾森（Edward O. Wilson）在其《半個地球》（臺北：商周出版，2017）一書中，亦提出人類活動中最具破壞力的五個項目依序為ＨＩＰＰＯ，也就是棲地破壞、入侵物種、汙染、人口成長與過度獵取。他提醒我們：「大多的滅絕事件的原因不只一種，各原因之間的關係錯綜複雜，不易理清，但追究到最終原因，都得歸罪於人類的活動。」（頁73-76）如果認為撲滅貓就可以拯救瀕危動物的存續，畢竟還是太簡化與輕描淡寫人類作為該承擔的責任了。無論如何，關於貓在目前野外生態環境中造成的威脅，確實是各方價值觀相當分歧的無解難題，不同生態環境下的研究結果也可能殊異，需要結合不同地區的特殊因素一併考量。但蒐集更多相關數據研究，仍是未來應該繼續發展的方向。以上有關《我們為何成為貓奴？》一書之引述與討論，見筆者：〈喵星球崛起？《我們為何成為貓奴？》〉，《鏡文化》，2017/08/11。

35 事實上，無論是都市中生活的處境，以及ＴＮＶＲ引發的爭議，貓和狗的狀況都不完全相同，甚至狗的放養對貓也可能帶來威脅，臺灣就發生過多次貓狗志工為此衝突的案例。但因為在談論強勢外來種問題時，貓狗常被相提並論，因此在此處將狗的討論一併納入，未特別細分兩者。

36 愛牠就帶牠回家之說，看似合理，卻將整個城市的流浪動物問題，回歸到「有愛之人」的責任，且帶牠回家之後，還可能造成過度收容、不當飼養等後續問題，在源頭未同步解決的狀況下，過度收容只會成為無解的迴圈。

此外，在討論這類問題時，物種的差異、環境的區隔、個體的狀況，也都必須考量進來。劉克襄就曾以自己在香港嶺南大學進行貓觀察的經驗指出，他所觀察到的獵殺，多半是生病或剛出生不久、缺乏經驗的個體，而貓和狗的獵捕狀況也會因區域而有差異：

> 假如我今天談的是野地的流浪狗，很可能就無法以都市的流浪狗看待。流浪狗在圍捕時，常常有一策略性的圍捕，譬如捉淺灘的魚，一隻狗會在這頭趕，其他的在另一邊埋伏。……這種狗的圍捕策略在貓身上就很難出現，或者說貓不像狗，一隻狗如果跑進了養鴨的環境裡面，牠可以一天內把全部的鴨子都咬死。那貓會不會呢？或許在鳥籠裡，牠有可能，在野外環境恐怕不易。……這是非常區域性的，必須透過很多調查和訪問來了解。或還有一個先決條件，是貓跟狗往往有領域性和區域性的，牠不可能隨便到一個地方就貿然獵捕，牠們要移動到一個新的地方，就要面臨到很大的變動，這種情形下應該以個案討論為宜。[37]

但另一方面，就算基於關懷不同物種的優先序，也並不見得會得出相反的結論，擔心街貓傷害鳥類，與擔心街貓在外遇到路殺或虐殺的風險，可能都會導向同意貓應盡量豢養在家中，選擇TNV之後盡可能送養的途徑。畢竟對許多貓志工來說，牽掛自己餵養的貓在街上遭遇風險的心情，可能如同朱天文所形容的：「猶如人質的家屬，每隻街貓都是貓質。」[38]但因為每個選擇的背後，都勾連著不同的原因與價值觀，使得討論與對話始終如此困難。關於貓獵人究竟是否為生態殺手、又該如何解決的質疑與爭議，也就注定在人、貓、狗、以及其他野生動物共存的現實空間中，持續下去。

在移動中互動

但是，若「全面放養」與「喜歡都帶回家」某意義上而言都屬於不切實際的解決方案，人貓關係之間是否還有其他折衷的可能？劉克襄的《虎地貓》以一群在香港嶺南大學校園內，介於馴化與野生之間的貓，提醒了讀者任何議題的光譜都不是只有兩個對立的極端，在人與動物的關係之間，還有一個重要的變項，就是雙方的移動模式，也會影響彼此的互動關係。

事實上，像《虎地貓》這類的作品，過去常會被歸類為「定點觀察」的生態紀錄，連劉克襄自己也曾在〈跑單幫的小虎〉文中開宗明義地表示：「過去一到任何地點，我都習慣以博物學角度，記錄各種觀察的心得。……在校園裡，我避開了城市巷弄的潛藏，……更無須藉由固定的餵食動作，吸引流浪貓的到來。我可以長時守候一地，多個角度觀察牠們的行為。」[39]由文中的「長時守候一地」就可看出，他自己也將這樣的書寫模式定位為定點觀察紀錄。但有趣的是，其實這部作品之所

37 黃宗慧、劉克襄，〈凝視地表三十公分的驕矜與哀愁：黃宗慧對談劉克襄〉，《印刻文學生活誌》132期（2014.8），頁48-61。

38 朱天文：〈我的街貓鄰居／帶貓渡紅海（上）〉，《聯副電子報》，2013/11/19、〈我的街貓鄰居／帶貓渡紅海（下）〉，《聯副電子報》，2013/11/20。

39 劉克襄：《虎地貓》（臺北：遠流出版，2016），頁196-197。

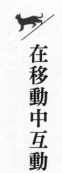

以成立，關鍵與其說是「定點」不如說是「移動」[40]。

試看劉克襄如何描述他每日的觀察路線：

每天清晨，在宿舍用完早餐，我習慣走路到研究室讀書和寫作。這段路程首先會翻越一座小山，我取名為雙峰山。再經過一座中式庭園，接著是廣場和現代花園，最後繞過游泳池，越過馬路到另一校區。此段路，散步的直線距離約八九分鐘。但為了觀看虎地貓，我改採Z字型繞路。有時會繞雙峰山一圈，下了一個叫龜塘的小池塘，再走進中式庭園徘徊。緊接，穿越廣場到現代花園駐足。每次我都要觀看好幾十隻，或者注意某幾隻最新的狀況，避免錯失對每隻貓進一步認識的機會。……等認識的虎地貓愈來愈多，而且都有些熟稔後，我從宿舍出發，抵達研究室的時間愈拉愈長。[41]

之所以將這段移動路線詳細摘錄，是因為整個虎地貓觀察的基礎，乃是建立在這樣的繞行之中。這段路程所行經的區域，區隔了不同「幫派」的虎地貓生態。更重要的是，觀察成立的前提不只建構在劉克襄本人的移動上，更取決於虎地貓本身的移動型態和方式，換言之，是人的移動與貓的移動，共同完成了這樣的觀察。

在此，移動性的概念對於理解劉克襄的虎地貓書寫，遂提供了一個重新思考人與動物關係的切入點。關於城市移動性的討論，時常強調其中的節奏化模式取決於其他參與者的「同步協調」：因此，當我們每天早上踏進辦公室，我們會期待裡面並非空無一人的狀態，而是大家會在同樣的時間抵達，而抵達辦公室的前提，又在於我們搭乘的交通工具和其駕駛員，也在這樣的同步移動下運轉。「沒有這一切同時並行的移動性，事物會迅速瓦解」[42]。我們通常不會注意／在意這些同步性的存在，但如果出現無法協調的、失效的節奏，我們就會意識到這些移動性的範圍。[43]

由此觀之，城市的節奏是由這些同步與不同步的行動旋律交織而成，只是我們過去在談論城市中的人與動物關係時，鮮少將動物的節奏，放進這個思考的框架。但事實上，許多自然書寫的作家，都曾以自身身體的實踐，來回應「人以外的世界」之節奏。以吳明益《家離水邊那麼近》為例，就體現出步行得以舒展想像力並隱含「革命」可能的態度[44]，在此一實踐的過程中，身體的主體彷彿退位，而與其他的生物和環境身體產生流動與邊界模糊。在〈家離湖邊那麼近〉一章中，他以水猿之姿走入湖中，試圖丈量湖的周徑，可以想像這樣的嘗試不可能得到穩定的答案，但對吳明益而言，他「只是想以不準確的步伐丈量校園裡一座活的湖的體溫而已」[45]。「活的湖的體溫」一語值得注意，人類身體與環境身體在此產生了共通之處，而非主體與客體的對立。李育霖據此進一步分析：

---

40 以下有關劉克襄《虎地貓》的討論，部分整理並引用自筆者〈在移動中尋路：從劉克襄的香港書寫論港臺環境意識之對話與想像〉，《東華漢學》第25期（2017.6），頁203-228。

41 《虎地貓》，頁14。

42 彼得・艾迪（Peter Adey）著，徐苔玲、王志弘譯：《移動》（臺北：群學出版，2013），頁40。

43 同前註，頁40。

44 吳明益：《家離水邊那麼近》（臺北：二魚文化，2007），頁143。

45 同前註，頁195。

如果「身體」不再是生物體具體或穩固的形式，而是對偶感官鄰近性組成的境域，在這一構圖中，人與其他物種「身體」的關係，也被一種物事之間複雜的權力關係所界定。如讀者所見，作者的步行被速度與距離所制約，但那只是表面上的。事實上，作者以其特定的速度測量與環境之間的關係，或者反過來，作者的身體與其他身體的關係為速度所決定。換句話說，溪流、大海或湖泊以其各自的運動與速度，步行啟開了生命的律動。[46]

溪流、大海與湖泊，都有各自的運動與節奏，動物亦然。而人要如何與這些不同的節奏對話甚至產生同步的可能？劉克襄的虎地貓觀察，雖然不同於吳明益將自身身體投入自然之中，達成的某種身體與物種間的流變[47]，但他必須透過虎地貓的移動節奏來建立自身移動與觀察節奏的狀況，卻從另一個角度展示了人與動物同步協調的可能，而這樣的同步協調，對於思考城市空間中的動物處境而言，具有相當重要的意義。

《虎地貓》的其中一個觀察重點，在於「跑單幫」的貓與其他集團貓之間，生活模式的巨大差異。相較於接受人類餵養的半馴化集團貓，跑單幫的那些，移動範圍更廣，行蹤也較難掌握。多數集團貓「生活在食物豐沛的地方，很少會遠離覓食的環境，泰半拘泥於籃球場大小的空間」[48]，跑單幫的老大「一條龍」則要「走很長的路，漫遊自己的領域，每天巡視那麼一回，才能安心和滿足」[49]。因此，要觀察一條龍的行為模式，必須依照牠的路徑、節奏與距離。《虎地貓》讓我們看到人的介入、與貓的接不接受介入，實有無數變化與流動的可能，無法用單一標準涵蓋。更重要的是，這個距離並非由人類單向決定，更多時候主控權甚至是取決於貓，以「黑斑」為例，往往在距離三四十公尺遠的地方，就毫不猶豫地鑽入下水道，但「這個距離，不論對虎地貓或者其他街貓，安全指數都相當高。再敏感的貓，都不至於抬頭，準備離去」[50]。由此可以看出，儘管在嶺南大學這個得天獨厚，相對友善的校園，每隻貓因其個性、能力和地位所選擇的生活空間、移動方式與互動距離，都有著相當大的差異。劉克襄此書，不只更全面地展現了城市動物的處境，也將人與動物關係建立在「雙向互動」的事實，作出重要的提醒。

此外，《虎地貓》文末的「加映場」福州貓觀察篇，則是基於對虎地貓的想念，在臺灣努力尋覓適當的觀看區域之紀錄。貓自然不會因你的期待而出現，於是他只能「以不小心撞見的方式，跟街貓對話」[51]。這些在捷運辛亥站附近出現／撞見的貓，遂被他稱為福州貓。劉克襄的福州貓觀察，有一特別值得注意之處，就是他透過該區的街貓老大白足與虎地貓一條龍活動方式的差別，勾勒出城市貓的生存法則。他形容一條龍如獅子，白足則似老虎；一條龍在嶺大的生活條件得天獨厚，可

46 李育霖：《擬造新地球：當代臺灣自然書寫》（臺北：國立臺灣大學出版中心，2015），頁96。
47 李育霖亦曾以流變動物的觀點詮釋劉克襄在《虎地貓》之前的動物小說。可參閱《擬造新地球》第三章〈動物政治：劉克襄的鳥人學程〉。
48 《虎地貓》，頁58。
49 同前註，頁44。
50 同前註，頁64。
51 同前註，頁194。

以橫越整個草原，但都市地形複雜巷弄窄仄，白足的行動就需要更加謹慎。這些街貓三維的生活空間，其實豐富了我們對於城市空間的想像與觀察視角。彼得．艾迪（Peter Adey）曾以電影《皇家夜總會》（Casino Royale）中詹姆士．龐德（James Bond）與疑犯的追逐，說明移動性的兩種形式。相較於龐德可以視需要打破板牆直線前進，嫌犯則透過在建築物中找到新的可能性移動：跳上牆壁、越過窗戶。龐德創造與摧毀空間，疑犯則與既有的空間合作，與空間協商出新的可能。[52]城市中人與貓的互動模式，其實非常類似於龐德與疑犯的追逐，我們任意地打破牆壁、拆除大樓，而街貓只能在這個不斷改變的地景中，尋找在夾縫中跳躍穿梭的路徑。如果說人的移動性代表了對空間的支配，街貓在其中試圖打開一個生存空間的努力，何嘗不是一種透過移動性體現的抵抗與打破既有都市秩序和空間形構的實踐？

只是，人的空間支配時常蠻橫，「都市不斷變更的社區地景，……快速更迭興起的建物如猛獸，不論街貓再如何熟悉繁複的家園，那橫越常充滿危險和驚悚，隨時會被吞噬」[53]。隨著辛亥路一〇八巷改建，他觀察的幾隻街貓也逐一消失，城市動物的生活節奏，因人類對其生存環境的介入與干擾而失效，甚或影響其存活。福州貓如此，即使是在校園內生活條件相對安全的虎地貓，也因為大樓修建的油漆和噪音，讓整個族群的互動方式與生活範圍發生改變。透過這些貓的命運，劉克襄體會到：「我現在面對的這些虎地的貓，是在非常都市的環境裡被擠壓到這個空間。面對牠們，其實面對的也是一個都市的複雜問題，還有人本身的存在意義。」[54]我們是否可能將城市動物移動的節奏納入同步協調的一部分，這是劉克襄透過自身身體的移動所揭露出的多層次雙重對位觀點：城市／鄉村、香港／臺灣、人／貓、虎地／福州……帶給讀者最重要的反思。

形成城市風景的可能？

另一方面，前述劉克襄在完成《虎地貓》一書後，試圖將香港經驗帶回臺灣的努力，亦值得注意。當尋訪貓地圖逐漸成為某種無國界的旅遊主題，貓被視為重要的觀光元素時，諸如猴硐等地的人貓關係該如何維繫？就是每個以貓為名之地需要回應的課題，而他山之石的經驗與視角，正足以作為重要的參考指標。

臺灣近年來有不少城鎮致力於開發人與街貓新的共存關係，包括淡水一群貓志工推廣的「淡水有貓」計畫，以成立社團、發行月曆等方式，希望讓貓成為淡水街景的一部分，而非「汙染市容」的棄物；[55]近幾年各地也紛紛出現新的「貓景點」，如臺南安南區天后宮附近的「貓村」[56]、基隆許梓

52 《移動》，頁159-161。
53 《虎地貓》，頁217-218。
54 〈凝視地表三十公分的驕矜與哀愁：黃宗慧對談劉克襄〉，頁59。
55 何宜報導：〈淡水有貓　人間有情〉，《臺灣動物新聞網》，2014/11/19。
56 李姿儀報導：〈貓奴都要融化了！隱身巷弄的臺南三大貓咪景點〉，《ETNEWS》，2016/09/10。

桑古厝附近的「貓巷」等等。[57]在這類的例子中，幾年前「貓夫人」簡佩玲透過攝影等方式，將猴硐的舊社區塑造成臺灣最知名的貓村，二〇〇九年新北市正式將其列為觀光景點，帶來觀光人潮之餘，當地動物的健康狀態也逐漸受到質疑，遂成為最具代表性也最具爭議性的例子。

劉克襄曾以〈最近的貓村有隱憂〉一文，提出他對猴硐貓村的觀察，由於當時所見的數隻貓看來健康狀況都不佳，且他三四年前認識的貓也未再邂逅，可見汰換率頗高。於是他提醒讀者：「網路上拍攝貓村的相關照片，總是捉得住街貓各種意想不到的可愛和美麗。這些惹人憐愛的圖像，加上文字描述，常是無形的宣傳工具。貓村因而被想像為街貓的天堂，但真實的情形如此嗎？恐怕未必。」[58]在商業化與觀光化的發展邏輯下，儘管確實也有用心照顧貓咪，負擔起結紮、醫療與日常照料的店家，但部分商家販售劣質飼料，遊客購買後胡亂餵食，往往造成環境汙染與貓咪的健康問題，民眾任意棄養的狀況更是始終未能解決的隱憂。[59]觀光化帶來的種種負面效應與批評，讓貓夫人及其「三一九愛貓協會」於二〇一四年退出貓村，改以「猴硐貓友社」的名義進行志工活動，除此之外，當地也有獨立志工關注街貓的健康與醫療問題。但整體而言，由於居民、商家、志工、遊客之間，無論是理念、價值觀與對待貓的方式皆有分歧，因此儘管在部分觀光客的眼中，貓村可能是一個令人羨慕的貓天堂，尤其相較於其他對動物更不友善的環境，已經足以被視為「成功案例」而羨慕不已了[60]，但如何讓小鎮歷史與新打造的觀光特色之間，找出相容且兼顧動物福利的方向，仍是猴硐與其他所有想要開發動物景點的地方，必須深思的問題。[61]

此外，當遊客來到猴硐，映入眼簾的種種硬體設施如貓咪主題廁所、貓咪雕像、貓咪彩繪和貓咪商品等周邊，固然令人眼睛一亮，但是若干商家販售的逗貓棒等玩具，無疑讓街貓某種程度上成了為遊客助興的「展演動物」，這其實才是觀光化的貓咪景點最令人憂心之處。如果所謂人與動物共生的社區環境，只是成為另類的野生動物主題公園，可以讓民眾「近距離觀察」與「互動式接觸」，那麼這些動物的存在，仍然只會是人的「玩物」。這其實也是現在越來越流行的，以貓為店家特色的各式「貓咖啡」背後的隱憂所在。[62]

---

57 游明煌報導：〈向貓村看齊　基隆「貓巷」古錐取勝〉，《臺灣動物新聞網》，2017/01/15。

58 劉克襄：〈最近的貓村有隱憂〉，《蘋果即時新聞》，2014/07/31。

59 棄養問題一直是困擾猴硐的現象，直至二〇一六年，在貓口均已結紮造冊的情況下，仍短短半年就有五十隻左右的棄貓。參見李娉婷報導：〈猴硐貓口竄升　半年湧入五十隻棄貓〉，《臺灣動物新聞網》，2016/07/29；許多人以為貓到當地就會有妥善照顧，但事實是家貓難以適應野外環境，往往很快就感染疾病甚至死亡。二〇一七年四月間就發生一起金吉拉被棄，三日內就死亡的案件。參見徐國衡報導：〈狠心！家貓遭棄養猴硐「貓村」　短短三天身亡〉，《TVBS NEWS》，2017/04/27。

60 如韓國作家李龍漢走訪世界各地尋貓、拍貓，並觀察人貓互動點滴的《行路遠方，與貓相愛的練習曲：一個貓痴攝影師橫跨歐、亞、非，繞地球兩圈半的追貓紀行》（臺北：山岳出版，2016）一書，在臺灣的部分他以猴硐、九份、淡水與華西街為題進行觀察，就認為「貓村這樣的成功案例，值得韓國人在廢礦村或離島等地仿效」（頁283）；並形容「在沒有完善規劃的情況下把舊礦村改建成貓村，雖然可以保有其自然的面貌，卻顯得有點草率，這一點有些可惜。然而，這樣的遺憾只占了一成，其餘九成，我只有羨慕再羨慕」。（頁293）

61 有關猴硐地區各種身分角色間的理念衝突與矛盾，可參閱〈貓奴的誕生：猴硐觀光化下的分歧、衝突與權力〉，《自由評論網》，2015/07/29。

62 當然，也有部分以貓狗為特色的商家，兼具中途或送養的功能，將動物議題的宣導與商業模式結合。但是若以「和動物互動」作為吸引顧客的方式，動物很容易就會淪為商品化模式下的犧牲品，除了貓咖啡之外，近年許多備受爭議的「貓頭鷹咖啡館」，就被批評飼養環境與照料方式皆不符動物福利的要求。參見環境資訊中心報導，〈被或許有人會認為，若連使用逗貓棒和貓互動都要譴責，是否太過吹毛求疵或道德潔癖？更何況在這些互動當中，必然也有許多善意的、讓人貓都感受到愉悅的相處。本書一再強調的，亦是不該將任何狀況以單一簡化的標籤來理解，因此，我們固然不能排除其中正面的互動經驗，但是當店家將貓糧、貓玩具作為觀光的周邊商品時，無可否認的是，這與遊客去動物園參觀「餵食秀」，購買糧草、飼料、甚至活體動物來餵飼猛獸，核心態度並沒有太大不同。這樣的互動邏輯是否得以被視為動物友善空間？想必不會有一致的答案。

克里斯・菲力歐（Chris Philo）與克里斯・威柏特（Chris Wibert）就曾經指出，未被馴養的貓科動物這類「越界的自然」，只有在已經被當成「廚餘」（left-over）般的空間，例如野草叢生的倉庫區或是荒廢的工業用地，才有容身之所；否則除非牠們本身可以成為城市一景，才能見容於城市。例如城市中的店貓，就因其「具裝飾性又像寵物（只要不要有人試圖去觸摸牠們）」的特性而被接納；但如果是居於上述兩者之間的情況，既不是遠離城市人群之地、動物本身又不能成為都市景觀，牠們的存在所引起的反應就可能頗為兩極：既可能成為當地居民人際關係間的黏合劑，也可能被視為與文明秩序格格不入而惹人討厭。[63]猴硐的街貓雖然被打造成宛如都市景觀的一環，但由於牠們的生活模式基本上仍然介於「具裝飾性又像寵物」的店貓與自由放養的野生動物之間，其地方形象總在貓天堂與貓地獄之間擺盪，或許也就不令人意外了。

徘徊在文明與自然間的貓影

貓是如此迷人，因此關於貓的故事和文學，似乎總沒有介紹完的時刻。海明威（Ernest Hemingway）短篇小說〈雨中的貓〉（*Cat in the Rain*）裡面那位堅持著「我要一隻貓。我現在就要一隻貓。如果我現在沒辦法擁有長髮，也沒有其他樂子，那我至少要有隻貓」[64]的女主角，或許最能說明貓為何對很多人而言，是如此具有療癒作用，得以滋潤生活的對象。在她的想像中，這隻貓會「坐在我的大腿上，然後我摸她的時候，她就會滿足地嗚嗚叫」，或許正是這滿足的呼嚕聲，改變了貓與人的互動史。

不過，貓在當代城市的處境，並不因為牠們擄獲許多人心就得以平穩順遂。相反地，層出不窮的虐貓案件[65]，說明了都市叢林對動物而言，從來都是危機重重、高風險的生活場域。另一方面，許

強迫互動　連署籲終止貓頭鷹咖啡〉，《臺灣動物新聞網》，2016/07/26。

63 Chris Philo and Chris Wibert, "Feral cats in the city" in *Animal spaces, beastly places* (London: Routledge, 2000) ,pp64. 此段有關菲力歐與威柏特之研究與相關討論，係摘錄並改寫自筆者〈論吳明益《天橋上的魔術師》之懷舊時空與魔幻自然〉，《東華漢學》第21期（2015.6），頁231-260。

64 海明威（Ernest Hemingway）著，陳夏民譯：《一個乾淨明亮的地方：海明威短篇傑作選》（桃園：逗點文創結社，2012），頁99。

65 殘酷虐貓案各地皆時有所聞，以臺灣為例，近幾年較為人知者，至少就包括：連續拋摔與擠壓幼貓腹部等方

多問題仍然無解：文明城市容得下或應該繼續容許貓的野性嗎？觀光化的動物景點就能帶來人與動物的和平共存嗎？貓的身影似乎就這樣徘徊在文明與自然之間，找不到一個被眾人認可的安身之所。但是，牠們的存在也再次提醒了我們，重新調整丈量文明與自然的那把尺。朱天文說得好：

所謂文明，在以前是帶給人類便利，在今天，文明，應該是不便利。或者應該這麼說，我願意為了保護X，而放棄一些Y。X和Y，可以是任何東西。例如，我願意為了保護環境，而垃圾分類（真不方便）垃圾付費。……我願意為了不讓貓跑進停車場引來人族的糾紛、鬥爭、而竟至於殺戮，那麼包括憎貓者在內起碼都應該，付出一點點的不便利把進出停車場的樓梯門隨手關上，或起碼找塊帆布把車子蓋上。……願意，為你。把你代換成X，成任何我們努力想要護守的珍物，這是我認為的文明。[66]

願意為想要護守的珍物付出各種的不便利，付出各種放棄，我們就不會堅持一定要在猴硐餵貓、玩逗貓棒；不會認為動物要帶給我們娛樂才值得珍惜。那麼，我們和動物的關係，或許才能更趨近於愛，而不是以愛為名的利用與傷害。

---

66 〈我的街貓鄰居／帶貓渡紅海（上）〉。

2013/10/10；郭逸君報導：〈臺大生再涉殺貓　北市動保處長：要查〉，《聯合新聞網》，2016/08/11。

改輕判半年〉，《自由時報》，2010/10/06；王定傳報導：〈微波爐烹貓　判刑四月〉，《自由時報》，

子」與餐廳店貓「斑斑」的陳姓臺大僑生；新聞請參見：志原、鍾麗華、黃旭磊報導：〈臺大前博士生虐貓

式使其致死的臺大李姓前博士生；以微波爐殘酷烹殺室友愛貓的鄭姓男子；連續虐殺青田街親人街貓「大橘

選文：離群索居——兩點

劉克襄

冬末進駐校園，除了嚎叫的一條龍，兩點是最早吸引我注意的虎地貓。

每早從教師宿舍出門，我習慣沿馬路翻過雙峰山，走進校園的辦公大樓。才要走上山，兩點往往即趴在南峰山坡地。

那時牠已經很瘦很瘦。好像挨餓了許久，一副沒有吃飽的形容，但還能緩慢走動。整個校園，到處都有愛貓人士供應的飼料，初時真不知牠為何如此羸弱。

遠遠眺望，牠衰竭髒汙的外貌，彷彿也歷盡風霜。兩塊身上的大黑斑，更像年代久遠的牆壁油漆逐漸褪色、剝落。白貓身上擁有黑斑者，校園裡並不少，不易分辨身分。但觀察久了，知其領域位置和個性，三四十公尺外望見，幾乎都可以判斷是誰。

兩點的眼睛最教人困惑，初時遇見還炯然發亮，但遇著沒一星期，彷彿看透人生，再怎麼努力都只願意撐開一半。多數街貓瞇眼休息，一遇狀況，瞳孔隨即放大，展現機警避敵的眼神。甚而弓起背脊，準備應付即將發生的事情。我接近時，牠卻愛理不理，繼續放軟身子。那種沒力氣，隱隱然像要放棄全世界。

我更大的不安是，牠毫無伴侶，徹底地落單。

虎地貓多數都有夥伴關係，不管疏遠，泰半會結黨。十幾個小集團裡，像牠身子一樣萎靡的也有三四隻。但牠們彷彿有集團依靠，可以輕易獲得食物，繼續在掌握的領域裡生活。

兩點縱使出現在一個集團旁邊，明眼人都會察覺牠的格格不入。像兩點這樣不靠行，個別活動的又有好幾。譬如一條龍領域開闊，善於欺凌他貓。也有天性害羞，才恢復野性的。又或者，遭遇棄養，初來虎地，仍在摸索來日者。

兩點皆不是那樣的棲息狀態。牠彷彿老貓一隻，遊魂一具。在此生活好一陣，跟近鄰集團都有些交往。只是愈來愈瘦，連覓食都無精打采，便逐漸遠離團體。彷彿修道多時，要成仙了。

翻過雙峰山下坡後，有一三叉路。兩點有時會接近那兒吃點什麼，再折返我們初遇的南峰山坡。此地分屬草原幫和花叢幫。凡集團之形成，必因食物而起。又因地理環境，屬性不一。兩幫貓群常相互偎依，形成小圈圈，都不太搭理兩點。

後來有一回，在雙峰山西側，我再次遇見兩點。若從宿舍這邊翻過雙峰山，大約要走一百五十公尺。那一回，說不定是我認識牠以來，走得最遠的一回。

翻過山，山下有一水塘，集聚了六七隻龜塘幫的成員。水塘旁邊即行政大樓。行政人員沒事便出來餵食，牠們跟人群的關係最為穩固。早上六點多，校警固定在龜塘前的大樓廣場集合。貓們也零星靠攏，或趴或蹲，環繞龜塘，等待其中一位警衛取貓食餵養。

這名警衛跟貓也很熟。早晨集合時，他會順便準備飼料。儘管跟大家一樣身著藍色制服，貓們遠遠便認出他的身影，紛紛起身、豎尾，趨前表示友好。

兩點停留山腰靜候許久，等眾貓吃完，我以為牠會下山撿拾剩餘的食物。怎知，牠似乎感覺什麼無奈或絕望，反而孤獨地往回走。那轉身的背影，便愈加清瘦。我浪漫地想像，牠可能是此地的成員，回來做最後的探望。

後來，我最常碰見兩點的地點，還是宿舍出來的南峰東側，草地稀疏的斜坡。那時牠已不太走動，總是孤伶伶地趴在草叢中，長時間瞌睡。早上去時，趴著晒暖陽。下午時，仍在那兒，意興闌珊地閉眼，似乎沒什麼事比這樣的趴躺更重要。有時，暖冬如夏日，溫度拉高，才會移到陰涼的地方。

蝴蝶飛過眼前，貓們都會被挑動神經，亟欲追捕。牠卻連好奇仰頭注視的樂趣都未展現。兩點好像禪定於某一冥想世界，看什麼都是蝶，或看什麼蝶，都是自己。

東側斜坡並非牠專屬的領域，其他喜愛跑單幫的虎地貓，偶爾也經過。譬如一條龍，對牠根本視若無睹，彷彿此貓早已不存在。有回牠走過，我彷彿看到一位黑道老大，經過了化緣托缽的老僧旁。

對多數貓而言，我恐怕也是某一種壞人。雙峰山居高臨下，乃一充滿自然草木的野地。一個人若出現在這樣的環境，簡直像人持了獵槍走進來。貓絕無法忍受此一壓力，勢必早早離開。縱使我躡手躡腳，生怕吵到什麼，貓還是不領情。黑斑、三條或三塊皆如此。但兩點好像了然，不介意我接近，縱使僅剩咫尺之隔。

這些林林總總的情形，透露了某一現實訊息，剛好跟我的浪漫想像相反。兩點在此想必有一段時日，階級地位不低，只是喪失生活能力。也或許，牠正值壯年，但患了一個不明的病，因而日漸衰弱。

沒多久，我即明白，牠之所以如此消瘦，可能是得了腎衰竭。這是許多貓非常容易罹患的疾病。家貓若患了，還有機會帶去動物醫院控制病情。街貓在野外過活，多半缺乏照顧，只能聽天由命。運氣好的，或許病痛少一些。多數只會日益惡化，進而不治。

嶺大校園裡，七十多隻虎地貓裡，初見時統計，患有此病者約莫四五隻。有此病不見得會被其他貓排斥，或被迫在覓食區邊緣的地方漂移，主要還是取決於貓自己的地位和個性。

兩點後來常去三叉路，大概那兒的地域比較模糊，覓食圈重疊，較有機會獲得食物。若是在其他區域，可能會受到排擠，或者因路途遙遠，不易前往。

我大膽揣想，三叉路離雙峰山最近，牠可以很快回到南峰東側的草坡地休息。遇到危險狀況接近，也能隨時躲入周遭的下水道，避開可能的干擾和危險。

像兩點這樣孤獨，跑單幫，在雙峰山東側活動的，還有黑斑、一條龍等。牠們的活動領域，遠遠大於集團貓。

多數集團貓生活在食物豐沛的地方，很少會遠離覓食的環境，泰半拘泥於籃球場大小的空間。在此一小小環境裡，每天等待食物的供給，閒暇時在此一小小的空間裡，捉蝶探蟲，或試著捕魚獵鳥，過著小領域的快樂日子。但跑單幫的傾向居所不定，往往不會在一個地區滯留太久。兩點最後一直趴臥在東側斜坡，顯見牠被虛弱的身子絆住，缺乏遠行的能力。

初來時，兩點看到我迎面而來，還會起身，鑽入下水道，不想搭理。一個月後，我設法接近時，牠似乎連抬頭都有些困難了。我更加確定，牠已來日無多。但牠選擇一個視野開闊的位置趴躺，面向馬路，而非陰暗之角落，彷彿在展現最後的尊嚴。

雙峰山南峰大樹環繞，林木茂盛。有一天，兩點橫向移動位置，居然趴伏在校長家前的大門，儼然如家貓在烘晒暖陽。那幾日，我還自我安慰，前些時恐怕是誤會了，牠應該還能繼續支撐度日。

等我更有機會趨近，才清楚發現，牠的眼睛發炎，長了膿瘡之類，濕黏黏的，彷彿要看到世界外頭都很困難。而我也恍然明白，那是牠愈來愈趴躺著不動的原因。

有天接近午夜，經過三叉路，深更半夜還有隻貓就著牆角的紙盒，仍在啃食飼料。不禁好奇探看，竟是兩點。牠趁大家都不吃，又挨近這兒。食用後，元氣似乎稍稍恢復，搖擺著瘦弱的身子，勉強地拖回東側斜坡。整個晚上牠繼續趴在草原，不只是白天了。

我再度陷入過去的不安。隔天清晨，經過斜坡，未見牠的身影。我有不祥的預感，繼續往前探查，經過校長宿舍仍未發現。接近三叉路時，水溝邊的土坡，一隻髒汙的白貓趴著。不消說，一定是兩點。

天才濛濛亮，光線還未明透，我卻被嚇到了。兩點的病情更加嚴重，整個臉濕黏成一塊，眼睛部分彷彿被某一膠狀物質沾染，幾乎無法睜開。那物質又似乎是自牠身子排出，因而擺脫不掉，其下頦亦沾滿潮濕的泥土，糾結成團。

那淒慘的表情，真的難以形容，心裡只浮上一個念頭，沒指望了。根據獸醫的說法，這是腎衰竭的最後徵兆。想要搶救，都來不及了。

但望著望著，我又覺得牠沒放棄生存，在我挨近時，又努力睜開眼，盡最大的體力對我瞧著。只是這一使盡力氣的凝望，彷彿是最後的覷看。牠慢慢地又閉上眼，幾乎是斷然垂首的姿態，不再搭理這個世界。此地離三叉路第一個食物放置區，木麻黃樹下，僅剩三公尺。牠似乎要走到那兒，卻無力抵達。

中午時，我抽空從研究室出來探望，發現牠仍趴睡在那兒。到了晚間十時，離開研究室，再趕去探望。但我還未走近，擺置貓食的木麻黃樹下，橫躺著一隻白貓。白天時有些貓也愛橫躺，一副難看的死相。但接近午夜的山坡地，絕無可能有此狀態。

有貓如是，時機不對。望著這團白，我全身一陣不安地顫抖。趨前細看，果然是兩點，嘴巴張開，僵死了。看來中午以後，牠設法抵達這兒。牠努力完成，但力氣也放盡。是為了食物嗎，還是只是想在死前靠近一個貓群的社會，而非孤獨地病歿在雙峰山上？兩點留下了一個不易解答的謎。

這是初來虎地，認識牠一個月的觀察。兩點用牠的最後餘生，教我一堂街貓貧病交迫的生死學。

——選自劉克襄《虎地貓》／遠流出版／二〇一六年

問題討論

1. 有些人認為家貓不該放到戶外，有些人則認為把貓關在屋內很殘忍，但貓和狗在淺山區或平地造成如鳥類或小型哺乳類的威脅，亦是許多人認為貓狗應該被移除，不應存在於城市中的理由。對此你的看法為何？

2. 有關猴硐觀光化的問題，你是否去過此類以貓作為觀光素材的景點？是否曾聽聞相關爭議？你的想法為何？

作業練習

請以小組為單位，探訪一處「貓景點」，進行觀察或訪談，並進行評述；亦可訪問身邊餵養街貓的貓志工或貓中途，寫一篇人物報導。

相關影片

- 《貓侍》，渡邊武、山口義高導演，北村一輝、平田薰、蓮佛美沙子、淺利陽介、戶次重幸主演，2013。
- 《為什麼貓都叫不來》，野尻喜昭導演，風間俊介、鶴野剛士、松岡茉優主演，2015。
- 《如果這世界貓消失了》，永井聰導演，佐藤健、宮崎葵主演，2016。
- 《遇見街貓 BOB》，羅傑・史波提斯伍德導演，路克・索德威、BOB 主演，2016。
- 《貓咪收集之家》，藏方政俊導演，伊藤淳史、忽那汐里主演，2017。
- 《愛貓之城》，賽伊達・多朗導演，2017。

關於這個議題，你可以閱讀下列書籍

- 艾比蓋爾・塔克（Abigail Tucker）著，聞若婷譯：《我們為何成為貓奴？這群食肉動物不僅佔領沙發，更要接管世界》。臺北：紅樹林出版，2017。
- 多麗絲・萊辛（Doris Lessing）著，彭倩文譯：《貓語錄》。臺北：時報出版，2002。
- 多麗絲・萊辛（Doris Lessing）著，彭倩文譯：《特別的貓》。臺北：時報文化，2006。

■ 愛倫・坡（Edgar Allan Poe）著，謝瑤玲譯：〈黑貓〉，《黑貓・告密的心：愛倫坡短篇小說傑作選》。臺北：木馬文化，2015。
■ 海明威（Ernest Hemingway）著，陳夏民譯：〈雨中的貓〉，《一個乾淨明亮的地方：海明威短篇傑作選》。桃園：逗點文創結社，2012。
■ 戴特勒夫・布魯姆（Detlef Bluhm）著，張志成譯：《貓的足跡——貓如何走入人類的歷史？》。臺北：左岸文化，2006。
■ 馬歇爾・埃梅（Marcel Aymé）著，邱瑞鑾譯：《貓咪躲高高》。臺北：貓頭鷹出版，2014。
■ 井出洋一郎著，李璦祺譯：《藏在名畫裡的祕密：不只技法和藝術，最關鍵是隱藏在畫裡的真相》。臺北：三采文化，2016。
■ 谷崎潤一郎著，王立言譯：《貓與庄造與兩個女人：耽美派文學大師谷崎潤一郎描寫男女情感細膩之作》。臺北：野人文化，2015。
■ 李龍漢著，陳品芳譯：《再見小貓，謝謝你：一年半的街貓日記，交到貓朋友真好》。臺北：大田出版，2012。
■ 心岱：《貓派：美學、療癒、哲理的貓物收藏誌》。臺北：遠流出版，2017。
■ 安石榴：〈衣櫃裡的貓〉，《餵松鼠的日子》。臺北：二魚文化，2013。
■ 朱天心：《獵人們》（二版）。臺北：印刻文學，2013。
■ 朱天心：〈貓志工天文〉，《鏡週刊》，2017/07/18。
■ 朱天文：〈我的街貓鄰居／帶貓渡紅海（上）〉，《聯副電子報》，2013/11/19。
■ 朱天文：〈我的街貓鄰居／帶貓渡紅海（下）〉，《聯副電子報》，2013/11/20。
■ 張婉雯：〈那些貓們〉，《字花》第66～67期。
■ 黃凡：〈貓之猜想〉，《貓之猜想》。臺北：聯合文學，2005。

■葉子：《貓中途公寓三之一號》。臺北：印刻出版，2013。
■葉漢華：《街貓》。香港：三聯書店，2014。
■劉克襄：《虎地貓》。臺北：遠流出版，2016。
■謝曉虹：〈黑貓城市〉，《好黑》。臺北：寶瓶文化，2005。
■鍾怡雯：《麻雀樹》。臺北：九歌出版，2014。
■隱匿：《河貓—有河 book 街貓記錄》。臺北：有河文化，2015。
■韓麗珠：〈啞穴〉，《雙城辭典1》。臺北：聯經出版，2012。

經濟動物篇。

豬狗大不同

素食／肉食，是飲食選擇題或道德是非題？

以路易斯・卡若爾（Lewis Carroll）《愛麗絲幻遊奇境與鏡中奇緣》這部經典作品，作為思考經濟動物議題的起點，似乎是個會令人有些困惑的選擇，畢竟一直以來被視為童書的《愛麗絲》，乍看之下和動物倫理應該沒有太多連結的可能性，但事實並不然。一直以來，其中的人與動物關係，始終是若干文學評論者關注的焦點所在。《愛麗絲》的成書年代，正好是達爾文的演化論在十九世紀投下震撼彈之時，由書中出現已絕跡的多多鳥（Dodo）；以及插畫中猴子在聚會裡也軋了一角等線索，就可發現部分學者認為此書受到演化論的影響，並非毫無根據的臆測。[1]

因此，在展開本章的討論之前，不妨先讓我們看一段《愛麗絲幻遊奇境與鏡中奇緣》最後那場盛大的宴會，紅棋王后與愛麗絲進行的對話：

> 「妳看來有點害羞，幫妳介紹一下那條羊腿吧。愛麗絲——羊腿，羊腿——愛麗絲。」只見羊腿從盤子裡站起來，向愛麗絲微微一鞠躬，愛麗絲也鞠躬答禮，心裡卻不知道該害怕還是好笑。
>
> 她拿起刀叉，對左右兩位王后說：「我可以幫妳們切一片肉嗎？」
>
> 紅棋王后斬釘截鐵的說：「當然不可以，切割剛剛介紹給妳的朋友，是不合禮儀的。來人啊，

撤下羊腿！」侍者撤走羊腿，換上一大盤葡萄乾布丁。

愛麗絲連忙說：「拜託，不必介紹布丁和我認識，不然我們什麼都吃不到了。我可以分一點布丁給妳們嗎？」[2]

故事的後續發展不難想像——愛麗絲再次被介紹給布丁認識，於是布丁又被撤走了。愛麗絲鼓起勇氣要侍者把布丁端回來，切下一片布丁之後，卻被布丁斥責「如果我從妳身上切下一片，妳會高興嗎？」[3]雖然在此段中，卡若爾是以 cut 既有「切割」又有「故意冷落或裝作沒看到」的雙關義作為趣味所在，但愛麗絲不想認識布丁和羊腿的心情，對多數人來說恐怕並不陌生，因為面對食物，其實我們往往不想知道太多有關它們出現在盤中之前的事，但這些「食物」原本的樣貌，卻是談論經濟動物最困難也最核心的關鍵。

要討論經濟動物議題，免不了就得碰觸到一個令人不安的事實，那就是，我們所吃的食物，都是來自活生生的生命。但牠們抵達我們餐桌的這段旅程，卻充滿了各種讓人不想凝視的真相。儘管大多時候，人類身為雜食者的事實可以讓多數人理直氣壯地面對食肉的各種爭議，如果我們將雜食視為必然，素食／肉食的差異，理應是個人自由意志下的選擇，也無所謂道德與否。然而弔詭的是，

---

1 黃宗慧：〈是蛇還是小女孩？——《愛麗絲夢遊奇境》中的人與動物關係〉，《英語島》，2015 年 6 月號。

2 路易斯・卡若爾（Lewis Carroll）著，王安琪譯注：《愛麗絲幻遊奇境與鏡中奇緣》（臺北：聯經出版，2015），頁 394-395。

3 同前註，頁 395。

素食的這個選擇本身，彷彿已隱然帶著某種道德（譴責）的意味——儘管素食者並不見得有譴責肉食的意圖，素食的理由更未必與動物倫理的考量有關，餐桌上的素食者，對於一場務求賓主盡歡的宴席而言，卻似乎總帶點掃興的感覺。

約翰・柯慈（John Maxwell Coetzee）在小說《伊莉莎白・卡斯特洛》中，就曾透過女主角卡斯特洛在餐桌上的對答，生動地展現出動保人士對宴會氣氛帶來的「殺傷力」。在卡斯特洛進行完一場冗長與充滿思辨的動保演講後，筵席間，有人客氣地詢問：「卡斯特洛女士，妳的素食主張是出於道德信念嗎？」她回答：「不，我不是這麼想，這只是出於想拯救自我靈魂的希求。」於是「四周一片死寂」[4]。眾人的窘迫生動地呈現出動保人士的格格不入，尤其當有人努力化解尷尬，表示素食主義是他所尊重的生活方式時，卡斯特洛卻毫不領情地回答：「我腳穿皮鞋，手拿皮包，假如我是你，我就不大會尊重素食主義。」[5]有趣的是，這段對話是否聽起來似曾相識？因為它正是我們面對動物議題時，最常聽到的某種論證迴圈。若某件事情被批評為殘酷，「吃牛羊豬雞難道不殘酷嗎」？幾乎是必備的標準問答例句；然而一旦倡議者本身也是素食者，「你還不是穿皮鞋、拿皮包」——多半是接下來會發生的質疑；若這位素食者恰好還是個在生活中也實踐純素主義的人——那麼「植物難道不是生命嗎」？就會成為另一個辯論的套裝組合。

這不免讓人疑惑，何以一談到肉食，人的防衛機轉似乎就特別容易啟動？相較其他動物議題，經濟動物幾乎是最難被理性討論的。如果「人天生就是雜食者」是一個這麼完美的答案，肉食議題理應不會觸動那麼多敏感的神經，引發那麼多反彈的情緒，卡羅・亞當斯（Carol J. Adams）甚至寫過一本名為《素食者生存遊戲》的書，其中描述了各種素食者與肉食者的「攻防」經驗：有些肉食者會不斷說服素食者「一點點肉沒關係」；如果素食者疲倦或生病，別人會直接歸因為吃素導致營養不良……，背後隱含著的潛臺詞，其實都是基於肉食者把素食當成一種對他們的批評。於是一位素食者無奈地表示，「我花在辯護自己飲食習慣上的時間，比花在吃飯上多一倍」[6]。

但是，談論經濟動物議題必然等同於辯論人是否應該吃素嗎？並不盡然。如果將素食與肉食視為對立的兩端，誤以為經濟動物議題就只是鼓勵民眾吃素，很容易就會落入前述的論辯迴圈中而讓討論失焦。要真實理解從「產地」到餐桌之間，發生在經濟動物身上的遭遇，並且認真看待改變的可能，我們或許必須先放下素食與肉食二選一的道德是非題，反身審視經濟動物的處境如何與為何觸動我們不安的感受，唯有放下防衛心理之後，許多被視為理所當然或「必要之惡」的對待方式，才有可能重新被檢視與鬆動。其實，素食被視為具有譴責意味，與肉食帶來的不安／罪惡感乃是一體兩面，因此，本章將先由肉食何以會引發不安進行討論，再進而論述為了避免不安，我們如何在象徵體系與日常生活中，用各種方式迴避肉食真相；以及經濟動物的處境與改變是否可能。

---

4 約翰．柯慈（John Maxwell Coetzee）著，林美珠譯：《伊莉莎白．卡斯特洛》（臺北：小知堂文化，2005），頁123。

5 同前註，頁123。

6 卡羅．亞當斯（Carol J. Adams）著，方淑惠、余佳玲譯：《素食者生存遊戲——輕鬆自在優遊於肉食世界》（臺北：柿子文化，2005），頁16。

我們何以不安？

二〇一七年四月間，香港一個頗受歡迎的飲食節目《阿媽教落食平D》，在播出之後接獲了若干觀眾的抗議，原因是兩位節目主持在挑選冰鮮的豬肉食材時，在冰櫃裡拿起了兩隻完整的、用保鮮膜包妥的冰鮮乳豬，乳豬的眼耳口鼻在鏡頭前面顯得相當清晰。批評的理由多半是認為這一幕「殘忍、噁心及令人不安」，也有民眾指出，「吃就吃，不要拿著牠來揮舞」[7]。這則新聞雖然並未引起太多後續討論與關注，卻相當值得注意。事實上，對於已經成為冷凍鮮肉的乳豬來說，是否被拿著揮舞，並無「殘忍」與否的顧慮可言，但這個揮舞保鮮膜乳豬的畫面竟然會被抗議太過殘忍，若只將觀眾的反應簡化為「偽善」或「道德不一致」——畢竟他們抗議的是「不要讓我看到鏡頭前揮舞的乳豬」而非吃乳豬或殺乳豬——就會忽略了這其實是一個很典型的「愛麗絲式」反應：拜託別讓我認識那隻羊腿／乳豬。對於食物，我們只想吃，但不想看見。

羊腿會敬禮、乳豬被揮舞這樣的畫面之所以讓人感到不太舒服，無非是因為牠們看起來太像活的了。而肉食信念體系最核心的運作方式之一，就是「隱匿」。隱匿又可以分為象徵上的隱匿和實質上的隱匿，前者是透過各種名稱上的迴避；後者則是將實質的暴力隱藏在看不見的角落，讓真相隱而不顯。[8]問題是，真相的線索仍不時在生活中浮現，提醒我們肉食背後的生命處境，當國王的新衣被拆穿，飲食與死亡之間的連結將逼使人選擇回應的方式，是凝視深淵還是繼續建造更高的城牆避免看見？不同的選擇，其實凸顯了吃動物這件事背後，飲食、動物、環境與人之間錯綜複雜的關係。我們不想看到食物是生命的反應，會不會連結著更深沉的，關於不想記起、不想被提醒人與動物相似性的理由？羅爾德．達爾（Roald Dahl）帶著黑色諷刺意味的短篇小說〈豬〉（*Pig*），就以嘲諷的方式讓我們看到前述象徵的隱匿與實質的隱匿。寵物和食物的關係、我們對待食物的方式，以及更核心的，關於「人」是什麼的探問，就在這重重的隱匿之中若隱若現。

在〈豬〉這篇小說中，父母雙亡的男孩雷辛頓在茹素的姑婆照料下，天真無邪又與世隔絕地成長。姑婆去世之後，他的財產幾乎被律師騙光，但對此毫無所悉的雷辛頓，對紐約這個陌生又充滿新鮮事物的世界充滿了好奇。到了餐館，他要求來一份日常熟悉的食物高麗菜捲，侍者不耐地表示所有的餐點只剩下 pork（豬肉），雷辛頓因此吃下了此生第一口葷食，並且對這新奇的食物口感驚為天人。他再次喚來侍者想知道這了不起的世間美味究竟是什麼做的，之後兩人進行的對話充分展現了肉食如何透過語言的象徵體系產生隱匿效果：

「我已經跟你說過了，」他說。「這是豬肉。」（pork）

「豬肉到底是什麼？」

---

7 黃梓恒報導：〈肥媽節目揀豬出事　影住成隻冰鮮乳豬觀眾鬧殘忍〉，《香港01》，2017/04/27。

8 梅樂妮．喬伊（Melanie Joy）著，姚怡平譯：《盲目的肉食主義：我們愛狗卻吃豬、穿牛皮？》（臺北：新樂園出版，2016），頁25、109。

「你從來沒吃過烤豬肉嗎？」服務生瞪大眼睛問他。

「看在老天的份上，老兄，趕快告訴我這是什麼東西，不要再吊我的胃口了。」

「是豬（pig），」服務生說。「你只要把它塞進烤箱裡就好了。」

「豬！」

「所有豬肉都是從豬身上來的，你不知道嗎？」

「你的意思是，這是**豬的肉**嗎？」[9]

在中文的語境中，可能較難體會雷辛頓受到的衝擊，那是因為我們的語言並未將「豬」的概念與「豬肉」分離，而在英文中豬肉和牛肉的語彙之所以與豬和牛有那麼大的差別，最初的目的倒也並不是為了製造「這食物並非來自豬和牛」的假象。事實上，pork 和 beef 是來自當時領主階級使用的法語（過去只有諾曼國王才能經常吃到肉），這樣的語彙被沿用下來，直到今日，豬肉和牛肉仍用法語來表達，豬和牛則使用盎格魯．薩克遜用語。[10]但是，透過語言的象徵體系讓人對食物／動物產生疏離感，卻始終是肉食系統中很常見的運作模式，我們使用什麼樣的語言去指稱動物，多少反映出動物在我們道德量尺上的座標，因此，這也是許多動物權利倡議者在討論動物議題時關注的焦點之一。

彼得．辛格（Peter Singer）被譽為動物倫理經典之作的《動物解放》中，就曾提醒過，當我們選擇以「火腿」一詞代替「豬的腿」時，用詞本身就已經是在掩蓋事實。[11]哈爾．賀札格（Hal Herzog）對於語言如何影響道德距離，則有更深入的析論。他主張，語言可以幫助我們創造對現實的看法，例如在菜單上不受青睞的「巴塔哥尼亞齒魚」（Patagonian toothfish），在重新命名為「智利圓鱈」（Chilean sea bass）後，聽起來就變得比較可口。這說明了何以某些動物權利團體選擇透過創造新詞的方法作為某種行動策略：例如「善待動物組織」（PETA）就曾用「救救海底小貓」（Save the sea kittens）作為反釣活動的口號。《動物平等：語言和解放》（*Animal Equality: Language and Liberation*）一書的作者喬安・杜那耶（Joan Dunayer）更建議採用「水牢」代替「水族箱」、或用「虐牛者」代替「牛仔」，來強調人對動物的剝削。[12]

當然，上述這些「必也正名乎」的呼籲，或許會被視為偏激動保人士的小題大作，對於動物處境能發揮的實質改變恐怕也相當有限，但提高對語彙的敏感度，卻絕對是重新反省人與動物關係的起點之一。如果我們總是習於用「豬隊友」、「瘋狗」、「禽獸」、「神豬」來作為貶低他人的語彙，

---

9 羅爾德・達爾（Roald Dahl）著，吳俊宏譯：〈豬〉，《幻想大師 Roald Dahl 的異想世界》（臺北：臺灣商務印書館，2004），頁364。粗黑體為原書所標示，英文為筆者補充。此外，中譯本在多處菜名的翻譯上有誤，在閱讀上可能會造成誤解，姑婆和雷辛頓每天餐桌上的部分食物是將傳統菜單中的葷食改為自創的各種素食口味，因此小說中翻譯的「牛柳」、「兔肉」或雷辛頓一開始在餐館中想點的「玉米煎肉片」，都不是葷食。

10 任韶堂（Dan Jurafsky）著，游卉庭譯：《餐桌上的語言學家：從菜單看全球飲食文化史》（臺北：麥田出版，2016），頁175。

11 彼得・辛格（Peter Singer）著，孟祥森、錢永祥譯：《動物解放》（臺北：社團法人中華民國關懷生命協會，1996），頁184。

12 參見哈爾・賀札格（Hal Herzog）著，李奧森譯：《為什麼狗是寵物？豬是食物？——人類與動物之間的道德難題》（臺北：遠足文化，2016），頁77-79。

當動物總是在語言的象徵體系中，作為輕浮、嘲諷、貶抑與偏見的表現時，不難想像牠們在真實世界中的遭遇恐怕也很難被認真看待。[13]由此可以發現，一般人雖然不見得那麼清楚意識到語言可作為度量道德距離的量尺，但我們早已透過日常語言的實踐，展現出自己看待動物的眼光。這是何以多數人會認為替經濟動物或實驗動物取名字，是非常不智或怪誕的行為。因為一旦有了名字，量尺上的距離就拉近了，然而誠如賀札格所言，取名是要付出代價的，那是「把『他們』轉換成『我們』的道德成本」[14]。當經濟動物有了名字，與本書第三章中所述《生殤相》類似的狀況就會浮現——被模糊化、集體化與工具化的牠們，輪廓變得清晰起來，甚至擁有自己獨特的性格與情感。此時取名就可能成為難以承受之重，因為對於牠們接下來無法逆轉的遭遇與命運，我們會更容易產生罪惡與不安的情緒。

荒川弘以北海道農業學校及農家生活為主題的漫畫《銀之匙》中，主角八軒想幫自己照顧的小豬取名時，同學們就紛紛提醒：「這些小豬以後一定會變成肉，現在取名字產生了感情，以後會很痛苦喔。」「如果還是要取名，那就把牠取名為『豬丼』吧。」「這樣就能客觀地養了。」[15]對於注定變成食物的生命而言，對牠們投資情感是需要道德成本的，如果一定要投資的話，那至少用一個可以時時提示未來命運的「客觀」方式來命名，這是《銀之匙》中的邏輯和看待作為商品的經濟動物的態度。或許不見得每個人都能接受此種和經濟動物建立關係的方式，但是將盤中的豬丼與提供豬丼料理的豬連結起來，卻會是改變經濟動物福利的重要起點，因為當我們越想迴避不安，經濟動物就越可能面臨前述「實質上的隱匿」，被拋擲在不能見光的繁殖場與屠宰場中，為了人們食用時的美味口感或迷思，度過悲慘的一生。

被定義為商品的生命

如何才能讓豬與豬肉之間的連結被建立起來呢？前述的短篇小說〈豬〉，其實有著饒富意味的後續發展。雷辛頓在初嘗肉食滋味後，要求知道這美味是如何料理出來的，廚師告訴他：「一開始，你得有塊上好的肉才行。」於是雷辛頓直奔肉品工廠。在導覽的過程中，驚慌的豬在被鐵鍊倒掛時不斷掙扎：

「真是令人著迷的過程啊，」雷辛頓說。「可是牠往上的時候，發出了一種有趣的喀啦聲，那是什麼啊？」

「可能是大腿吧，」導覽員說。「不是大腿就是骨盆。」

「不過，這樣不要緊嗎？」

「這怎麼會有什麼要緊的呢？」導覽員問。「你又不吃骨頭。」[16]

13 關於語言的使用如何反映我們對議題的敏感度之討論，請參閱筆者〈地磚、即期品與氣球：如何提高對社會議題的敏感度？〉，《鳴人堂》，2016/12/20。

14 《為什麼狗是寵物？豬是食物？》，頁98。

15 荒川弘著，方郁仁譯：《銀之匙1》（臺北：東立，2012），頁157。

16 〈豬〉，頁370。

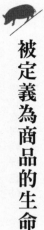

此處的「不要緊」，是幽默手法中最常見的「概念的移轉」，雷辛頓問的是「豬（生命）受傷不要緊嗎？」但導覽員卻認為雷辛頓問的是「豬肉（商品）損毀不要緊嗎？」導覽員的不以為意，正反映了工業化農業商品邏輯下的普遍心態。當生命被定義為密集生產線下的商品，牠們連要得到符合基本動物福利的待遇都相當困難。要改變這樣的局面，就必須讓牠們從隱匿之處曝光，因此，一直以來始終不乏藝術家或創作者，致力於揭露這些「不願面對的真相」。

英國藝術家蘇・柯伊（Sue Coe），就曾以一系列的畫作表達屠宰場中的動物處境，並出版為《死肉》（*Dead Meat*）一書揭露屠宰場的面貌，在她的作品中，彩繪著可愛農場動物的圍牆內部，是一幕幕不忍卒睹的畫面。柯伊表示，她企圖藉此思考「為什麼會以這種方式屠殺動物？還有更重要的，為什麼這種現象被忽略，被當成常態」[17]？「常態」二字並非誇大，若綜觀所有以工業化農場為主題的作品，會發現內容往往有著驚人的類似性。

最早揭開屠宰場內駭人景觀的作品，應可推回一九〇六年厄普頓・辛克萊（Upton Sinclair）《魔鬼的叢林》（*The Jungle*）一書，雖然辛克萊的動機主要是想喚起大眾對於屠宰廠內工人處境的正視，但員工的困境與動物的困境其實是一體兩面的，小說中如此描繪屠宰場內的狀況：

> 人們用電擊棒把牛隻從那條走道趕進來。……等牛兒站在裡面吼叫跟跳動時，畜欄上頭會有位拿大鐵鎚的「敲頭工」，找機會把槌子砸下去。……動物一倒下，畜欄的側面就會抬起來，然後仍在踢腳掙扎的牛便會滑進「屠床」。……工人們活動的方式教人看了畢生難忘；他們

發了狂似的拚命幹活，真的像在全力狂奔一樣，此種步調只有美式足球賽才能相提並論。這是高度專業化的分工，人人各司其職，一個人通常只需切下特定的兩、三刀，然後在接下來的十五或二十條屠宰線上，對面前的牛重複同樣的動作。[18]

由於小說中那血淋淋又汙穢可怖的屠宰場景如此寫實，出版後迅速喚起了讀者們對黑心食品的恐慌，雖然辛克萊本人略感無奈地抱怨：「我想觸動民眾的心，結果一不小心觸到了他們的胃。」但此書的影響力卻是直接而深遠的，美國《肉品監督法案》的通過就是本書催生出的產物。[19]

更驚人的事實可能是，在《魔鬼的叢林》出版已逾百年的此刻，該書中的若干場景非但不是歷史陳跡，相反地，它們仍是世界各地屠宰場中的某種「日常」。強納森．薩法蘭．佛耳（Jonathan Safran Foer）在《吃動物》一書中，就列舉了若干非營利組織暗中蒐證拍攝的影片，包括養豬場員工如何每天毆打凌虐豬隻，並在其意識清楚的情況下，鋸斷牠們的腿、剝除牠們身上的皮。他並引用蓋爾．艾斯尼茲（Goil A. Eisnitz）歷時超過十年，訪談時數超過兩百萬鐘頭的著作《屠宰場》（*Slaughterhouse*）中的若干內容：「這真的很難啟齒，但身處壓力之下，不得不照辦，聽上去的確

17　引自史蒂芬．赫勒（Steven Heller）、艾琳諾．派蒂（Elinor Pettit）著，郭寶蓮譯：《34位頂尖設計大師的思考術》（臺北：馬可孛羅出版，2009），頁228。

18　厄普頓．辛克萊（Upton Sinclair）著，王寶翔譯：《魔鬼的叢林》（臺北：柿子文化，2005），頁50。

19　參見碧．威爾森（Bee Wilson）著，周繼嵐譯：《美味詐欺：黑心食品三百年》（臺北：八旗文化，2012），頁205-216。

很殘忍，我拿起電擊棒戳進牛的眼睛裡，久久才把電擊棒抽出。」[20]悲哀的是，這些駭人聽聞的「內幕」並不都是動保人士暗中臥底才蒐集得到，如果有心進入屠宰場的彩繪圍牆內一探究竟，你仍然可能在世界各地的農場遇到那覺得一切都沒關係的「雷辛頓的導覽員」。索妮亞．法樂琪（Sonia Faruqi）足跡遍及印尼到墨西哥各地的《傷心農場》一書，就不時可以看到這樣的例子。蛋雞場的農夫布瑞克一面輕鬆地撿拾籠架間的死雞，一面解釋蛋雞的幾大死因包括：因為無聊所以把頭伸出籠外不慎卡住而吊死、工作人員把雞放進籠子時太快放手造成翅膀或腿折斷、以及生了太多蛋之後內臟外露並被其他蛋雞啄食。愉快的語調「彷彿我們正漫步在蘋果園裡」[21]。

然而，語調的輕快與無所謂，並不代表這些人內心邪惡或異於常人地殘酷，相反地，這是因為在考量成本與效益的前提下，動物的感受被隱匿了，人的感受能力也就在這樣的隱匿中隱匿。在商品化的邏輯中，「生命被重新定義成『蛋白質製造機』」，「痛苦」則被改寫為「壓力」，因此無論斷喙或斷尾，都被解釋成減輕壓力的方案。[22]在這樣的狀況下，小公雞一出生就被輾碎、蛋雞為了避免牠們自殘或互啄而斷喙、母豬被囚禁在無法翻身的狹籠、小牛為了保持肉質鮮嫩而刻意使其貧血[23]、為了提高販售時的重量，在送去屠宰前強行灌水甚至灌水泥的慘況[24]……這些處境都被視為某種必然，也就不令人意外了。

值得注意的是，法樂琪在參觀完加拿大的黑水屠宰場並經歷巨大的衝擊與驚嚇之後，有了如下的感悟：

在黑水屠宰場，我觸及某種內在的極限。當我搖搖擺擺地站在通往屠宰區的門邊，便知道心底有些東西將再也不一樣了，……我也感覺與家人、朋友之間疏遠了。我覺得他們或有意或無心地活在虛假的面紗之下，更認為這個社會本身就躲在偌大的託辭背後過日子。工業化農業的現實距離大多數人的日常生活如此遙遠，根本就像是發生在另一個時空的事。[25]

20 強納森・薩法蘭・佛耳（Jonathan Safran Foer）著，盧相茹譯：《吃動物》（臺北：臺灣商務印書館，2011），頁173、241。

21 索妮亞・法樂琪（Sonia Faruqi）著，范堯寬、曹嫣恆譯：《傷心農場：從印尼到墨西哥，一段直擊動物生活實況的震撼之旅》（臺北：商周出版，2016），頁52-55。

22 麥可・波倫（Michael Pollan）著，鄧子衿譯：《雜食者的兩難：速食、有機和野生食物的自然史》（臺北：大家出版，2012），頁322-323。此外，他也提到，為了減輕高密度飼養帶來的壓力，業界最新的倡議是，乾脆以遺傳工程移除豬和雞的「壓力基因」。類似的想法與常識近年來時有所聞，包括頗具爭議的「垂直農場」提案，在去除雞的感受機制後，不只可以將「不必要」的雞腳除去，讓飼養密度更加提升，而且動物並不會因此感到「痛苦」。參見〈「無腦雞」不懂怕　以營養管餵食如在《駭客任務》母體〉，《ETNEWS》，2012/03/01。看似荒謬的發明，說明了其實人們並非未曾意識到蛋雞在高密度飼養環境中的問題，但相對的，這種科技引發的道德爭議則更耐人尋味，值得深入討論。

23 關於蛋雞、肉雞、豬、牛等經濟動物各自不同的遭遇，可詳閱《動物解放》，該書初版至今雖已數十年，但工業化農場中的許多狀況並未改善，而書中提出的五項基本自由：轉身、舔梳、站起、臥下和伸腿（頁257-263）——至今許多母雞、母牛、母豬和小肉牛仍無法獲得。

24 楊淑閔報導：〈宰前灌水充胖　虐牛十年不絕〉，《新唐人》，2012/06/28；〈黑心商販給肉牛灌水58公斤牛胃破裂當場死亡〉，《青島新聞網》，2015/03/28；林永富：〈無良商販！泥漿硬灌豬體　一頭增重10公斤〉，《中時電子報》，2017/01/03。

25 《傷心農場》，頁238。

隱匿也好、製造道德距離也好、或此處所用的「託辭」也好，其實都殊途同歸地指向同一件事，那就是工業化農場距離我們的生活如此疏遠，以致我們可以輕易地對背後蘊藏的巨大苦痛視而不見。該如何才能從這樣的距離當中解脫出來，把「他們」轉換成「我們」？李欣倫的散文作品《此身》，提醒我們意識到動物的「身體」，或許能夠成為將這段餐盤前的斷裂路程連結起來的起點之一。

如何將屍體「還原」為身體？

如果我們總是選擇迴避「看見」，不斷透過把動物當成物體和商品的各種方式將真相隱匿，就很難期待人們會認真看待改變經濟動物生命處境的重要性，因為對於物品，是不可能有道德考量出現的。李欣倫《此身》書中〈他們的身體在路上〉[26]一文，透過不斷將我們的身體與他們的身體對比：我的自由的身體，相對他的被囚禁的身體；我的活潑的生命，相對他的乾涸的軀體，讓我們重新意識到在我與他之間，人與動物之間，處境是那麼不同，但身體感受的能力卻未必是不一樣的。在文中，她看著那一車車在路上的身體，即將成為屍體的身體，邁向不可逆的路途。以傷感的口吻寫下如詩般的輓歌：

而這些孩子不會跳車，他們只是呼嚕呼嚕地挨擦著彼此，呼嚕呼嚕地被某種力量牽引著、推送著，往苦難的方向。好幾次，我竟然臨時改變路程，騎車一路跟隨他們要去的地方，陽光照在我的身上，也照在他們身上，一視同仁，無所分別。那陽光，我始終覺得冷。……綠燈了，卡車繼續往小徑前行。閉上眼，我掉下眼淚。……看哪，看哪，我流下眼淚，幾乎要喊出來，看哪，看哪，他們的身體在路上，在路上。……在生的路上，在死的路上，流浪生死，生死流浪。[27]

這會是無效的哀傷嗎？乍看之下是的，對於這不可逆的最後一段路，再多的感傷都是徒勞。但李欣倫提醒了我們，這段路的目的是讓他們的身體「成為眾人的身體」[28]，他們就是我們，他們即將進入我們的身體之中，那麼，為何我們不能多看他們一眼，並試著去理解他們身上已然發生、正在發生與即將發生的事？

那在路上顛簸著、餓著、凍著或熱著的身體，就算是即將被迫放棄身體的身體，仍然具有感受的能力，仍會試著「盡力將身體縮成一粒球莖」[29]，也會在恐懼時試著逃避即將降臨的命運。那麼，

26 由於原文使用的是人字旁的「他們」而非「牠們」，因此在討論本文的段落亦一律使用「他們」來指涉動物。
27 李欣倫：〈他們的身體在路上〉，《此身》（臺北：木馬文化，2014），頁 125-129。
28 同前註，頁 121。
29 同前註，頁 122。

我們真能用「反正都是要殺來吃的，所以怎麼對待他們都沒關係」這樣的理由來合理化一切嗎？並不是每個人都能認同這看似理所當然的選擇。

事實上，經濟動物臨終前「最後一哩路」的對待方式，是考量經濟動物福利時，不可或缺的一環。除了運輸途中沒有水與食物的運載時間需進行規範，近年也有人道屠宰的例子，針對進入屠宰場時的曲槽走道等設施進行勘查，確保其中沒有任何會驚嚇到農場動物的細節。以推廣人道屠宰知名的天寶．葛蘭汀（Temple Grandin），就曾以她身為自閉患者的感受，同理動物與自閉患者之間在「看見細節」上的類似性。包括地上的陰影、搖晃的鐵鍊、金屬碰撞的聲音、空氣的嘶嘶聲，都可能使動物受到驚嚇而卻步。[30]過去處理這些「不聽話」動物的典型方式就是拿出電擊棒、毆打與吼叫，但如果能確實改善屠宰場中的細節環境，這些暴力行徑根本是完全不必要的。

丹．巴柏（Dan Barber）《第三餐盤》中也有個看似相當「不切實際」的例子：結合農場、餐廳與教育中心的「石穀倉中心」裡的藍丘餐廳開幕時，某日家畜禽經理克雷格帶了一隻盤克夏豬（Berkshire Pig）到屠宰場，結果宰殺之後非常難吃。克雷格認為應該是因為這隻豬「單獨前往屠宰場的途中承受過大壓力」，於是他採取了一種「邁向死亡的夥伴支持法」，讓兩隻豬結伴同行，並且在運送的貨車裡放上充足的飼料以及放大的農場樹林照，抵達之後宰殺其中一隻，另一隻則運回農場，隔週，上次那隻被運回來的豬邁向自己的最後一程時，也有另一隻同伴陪著牠。採用這種方式之後，乾澀的口感消失了，呈現出盤克夏豬該有的美味。[31]有些人或許會質疑，這是高價餐廳才可能出現的待遇，因為按照這樣的成本計算，餐點的價格絕非一般人所能負擔。這固然是事實的一部分，但類似的例子卻在在證明了，就算為了美味與否的考量，「動物是如何死的」、「死前是否承受巨大的恐懼或壓力」，也確實會對食物的品質產生影響。關於死亡的記憶，將殘留在牠們的身體之中。

然而，可以想像的是，當你越在意動物的身體和生命，下一個兩難的處境，就會重新回到那個無法迴避的，關於吃動物本身就是動物利用的不安事實。換言之，本章所討論的那些罪惡感、想要逃離與防衛的心理機制，必然會再次擾亂我們，「道德」背後隱含的指責意味彷彿又要進入前述的迴圈中：一切的道德都要推到吃素嗎？不吃素的道德實踐者就是偽善嗎？朱利安．巴吉尼（Julian Baggini）《吃的美德》這本書，就挑戰了我們對於飲食道德的簡化觀點。他在書中以三份虛擬的英國菜單，讓讀者體會到道德選擇的多元性與複雜性：在一月的「自由放養雞做成的雞肉磨菇派。紅蘿蔔絲。大蒜泥。加了有機凝脂奶油的反轉蘋果派。食材全部來自英國本土，產地多半不超過二十五英哩遠」、三月的「ＭＳＣ（海洋管理委員會）永續認證的野生鮭魚。公平貿易認證的有機碗豆。公平貿易認證的有機印度香米做的番紅花燉飯。加了公平貿易認證的有機無花果和馬斯卡朋起司的杏仁蛋糕」、和九月的「劍魚。烤奶油瓜。奶油韭蔥。莓果奶酥。所有食材都來自英國本土及英國海域」這幾個選擇之中，哪個「最道德」呢？書中固然提供了一個相對較佳的選擇[32]，但他的重點其實是藉

30 天寶．葛蘭汀（Temple Grandin）、凱瑟琳．強生（Catherine Johnson）著，劉泗翰譯：《傾聽動物心語》（臺北：木馬文化，2006），頁 37-61。

31 丹．巴柏（Dan Barber）著，郭寶蓮譯：《第三餐盤》（臺北：商周出版，2016），頁 167。

32 朱立安．巴吉尼（Julian Baggini）著，謝佩妏譯《吃的美德：餐桌上的哲學思考》（臺北，商周出版，2014），頁 49-50。這三份菜單中，巴吉尼認為一月較佳。食材雖然非當季，但食物里程短、有機，且符合動物福利。

此強調被視為黃金三律的「當季、有機、在地」原則，有時彼此之間是會相互牴觸，難以兼顧的。在各種道德價值之間，我們必須做出哪個更重要的優先決定。

換言之，所謂道德沒有標準答案，並非以慵懶的「多元性」取代溝通，而是充分理解在現實生活中實踐道德價值時，幾乎不存在單一、絕對的標準，如同巴吉尼的提醒：「道德立場本來就是介於全心相信和漠不關心的無止盡探問。最重要的是有道德自覺，同時對我們採取的道德立場保持懷疑。」[33]保持懷疑，才有鬆動的彈性與讓改變發生的縫隙，也才能避免落入本書第三章討論狗肉議題時，提到的道德多元主義或二元對立的迷思。因此，對於巴吉尼來說，他認為善待動物和吃動物的確可以是不矛盾的，而他選擇的道德底線，是區隔痛苦和折磨（pain/suffering）的差別：「所有具備基本中樞神經系統的動物都感覺得到痛苦，這一點無庸置疑，甚至某些甲殼類動物也是。而折磨則是一段時間的痛苦，是累積加深的痛苦，需要某種程度的記憶。」[34]他主張某些動物例如蝦子可能無法體會自己受到折磨，但豬可以，因此顯然我們不應在飼養過程中讓豬受苦，而不是不該殺豬。[35]

但我們當然可以進一步質疑，難道無法累積對痛苦的記憶，痛苦就不重要嗎？《森林祕境》作者大衛．喬治．哈思克（David George Haskell），就以當年達爾文發現姬蜂寄生模式時的感嘆，來思考此一問題。由於姬蜂將卵產在毛毛蟲身上，幼蟲孵化後就會鑽入毛毛蟲體內，由內而外慢慢將牠們吃掉。達爾文為此表示：「我無法說服自己一個仁慈善良、無所不能的上帝會刻意創造這些姬蜂。」對他來說，這些姬蜂是自然中的「惡的詰難」（the problem of evil）。有些神學家指出毛毛蟲沒有靈魂，另一些神學家則主張：「毛毛蟲並沒有感覺，就算有感覺，牠們也沒有意識，因此無法思考牠們的痛苦，所以牠們並沒有真正在受苦。」但哈思克提醒我們：「如果一個能夠思考未來的心靈感覺到痛苦，這樣的痛苦會比較難以承受嗎？或者我們應該問：如果動物沒有意識，而痛苦是牠們唯一的感受，這不是更糟糕嗎？」[36] 對哈思克而言，若生命只能感受到痛苦，是更加不堪的，因此，在這樣的倫理標準下，就算動物無法意識到痛苦，我們也有責任盡可能減輕牠們的痛苦。

另一方面，由上述的例子我們同樣可以發現，無論基於動物會感受到痛苦、不應讓動物承受折磨、甚至純粹想減輕動物死前的壓力，這些不同的道德底線還是指向了相同的方向，那就是，我們永遠可以從看似理所當然的日常中，找到改變現狀的理由。

33 同前註，頁 98-99。
34 同前註，頁 78-79。
35 同前註，頁 81
36 以上內容引用並整理自大衛・喬治・哈思克（David George Haskell）著，蕭寶森譯：《森林秘境：生物學家的自然觀察年誌》（臺北：商周出版，2014），頁 221-222。關於《吃的美德》與《森林祕境》兩書中關於痛苦與折磨的倫理討論，參見黃宗慧：〈動物倫理的艱難：如何回應（無臉的）牠者〉，「人・動物・時代誌」網站，2017/06/22，該文中亦有關於素食的其他相關討論可供參考。

持續不斷地試著接近「飲食倫理」

沃倫·貝拉史柯（Warren Belasco）在《食物》這本書中，曾提出過一個相當簡要的模型，說明食物選擇的三個面向：認同（社會與個人）、便利（價格、技能，以及可取得性）、責任感（我們吃什麼會有何後果的覺察），我們的每一餐，都是在這三個因素相互競爭與複雜協商影響下的結果。[37]只是過去我們的眼光更常放在飲食如何聯繫情感、延續文化，以及如何以更快速、便利、平價的方式進行消費，畢竟這兩個部分，都比責任更能帶來食物的正面、愉悅能量。但今時今日，或許到了應將更多注意力投注在飲食倫理的時刻了，因為那些我們熟悉的飲食與生活方式，已讓環境遭受了幾乎無法逆轉的變化。

當氣候異變與資源匱乏將成為新的日常，天空、土地、海洋，以及置身其中的所有生物，都在釋放著同樣的訊息，那就是，生態環境是一個整體，飲食是一個系統與循環，我們的任何作為都將為環境帶來影響並且需要付出代價。更重要的是，每一個選擇都可能在意想不到之處發生連鎖效應，《第三餐盤》中就舉出一個值得深思的例子：有些廚師有感於混獲（誤捕）現象的嚴重性（平均每一千公斤的漁獲中約有四百公斤是被捨棄的），因此精心烹調這些原本將會被捨棄、賣相不佳的食材，卻也非常弔詭地創造出新的需求，讓原本誤捕的魚類成為大家爭相食用的對象，等於同步啟動了這些魚數量下降的開關，最後他們所推銷的魚類數量因此驟減。最初期待透過推廣替代性海鮮來維繫海洋永續的目的，最後是否反而因此危害了這些替代性海鮮的未來？[38]這是丹・巴柏拋出的，在真實世界中發生過的道德兩難情境。類似的難題還有各種各樣的變化，當前述那些價值與條件相互衝突時，它們就會不斷地挑戰我們的思想與行為。

思考經濟動物的議題，從來不會是輕鬆的事，尤其當我們越是努力想要尋求道德上的理想，就越可能對過去熟悉的信念系統與認知模式帶來新的衝擊。許多以「人道經濟」出發的思維，乍聽之下更可能像是科幻小說中的狂想——例如只要在豬或牛身上抽取針挑般的肌肉細胞，就可以在實驗室中「養」出肉來。[39]這些產品如果讓我們感到抗拒，究竟是因為它們「不自然」（但工業化農場中飼養動物的方式並沒有「更自然」），還是因為我們所習慣的舊世界被顛覆了？而類似「實驗室生成肉品」這樣的產物毫無疑問地，也會在未來持續衝撞我們的道德觀。但是無論如何，不要選擇別過頭去。如同巴吉尼在《吃的美德》中指出的，試著以欣賞的眼光看待飲食倫理的模糊地帶和複雜程度，將會發現自己對知識的認知有多禁不起考驗。很多事不是二選一，畢竟，「真理曖昧不清，我們只能盡可能貼近它」[40]。道德沒有絕對真理，我們只能持續不斷地，試著往比較好的方向邁進。

---

37 沃倫・貝拉史柯（Warren Belasco）著，曾亞雯譯：《食物》（臺北：群學出版，2014），頁XV，關於此食物三角形的介紹見頁12-22。

38 可詳閱《第三餐盤》第三部：「海洋」的章節，相關段落參見：頁232-241、261-264、279-280、288-289。

39 參見韋恩・帕賽爾（Wayne Pacelle）著，蔡宜真譯：《人道經濟——活出所有生物都重要的原則：在公園及海灘撿起塑膠垃圾；減少個人製造的垃圾；買車選燃油效能高的，多騎腳踏車、走路代替開車》（臺北：商周出版，2017），頁108。

40 《吃的美德》，頁127-129。

選文：他們的身體在路上（節錄）

李欣倫

他們的身體在路上。

至少在我看到他們的那一刻，他們的身體；喔我確定是身體，那蓄滿血液因而仍舊溫暖的身軀，身體。雖然我知道不用多久——一小時，三小時或五小時，我不知道有多久，但可以確定的是不會超過一天，他們會失去身體，被迫放棄身軀，這被迫餵食、被囚禁、被施打抗生素的身體將被驅趕、擊打、刺破、掏空、支解、分送，經過一連串精緻的加工、烹調、料理手續（為了掩蓋「這曾是一具屍體」並淡化「這曾是一個身體」的事實與真相），成為眾人的身體。

但現在：距離集體支解還有一小時、三小時、五小時的時間，他們的身體還在，在顛簸的車廂裡，在烈日曝曬的顛簸車廂裡，在細雨紛飛下的顛簸車廂裡。

下雨了，我們穿上雨衣繼續騎乘，但沒人替他們穿上雨衣——等會兒連羽毛、皮膚甚至骨骼都會被剝除，還穿什麼雨衣呢——任由他們在狹小而生鏽的鐵籠裡瑟縮著，彼此挨著彼此，相互取暖的姿態，動也不動，任由雨點鞭在骯髒的羽毛上，身體上。他們或許會因此病了，死了，但沒關係，無論是否病了，最終都得死，得讓出令他們莫名痛苦的身體。我始終無法分判他們究竟是病了還是死了，只見他們盡力將身體縮成一粒球莖，凍成一首永遠無法完成的詩。

他們的身體在路上，顛簸著，餓著，凍著。

他們的身體在路上，凍著，餓著，凍著。

他們的身體在路上，以一顆球莖的體積挨著彼此。但眼前這條路絕不可逆，被載往屠宰場的路不可能回頭，他們或許以為挨過了這凍的、麻的、餓的、顛簸的路途，最終有吃的、睡的，但最終他們連還來不及嘶吼掙扎便死了。眼前的這條路是不可逆的，這條路只能走下去，只能走下去。

往往如此，騎著自行車上路，我的身體痛而快地在路上，在路上，任由我的毛孔自由舒張，血液迅速漫流，脈搏急速鼓動，我的身體充滿熱能，灌注於指尖的是充沛的能量，蓄積於身體末端的是強大的力勁。尤其是下坡，特別是下坡，特別是前往海邊的小徑下坡（噢，兩側是鮮而猛而狂的草，還有風，以及隨之而來的氣息），我清楚感受到車體的震顫從手把傳來，一陣一陣，帶來暈眩與快感，令我興奮，令我狂喜，令我的身體髮膚鮮而猛而狂，如同兩旁生機鮮茂的草，風，以及氣息。

鮮而猛而狂的身體，在路上。

我幾乎就要尖叫起來，快意的喊。事實上，好幾次我真的尖叫了起來，甚至狂吼了起來，像放學時分從教室衝出來的小學生，風灌入口鼻，而後將我的叫聲吹得老遠，將我的頭髮全吹往同一個方向，將我的快意吹得鼓脹了起來，像風灌滿了船帆。

往往如此，在台三線上，當我在自行車上快意地叫喊時，無意中我看見他們。他們的身體被囚在小小小的鐵籠裡，幾乎連站都站不起來，只能挨著彼此，甚至疊著、踩著彼此，在那樣有限的空間裡吃喝拉撒，在那樣有限的時間裡吃喝拉撒。你知道嗎，他們竟然活不過我的生理週期，二十八天都活不過。在有限的時空裡，他們被囚、被禁、被餵食、被殺。是的，這是他們誕生的目的，最終的歸所。

如果留意，不難發現這裡有他們移動中的身體，那裡也有，到處都有。記得有一回我從中壢往南騎，從省道一號切進台一一五線道，在前往新埔的鄉間路徑約二十四點五公里處，我聽見了豬隻的嚎叫。在聲音之前，總是濃烈的氣味，腐敗食物的氣味混合著泥土味飄散過來，接著我看見水泥牆糊的豬舍，聲音就從那傳來，聽不出是什麼狀態的叫聲，豬隻應不是在此處被宰，但我仍可從那淒楚的聲線中判別那不會是舒泰的，我快快騎過，不是因為臭氣，而是怕聞其聲。另一次，我在新屋芝芭里的小徑上胡亂騎，兩旁是田園景致，空氣中有好聞的乾稻草氣味，冬陽暖和地照在我身上，友善的照拂。隨即，竟撞進一條小路，旁邊是大型養豬場，牆高大厚實，完全看不到裡頭，但憑著類似的氣味，我知道他們在裡頭，呼嚕呼嚕地被生下來，呼嚕呼嚕地將臉埋進飼料槽，呼嚕呼嚕地長出了幾磅的肉，呼嚕呼嚕地被卡車載走，呼嚕呼嚕地過完了這短暫的一生。

多半情況是，我從省道上看見他們，彼此挨著彼此，立在大型卡車裡，後方是堅固的金屬柵欄層層圍護，大概怕他們跳車。但他們看起來不像會跳車的樣子，跳車屬於年輕而叛逆的孩子，因為創傷因為愛（創傷與愛有時指的是同一件事），他們從疾駛的生命列車跳下來，試圖逃離所有囚禁。而這些孩子不會跳車，他們只是呼嚕呼嚕地挨擦著彼此，呼嚕呼嚕地被某種力量牽引著、推送著，往苦難的方向。

好幾次，我竟然臨時改變路程，騎車一路跟隨他們要去的地方。陽光照在我的身上，也照在他們身上，一視同仁，無所分別。

那陽光，我始終覺得冷。

紅燈了，卡車停了下來。我離他們好近，近到幾乎可以看到他們的毫毛在陽光下清晰起來，金黃，細軟，在微風中隱隱掀動，像是我曾見過的瑞典小女孩的睫毛。他們比我想像中的乾淨，蒼白，無助，無害。如果可以，我想摸摸他們，像摸摸我家的狗兒那樣，一分鐘也好。

綠燈了，卡車繼續往小徑前行。

閉上眼，我掉下眼淚。

不忍繼續跟隨他們，我掉頭往反方向騎，騎上省道。

兩旁是燦燦的油菜花田，在藍天下綻放著、高歌著盎然的生命。

是這樣的行旅。我看見他們，就在前面，豬，雞。一車又一車。

我奮力快踩腳踏板想跟上他們，他們離我好近，也離我好遠。

我目送他們前行，心裡唸誦著六字大明咒，唸誦四皈依，唯一我能做的只是這樣，目送，唸咒。

直到他們消失在地平線上。

——選自李欣倫《此身》／木馬文化／二〇一四年

問題討論

1. 「無腦雞方案」透過移除雞的大腦皮質，既可以達到高密度生產，又可以免除讓動物痛苦的指控，這是一種「雙贏方案」嗎？你是否贊成以這樣的形式生產雞肉？為什麼？談談你的看法。
2. 如果道德涉及原則和底線的不斷調整，在飲食這件事情上，你的道德優先順序或者底線是什麼？

作業練習

1. 請參考沃倫．貝拉史柯（Warren Belasco）在《食物》這本書中的食物三角形概念，想像你要邀請三位不同身分背景的人一同用餐（請自行設定客人的背景並簡要說明），設計一份菜單，列出菜色、價格，並說明這份菜單在認同、便利與責任三個向度上的考量為何？（本題參考自《食物》頁 12 之練習題，並略作調整。）
2. 請記錄你一週的菜單，從中分析你個人的飲食習慣與飲食觀。

相關影片

《我不笨所以我有話說》，克里斯．努南導演，詹姆士．克倫威爾、瑪格達．蘇班斯基主演，1995。

《鯊魚黑幫》，羅布．萊特曼、碧柏．波傑林、維姬．傑森導演，威爾．史密斯、傑克．布萊克、勞勃．狄尼洛、芮妮．齊薇格、安潔莉娜．裘莉主演，2004。

《夏綠蒂的網》，蓋瑞．溫尼克導演，達柯塔．芬妮主演，2007。

《和豬豬一起上課的日子》，前田哲導演，妻夫木聰主演，2008。

《肉食公公與草食媳婦：餐桌上的思辨之旅》，艾瑞克．夏皮諾導演，羅達．喬丹、班．席格勒主演，2014。

《速食遊戲》，約翰．李．漢考克導演，麥可．基頓、尼克．奧佛曼、約翰．卡羅爾．林奇、琳達．卡迪林尼、派翠克．威爾森主演，2016。

關於這個議題，你可以閱讀下列書籍

卡羅．亞當斯（Carol J. Adams）著，卓加真譯：《男人愛吃肉．女人想吃素》。臺北：柿子文化，2006。

卡羅．亞當斯（Carol J. Adams）著，方淑惠、余佳玲譯：《素食者生存遊戲——輕鬆自在優遊於肉食世界》。臺北：柿子文化，2005。

■ 丹·巴柏（Dan Barber）著，郭寶蓮譯：《第三餐盤》。臺北：商周出版，2016。

■ 扶霞·鄧洛普（Fuchsia Dunlop）著，鍾沛君譯：《魚翅與花椒》。臺北：貓頭鷹文化，2017。

■ 強納森·薩法蘭·佛耳（Jonathan Safran Foer）著，盧相茹譯：《吃動物》。臺北：臺灣商務印書館，2011。

■ 朱立安·巴吉尼（Julian Baggini）著，謝佩妏譯：《吃的美德：餐桌上的哲學思考》。臺北：商周出版，2014。

■ 卡倫·杜芙（Karen Duve）著，強朝暉譯：《你應該吃我嗎？：從肉食、有機、素食到果食 一場現代飲食體系的探索之旅》。臺北：遠足文化，2016。

■ 梅樂妮·喬伊（Melanie Joy）著，姚怡平譯：《盲目的肉食主義：我們愛狗卻吃豬、穿牛皮？》。臺北：新樂園出版，2016。

■ 麥可·波倫（Michael Pollan）著，鄧子衿譯：《雜食者的兩難：速食、有機和野生食物的自然史》。臺北：大家出版，2012。

■ 羅爾德·達爾（Roald Dahl）著，吳俊宏譯：〈豬〉，《幻想大師 Roald Dahl 的異想世界》。臺北：臺灣商務印書館，2004。

■ 索妮亞·法樂琪（Sonia Faruqi）著，范堯寬、曹嬿恆譯：《傷心農場：從印尼到墨西哥，一段直擊動物生活實況的震撼之旅》。臺北：商周出版，2016。

■ 天寶·葛蘭汀（Temple Grandin）、凱瑟琳·強生（Catherine Johnson）著，劉泗翰譯：《傾聽動物心語》。臺北：木馬文化，2006。

■ 沃倫·貝拉史柯（Warren Belasco）著，曾亞雯譯：《食物》。臺北：群學出版，2014。

■ 韋恩·帕賽爾（Wayne Pacelle）著，蔡宜真譯：《人道經濟——活出所有生物都重要的原則：在公園及海灘撿起塑膠垃圾；減少個人製造的垃圾；買車選燃油效能高的，多騎腳踏車、走路代替開車》。臺北：商周出版，2017。
■ 坂木司著，UII 譯：《肉小說集》。臺北：尖端出版，2017。
■ 荒川弘著，方郁仁譯：《銀之匙》。臺北：東立，2012。
■ 韓江（한강）著，千日譯：《素食者》。臺北：漫遊者文化，2016。
■ 李欣倫：《此身》。臺北：木馬文化，2014。
■ 曹冠龍：〈活炸活烤〉，《紅杜鵑》。臺北：印刻出版，2013。

實驗動物篇。

看不見的生命

失格的科學？

哈爾·賀札格（Hal Herzog）在《為什麼狗是寵物？豬是食物？》一書中，曾對實驗動物議題下了如此的評論：關於動物實驗的爭議，遠甚於其他人類與動物關係之議題，甚至比討論吃動物這件事還難取得共識。[1]這樣的看法或許多數人並不會同意，畢竟為了醫療與科學的發展，動物實驗往往被視為必要手段，相較最容易引發論戰的素食／肉食話題，它理應是較無爭議的一環？然而，如果以倫理的角度思考，彼得·辛格（Peter Singer）一針見血的說法，卻直指動物實驗無法迴避的內在悖論：「要就是動物跟人類不相似，要就是跟人類相似。如果不相似，則就沒有理由做這類實驗；如果相似，則對動物做人類所不堪忍受的實驗是傷天害理的。」[2]更何況，許多資料早已指出，若干以科學、進步或教育之名進行的實驗，並不見得真如它們所宣稱的那麼必要。然而長期以來，人們很少去質疑動物實驗在手段上和目的上是否合理，或許也不曾認真思考過我們日常生活中，透過動物實驗來製造產品與進行研究的普遍程度以及物種的跨度：從黑猩猩到果蠅，都是人類進行實驗的對象。因此，如何對動物實驗進行有限度的管理和限制，自然是當代討論動物倫理與動物福利議題時，必須列入考量的重要問題。

若綜觀以實驗動物為題材的文學或影像作品，可以發現一個有趣的現象，就是但凡實驗失控造成毀滅性災難的主題，多半以科幻小說或者「科推小說」（speculative fiction）[3]的寓言體形式呈現，並且時常帶著濃厚的反烏托邦色彩。較為人熟知的例如電影《猩球崛起》三部曲中，猩猩之所以能夠建立起與人類相抗衡的社會體系，正是肇因於主角將實驗室中原本要遭到撲殺的小猩猩帶回家養，並且為了研發治療阿茲海默症的藥物私下在家中進行新種病毒實驗，一方面增長了猩猩凱薩的智慧，另方面卻不慎造成超級病毒在全球蔓延；又如瑪格莉特・愛特伍（Margaret Atwood）的「末世三部曲」：《末世男女》、《洪荒年代》、《瘋狂亞當》，同樣預言了生物科技與變種病毒將造成人類毀滅的浩劫。在《末世男女》當中，小說一開場就已是歷劫過後的廢墟，除了倖存者「雪人」之外，僅餘一些經過基因改造的「克雷科人」與各種古怪的基因組合生物，例如狗狼（wolvogs）或器官豬（pigoons）；就連驚悚片《侏儸紀公園》，故事的設定也是起因於基因實驗的失控與人們想要透過科技重現已滅絕生物的欲望。這些作品雖然各異其趣，卻都與瑪麗・雪萊（Mary Shelley）被

---

1 參見哈爾・賀札格（Hal Herzog）著，李奧森譯：《為什麼狗是寵物？豬是食物？——人類與動物之間的道德難題》（臺北：遠足文化，2016），頁396。

2 彼得・辛格（Peter Singer）著，孟祥森、錢永祥譯：《動物解放》（臺北：社團法人中華民國關懷生命協會，1996），頁118。

3 郭強生在為瑪格莉特・愛特伍（Margaret Atwood）《洪荒年代》一書所寫的推薦序〈不一樣的愛特伍？〉中，指出：愛特伍「對『科幻小說』一詞加諸其身，始終盡力辯駁，指稱她所寫的是『科推小說』（speculative fiction），而非『科幻』。根據她的說法，兩者差別在於，『科推』是有根據的推想，甚至合理懷疑這些推想已存在且正在發生中！」參見呂玉嬋譯：《洪荒年代》（臺北：天培出版，2010），頁5。愛特伍在《瘋狂亞當》一書中也再次強調：「雖然《瘋狂亞當》是虛構的作品，但並不包含任何不存在、不在製造中，或理論上不可行的科技或生物體。」參見何曼莊譯：《瘋狂亞當》（臺北：天培出版，2015），頁414。

視為科幻小說先驅的《科學怪人》遙相呼應，指向了科學的誘惑力，以及當科學失控時帶來的毀滅力道。科學與人性的辯證，更是這些科幻／科推作品中核心的命題。

不難理解的是，這些帶有「警世意味」的故事，是想要與科學至上的世界對話。在這個由科學樂觀主義主導的世界中，人們普遍相信科學理性的力量與人定勝天的理想，至於人類戰勝不了的，自然明顯超越人力或是不受控制的部分，往往就會被妖魔化為不受歡迎的存在。約翰・史坦貝克（John Ernst Steinbeck, Jr.）的短篇小說〈蛇〉（*Snake*）就頗能帶我們看到此種價值體系與侷限所在。小說描述一位科學家的實驗室中，闖入一個行跡詭異的女性，科學家原本認為所有人都應該和他一樣，是為了對科學實驗的興趣而來，但女人卻拒絕欣賞顯微鏡下海星的精卵結合過程，要求看蛇吃老鼠。科學家對於女人的要求感到不悅與輕蔑，認為這是某種類似想看鬥牛表演的心態，只是對刺激與動物表演的娛樂追求：「他討厭人們把自然界本能的搏鬥當作娛樂或運動。他不是個運動家，而是個生物學家。他為了知識的獲得可以殺死成千上萬的動物，但絕不肯殺死一隻昆蟲以自娛。」[4]但是從科學家種種言行不一的行為中，我們卻會發現他宣稱「為了知識」的崇高理想，或許並不如自己所想像的那麼超然。因此當女人的反應不如他的預設時，他甚至把之前安樂死的貓拿來劃開喉嚨，期待藉此引發她的不安感。

另一方面，女人的闖入也迫使科學家用不同的眼光來看待他作為實驗材料的小鼠們。雖然他不斷說服自己「蛇吃老鼠是自然的進食行為」，但科學家終究還是只為了有人想看蛇進食，就刻意去餵食一隻早已吃飽的動物，這和他所鄙夷的那些娛樂表演在本質上有不同嗎？或許更應該追問的是，他日常進行的那些道貌岸然的實驗，又真的和這場「餵食秀」有本質上的差別嗎？透過科學家與女人之間的對立與對照，或許可以開啟我們對於動物實驗與動物利用的重新思考。[5]而在討論現今動物實驗的狀況之前，我們有必要先簡單回顧，史坦貝克筆下的這類科學家，是如何受到「科學」這個價值信念核心的引導，才有可能進一步了解近年來動物實驗的爭議背後，牽涉到的各種價值體系之複雜衝撞。其中，笛卡兒的心物二元論在動物實驗發展之初，扮演了一個非常重要的角色，成為讓各類殘酷實驗都得以心安理得執行的關鍵。因此，本章將先從勒內・笛卡兒（René Descartes）的觀點出發，略述此種思維模式如何影響早期科學實驗，使得動物被排除在倫理討論的範疇之外；再進一步討論動物實驗牽涉到的倫理爭議；最後則以亨利・史匹拉（Henry Spira）的動物實驗革命為例，除了可以更清楚看到實驗動物管制的發展脈絡，他的種種行動對於社會運動的模式而言，亦可提供重要的參考與省思。

4 約翰・史坦貝克（John Ernst Steinbeck, Jr.）著，楊耐冬譯：《史坦貝克小說傑作選》（臺北：志文出版，1993），頁118。

5 關於史坦貝克本篇作品中涉及的實驗動物倫理思考，可參閱黃宗慧：〈從史坦貝克的〈蛇〉談實驗動物倫理〉，「人・動物・時代誌」網站，2014/04/05。更完整的討論參見黃宗慧：〈當科學家遇上蛇魔女：以史坦貝克短篇故事〈蛇〉為起點重省視覺中心主義之侷限〉，《中外文學》40卷1期（2011.3），頁11-47。

將動物視為機器

儘管反活體解剖運動已有百年以上的歷史，但以人道方式對動物實驗進行若干限制的想法，卻是近幾十年才受到較多的注意與討論。在此之前數百年的時間，動物被以超乎想像的殘酷方式進行各類科學相關實驗，十七世紀甚至因此被稱為「活體解剖的年代」[6]。在當時，直接用活體動物進行各類解剖實驗，且並未對這些動物施以任何較人道的處理，是相當普遍的情況。這牽涉到兩個重要的因素，一是英國人威廉・哈維（William Harvey）於一六二八年提出血液在身體內循環的主張，顛覆了過去兩千年來的醫學模式[7]，也開啟了英法兩國在醫學、科學、宗教各方面的對立和衝突；二是笛卡兒心物二元論的哲學主張。笛卡兒將身體和動物視為機器，動物就像是由齒輪、管子、幫浦之類的零件所構成，而牠們表現出的哀鳴和顫抖，也就如同機器發出的噪音或是對刺激的自然反應。笛卡兒認為，動物沒有情感、語言與理性，因此牠們感覺不到痛苦。[8]這個理論大受歡迎，因為它排除了動物實驗可能帶來的各種道德質疑。

但是，無論笛卡兒將動物視為機器的觀點也好；或是羅伯特・波義耳（Robert Boyle）用來合理化自己用大量動物進行真空實驗的宗教理由——所有生物都是為了人類所創造的——也好，它們都無法改變活生生的動物在未經麻醉的狀況下被進行活體解剖與輸血實驗時，確實會出現恐懼、掙扎與疼痛等各種反應的事實。因此，就連英國最積極的活體解剖學家之一的羅伯特・虎克（Robert

Hooke），最後都忍不住寫信給波義耳，描述他將狗的胸腹切開後，用風箱將肺灌滿空氣的實驗方式：「因為實在太殘忍，我幾乎不可能再做一遍」、「應該沒有什麼能夠促使我再做這種嘗試了，因為那隻動物受盡了折磨；但如果我們可以找到一種讓那隻動物麻木的方式，這還是一項高貴的研究，因為如此一來牠也許就沒有感覺了」[9]。

虎克的信事實上等於承認了動物具有感覺的能力，只是在當時，解剖與輸血實驗所帶來的各種知識上與醫學上的可能性，讓無數科學家目眩神迷。動物是否有靈魂或感覺並非科學家最關心的課題，即使的確有少數人陷入了動物靈魂的論爭中[10]，但他們當中的多數，仍然比較在乎如何制伏發現狀況不妙時會想要逃跑與激烈掙扎的動物。在那個活體解剖的年代，不只被進行解剖實驗的動物種類不計其數，諸如將牛奶注入狗的靜脈、將墨汁注入大腦、試著同時將三隻狗的血液互相交換等乍看之下匪夷所思的行徑，也都是科學家嘗試解開血液流動之謎的手段。

值得玩味的是，如同荷莉・塔克（Holly Tucker）在《血之祕史》中指出的，當時對輸血的迷戀中，有一部分的興趣是聚焦在思考跨越個體與物種的輸血實驗，是否會令受血者在性格、

6 荷莉・塔克（Holly Tucker）著，陳榮彬譯：《血之祕史》（臺北：網路與書出版，2014），頁64。
7 同前註，頁46。
8 同前註，頁64-65。
9 同前註，頁65-67。
10 如牛津大學的湯瑪斯・威利斯（Thomas Willis），在解剖時發現人與動物都有松果腺，因此他相信動物也有靈魂，只是動物擁有的是比較原始的靈魂。參見《血之祕史》，頁71-72。

行為甚至外觀上，變得更接近於供血者？而此種好奇與提問並不令人感到陌生，因為它正是自古以來就有的，深受「變種動物」吸引的文化，因此：

十七世紀的輸血實驗一槍命中了人類本質為何的問題，也觸及人類與其他動物的分野之問題。如果我們能想像早期輸血實驗是怎樣進行的，就能勾勒出這樣的一個世界圖像：混種動物不只是存在，而且是有可能被創造出來的。[11]

換言之，我們將會發現，前述科幻與科推作品中的警世情節，其實既不幻想也不推理，某意義上來說，它們甚至非常「寫實」，因為這些故事所描述的，正是數百年來無數地上與地下實驗室持續在進行的事情。

愛德華・海斯蘭（Edward T. Haslam）在《瑪莉博士的地下醫學實驗室》一書中，就藉由看似懸案的瑪莉・謝爾曼（Mary Sherman）醫生之死，揭開一幕幕隱藏在歷史黑幕中不能說的醫學研究，以及公共衛生安全如何在一層層的隱匿中被犧牲。一如無數小說電影中的驚悚情節，其中扮演關鍵角色的，正是實驗室中被猴病毒汙染的疫苗。而比虛構故事更驚人之處則在於，隱匿疫苗汙染與秘密發展生化武器，已在真實世界中造成了無可挽回的後果。書中的一個重要論點，就是人體免疫缺陷病毒，與猴病毒突變有著密不可分的關係。就算毫不考慮這些在檯面下交易的動物會面臨什麼可怖的處境，動物實驗隱含的風險，也始終如影隨形地與它可能帶來的願景成正比。[12]

一如願景總與隱憂同在，人類對動物混種的好奇與欲望，也與壓抑和恐懼並存，這是何以胚胎幹細胞研究總是充滿了爭議性。二〇〇六年，美國小布希總統（George W. Bush）就在國情咨文中呼籲，應「立法禁止那些以創造人類與動物混種生物為目標，極其惡名昭彰的醫療研究」[13]，他對胚胎幹細胞研究的禁令雖然在二〇〇九年由歐巴馬總統（Barack Obama）解除，但世界各國有關胚胎幹細胞研究的倫理與法律爭議從未停止過。而當我們對於胚胎幹細胞是否是「生命」產生倫理上的懷疑時，比胚胎幹細胞更毫無疑問已經是完整生命體，且具有感受能力的動物，將牠們排除在倫理的思考與討論之外，顯然是不合理的。

11 以上有關各項活體解剖的實驗方式與輸血實驗的迷戀，皆同前註所引書，頁 71，118-120，171，303。

12 愛德華．海斯蘭（Edward T. Haslam）著，蔡承志譯：《瑪莉博士的地下醫學實驗室：從女醫師的謀殺疑雲，揭開美國的祕密生化武器實驗、世界級疫苗危機及甘迺迪暗殺案的真相》（臺北：臉譜出版，2017）。

13 《血之祕史》，頁 302。

動物實驗背後的道德難題

但是，「實驗動物」對於大多數的人來說，幾乎是個完全被隱匿的存在，相較於會出現在動物園裡的展示動物、街上的流浪貓狗、甚至蛋雞場或養豬場，牠們會在一般人的生活中被看見的可能性，都遠高於實驗動物。實驗室彷彿就是個封閉的存在，隔離於我們的日常之外。於是「實驗動物」一詞，往往就只和實驗室的小白鼠畫上等號，而實驗室的小白鼠，從一出生就注定了為實驗而存在，罕有人會在意牠們的遭遇。對這個議題若稍有涉獵的讀者，或許會進一步關心化妝品實驗的兔子、心理學實驗的猴子等等，然而事實上，實驗動物涵蓋的範圍遠大於此。自輸血實驗與活體解剖以來，只要有辦法取得，基本上任何動物都有可能成為「實驗動物」。彼得．辛格（Peter Singer）在《動物解放》中，就非常詳細地列舉了軍事研究、心理學研究、醫學與化妝品工業等各種領域中，包含毒氣、電擊、用藥、加溫、切除各種腺體或器官、睡眠剝奪、母愛剝奪、習得無助……等，加諸動物身心的各種驚人殘酷之舉措。[14]更重要的是，他直指其中許多所謂的實驗，不只毫無必要，對於人類的健康也完全無所助益。

另一方面，當查爾斯．達爾文（Charles Robert Darwin）認為動物也有情感與心智的主張，取代笛卡兒將動物視為機器的主流觀點，過去被視為理所當然的科學實驗，也就不得不回頭面對早該思考的道德兩難——和人類越相似的動物，進行的動物實驗越具有參考價值，但如果我們承認牠們與人類相似，這些實驗在倫理上的正當性就越經不起挑戰。換言之：「科學上越適合當作實驗對象的動物，往往讓實驗在道德面站不住腳。」[15]在這個領域中，所有將動物倫理列入考慮的討論，都將得出同樣的結論：我們的道德量尺沒有任何把動物排除在考量範圍之外的理由，儘管現實是牠們幾乎總被排除在外。

因此，我們不時會在倫理學的討論中，看到類似此種可能令人感到不悅的推論：「使用沒有知覺的嬰兒做實驗當然比讓老鼠受盡折磨來得好。」[16]雖然可以想像的是，用前者進行研究無疑將會冒犯多數人的道德直覺，但道德哲學中的這類探問，就是迫使人們去面對此一事實：那些被視為理所當然不容挑戰的價值，許多時候並非真的那麼理直氣壯，而是我們自身偏見或歧視運作的結果罷了。這類思想實驗沒有標準答案，卻要求更開放的心靈去接納那些乍看之下讓我們不舒服的選項，承認就道德價值的判準而言，它們確實具備成立的條件。

舉例來說，胡文．歐江（Ruwen Ogien）在《道德可以建立嗎？》一書中，就以一個暴風雨中的救生艇情境，要求讀者思考：假設小艇上搭著不同狀態的人，以及同樣數目、健康又充滿活力的年輕黑猩猩，若不把其中的部分成員拋下海，大家都會死，那麼把一隻或幾隻黑猩猩推下海，只因為牠們不是人類，這樣的理由是否足夠充分？這類「臨界處境」的思想實驗，正是為了提醒讀者：人類中心

14 相關細節請詳閱《動物解放》，第二章。
15 《為什麼狗是寵物？豬是食物？》，頁354。
16 同前註，頁361。

的偏好選擇，其實很多時候在道德上缺乏真正充分的理由，而許多道德原則本身更是互相衝突的。[17]

值得慶幸的是，在現實生活中，不常發生這類思想實驗所虛擬出來的臨界處境，但動物議題背後的眾聲喧嘩與道德衝突，卻是真實存在。北小安就曾以短篇小說〈蛙〉，試著處理實驗動物牽涉到的複雜面向。[18]這篇作品並無太多作者個人的主觀色彩，而是以點到為止的方式來處理這個頗為敏感的議題。小說描寫敘述者陪著把牛蛙標本弄壞了的朋友N去買另一隻牛蛙，看到牛蛙在袋中掙扎的畫面，他想起了日本俳句中悠哉的青蛙，更進一步引發「一隻青蛙和一個人在本質上有什麼不同？」的哲思。袋內掙扎的牛蛙只是單純地想活下去，人們在動物實驗議題上的爭論不休，對於已成為另一具冰冷的牛蛙標本的牠，也不再具有任何意義，但小說裡呈現出的多元觀點，卻提供了一個思考實驗動物問題的空間：

> 我們可以指責N說，如果當初小心點，就沒有必要再犧牲一隻牛蛙。然而，N可能也會理直氣壯地說，如果學校不用交什麼骨骼標本的作業，他才捨不得把青蛙殺死。而學校又可能會說，如果沒有實驗動物的課程，科學精神怎麼傳承？此時動物保護團體又會跳出來說，現在已有許多替代方案，沒有必要的動物實驗應該全面廢除。然後，又有人會說，人類對於科學的追求其實都只是奢望預測萬事萬物的一切規律，這一切都是虛空。[19]

小說最後結束在牛蛙標本完成，即將被放入實驗室中等待打分數，那晚，窗外響起了一片蛙鳴。生與死的對比、命運的分歧在小說中得到凸顯，雖然作者對於動物實驗的爭議並沒有提供任何答案，卻呈現了其中一個最具爭議或許也最具有改變可能性的切面，就是以教育為名，在教學現場執行的各種動物解剖與實驗。

缺乏規範的教學實驗

賴亦德曾經撰文指出，供研究使用與藥物測試的實驗動物，雖然在一般人的想像中相當悲慘，至少仍有一定的規範和監督。[20]但教學用實驗動物的狀況則更糟，「牠們的存在和命運幾乎從來不曾

17 胡文．歐江（Ruwen Ogien）著，馬向陽譯：《道德可以建立嗎？——在麵包香裡學哲學，法國最受歡迎的19堂道德實驗哲學練習課》（臺北：臉譜出版，2017），頁151-153。

18 以下有關北小安〈蛙〉的分析，係摘錄並修潤自筆者《生命倫理的建構：以臺灣當代文學為例》（臺北：文津出版，2011），頁19-20。

19 北小安：〈蛙〉，《中外文學》32卷2期（2003.7），頁198-199。

20 不過，監督動物實驗是否可執行的標準往往也相當不一致，賀札格就指出，將同樣的動物研究提案送交兩個不同的委員會審核，大約有百分之八十的比例，第二個委員會做出跟第一個委員會不同的決策。他據此認為，科學家們對於一個研究的品質和重要性看法不只相當分歧，同樣也可能受到道德直覺的影響。參見《為什麼狗是寵物？豬是食物？》，頁383-386。

進入一般人的腦海裡，也幾乎沒有任何規範和保障」。他以蛙類解剖為例進行說明：過去教學現場最常見的方法是使用乙醚，但農委會早已公佈「實驗動物適用之安樂死方法及禁止使用之死亡方法」，指出使用乙醚作為犧牲兩棲類動物的方法是不被允許的，因為完全不「安樂」，但乙醚仍在許多課堂上繼續被使用，甚至沿用到其他的動物，例如兔子或大小鼠身上。近年來乙醚的使用雖有減少，但高中教科書所提供的新方式：二苯氧乙醇或是丁香油，仍然是不安樂的。最令人憂心之處在於，目前有關高中以下的教學用動物，幾乎沒有規範可言，僅有《動保法》第18條規定：「高級中等學校以下學校不得進行主管教育行政機關所訂課程綱要以外，足以使動物受傷害或死亡之教學訓練。」換言之，只要課綱內容允許蛙類的觀察解剖，足以受傷害或死亡之教學訓練內容與方式為何，基本上也就無人在意和過問。[21]

更重要的是，當教學成為一種不容質疑的重要目標時，許多早已有替代方式，或者根本毫無必要的動物利用與動物犧牲，就很容易在教育理念的旗幟之下被掩蓋與忽略。尤其如果教師本身缺乏動物倫理的相關素養，前述科學理性至上的價值觀，往往就成為引導教學方式的唯一信念，動物生命的犧牲不僅不被關心，甚至可能被鼓勵——只要觀察歷年來的科展參賽作品，總是不乏國高中生進行動物實驗就可得知。例如二〇一〇年其中一個得獎作品，是幾位同學將泡過免洗筷的水拿來飼養黑殼蝦，得出「兩小時內抽搐，一天內死亡、五天後爛掉」的觀察，以及「免洗筷很毒最好不要用」的結論。[22]就算不論這個作品在實驗設定與操作技術上是否有瑕疵的質疑，例如黑殼蝦是否因為換環境或缺氧等其他因素死亡、以及對動物有害的因素不見得能反推回人類身上（許多對動物有毒的食物對人類是無害的）；對國中生來說，能夠試著提出命題、透過科學步驟尋找答案，確實也已頗為難得、值得肯定，用黑殼蝦仍然是沒有必要的選擇。簡單來說，要證成「免洗筷很毒」這個假設，根本不需要把黑殼蝦放入免洗筷浸泡過的水，也有其他方法。既然如此，讓學生理解生命不該輕易拿來實驗與犧牲，以及思考其他替代方案是否可以達到同樣的效果，難道不是教育更該追求的核心價值嗎？國際上對動物實驗的基本共識，就是必須符合3R原則：減量（Reduce）、精緻化（Refinement）及替代（Replace），如果我們的教育現場將此種精神屏除在外，這樣的科學教育終究是不夠全面的。

史匹拉的動物實驗革命

不過，前文雖述及研究與藥物用實驗動物，目前已有規範，若觀諸臺灣的實際狀況，仍有許多可以努力的空間。國人一般對實驗動物議題較為陌生，但二〇一三年間，因為鼬獾感染狂犬病造成的全面恐慌，也意外讓不少民眾開始注意到實驗動物的存在。當時農委會為了解鼬獾狂犬病病毒是

21 以上內容係摘引及整理自賴亦德：〈那些「被」各種方式死在課堂上的呢？——談世界實驗動物日的反思〉，《奇摩新聞：動物當代思潮專欄》，2016/04/23。

22 羅正明報導：〈免洗筷有多毒　六和國中生報你知〉，《自由時報》，2010/04/27。

否會傳染給狗，宣布要以十四隻米格魯進行動物實驗，將其注射狂犬病毒後檢驗病毒的傳染性，消息一出遂引起大量反彈聲浪，也讓實驗動物的管理與監督問題浮上檯面。雖然因為輿論壓力計畫被暫時擱置，二〇一四年五月間，農委會仍再次宣布即將重啟實驗，不過，由於對實驗的目的說詞反覆，且自二〇一四年七月至二〇一四年五月間，農委會對於疑患狂犬病的犬貓案例（犬三十九例、貓六例），在收容觀察期間並未進行任何檢測；忽略田野監測資料卻堅持進行活體動物實驗的態度，也遭到動保團體質疑與批評，認為活體實驗並不具有防疫與科學的必要性。[23]

另一方面，由於人們最關心的同伴動物——狗和實驗動物的身分發生了重疊，少數動保團體激烈的反應和流於煽情的抗議方式，同樣也引起部分民眾的反感。這類「願意以身代犬進行實驗」的宣稱、絕食斷水的抗議方式[24]，再次被批評為只因為實驗的對象是狗，所以才讓這些動保人士如此激動。這些「狗太可憐了」的呼聲，確實暴露出當抗議行動缺乏相關論述為基礎，不理解狗在實驗動物的脈絡，與狗在流浪動物的脈絡中面臨的乃是不同處境，仍然操作同樣一套激情悲憤策略時，會遭受到的反作用力——其實米格魯一直是國際上普遍使用的實驗動物選項之一，但當動保人士彷彿此刻才如夢初醒，發現狗被當成實驗動物，並且大聲疾呼不能使用十四隻米格魯進行實驗時，焦點被轉移至「米格魯」身上的討論，都將徹底脫離這個實驗本身就不具必要性的真正重點。但是，以粗糙的邏輯簡化所有反對的聲音，把所有實驗都拉抬到「必要之惡」的位置，顯然也並非看待實驗動物議題應有的態度。

在這個議題上，史匹拉的實驗動物革命，具有相當重要的啟發意義。這位平凡的中學教師、業餘的社會運動者，竟能憑著一己之力，挑戰擁有數十億美金的企業團體，為動物權利運動打下若干重要且堅實的基礎，關鍵不只在於他非常善於評估現實並運用恰當的策略，更重要的是，史匹拉身體力行地示範了「道德理想」與「運動成效」之間該如何取得平衡，他不躁進、不煽情，以非常務實的態度追求實驗動物處境的逐步改善。

首先，史匹拉有鑑於過去反活體解剖實驗的抗議對於減少實驗室動物的數量而言，完全沒有助益，因此，他決定將目標鎖定在一個明顯對人類毫無幫助，實驗目的與內容都缺乏合理性與價值的例子，來確保第一次的行動能夠成功。事實證明他選擇了一個相當具有代表性的標的，就是美國自然史博物館（American Museum of Natural History）的傷殘貓性行為實驗。這個實驗是透過用各種方式讓貓的感官或肢體致殘，來研究特定傷殘對其性行為的影響。由於實驗的主要經費來源是國家衛生研究院（National Institutes of Health）的補助，因此很容易觸發大眾對於國家研究經費運用的關切。但有別於常見的抗議行動會鎖定抗爭對象本身（在這個例子中就是自然史博物館）進行攻擊與批判的方式，史匹拉強調他的抗議目標是為了終止該項實驗，而非抵制博物館或動物實驗。於是，他在博物館外，發給所有要入內參觀的民眾一美分，請他們如果支持運動的理念，反對這項貓咪實驗，就將一美分投入館內的門票箱，透過這些硬幣的累積來表現民意的增加，最後也確實發生了影

23 〈科學駁斥農委會即將啟動之「鼬獾狂犬病毒」活體動物試驗　不具防疫與科學的必要性！〉，「臺灣動物社會研究會」網站，2014/05/22。

24 如王立柔報導：〈後事交代好了！動保人士願代狗接受實驗〉，《新頭殼》，2013/08/19。

響力，使得國家衛生研究院停止這項實驗的預算補助。雖然這只是一個每年使用七十多隻貓的實驗，相較於其他更龐大的藥物測試實驗，七十是個微不足道的數字，卻是反動物實驗運動的重要一步。[25]

其後，他將目標慢慢拓展至影響更多動物的實驗方式：德蕾資測試（Draize Eye Lrritancy Test）[26]——為了檢查化妝品或其他物質對眼睛的損害程度，將兔子固定在特殊裝置上，以濃縮的試劑滴入眼內，並以受傷的程度來衡量損害程度的實驗；以及五成致死劑量測試（Median lethal Dose，簡稱 LD50）——讓一群動物吃進越來越多的被測物（不論那是清潔劑或油漆稀釋劑），直到牠們當中死去百分之五十的個體量為止。很長一段時間，任何可能進入人類眼睛的東西，幾乎都會被要求進行德蕾資測試，從沐浴乳到洗衣精、甚至農藥，都要經過測試才能販售。為了阻止這些受測的兔子逃跑，牠們會被固定在只能露出頭部的儀器中，眼皮被金屬夾夾住來阻止牠們閉上眼睛，而這項長達數周的測試經常沒有使用任何麻醉藥。LD50 所使用的動物數量更為驚人，相較於一年大約數萬隻的兔眼實驗，一九八〇年光是在美國就有大約四百至五百萬的動物用以進行 LD50 測試。這個實驗方式始於一九二七年，最早是用於某些在治療和致命劑量之間差異很小的藥物，例如胰島素或洋地黃，但後來這個實驗被大量使用在毫無意義的地方，而且實驗的數字其實並不具任何參考價值，動物在短時間內被迫吃下大量食用色素的致死量，完全無法類推到人以慢性的方式少量吸收這些物質的致病風險。[27]此外，對動物有毒性的物質，對人也不見得有影響，反之亦然。加上許多德蕾資和 LD50 測試的數據，都是重複之前已經做過的實驗，一再測試完全是生命的無意義浪費，是毫無必要的受苦和死亡。

因此，史匹拉結合了反德蕾資與 LD50 試驗的訴求，要求當時最大的化妝品公司露華濃

（Revlon），以利潤的萬分之一進行替代方案研究。由於露華濃始終沒有正面回應，他以廣告方式製造輿論壓力，讓露華濃與他的競爭對手如雅芳（Avon），為了企業形象而紛紛投入替代方案的研究。[28]至於LD50測試，他則鼓勵以近似致死劑量測試、極限測試等方式取代。例如：只用少數動物進行測試，投以一定劑量後，如果對這少數幾隻的動物群體並未造成有害的影響，就判定無須再以會殺死半數動物的更大劑量進行測試。[29]雖然如此一來大量減少了原先濫用動物進行致死測試的情況，但對於很多反動物實驗的動物權利倡議者而言，史匹拉的策略無疑還是對這些不合理的動物實驗妥協——用動物權的眼光來看，一個實驗如果用兩百隻狗來測試是不合理的，它不會因為改為六隻就變得合理。但對於史匹拉來說，沒有任何社會運動是經過某次革命就完成的，如果徹底反對動物實驗的理想根本無法達成，那麼這樣的立場對他而言就沒有堅持的理由。他在乎的是：「動物們正在受苦，如果我們能造成一些改變，讓其中一些動物免於受苦的話，我們就應該去做。」[30]

---

25 有關傷殘貓性行為實驗，以及史匹拉的完整行動過程，請參閱彼得．辛格（Peter Singer）著，綠林譯：《捍衛．生命．史匹拉》（臺北：柿子文化，2006），頁92-117。

26 以下有關德蕾資測試與LD50之說明參見《動物解放》，頁120-124。該書中將「德蕾資」譯為「德萊賽」，為便於閱讀，本書仍統一使用較常見的譯法「德蕾資」。

27 《捍衛．生命．史匹拉》，頁185-186。

28 有關德蕾資測試與史匹拉之行動過程，參見前註所引書，頁142-176。

29 同前註，頁198-199。

30 同前註，頁199。

「只要能讓其中一些動物免於受苦，就比所有動物都在受苦要好」的態度，是典型「效益主義」的道德觀，此看似「退而求其次」的態度，卻能立竿見影地「將痛苦減量」。此種「量化實踐的運動觀」對於涉及大量動物利用的議題，都是相對務實的考量。例如關懷經濟動物問題延伸的素食考量，由於對大多數的人來說可能都是「陳義（或難度）過高」，因此邇來亦有學者提出「量化素食主義」的實踐方式，亦即：「素食主義要求『效果』而不要求『德性』；它的重點在於減少肉食所造成的具體傷害，而不是塑造出全心吃素的道德聖人。……我們應該減少吃肉，至於減少到甚麼程度，你可以根據自己的處境、能力、感覺與良知去調整。」[31]而這正是史匹拉所堅持的：「讓我們先做今天能做到的事情，然後明天再繼續做更多的事情。」因此他贊同辛格以「平等考量」[32]的角度切入動物議題的倫理觀，在這樣的前提下，再試著以各種最有機會產生效果的策略來執行。

當然，動物權利與倫理是一個複雜的議題，不論哲學家、學者或動保工作者對此都未能有共識。但史匹拉對動保運動所提出的若干觀點，其實也指出了前述某些動物權利運動人士在追求心中理想的終極目標時，行動上的盲點所在。例如：只是寄出某些印有可怕照片——如實驗動物或農場動物受苦慘狀——的文宣是不夠的，因為公眾對某個議題的認知，會伴隨成功的運動而來，所以掌握足以造成變化，具有贏面的目標與訴求才是更重要的；與其高喊廢止動物實驗的口號，不如具體抗議某個為了一些瑣碎淺薄、甚至莫名其妙的目的所進行的動物實驗；另外他也指出，不要以為只有經由立法程序或訴訟過程才能解決問題，因為沒有任何國會法案本身就能解救動物，若是太過投入政治程序，很容易讓運動偏離到政治空談的方向；更要注意的是，別讓不斷擴大的組織成為人事糾結的官僚體制，因為如果原本為動物或其他理想奮鬥的團體，到最後卻為了「營運」而將大部分的時間花在募款，以維持團體本身龐大的人事開銷，不啻是一大諷刺；而在他的諸多主張當中，對於往往備受壓力的動物權利運動人士來說，在實踐上最具難度的或許是：不要把抗爭的對象當成十惡不赦的「壞人」，因為「從來沒有什麼運動是基於黑白二極化的理念，而能夠贏得勝利的」，只有站在對方的立場設想，雙方才有對話的空間與可能。這些理念，都是史匹拉從豐富的運動經驗中所得出的體悟，也無一不是有心改造社會的人們，在為理想努力的過程中，應該不時惕勵自己的。[33]

31 錢永祥〈不吃死亡：《深層素食主義》中譯本導讀〉，《台灣動物之聲》38期（2005.3），頁27。量化素食主義的觀點，詳見傅可思（Michael Allen Fox）著，王瑞香譯：《深層素食主義》（臺北：關懷生命協會，2005）。

32 所謂「平等考量」的概念請參見本書導論，亦可參見錢永祥：〈用道德觀點思考動物：啟發與侷限〉，「世界文明之窗」系列講座之一，2004/03/27。

33 以上內容係引用並修潤自筆者〈量化實踐的運動觀：談《捍衛．生命．史匹拉》〉，《思想》第4期（2007.1），頁284-289。

將實驗動物納入道德量尺

二〇一四年，八隻從小被關在籠中，在實驗室裡撐過了八年藥物實驗的米格魯，在「即將退役」之前，經由「臺灣動物社會研究會」與藥廠協調，得到了開放民眾領養的機會。在記者會上，過去沒有名字只有藥廠代號A、B、C、D、E、F、G、H的牠們，一字排開，緊張僵硬，讓人心疼的神情卻也因此讓民眾注意到退役實驗動物的存在。雖然醫生宣布，這些實驗犬多半已經渾身病痛，剩下的壽命短則半年，長則二年，還是找到了八個家庭，讓牠們僅剩的餘生得到過去不曾有過的愛和溫暖。

在臺灣，緝毒犬、警犬、導盲犬等工作犬的工時及退役，均受到《動保法》的規範，但退役實驗動物卻鮮有受到關注的機會。一方面，實驗動物能熬過長期的實驗生涯，達到「退役」年齡者原本就為數不多——臺灣平均一年使用三百多隻實驗犬，其中能熬過動物實驗的大約一半——但由於牠們的餘生並未受到明文規範與保障，下場不外乎幾條路：「留在機構飼養或被計畫主持人帶走、在生理狀態可允許下繼續做其他實驗、用高濃度麻醉劑人道安樂死。」[34]那些極少數能夠被機構或個人認養的，有時又因為長期關籠而無法適應社會生活，最後亦不乏「退貨」的狀況。這八隻實驗犬也不例外，其中一隻「小樂」，就因吠叫和隨地大小便，二度遭到「退貨」的命運。領養小樂的鄭小姐說：「我當時覺得牠已經沒有出路了，這次願意認養牠的只有我一個人。」咬牙把牠接回家後，卻發現擔心的事情並沒有發生，小樂不但會等門，也很樂觀活潑，只可惜三個多月後，小樂就因腫瘤擴散而離開。

除了小樂之外，其他幾隻仍在領養人的照顧下繼續著「第二狗生」。牠們的故事不只打動了讀者，實驗犬種種不為人知的處境，也在故事之中逐漸浮現。其中一隻「飛飛」，在訪談過程中不斷發抖，不敢直視人的眼睛；「PiPi」剛到領養家庭時，眼神哀傷空洞，經過了漫長的時間才逐漸放鬆，但至今仍不喜外出；「可樂」一開始也有許多行為問題，帶到辦公室就躲在桌子下面不敢動，在外面不敢爬樓梯，如果跟牠握手，牠會把手伸出來，頭撇過去，可樂的領養人阿原說：「應該是以前常常被打針，對人不信任，好像是死心塌地手就不要了。」沒有人知道牠們如何度過之前的日子，但該次專訪最重要的意義在於，無論是在記者會上的僵硬緊張；身體狀況的各種問題；或是童年時錯過社會化學習階段的牠們，進入領養家庭後如何由敏感、緊張、慢慢學習適應的過程，都開啟了社會大眾「看見」實驗犬的契機。[35]

當然，無論是這八隻劫後餘生的米格魯，或是二〇一三年差點就要被進行狂犬病實驗的十四隻米格魯，都只是無數等待被看見的實驗動物之一。無論是米格魯、黑猩猩、鼬獾、小鼠、牛蛙或魚，所有以動物生命進行科學研究或教育的「必要之惡」，都有必要真正去檢討何謂「必要」。甚至，

---

34 曾芷筠報導：〈動物保護之艱難〉，《鏡傳媒》，2017/04/10。

35 以上報導內容係整理自曾芷筠報導：〈陪牠一段　米格魯實驗犬倖存後〉，《鏡傳媒》，2017/04/10。

若將道德量尺再加以延伸，或許有一天，我們也將關注到因其生命力強與繁殖快速的特性，而成為實驗動物首選之一的蟑螂。

如果細究人們加諸在這種卑微與令人厭惡的生物身上的種種行徑：電擊、弄瞎牠們、讓牠們長期挨餓、損害大腦或乾脆切除頭部，或訓練牠們走迷宮，並且發現實驗結果證實了蟑螂會記住受電擊的教訓，將受過電擊的腿縮在身體下；牠們完成迷宮的時間也表示牠們會記住迷宮的路徑[36]；甚至當牠們置身在強大的壓力下時，還會製造出足以致死的自體毒素時[37]，就算我們仍然認為以科學實驗為前提所加諸蟑螂身上的種種行徑乃是理所當然，也更沒有道德上的爭議性；但蟑螂的反應，仍提醒了我們，某些道德哲學家之所以會秉持連續主義的立場，主張人與非人類動物之間，在道德上並不存在不可逾越的鴻溝，就是因為痛苦、理解或記憶的能力，確實是人與非人類動物都具有的——即使蟑螂也不例外。[38]

---

36 理察・舒懷德（Richard Schweid）著，駱香潔譯：《當蟑螂不再是敵人：從科學、歷史與文化，解讀演化常勝軍的生存策略》（臺北：紅樹林出版，2017），頁141。

37 同前註，頁207。

38 《道德可以建立嗎？》，頁153。

選文：蛙

北小安

是日溽暑，N和我坐著捷運到了龍山寺。繞過矗立百年的廟宇，我們走進了傳統市場的小巷。歌仔戲的悲調搭配著陣陣雞啼傳入耳際。我們是為了牛蛙來的。跨過充滿老人與遊民的街道，總算找到一家販賣水產的店舖。店舖前飄著魚腥的味道。馬達打水的嗶啵聲亦不絕於耳。

「老闆娘，我要買一隻牛蛙。」N指著擠滿黑色牛蛙的淺綠色水盆，對著店內半昏睡的老闆娘說。

「要不要殺？」N搖了搖頭。「ㄏㄛ，不殺你要買回家用養的喔？」

「不是，學校上課要用的。」那日早晨，N打電話問我要不要陪他去龍山寺。因為他把實驗課要交的牛蛙骨骼標本的頭骨部分給弄壞了。那是他上大學後所殺的第一隻牛蛙。

「有沒有頭大一點的？」老闆娘隨即換了一隻體型較為碩大的牛蛙。N仔細端詳著牛蛙的頭，仔細到好像是在和我接吻時看著我的眼睛似地，過了好久才點頭答應。

「可以幫我在塑膠袋裡灌點空氣嗎？」老闆娘把牛蛙放進塑膠袋的一剎那，N說。空氣灌入的瞬間，塑膠袋澎成一個漂亮的圓形。而關在透明汽球內的牛蛙，則努力地衝撞隔絕內外的塑膠薄膜，接著又無奈地滑了下來，掉回袋內的淺水池塘。牛蛙的下巴一鼓一鼓，調了個方向，又不甘心地「碰地」往上一跳。如此的奮命一搏，大概不是松尾芭蕉（1644～1694）那首俳句中的青蛙可以了解的吧。

「古老的池塘青蛙飛地跳進去撲通一聲響。」

那是一個佈滿青苔的古老池塘，陽光透過其上的葉隙，靜靜地篩了下來。時間好像不再前進，這一切宛如不屬於現在。然而，豈料一隻小青蛙突然跳入池塘，這撲通一聲與那水面上波動的漣漪把古老的過往和當下的瞬間連結在一起，再也無法分割。

而小林一茶（1763～1827）的那首俳句中，那隻悠哉悠哉的青蛙大概更無法體會現在這隻牛蛙的心情吧。

「悠然見山者，豈非蛙者乎？」

當小林一茶手上的毛筆落下的瞬間，青蛙和陶潛間的一切隔閡都被打破了。儘管他們相距萬里，相差千年，一個是吐舌吞蚊，另一位則是採菊東籬。然而，一隻青蛙和一個人在本質上究竟又有什麼不同？就算有名如中國文人陶潛，面對著眼前的大山，所能做的至善境界不也只是跟隻小青蛙一樣悠然見山而已嗎？

不過，這些對袋內只想生存的牛蛙來說都是空談。我們可以指責N說，如果當初小心點，就沒有必要再犧牲一隻牛蛙。然而，N可能也會理直氣壯地說，如果學校不用交什麼骨骼標本的作業，他才捨不得把青蛙殺死。而學校又可能會說，如果沒有實驗動物的課程，科學精神怎麼傳承？此時動物保護團體又會跳出來說，現在已有許多替代方案，沒有必要的動物實驗應該全面廢除。然後，又有人會說，人類對於科學的追求其實都只是奢望預測萬事萬物的一切規律，這一切都是虛空。

於是，各家各派的唇槍舌戰混淆了一切。最初的源頭，其實只不過是不忍看到牛蛙的生命即將終結。而這隻想要逃出袋外的牛蛙，也只不過是單純地想要存活下來。就如同四百年前「砰地」跳下水的青蛙，只是單純地想要跳進池塘。那兩百年前悠然見山的青蛙，也只是單純地想要悠然望山。

是夜沁夏，N努力地把作業完成了。袋內的牛蛙只留下白色的頭骨和遺棄在垃圾桶中的屍骸。做好的成品即將擺進堆滿牛蛙骨骼標本的實驗室中，等著老師來打分數。那晚，窗外響起了一片蛙鳴。如同中世紀的聖歌合聲，簡簡單單，此起彼落。（二〇〇三．四．二九）

——台灣環境資訊協會網站／二〇〇三年

問題討論

1. 史匹拉的運動策略，你認為是否有哪些觀點對於當前的社會運動（可不限動保）具有可資參考之處？或是有哪些地方反而因為運動的策略考量而限入了思考的盲點？
2. 若以文中所述狂犬病實驗的爭議進行思考，你對當時動保團體的訴求方式有何想法？在引發注意（及不悅感受）和無人聞問的兩難之間，你對社會運動可能的實踐路徑之想像為何？
3. 就你的閱讀經驗，還有哪些作品與動物實驗的主題相關，請自由分享。

作業練習

1. 細讀史坦貝克〈蛇〉這部作品，並撰寫一篇心得報告。
2. 韓國導演奉俊昊的《玉子》，同時涉及經濟動物與實驗動物議題的思考，請觀影後寫下你對該片的想法。

相關影片

■《攔截人魔島》，約翰・布蘭克海默導演，大衛・休里斯、馬龍・白蘭度、方基墨主演，1996。

■《猩球崛起》，魯柏・華爾特導演，詹姆斯・法蘭科、芙烈妲・品朵、湯姆・費頓主演，2011。

■《猩球崛起：黎明的進擊》，麥特・李維斯導演，安迪・席克斯、蓋瑞・歐德曼、茱蒂・吉兒、凱莉・羅素、傑森・克拉克主演，2004。

■《逆流色彩》，薛恩・卡魯斯導演，愛咪・西米茨、安德魯・山斯尼格、薛恩・卡魯斯主演，2014。

■《猩球崛起：終極決戰》，麥特・李維斯導演，安迪・席克斯、茱蒂・吉兒、伍迪・哈里遜主演，2017。

■《玉子》，奉俊昊導演，蒂妲・絲雲頓、保羅・迪諾、安瑞賢、邊熙峰、史蒂文・連主演，2017。

關於這個議題，你可以閱讀下列書籍

■亞歷・艾爾文（Alex Irvine）著，藍弋丰譯：《猩球崛起》。臺北：水靈文創，2014。

■丹尼爾・凱斯（Daniel Keyes）著，陳澄和譯：《獻給阿爾吉儂的花束》。臺北：皇冠出版，2010。

■愛德華・海斯蘭（Edward T. Haslam）著，蔡承志譯：《瑪莉博士的地下醫學實驗室：從女醫師的謀殺疑

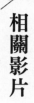

雲，揭開美國的祕密生化武器實驗、世界級疫苗危機及甘迺迪暗殺案的真相》。臺北：臉譜出版，2017。
■ 荷莉・塔克（Holly Tucker）著，陳榮彬譯：《血之祕史：科學革命時代的醫學與謀殺故事》。臺北：網路與書出版，2014。
■ 奈爾・亞布蘭森（Neil Abramson）著，王瑞徽譯：《那些沒說的話》。臺北：皇冠出版，2012。
■ 彼得・辛格（Peter Singer）著，綠林譯：《捍衛・生命・史匹拉》。臺北：柿子文化，2006。
■ 理察・舒懷德（Richard Schweid）著，駱香潔譯：《當蟑螂不再是敵人：從科學、歷史與文化，解讀演化常勝軍的生存策略》。臺北：紅樹林出版，2017。
■ 柳原漢雅著，陳榮彬譯：《林中秘族》。臺北：大塊文化，2015。

當代藝術中的動物。

倫理的可能

在倫理議題上，藝術有豁免權嗎？[1]

動物元素的使用，在當代藝術中並不罕見，這些作品無論訴說著藝術家對人與自然、科技、環境的想像或好奇，或是意圖透過視覺影像的衝擊重新定義和挑戰藝術的疆界，其間蘊含的複雜訊息都值得注意。無論藝術家自身是否意識到或者刻意為之，符號化的動物都必然涉及人與真實動物、人與自然環境、以及作品本身與周遭環境之互動關係的多重辯證。

以二〇一四年桃園地景藝術節為例，主辦單位邀請了多位藝術家在舊海軍基地進行創作，其中包括以《黃色小鴨》（*Rubber Duck*，2007）聞名的弗洛倫泰因．霍夫曼（Florentijn Hofman），他以防水紙和保麗龍製作的大型作品《月兔》（*Moon Rabbit*，2014），再次成為吸引民眾的視覺焦點。然而，此類裝置藝術作品的意義是不能抽離周遭的環境去理解的，若月兔失去了那斜倚的舊機堡，失去了周遭廣闊的空地，這隻在月光下做著白日夢的兔子，或許就顯現不出那種自在的、攤開手腳看著天空編織夢想的自由的力量。既然「地景藝術」中「藝術」的意義與地景密切相關，就有必要把對於「地景」的關懷納入考量，當桃園地景藝術節的場地本身，因航空城開發案與臨近土地徵收引發爭議時，藝術節蒙上「破壞地景」的反諷陰影，其原因就不難理解了。[2]

另一方面，當作品中的素材來自活體動物，牽涉到的倫理議題又更為複雜。例如中國知名藝術家蔡國強於二〇一四年八月在美國科羅拉多州亞斯本美術館（Aspen Art Museum）展出的開館作品

《移動的鬼城》（*Moving Ghost Town*，2014），讓三隻蘇卡達象龜各揹兩臺 iPad 在美術館天臺花園漫步，播放附近荒廢城鎮的影片，就引發保育人士的不滿及聯署抗議，認為此舉涉及虐待動物。僅管館方強調象龜是由繁殖場救出，策展過程亦經過獸醫評估，不致造成傷害[3]，但諸如此類的爭議，卻讓我們必須更慎重地思考下列問題：這類的抗議是保育人士小題大作，以所謂動物福利干預創作自由嗎？當代藝術中，以動物為素材的作品如此之多，在倫理的議題上，藝術具有絕對的豁免權嗎？或是仍應規範出某種不可逾越的底線？這或許都需要透過對作品的更多討論，方能釐清其中究竟是標新立異、譁眾取寵、消費甚至虐待動物者居多，或是某些作品確實得以映照出人與生命的關係，並成為讓觀者打開一扇思考倫理與複雜道德議題大門的契機？如果答案是肯定的，這些作品又具有什麼樣的特色或是原則？

本章將由這樣的思考出發，先就曾來臺灣展出並引發討論的《貓熊世界之旅》（*Pandas on Tour*，2008）和《黃色小鴨》為起點，論述動物形象在藝術作品中被符號化可能產生的效應，再延伸到更具爭議性的，使用活體或死亡動物為素材，如徐冰、黃永砯、蔡國強與朱駿騰的若干作品進行介紹，藉此思考當代藝術與倫理交涉的可能。

---

1 本章主要引用與修改自筆者〈論當代藝術中動物符號的倫理議題〉，收錄於《全球化下兩岸文創新趨勢》（臺北：新臺灣人文教基金會；新北：華藝學術，2015），頁 1-26。

2 相關評論及報導，參見洪致文：〈桃園地景藝術節背後的航空城開發陰影〉，洪致文個人部落格，2014/09/06；〈漂浪島嶼：桃園地景殺手藝術節〉，《蘋果即時新聞》，2014/09/10。

3 李寧怡報導：〈龜黏 iPad 蔡國強挨批虐待〉，《蘋果日報》，2014/08/08。

保育的可能？從快閃貓熊到黃色小鴨

「世界自然基金會」（WWF）邀請法國藝術家保羅・格蘭金（Paulo Grangeon）創作的貓熊裝置藝術作品，曾於二〇一四年來臺，於臺北首展後，部分紙貓熊後續巡迴臺灣其他城市與若干小學進行了幾次展覽，並於二〇一四年六月間跨海至澎湖展出。[4]《貓熊世界之旅》是以一千六百隻（野生貓熊僅存的數量）紙貓熊在各大城市巡迴展覽的方式，傳遞關懷瀕臨絕種動物的訊息。當時在臺北的首展，主辦單位邀請臺灣藝術家薄汾萍設計製作了石虎、白海豚、臺灣雲豹、諸羅樹蛙等共十種臺灣特有種的紙雕作品穿插在貓熊當中，在展覽前安排了十場「熊出沒快閃行動」；並將二百隻臺灣黑熊（同樣是野生黑熊僅存的數量）紙雕置入，期望透過貓熊和黑熊的對話，增加展覽的「在地性」[5]。

無論是臺灣特有種生物的置入，或是邀請原作者格蘭金造訪臺北市立動物園，設計「臺灣限定」的黑熊紙雕，都可看出策展單位相當強調此項裝置藝術與「保育」結合的用心。不過，質疑的聲音亦伴隨著貓熊來臺而展開，認為這類作品只是打著保育旗幟，來操作與消費貓熊／黑熊符號。紙貓熊展究竟是否具有保育功能的爭議背後，其實涉及當代對「藝術」內涵理解的兩種價值系統：當藝術作品承載了美學以外的「宣傳」意味時，是否代表著藝術詮釋的開放性將被意識形態稀釋？或是它反而能提升作品的意義與重要性？如同托比・克拉克（Toby Clark）在《藝術與宣傳》一書中所指出的，當代有關藝術與政治的論爭，總是圍繞著若干高度相關的議題：「藝術為宣傳之用是否永遠暗示著美學質地對於訊息傳播的屈從？換個角度來說，評斷美學品質的標準能否與意識形態的價值分離？如果宣傳性藝術的目的是為了說服大眾，那麼該如何達成這個目標？並且，又達到了何種程度的成就？」[6]也就是說，藝術是否需要以保育（或任何其他意識形態）之名固然見仁見智，但是當意識形態的宣傳確實被當成其中一個「目標」時（快閃行動強調的正是「保育×藝術×城市地景」），它如何與是否達成這個預設的期待，就具有討論與思考的空間。

不過，有關紙貓熊展的相關論述，多半仍集中在克拉克所提出的後兩項議題：「宣傳性藝術如何說服大眾，以及達到了何種程度的成就？」若由這個方向來思考，紙貓熊展得到的評價以負面居多並不令人意外——論者多半認為被可愛化、商品化的紙貓熊，只是讓觀者帶來愉悅的視覺感受與娛樂效果，「與其說它成功讓人關注保育類動物，不如說它成為臺北市圓仔文創行銷下另一商品」[7]——

4　相關報導參見〈最高兩百二十公分　一千六百隻熊熊大軍來了〉，《聯合新聞網》，2014/02/22；陳冠鑫整理報導：〈熊出沒注意！一千六百隻紙貓熊快閃臺北〉，《MOOK景點家旅遊生活網》，2014/02/20；黃佳琳報導：〈紙貓熊秋遊屏東　陪遊客草地野餐〉，《中時電子報》，2014/09/22；黃美珠報導：〈七百隻紙貓熊　訪竹縣五龍國小「快閃」〉，《自由時報》，2014/10/15；徐彩媚報導：〈紙貓熊陪弱勢童　遊臺灣畫完美句點〉，《蘋果即時新聞》，2015/02/07；劉禹慶報導：〈貓熊世界之旅　二十七日跨海快閃到澎湖〉，《自由時報》，2015/06/16。

5　相關報導參見〈Paulo Grangeon 來臺見國寶　為兩百隻「紙黑熊」定裝〉，《ETNEWS》，2014/01/10；陳冠鑫整理報導：〈貓熊×臺灣黑熊　藝術家 Paulo Grangeon 創作過程大公開〉，《MOOK景點家旅遊生活網》，2014/01/10。

6　托比・克拉克（Toby Clark）著，吳霈恩譯：《藝術與宣傳》（臺北：遠流出版，2003），頁20。

7　唐葆真：〈凱爾德的動物雕像〉，「人・動物・時代誌」網站，2014/04/13。

臺北市立動物園自從小貓熊「圓仔」誕生之後，一連串的行銷手法，自然又引發了「貓熊外交」的政治聯想，讓這個展覽多蒙上一層政治色彩。[8]除此之外，它更被認為不只無益於實際的保育行動，甚至可能造成某種自欺欺人式的傷害：

把熊貓擬像後的結果是，我們在週末排隊入場，換來了真實的快樂，但當告示牌再次提醒野外族群數目只剩1600隻，我們卻無法停止看著牠們的可愛，思考難以面對的真相。畢竟只要轉過身、選擇看向另外一旁，浸潤在販售熊貓圖像的紀念品商店，我們便可以假認消費的一小步，是自然保育的一大步。……當動物繼續以娛樂為目的被觀看、收入資本邏輯的運作中，透過商品化的方式被萌化，使得個別物種的真實脈絡得以被切除在外，連同具體的生存危機都將被蒙蔽，終只剩下離消費者過於遙遠的辭彙，例如「瀕臨絕種」。[9]

上述批評牽涉到兩個相關的議題：商品化與去除對動物真實脈絡的理解，或者說商品化的過程就註定了去脈絡化——商品化往往藉由凸顯動物「可愛化」的面向來刺激消費，但「可愛」的想像不只讓關懷的面向變得狹隘與簡化，還可能造成對動物的誤解——如同亨利．尼可斯（Herry Nicholls）所提醒的，如果我們不能體認到日常生活中被絨毛玩具、明信片、漫畫卡通所塑造的虛擬貓熊與真實野生貓熊之間的差異，「很可能我們所做的保育工作，會淪為保護虛擬貓熊，而非真正的大貓熊」[10]。當動物在符號化的過程中被賦予過度單一的形象與想像時，反而可能讓真實動物的處境被「消音」，絕對是不容忽視的問題。[11]

但是，在討論所謂的保育「效果」之前，不妨先回到對作品本身的觀看和思考，亦即，如果先不論作者或是策展單位所宣稱的保育、教育與關懷弱勢等功能，這些動物形象的裝置藝術，被置放在當前的城市空間中，究竟交織出什麼樣的對話或是意義的可能？如同許多戰爭紀念碑的設計者所試圖反抗的，「在一龐大的臺座上矗立著某物、並諄諄教誨人們應該思考什麼的作品」[12]，當藝術作品成為設計者意識形態的獨白，它也就同時減損了「與觀眾互動，並容納各種不同意見」[13]的可能性。然而諸如紙貓熊這樣的作品，是否真的只能作為諄諄教誨的獨白式「保育代言人」來理解？它所進

---

8 事實上，中國大陸長期以來的「貓熊外交」手法，早被關心動物保育的人士所批評，傳統的短期租借形式不只為動物園帶來大量票房收入，中國每借出一對貓熊，亦可得到高額的租借金，雖然中國宣稱這些金額是用來用在保育工作上，但實際效用則難以評估，將這些脆弱敏感的動物在動物園中搬來搬去，並且無視牠們在野生棲地多半習於獨處，總以成雙成對的方式贈送或租借，都是保育人士批評貓熊外交的原因。雖然傳統的貓熊租借計畫在一九九二年之後告一段落，但貓熊的「贈送」與長期租借仍在持續進行中。喬治・夏勒（George B. Schaller）在《最後的貓熊》（臺北：天下文化，1994）一書中，就曾深入地描述了中國的貓熊政治、野生貓熊面臨的困境與貓熊租借計畫背後龐大與複雜的利益糾葛，他指出，養殖應該是最後的出路，真正重要的應該是在動物的棲地為野生貓熊提供可以持續生存的空間。相關討論亦可參見亨利・尼可斯（Herry Nicholls）著，黃建強譯：《來自中國的禮物：大貓熊與人類相遇的一百年》（臺北：八旗文化，2011）。

9 簡維萱：〈看得見的熊貓與看不見的〉，《鳴人堂》，2014/08/08。

10 《來自中國的禮物》，頁 279。

11 有關把動物「可愛化」及其可能產生的負面效應，可參見萬宗綸訪黃宗潔：〈社運中的貓熊、黑熊與石虎〉，《地理眼》，2014/04/23。

12 《藝術與宣傳》，頁 177。

13 同前註，頁 174。

行的這場世界巡迴之旅，除了「貓熊瀕臨絕種」這個（眾所周知的）訊息之外，難道再無其他詮釋或理解的可能？以下將先試著從作品與空間的互動關係出發，討論其中可能蘊含的訊息。

研究都會空間藝術的學者卡特琳．古特（Catherine Grout）曾說：

> 由藝術品所發動的相遇是一種藝術事件，而非一種功能。我們因此可以瞭解，這藝術的相遇所關心的是我們的生存處境。……藝術品不需哄抬它的外在形式來存在，關鍵在於它被理解的狀況、被納入與環境共存的複雜性。其實，在多數狀況下，當代藝術品若無法創造相遇的條件，則稱不上是藝術。[14]

對古特而言，藝術的價值來自於創造了人和世界「相遇」的可能性，我認為這個概念相當有助於重新理解諸如紙貓熊這類裝置藝術作品，它們的意義與其說來自於策展單位不斷宣示的「某某動物瀕臨絕種」，不如說是透過這些紙貓熊所置身的「環境」而開展。如果將一千六百隻紙貓熊抽離周遭環境，它自然像是一個蒼白無力且無效的「親善大使」，只能無聲地呼喊著眾人早已知曉的訊息。

然而，若我們重新思考這場貓熊世界之旅的「背景」，就會發現那看似與貓熊格格不入的場景，反而產生了比「保育」更複雜的訊息：「101與信義計畫區在左右，中正紀念堂在其後，圍住保育項目的熊貓互動藝術展覽的，是經濟發展的陽具崇拜，與舊時威權的象徵符碼。」[15]這樣的畫面或許令人覺得格格不入，但當代藝術常見的手法之一，正是透過將物件置放在某個看似荒謬、不協調的狀態中，當觀者產生了違和感而「自問它為何會出現在這裡？然後，隨這個簡單問題的推進，我們將會觸及到更根本的問題」[16]。這看似怪異的、突兀的畫面，將成為觸發觀者重新看待與思考人與物件、周遭環境互動關係的起點。由這個角度來看，在十場貓熊快閃活動中，最有趣也最能說明這種「相遇」意義的，當屬其中的「熊出沒兩廳院快閃行動」[17]，當貓熊佔據了原本屬於「觀眾」的位置，正襟危坐在音樂廳的畫面引發不安或不愉悅的感受時，這樣的相遇其實已產生了某種顛覆的可能，當我們覺得一千六百隻貓熊像觀眾一樣坐在音樂廳很奇怪或甚至看起來有點詭異，它就已然鬆動和挑戰了我們所習慣與熟知的世界。它們為何不應該出現在這裡？如果它不應該在這裡，應該在哪裡？或者，真實生活中的「牠」現在在哪裡？這一連串的問題或許不見得每個觀眾都會自問，但卻是藝術品與人相遇、與世界對話的開端。

相較之下，荷蘭藝術家霍夫曼由二〇〇七年開始巡迴世界各國展出的《黃色小鴨》在臺灣風靡一時，甚至造成各縣市的模仿跟風[18]，周邊行銷引發不少爭議：包括擺販在旁販售活體小鴨與民眾拍

---

14 卡特琳．古特（Catherine Grout）著，黃金菊譯：《重返風景：當代藝術的地景再現》（臺北：遠流出版，2009），頁16、19。

15 〈看得見的熊貓與看不見的〉。

16 《重返風景》，頁116。

17 十個快閃地點分別是：大佳河濱公園、臺北市孔廟、捷運大安森林公園站、剝皮寮、凱達格蘭大道、新生公園、敦化南路林蔭大道、自來水博物館、四四南村與兩廳院。參見展覽說明手冊。

18 例如基隆市除了展出小鴨之外，還自行製造了大型金雞、花蓮縣於鯉魚潭放置了巨大化的紅面番鴨，之後甚至展出小鴨兵團，陳列了大大小小約十隻左右的「紅面小鴨」。

照，拍後隨手當成垃圾丟棄[19]、更有夜市的果汁攤販用活小鴨招攬生意，推出拍照一次十元，購買果汁可免費照相的手法，小鴨瑟縮在攤位上，想要睡覺時還會被抓去沖冷水強迫「清醒」等。[20]此雖非霍夫曼「原作」直接造成的動物傷害，卻再次提示我們，當代裝置藝術的意義，不只來自於藝術家初始的創作概念、創作過程時的取材來源與手法，也同樣涉及後續展出時，觀者（自然也包含整個展出活動時周邊應運而生的攤販）的參與所構築出的訊息。《黃色小鴨》如果向世界傾訴了什麼，想必不是「請關懷海上漂流物」這樣的主題，相反地，它的話語來自於那些冒著雨、撐著傘、不畏寒流也要去和小鴨合照的人群，是小鴨底下那些如織的遊客，和小鴨共同組合成的畫面。當小鴨的尺寸以一種大佛的姿態被呈現，那些如同信眾般遠來「朝聖」的遊客，正是「協助」完成作品，不可或缺的一部分。這詭異的「小鴨大神」與渺小群眾相遇的畫面，方是《黃色小鴨》的全景。

諸如《黃色小鴨》這樣的作品，最常被質疑的大概就是「這算是藝術嗎？」把一個洗澡玩具無限放大，它就變成藝術品了嗎？但小鴨的魅力或者意義究竟何在，或許可以從霍夫曼一系列的巨大化動物作品當中看出一些端倪。事實上，巨大化的動物形象一直是霍夫曼的代表作，較知名的至少包括二〇〇三年的《巨型兔》（*The Giant of Vlaardingen*，2003）、二〇一〇年《胖猴子》（*Fat Monkey*，2010）、二〇一一年《大黃兔》（*Stor Gul Kanin*，2011）和二〇一二年的《慢蛞蝓》（*Slow Slugs*，2012）等。[21]他認為，尺寸的改變，將重新啟動人看待事物的方式：「你每天都看到它們且通常不會感到驚訝，但是當它們的尺寸被放大，人們對於物件的觀點也改變了。」[22]也就是說，意義來自於「觀點」或者說「觀看方式」的改變，如同艾倫・狄波頓（Alain de Botton）和約翰・阿姆斯壯（John Armstrong）引用美國藝術家賈斯培・瓊斯（Jasper Johns）《彩繪銅器》（*Painted Bronze*，1960）這個作品時所分析的，當這個用銅鑄的啤酒罐被置放在展示廳或照片中，我們就是會比正常情況下更注意這個啤酒罐的形狀和外觀。藝術改變了我們與習以為常事物的距離，它「違逆我們的習慣，……我們之所以對這些事物視而不見，原因是我們認定自己早已對這些東西熟悉到不能再熟悉的地步——但藝術卻藉著凸顯出我們可能忽略的一切，而傲然推翻我們的這種偏見」[23]。換言之，尺寸的放大最重要的意義來自於，藝術家讓你無從迴避，用巨大化的作品讓你不得不「看見」，或者可以說，他放大的其實是人與作品「相遇」的機會。當你看見並且與作品相遇，也就是重新思考藝術與人、藝術與環境、藝術與自然、藝術與文明等等複雜交錯關係的起點。

有趣的是，霍夫曼對《黃色小鴨》做了一個饒富哲思的聲明，他表示自己是透過「『挾持』人們所熟悉的公共空間，暫時改造它，讓它變得不一樣。……與其展示膠鴨，他其實是想藉由它的現形，『向世人展示他們所處空間的真正樣貌』——就在他『取走膠鴨』時」[24]。原本熟悉或者視而不見

19 簡正峰、溫庭萱報導：〈黃色小鴨展區　竟出現活小鴨販賣〉，《中時電子報》，2013/10/29。
20 黃建熒、李雅楹報導：〈虐待！活小鴨攬客　沖冷水、供民眾拍照〉，《中時電子報》，2013/11/05。
21 郭怡孜：〈大的藝術：大黃鴨之父霍夫曼〉，《鉅亨網》，2013/08/12。
22 同前註。
23 艾倫・狄波頓（Alain de Botton）、約翰・阿姆斯壯（John Armstrong）著，陳信宏譯：《藝術的慰藉》（臺北：聯經出版，2014），頁59-60。
24 楊慧莉：〈鴨爸霍夫曼的觀念藝術〉，《人間福報》，2013/08/17。

見的公共空間，因為小鴨的出現而被群眾在意，這樣的空間改造與「挾持」，甚至連帶牽動著那些並不在小鴨巡迴路線的城鎮，花蓮「在地化」的紅面番鴨和紅面小鴨就是最好的例子。粗糙的仿擬背後，是一種「欠缺」——儘管這個欠缺可能是基於觀光收益考量所產生，但番鴨群的出現，無疑仍是一種對公共空間的改造與變化。黃色小鴨的出現擾亂了原有的空間秩序，熟悉的事物與環境被陌生化，從而改變了我們的視覺經驗以及與空間互動的方式。小鴨被投注以擬人化的情感——展出期間新聞媒體和民眾都常以一種對待「真實動物」的描述方式談論小鴨，無論是基隆小鴨在二〇一三年十二月三十一日突然爆裂後，大家對其「死因」的反應、或颱風來臨前形容小鴨消風避難，甚至在高雄展覽結束時，還有數萬名遊客依依不捨地到光榮碼頭為小鴨「送行」。[25]但小鴨不可能永遠都在，當巨大化的黃色小鴨離港之後，我們如何看待小鴨離開所產生的「空缺」，才是改變的起點。如果在趕熱潮、拚行銷之外，有更多遊客把這份對小鴨的關注，移轉到原本的公共空間，以及和我們共用環境的那些真實生命的在意，那麼黃色小鴨的離開，才能開展出更多豐富的意義。

不過，圍繞著紙貓熊和小鴨的爭議，主要仍集中在商業行銷與作品理念之間的交互關係[26]，而這個部分或許並非藝術家和策展人所能控制，前述販售「真實」黃色小鴨的狀況就是一例；但作品本身對真實環境／生命造成的傷害風險卻絕對可以考量。紙貓熊和黃色小鴨畢竟都是人造物，販售活體小鴨乃是周邊行銷管控不當的問題，與作品本身不具直接關係，若作品本身涉及真實動物（包含活體動物與動物屍體）的使用時，問題將會更為複雜。

倫理的思考：當代藝術中「真實動物」之使用

在當代藝術中，因使用活體動物而引發爭議的例子可說不計其數。這些作品中，有的直接造成動物死亡，例如智利裔丹麥藝術家馬可・埃瓦里斯蒂（Marco Evaristti）的作品《海倫娜》（*Helena*，2000）把活金魚放在插電的果汁機內，挑戰觀眾會否按下開關，而並不意外地，確實有觀眾這麼做；有的則是對動物身體造成傷害，如威姆・德渥伊（Wim Delvoye）的《刺青豬》（*Tattooed Pigs*，2004），是由二〇〇四年開始的一項「藝術農場」計畫（*ART Farm China*），他將圈養在中國的一群小豬，紋上知名品牌、迪士尼卡通人物等花紋圖案，之後再予以宰殺並將豬皮冷凍，運到比利時用框架固定豬皮為最終的成品，亦有部分直接做成標本[27]；有些則是直接展示活體動物，並於展覽期間造成生物死亡，例如中國藝術家黃永砯《世界劇場》（*Le Théâtre du Monde*，1994），將蛇、蜘蛛、

25 相關新聞可參閱連結如下：小鴨爆破，見〈查小鴨「爆斃」死因　臺大物理系教授傅昭銘：灌太飽了〉，《ETNEWS》，2014/01/01；小鴨消氣避颱風，見〈胖兔來・小鴨怕怕！　上岸消風避風頭〉，《年代新聞》，2013/09/20；小鴨離開高雄港遊客送行，見葛祐豪報導：〈黃色小鴨揮別高雄　二十六日游進桃園〉，《自由時報》，2013/10/21。

26 據說黃色小鴨最初的用意之一，乃是控訴全球暖化、貧富不均與造成此一現象的政商界，但最後小鴨造成的觀光與商業熱潮，似乎與其創作理念背道而馳，成為黃色小鴨被批評的理由之一。參見〈鴨爸霍夫曼的觀念藝術〉。

27 以上兩例參見埃萊亞・鮑雪隆（Eléa Baucheron）、戴安娜・羅特克斯（Diane Routex）著，楊凌峰譯：《醜聞博物館》（臺北：大鵬展翅藝文發展有限公司，2017），頁158-159、162-163。

蜥蜴、蠍子、蜈蚣、蟑螂等生物，並置於一個空間中，任其自生自滅。[28]與前述兩個作品不同之處在於，它是少數因為虐待動物爭議而曾經被取消展出的案例。此作品原訂一九九四年在法國龐畢度文化中心（Centre national d'art et de culture Georges-Pompidou）展出，但展覽許可被巴黎警察局拒絕，最後展場只保留了空籠子、抗議書、龐畢度中心的回函和留言本供觀眾表態。[29]由此亦可看出，當代藝術中的動物利用，一直是踩在道德的模糊地帶，引來許多正反兩極看法的現象。

娜塔莉．漢妮熙（Nathalie Heinich）曾對黃永砅《世界劇場》在法國引發的爭議進行專文討論，有趣的是，該文指出正反兩方的辯論重點，幾乎都聚焦在「道德」與「創作自由」——抗議《世界劇場》展出者，立基於虐待動物的事實，這也是最後巴黎警局拒絕展覽許可的主要依據：展場環境不利所展示的蟲類之需求，且在空間過於有限的狀況下，每種動物無法獲得各自的活動範圍；龐畢度中心的回函，則認為抗議者將動物關懷凌駕藝術自由之上，強調「藝術本無涉道德良知」，雙方所訴求的根本不是同一個價值規範，自然也很難從中協商出共識。但是支持者所提出的準則：「創作自由」以及「以象徵意義為名證成某行為的恰當性」[30]卻相當值得注意。當使用真實動物進行展出成為當代藝術習以為常的手法時，創作自由及其界線也就成了無法迴避的問題。我們該如何看待某些暴力化形式宣稱表現生命的作品？這中間該如何權衡拿捏？創作自由又真能無限上綱嗎？是這些藝術作品共同交織出的，複雜難解的命題。在此並非要以道德的規範直接予以批判，而是希望透過當代藝術中，諸多以不同形式使用動物元素的作品，試圖尋找一個將倫理、道德、美學與意義等規範都置入考量後，詮釋的可能。

雖然中外涉及真實動物（含活體與屍體）使用的藝術作品數量相當龐大，難以一一析論，但動物在這些作品中，多半被視為某種寄託「哲理」或「寓意」的符號則無例外。差別在於，有些作品純粹將動物作為工具性目的使用；有些藝術家則希望藉由動物利用，表達人和動物、環境之間的關係，讓觀者去凝視動物的處境或生命的意義。可以想像的是，當作品直接造成展示動物死亡或傷害時，較容易引發爭議，但許多時候，事物不見得都是它表面上的樣貌，看似不具傷害性的作品，可能在前置或後續處理上影響了整體生態環境——以蔡國強一九九四年在日本水戶當代美術館之作品《放生》為例，該展覽用了二百五十隻紅雀，觀眾可用付費的方式來「放生」一隻鳥，展覽結束後的百餘隻紅雀則以「放生」的形式趕出館外。蔡國強說，這些鳥直到幾週後才慢慢散去，因為館內有吃喝和空調，

---

28 除了黃永砯之外，美籍藝術家夏瑪．凱薩琳（Chalmers Catherine）也有類似概念的作品，如《食物鏈》（*Food Chain* 1994-1996）自行繁殖了毛蟲、螳螂、蟾蜍等生物，再以特寫拍下牠們獵食與被獵食的模樣。差別在於夏瑪認為她的作品是為了了解「生命在世界其他角落是如何運作的。一開始，想到我要養一堆動物去餵另一堆動物，用這樣的方式來控制繁衍生命，就感到很不妥。可是，只要想想在所有的生態系統中，主要的食物鏈是如何運作的，就會發現這其中仍是有些道理的。……除了那些令人不舒服的訊息之外，我也還企圖迫使觀眾在面對自己眼中這些令人厭惡恐懼的蟲子時，反身自問：對人類而言，這些蟲子是個威脅；那，我們對它們而言，又是什麼呢？」（《輕且重的震撼：臺北當代藝術館開館展》展覽手冊〔臺北：臺北當代藝術館，2001〕，頁62）。兩者的差別在於，同樣作為表達概念的手段（不論手段適切性與否），食物鏈對黃永砯而言純然是個隱喻，夏瑪想談的比較接近生命、環境與人的關係。

29 漢妮熙（Nathalie Heinich）著，林惠娥譯：〈美學界域與倫理學界域：論作品藝術價值與動物性存在價值之爭議〉，《哲學與文化》第33卷第10期（總389期）（2006.10），頁52-54。

30 同前註，頁60-61。

他並表示此作品是對名為《開放系統》（*Open System*，1994）的展覽之反諷[31]。雖然紅雀在館內受到照顧並提供了食物，但放生鳥對環境具有一定影響，無論紅雀是如何取得，將數百隻紅雀直接放生到館外，無論就當地整體生態環境的考量，或個別鳥隻的存活而言，皆不會是太正面的影響。[32]

至於那些宣稱具有凝視生命（或死亡）意味的作品，也未必就具有更豐富的意義。吉歐凡比・阿洛伊（Giovanni Aloi）就如此批評黃永砅的《世界劇場》：

> 如果藝術之美一部份來自於它有獨特的能力可以用多層次的、有創造力的、原創的方式捕捉許多系統之間的複雜關係，那麼黃永砅的《世界劇場》無疑的既不尊重其中涉及的動物生命，在傳遞複雜的概念上也顯得相對貧乏，而藝術家原本是大可以選擇其他更成熟更有想像力的做法來傳遞這些概念的。[33]

誠然，傳遞理念並不見得需要活體動物，而可以透過其他「更有想像力」的做法。以下將分兩個方向說明這樣的想法。先就活體動物或動物屍體引發爭議的作品切入討論，再以若干模擬動物為元素的作品，思考倫理究竟該如何介入藝術？又如何或是否能夠協商出彼此同意的可能。

活體動物在藝術作品中的使用

在使用動物作為元素的當代藝術中，最常直接引發爭議甚至衝突的，就是製作或展示過程直接造成動物傷害與死亡，或有明顯暴力意味的作品，前述黃永砅的《世界劇場》即屬之。臺灣藝術家朱駿騰亦曾因《我叫小黑》（*My Name is Little Black*，2012）這個作品引起討論，該作品使用八支喇叭環繞八哥鳥「小黑」，以十五秒一次的頻率輪流播放不同語言的「我是小黑」，藉以表達臺灣人的認同問題。展出後部分觀眾質疑這樣的作品有虐待動物之嫌[34]，引發正反兩極的意見。平心而論，此作品對小黑所造成的聲音或燈光干擾，仍在控制之內[35]，亦未直接造成危及展示動物生命的狀況。對活體動物之展示進行監控並考量展場各項軟硬體可能造成的干擾，是從動物福利的面向進行思考[36]；但

---

31 余思穎編：《蔡國強：泡美術館》（臺北：臺北市立美術館，2009），頁282。

32 雖然水戶美術館官方網站對此作品的說明是：在佛教習俗中，放生是帶著人的善念，讓鳥與魚回歸天空與池塘，蔡國強欲藉此作品表達「解放伴隨新的試煉」。至於放生用的兩百五十隻紅雀，是臺灣產的紅雀，因日本當地的紅雀品種已無法自行野外覓食，故選擇國外的野生種，且經過專家確認，在水戶這樣的環境，牠們可以在野外生活得很好。但無論如何異地放養無論就族群或個體來考量，都是需要非常慎重為之的行徑。水戶美術館的說明請參見官方網站：www.arttowermito.or.jp/art/history/opensysgj.html。

33 Giovanni Aloi: *Art and Animals*（New York: I. B. Tauris, 2012）, pp.118.

34 〈我是小黑！八支喇叭對八哥鳥籠輪播　北美館作品惹議〉，《ETNEWS》，2013/01/06。

35 見洪偉於個人部落格發表之〈「我叫小黑」的倫理問題——兼批ＴＶＢＳ的失格獨家〉一文，請朱駿騰本人對燈光、聲音分貝及小黑飼養方式的說明。2013/01/10。

36 值得肯定的是，更多藝術家開始意識到如果在藝術作品中展示動物時，需將動物福利納入考量，如黃步青《訴說》（2014）這個作品，以臺南撿拾的海廢品拼成男女人形各一，兩者之間以長形網籠放入一對鸚哥鳥象徵愛情絮語，展場內另設置梳妝臺若干，上置豢養單隻鳥的鳥籠，暗示情感的孤寂。以上展品說明參見臺北當代藝術館《門外家園：黃步青個展》展覽手冊（臺北：臺北當代藝術館，2014）。展場並特別設置標語：「本館每日兩次更換鳥類飲水及飼料，並請鳥類醫生每周三次關心鳥類健康狀況，請觀眾與我們一同愛護牠們」、「請輕聲細語，勿逗弄、驚嚇鳥兒，感謝您的配合」（以上標語為筆者觀展所見），現場狀況的確飼料飲水皆充足。然而，以成雙成

更極端的立場則是，從根本上就反對活體動物在藝術中的使用。如同王聖閎所指出的，雖然這樣的態度常被誤解為「極端動物權的伸張」，但真正的重點在於：

> 如果說，生命就是一種沒有終極成果的純粹活動，一種純粹的存有；生命本身就有其豐沛厚度與至高的優位性，那麼，任何希望置入生命、討論生命、指涉生命的藝術創作，都必須思考「**如何在不減損與異化的前提下，創造性地表達它**」——除非這種減損本身帶有強烈的自反性（如謝德慶極端非經濟的自我耗損），從而彰顯人決斷自身生命的高度意識。[37]

在這樣的立論基礎上，他認為展示生命必然意味著生命被工具化，而工具化本身就是一種對生命的減損。當然，就現實層面來看，這樣的聲明可能看似過於理想性，畢竟事實就是仍有這麼多藝術家曾經或正在使用活體動物展示，並主張動物權或動物福利概念的介入都是對藝術自由的干擾或泛道德的論述。但這種極端的反對主張，卻可以讓我們重新反省「活體生命被藝術使用的必然性與必要性」，尤其如前述的，當創作自由或「以象徵意義為名證成某行為的恰當性」被無限上綱時，藝術反倒可能因為失去界線，減損了生命及藝術它自己的重量。

其實在《我叫小黑》之前，朱駿騰還有一個甚少被提起的舊作《生命的節奏》（*Rhythm of Life*，2006），是在影片中用倒帶的手法，把斬殺並將一隻金魚剁成肉泥的過程「還原」為水中的金魚。但這個表面上看似「創造」生命的過程仍不免帶來下列的質疑：「作品是如何表達暴力的？它為暴力的行為下了什麼定義？如果被屠殺的不是一個生命而是其他的東西，它還會使人不安寧嗎？

如果影像是在一個漁場或超市裡拍的，那麼它是否能夠表達同樣的暴力與殘酷？還是因為我們對家庭寵物的認識與熟悉使我們會對這樣的行為反感？」[38]藝評指出這個作品「玩弄著影像的真實性和觀眾長久以來把影像視為事實的習慣，也對這兩者作了不同面向的批判與反省」[39]。但批判和反省影像真實性需要以生命為代價嗎？美學是否足以成為絕對的正當性？而且，無論是黃永砅或朱駿騰的作品，在討論時都罕見支持者「為真正的美學論題、作品的美，提出辯護，也沒有為該作品何以在當代藝術中具有重要的歷史地位提出解釋」[40]。也就是說，這些作品的價值多半被置放在哲學而非美學的範疇，如龐畢度中心為黃永砅進行的辯護：「黃永砅題名為《世界劇場》的作品，其主旨是從哲學的角度來象徵世界上各種族群之間、文化之間及宗教之間彼此和諧的必要性，……中國藝術家黃永砅所設計的動物園裡面的蟲類，在展出期間需要學習互相包容。」[41]或是前述洪偉對朱駿騰作品的評論，認為如果把鳥籠象徵為人的不自由，「讓觀眾自己得以成為藝術與實驗的一部分。便可依循上述三種景框的路徑，而展開以下這些由藝術品與其理念、意義所召喚的反思，……在這種景框中，

---

37 對或形單影隻的鳥來指涉愛情，實為非常直接的手法，活鳥的置入比起使用其他替代方式，或許就一個藝術作品所能蘊含的訊息量而言反倒是更不足的，也就是它缺乏了前述阿洛伊所言的「更成熟更有想像力的做法」。
38 王聖閎：〈生命的展示形式及其減損：關於「我是小黑」的爭議〉，王聖閎個人 Facebook 網誌，2013/01/11。
39 〈生命的節奏〉，「東方視覺網」網站。
40 同前註。
41 〈美學界域與倫理學界域：論作品藝術價值與動物性存在價值之爭議〉，頁 60。
同前註，頁 53。

觀眾的生命開始得以流進『我叫小黑』的藝術意義裡」[42]。但是，意義的召喚不必然要透過活體生命的「在場」才能完成——儘管藝術家常以「對人性的思考和反省」作為暴力和極端手法的理由，如前述的《海倫娜》。但如果一切虐待生命的手段都可以被合理化，成為挑戰禁忌的「創舉」，那麼失去了邊界與底線的藝術，也將喪失它原本可能召喚的省思。

這樣的觀點絕非動物保護者一廂情願的想法，而是越來越多藝術家與學者反省的議題。周至禹在討論藝術的禁忌時，對於藝術家在自然環境中殺牛宰羊、虐待動物、甚至吃死嬰等極端的挑戰行為，就相當直接地表達了反對立場：「也許有人會認為，在當代藝術中不存在禁忌，或者說對藝術家來說，沒有任何道德與禁忌的約束可言。但是，在一個良性運行的社會裡，在給藝術以廣闊的發展空間下，也需要尊重禁忌的合理性，因為禁忌也是人類文化的一部分。」[43]過去這類認為藝術應該有其行為底線的聲音，常被批評為傳統守舊，或被反駁為標準不一致的道德偽善，認為這些讓豬紋身或是宰殺經濟動物的「行動藝術」，與人們平常對待經濟動物的方式並無不同，甚至這些動物在被宰殺前可能還受到更好的待遇。但如同本書中一再強調的，一件事的不合理並不能抵銷另一件事的不合理，人們日常對待經濟動物的殘酷，並不會使得宰殺這件事，在所謂的行動藝術中就變得更加理所當然或更道德。

由這樣的角度來看，對藝術作品道德底線的捍衛，或許反而是對藝術抱持著更多期待與想像的態度，如同王聖閎所提出的，認為活體動物展示在任何情況下都不屬必要，是因為「批判『使用活體動物於藝術展演之中』的真正論述基礎在於：『相信藝術總是有各種替代方案』；因為當代藝術最有趣也最值得期待的地方，或許恰恰在於它能繞過既有議題窒礙難行之處，找出使問題獲得新生、另闢蹊徑的偏行路線」[44]。替代方案的思索並非妥協，恰好相反的是，它不但同樣具有複雜的隱喻可能，又不致因傷害生命的道德爭議減損作品本身欲達到的思考縱深。以臺灣藝術家袁廣鳴的《盤中魚》（*Fish On Dish*，1992）和《籠》（*The Cage*，1995）為例，同樣以金魚和籠鳥作為象徵符號，表達某種生命沒有出口的困局，但他以投影的方式而非活體動物去表達這樣的概念，投影的高度擬真效果讓栩栩如生的金魚宛若「在場」，對他來說，「影像的存在即為真實」[45]，觀眾的參與也未必要真實動物的存在方能達成。他的另一作品《飛》（*Fly*，1999），是透過一個設計成鐘擺的電視，裡面有鳥的影像，當觀眾用力推動電視，鳥就會飛出螢幕邊框，空間中並會發出鳥聲[46]，但這樣的「飛翔」依然是個假象與困局。生命的沒有出路、創造及超越的可能，不必透過實際的殺戮或囚困，依然能夠透過藝術表達。

反之，透過暴力的死亡所完成的作品，固然具有震撼、不安而逼使觀者思考的效果，但亦如阿洛伊所質疑的：

---

42 洪偉於個人部落格發表之〈回到主場以後——回應迷平臺「回到藝術」的要求〉，2013/01/12。

43 周至禹：《破解當代藝術的迷思》（臺北：九韻文化，2012），頁204。

44 〈生命的展示形式及其減損：關於「我是小黑」的爭議〉。

45 公共電視臺編著，徐蘊康撰稿：《以藝術之名：從現代到當代，探索臺灣視覺藝術》（臺北：博雅書屋，2009），頁237。

46 同前註，頁238-240。

> 首先，如果是要利用動物的死亡來思考，到底是要用來思考什麼，是思考人類對死亡或權力等問題的執迷嗎？那真的非要用動物不可嗎？又一定要用殺死動物的方式來進行嗎？尤其當藝術家合理化作品的正當性時，往往都是大同小異地點出「人類的偽善」——當這些動物不是為藝術而死時，這些動物同樣也會死，卻不見得有人關心——這種重複的「反思」還需要一再上演嗎？[47]

阿洛伊提醒了我們，「若為了人類所關懷的議題或藝術家自己所在意的事，就在作品中利用動物來作為隱喻，那麼就只是用動物來達成人類的腹語術」[48]。如大衛・史瑞格利（David Shrigley）那隻拿著「I M DEAD」標語的黑白貓標本《我死了》（*Je suis mort*，2007）、莫瑞吉奧・卡特蘭（Maurizio Cattelan）嵌在美術館牆中，沒有頭的馬《無題》（*Sans titre*，2007）[49]、或是無力地倒臥在桌上，地下放了一隻手槍的《自殺的松鼠》（*Bidibidobidiboo*，1996）、令人聯想到三K黨，全身用白布覆蓋只露出眼睛的小象標本《不怕愛》（*Not afraid of love*，2000）等等[50]，這樣的畫面在感官上無疑具有強烈的震撼效果，但某種程度上來說，它們也都是典型的「人類的腹語術」。

卡特蘭於2011年的回顧展《全部》（*Maurizio Catteln：All*），就頗能體現這些作品彼此之間的關係。他將歷年來的一百二十三件作品都以懸吊起來的方式展出，刻意讓博物館的牆和地板都空著。這是他典型的一種挑戰方式，帶點惡作劇意味的挑戰組織與規則，他在此挑戰了一般嚴肅的、正式的展場空間，選擇把自己的作品像是待晾乾的衣服一件件掛起來，這異於常態的展出方式透露了他一貫的，對權威的不信任，也是他從一九八〇年代崛起以來的風格：對官僚體制、政治、宗教、社會成規乃至藝術本身的批判。麥可・威爾森（Michael Wilson）認為，卡特蘭不只是一個對一切都不屑一顧、或只是想吸引注意力的藝術家，例如當《全部》把作品都吊起來的時候，這種對於終結、絞刑的暗示透露了他始終在意的主題是生命的荒謬與死亡的無可避免[51]，但無可否認的是，動物在此仍然是表現概念的手段而非目的本身。透過某種對生命施以的暴力，讓觀者產生心理上不愉悅不舒服的感受，這樣的形式會不會成為某種概念的「捷徑」，變成理所當然的結果？在這樣的狀況下，這些所謂的「顛覆」或「反差」，會不會因為太過輕易而顯得薄弱了？是必須再更深入思索的課題。

47 *Art and Animals*, pp.115-116,124,127.

48 黃宗慧：〈引發賤斥或營造氛圍？以赫斯特為例談當代藝術中的動物（死亡）主題〉，《形式・生命 Form-of-Life》研討會會議論文（臺北：國立臺灣師範大學，2014年6月23日）。以上阿洛伊的說法亦引自該文。論文全文可參閱 Tsung-huei Huang. "On the Use of Animals in Contemporary Art: Damien Hirst's Abject Art as a Point of Departure." *Concentric: Literary and Cultural Studies* 41.1 (March 2015): 87-118.

49 參見塞琳・德拉佛（Céline Delavaux）、克里斯汀・德米伊（Christian Demilly）著，陳羚芝譯：《當代藝術這麼說》（臺北：典藏藝術家庭，2012），頁71、80。二〇〇七年的《無題》，卡特蘭使用的是真馬標本，到了二〇一一年的回顧展，他製作了五隻穿牆馬，其中三隻是真馬，兩隻則是仿製品。參見〈穿牆真馬標本在牆外看什麼？〉，《主場新聞》，2013/01/12。

50 參見〈儘管他還活著，卡特蘭是世界藝術史上不可忽略的藝術家〉，《每日頭條》，2017/01/17。

51 Michael Wilson: *How to Read Contemporary Art: Experiencing the Art of 21st Century*（New York: Abrams, 2013），pp.88.

擬真動物在藝術中的使用

另一方面，如果使用這些動物元素，是為了動物或者自然本身呢？那麼，少數的「犧牲」或許可以換來民眾對於生命和自然環境更大程度的關注？或者反之，這樣的做法讓議題被作品本身消耗和減損了？以蔡國強《九級浪》（*The Ninth Wave*，2014）為例，這個作品將九十九隻看起來「奄奄一息」的模擬動物放在一艘船上，沿著黃浦江航行到上海當代藝術館展出。他表示此作乃是表達對環境議題的關注，尤其受到二〇一三年黃浦江上漂浮上萬頭死豬的新聞影響，「船上九十九隻動物在驚濤駭浪中顯現出的疲態觸動著每個人的心靈，從中引發人們對人與動物、人與世間萬物關係的思考。該作品與現代文明形成鮮明對比，呼籲社會關注環保與生態，展現了對自然的關愛與責任」[52]。

事實上，擬真動物一直是蔡國強常用的藝術元素，代表作如懸掛著九隻萬箭穿心老虎的《不合時宜：舞臺二》（*Inopportune: Stage Two*，2004）、以九十九隻狼撞向透明牆的《撞牆》（*Head on*，2006），以及同樣用九十九隻包括長頸鹿、貓熊、老虎、斑馬等動物一起在水池飲水的《遺產》（*Heritage*，2013）。上述作品與《九級浪》都是以實體大小、類似標本的形式呈現，差別只在於蔡國強使用的並非真實動物標本，而是以羊毛再製的「類標本」[53]——他請了一群標本專家進行協助，但是「要求這些專家從原本作標本的概念解放出來，同時又能夠發揮他們原先的優點」[54]，也就是不要刻意追求準確性，否則就真的成為標本展示了。

《不合時宜：舞臺二》和《撞牆》，仍偏向一般以動物作為寓言手法的形式，《不合時宜：舞臺二》將文明的暴力和自然的野性對峙[55]，透過虐殺帶來的不安，表現對英雄主義的懷疑[56]；《撞牆》則是蔡國強自己相當滿意的作品，他認為「關於自己的政治背景，文化意涵或是人生哲理，都被翻譯成為這件藝術作品，就像詩一樣，我所想說的、我所喜歡的，都在裡頭了。……作品呈現的是狼，其實說的是人，這樣的感覺也很好」[57]。相較之下，《遺產》則和《九級浪》一樣，清楚地宣示作品與環境議題的高度相關，所有動物彷彿安詳地聚在一起低頭喝水的場景，展現了某種不合理但和諧的畫面。無可否認，這些實體大小的模擬動物，會因其「栩栩如真」的形象而引發觀者對真實動物的聯想，一整船看似奄奄一息的動物，也就產生了某種介於死生和真假之間的弔詭性：看起來正在死去的動物，意味著牠們（像是）活著，但牠們其實早已死去；只是真實的死亡（提供毛皮的動物之死）在此卻是隱匿的，牠們的死亡是為了提醒觀者，那些牠們所仿擬的動物如貓熊或北極熊，在真實世界中的即將死去。生與死、真與假在此產生了多層次的辯證關係，具有一定的意義。但需

52 參見胡瑩：〈蔡國強《九級浪》抵達上海：萬物的救贖〉，《張雄藝術網新聞》，2014/07/18。

53 根據《蔡國強：泡美術館》一書中的作品材料說明，《不合時宜：舞臺二》和《撞牆》皆標註為「繪製毛皮」，他曾在訪談中說明製作過程：「這些動物是我委託福建一家工廠製作完成的，先用泡沫雕塑了一隻動物的身體，用膠和沙袋把表皮貼起來，不是動物的皮，再用不同顏色的羊毛貼出動物的圖案」，見〈蔡國強正把注意力從宇宙轉向地球〉，《南方都市報》文化副刊，2013/11/29。

54 楊照、李維菁：《我是這樣想的 蔡國強》（臺北：印刻出版，2009），頁 132。

55 王嘉驥：〈在空間與時間之間炸出一扇通道：論蔡國強的藝術〉，《蔡國強：泡美術館》，頁 43。

56 《我是這樣想的 蔡國強》，頁 125。

57 同前註，頁 133-134。

要進一步思考的是，如果我們所關注的議題恰好是這些動物元素背後的真實世界，那麼，是否有其他比運用毛皮模擬更好的選擇？相信答案是肯定的。

運用羊毛製作模擬動物，和前述使用或甚至虐殺活體動物、或如達米恩·赫斯特（Damien Hirst）直接展示泡在福馬林中的鯊魚標本（*The Physical Impossibility of Death in the Mind of Someone Living*，1991）等作品比起來，顯然更「溫和」又較不具爭議性，畢竟羊屬於經濟動物，原本就是人類豢養和利用的對象。但另一方面，對於觀者而言，展品素材的來源、製作過程等細節，需要有心深入瞭解作品才會注意到；對大多數人來說，作品直接引發的感官衝擊，無疑還是其尺寸、顏色都逼真如實物標本的形象。那麼在某種意義上來說，這樣的「類標本」其實仍舊召喚著與「標本」類似的情感及想像——如果模擬的結果是如此栩栩如生，又具有與真實標本同樣的外觀和質感，那麼對多數觀者而言，它直接產生的效果就與標本無異。而標本與類標本，除了前述那些「逼視生死」的說法之外，它所能啟發的想像空間其實是相當有限的。尤其當我們以一種動物的死（儘管牠可能是再平常也不過的經濟動物），去呼喚對於其他生物的生之關注時，反倒會因其內在的悖反意義而減損了作品可能開展的多重性。

簡言之，當代藝術固然不必都需要擔負起「藝以載道」的重責大任，但是當它確實嘗試思考人與自然、人與環境的互動關係時，其取材的來源、手法、展出的方式和結果，就應視為整體生態環境的一環來進行考量。某些宣稱以關懷環境或動物出發的作品，其使用的素材仍然需要進行更全面的檢核，方能避免表面上的善意實則仍是消費與傷害。舉例來說，日本藝術家亞希以3D列印的技術為寄居蟹造殼，但寄居蟹身上背負的卻是華麗與全透明的，世界知名城市的建築造型。其作品雖然可引發民眾關注寄居蟹無殼可居的議題，但這些透明與形狀奇特的殼，卻也引來是否會影響寄居蟹存活，使牠們更容易被掠食者捕獲的憂心。[58]

因此，若藝術家希望能透過作品召喚大眾對環境或生態的關心時，若能將動物元素的利用減至最低，不只可避免動物利用帶來的剝削或傷害等質疑，它所能產生的意義反而更加豐富。舉例來說，徐冰《煙草計畫》（*Tobacco Project*，1999-2011）這個系列當中的《虎皮地毯》（*1st Class*，2011），由五十多萬支香煙插製而成，無論紋理、顏色、質地的外觀都宛如真實的虎皮地毯，徐冰表示這個系列作品是希望「通過探討人與煙草漫長的、糾纏不清的關係，反省人類自身的問題和弱點」[59]，因此，「虎皮」與「煙草」同樣指涉了全球貿易對生命、環境造成的傷害，卻以更幽微和宛轉的方式進行聯結，眾多與煙草相關的作品遂共同交織出看似各自獨立互不相關，又彼此含攝的對話關係，前述卡特蘭想表達的：「生命的荒謬和死亡的無可避免」，無須透過真實虎皮標本，依然可以成為這個作品所衍生出的思考方向。[60]又如英國藝術家班克斯（Banksy）曾以一臺運載著六十隻絨

58 〈為寄居蟹製人造殼　是保育還是消費?〉，《臺灣動物新聞網》，2012/09/20。

59 臺北市立美術館《徐冰回顧展》展覽手冊（臺北：臺北市立美術館，2014），頁37。

60 另方面，徐冰作品中仍不乏使用活體動物的例子，例如他的代表作之一《一個轉換案例的研究》（*A Case Study of Transference*，1994），就是將兩隻不同品種的豬放在散落許多書籍的圍欄內進行交配，公豬身上印著羅馬拼寫的英文字樣，母豬身上則印著他另一個作品《天書》中的自創文字。關於徐冰作品中的動物符號運用，筆者另有專文討論，請參見〈論徐冰作品中的動物符號與生態關懷〉，《中央大學人文學報》第62期（2016.10），頁161-194。

毛玩偶的屠宰場運輸車，在紐約的大街小巷中行駛，玩偶們一路發出哀嚎和衝撞圍籬的聲音（*Sirens of the Lambs*，2013），雖然很多路人是以有趣的表情看著這個怪異的組合，但是這些玩偶反而凸顯了人與動物關係的某種矛盾性——我們可以一方面把豬、牛、羊、雞這些經濟動物卡通化，製作成可愛的商品，但這些動物在真實世界中處境的不堪，多數人卻又視為理所當然地集體沉默著。因此，玩偶的可愛和突兀感，反倒加強了這個作品的反諷性，可以想像，如果班克斯是以模擬的類標本形式去處理這樣的題材，反而會因為模擬動物與真實動物的過於近似，而失去那種因為距離、因為「不夠像」、因為「明知它不是真的」，所延展開的藝術、想像與思辨的空間。

除此之外，藝術的模擬也不必然要是實體形象的模擬，法國藝術家艾瑞克・薩馬克（Erik Samakh）的聲音裝置藝術，就是以聽覺介入空間，並創造人與動物共生之模擬氛圍的作品，其中《電子青蛙》（*Grenouilles Électroniques*，1990）這個作品，以十二組會感應溫度、濕度和動作的聲音模組構成，由於模組相當敏感，因此在靠近時蛙鳴聲可能會像真的蛙鳴一樣減弱或消失。「它所創造的幻影是如此的引人聯想，因此有些人甚至會信誓旦旦地向你聲稱，他們的確見過這些青蛙」[61]。真實青蛙的「不在場」，反而製造出另一種「在場」的可能，以及讓觀者產生了「想像／想要讓牠們在場」的欲望。有趣的是，薩馬克後來做了一個「介入性」更強的作品《聲音製造者》，是用竹子搭建在青蛙生活的場域，保護其不受鳥類襲擊，如凱薩林・古特（Catherine Grout）所指出的，其「作品的本質愈來愈傾向於多面向生態系統的創造。藝術家較不關心自己特異獨行的表現方式，而關心這個影響我們及動物的過程，以及我們如何生活在同一星球上」[62]。藝術的魅力在於擁有無限的可能性，對於我們所共同生活的這個星球，藝術家以各種獨具特色的形式帶領觀者去凝視、傾聽與思考；如何在生與死、真實與虛構之間，創造出在觀念上、美學上、倫理上都同樣具有價值的景觀，是當代藝術最值得期待之處，而這樣的位置，相信不必然總是需要透過暴力與傷害才能抵達。

有力量的藝術作品，必然能與生命、世界、人心對話

對於當代藝術的想像，始終是流動中的、沒有定論的狀態。藝術是否需要，以及如何介入行動？一旦意識形態和行動理念介入作品，藝術和社會運動之間的界線又該如何區隔？都是討論當代藝術時常見的問題。活體動物在藝術作品中的使用，毫無疑問必須將動物福利的考量納入，但若更進一步地去探究使用活體動物的必要性，將可發現這些作品其實多半沒有非採用活體動物不可的理由，而活體動物召喚的生／死聯想又可能過於直接，除了達致某種震撼與挑戰的效果之外，這些作品所能提供的詮釋空間，或許反而比不上使用其他替代方式來表現動物符號的作品。

61 引自卡特琳・古特（Catherine Grout）著，姚孟吟譯：《藝術介入空間》（臺北：遠流出版，2017），頁240。
62 同前註，頁242。

事實上，美學與倫理、觀念與實踐不必是對立的，全有全無式地認為兩者之間必然要進行取捨，是缺乏想像力的結果。任何藝術形式與觀念，都絕對有另外一種殊途同歸的實踐途徑。如同蔡國強所言：

> 所以永遠都要相信，最終都會回到作品本身。因為藝術家會死，解釋作品的人也會死。……經常有人會從文化衝突、中國典故、新殖民主義等角度議論這些作品，但這些最後會被忘掉。幾十年後這件作品還持續存在，人們又會從另外的角度來解釋這件作品。[63]

藝術終究要回到作品本身，它不見得需要置入保育理念，但一個有力量的藝術作品，必然能與生命、與世界、與人心對話。如何用更具開放性的、想像力的、不必傷害生命的手法，去完成幾十年後仍然能被留下的，擁有多重意義可能並具討論性的作品，方是藝術之所以為藝術，最動人、最具魅力也最值得期待之處。

63　《我是這樣想的　蔡國強》，頁220。

問題討論

1. 對於諸如《黃色小鴨》或《貓熊世界之旅》這類不免與商業化結合的作品，請試著分析其中保育、行銷、藝術或環境等元素的呈現。
2. 關於藝術與道德的爭議，你的看法為何？在剝削與消費、思索生命意義與創造藝術的多元可能之間，該如何界定其底線？

作業練習

1. 分組找出若干以動物為素材的藝術作品，以一個小型策展的形式進行介紹。
2. 藝術與宣傳如何或是否可能並存？請試著找出若干你認為具有宣傳理念意味的作品並分析之。

相關影片

■《探訪當代藝術：從街頭到藝廊》，茱勒斯・格雷迪導演，2017。

■《藝數狂潮》，丁惟傑、黃彥文、陳偉導演，2017。

關於這個議題，你可以閱讀下列書籍

■ 艾倫・狄波頓（Alain de Botton）、約翰・阿姆斯壯（John Armstrong）著，陳信宏譯：《藝術的慰藉》。臺北：聯經出版，2014。

■ 卡特琳・古特（Catherine Grout）著，黃金菊譯：《重返風景：當代藝術的地景再現》。臺北：遠流出版，2009。

■ 卡特琳・古特（Catherine Grout）著，姚孟吟譯：《藝術介入空間：都會裡的藝術創作》。臺北：遠流出版，2017。

■ 塞琳・德拉佛（Celine Delavaux）、克里斯汀・德米伊（Christian Demilly）著，陳羚芝譯：《當代藝術這麼說》。臺北：典藏藝術家庭，2012。

■ 克萊兒·畢莎普（Claire Bishop）著，林宏濤譯：《人造地獄：參與式藝術與觀看者政治學》。臺北：典藏藝術家庭，2015。
■ 唐·湯普森（Don Thompson）著，譚平譯：《身價四億的鯊魚：當代藝術打造的財富傳奇》。臺北：原點出版，2011。
■ 埃萊亞·鮑雪隆（Eléa Baucheron）、戴安娜·羅特克斯（Diane Routex）著，楊凌峰譯：《醜聞博物館》。臺北：大鵬展翅藝文發展有限公司，2017。
■ 托比·克拉克（Toby Clark）著，吳霈恩譯：《藝術與宣傳》。臺北：遠流出版，2003。
■ 莎拉·桑頓（Sarah Thornton）著，李巧云譯：《藝術家的煉金術：33位頂尖藝術家的表演論》。臺北：時報文化，2017。
■ 周至禹：《破解當代藝術的迷思》。臺北：九韻文化，2012。
■ 高名潞：《世紀烏托邦：大陸前衛藝術》。臺北：藝術家出版，2001。
■ 張朝輝：《天地之際：徐冰與蔡國強》。北京：Timezone 8，2005。
■ 蔡青：《行為藝術與心靈治癒》。北京：世界圖書，2012。

被符號化的動物。

動物「變形記」

機器、人與生命的新局面

身處「人機合一」的科技時代，我們與機器之間的緊密關係，已促使不少領域都開始用不同的眼光，深入思索在這個大數據年代，人與他人、人與機器、以及人與環境之間關係的變化。雪莉·特克（Sherry Turkle）的《在一起孤獨》，就透過訪問與觀察眾多機器寵物的使用者，討論人類在創造出這些「夠像有生命」的詭奇之物後，如何鬆動了傳統的愛與道德的界線，這曖昧的邊界又將帶來什麼樣的衝擊與挑戰。書中許多孩子描述與對待他們電子寵物的方式其實頗耐人尋味：一隻名叫查克（Chuck）的寵物鼠「珠珠」（Zhu Zhu）的官方傳記上面寫著：「他活著是為了感受愛。」[1]而無數照顧過「電子雞」（Tamagotchi）或「菲比小精靈」（Furby）的孩子，都堅持自己照顧的那隻電子寵物死去之後，按下重設鍵所冒出的新寶寶，不再是同一個寶寶，他們所依戀的，是和他們分享過同樣的經歷、學過某些詞彙，有它獨一無二的「生命記憶」的那一個。或許有些令人訝異的是，虛擬寵物之死帶來的哀傷與失落，也可能與真實生命無異。

於是，這些虛擬生命帶來了新的道德標準。孩子們必須建構出屬於他們自己的哲學觀，試圖解釋真實生命與虛擬生命之間不時糾葛與矛盾的複雜景觀。一個孩子在電子雞墓園中寫下這樣一段動人的話語：「我的寶貝在熟睡中過世，我會哭一輩子。他的電池沒電，如今住在我的心田。」另一個孩子比較了電子狗「愛寶」（AIBO）和人，以及和他的真實寵物倉鼠之間的差別，他說：「愛寶身上的電就像人身上的血，……人和機器人都有感覺，只是人有比較多的感覺。動物和機器人都有感覺，但機器人能表達的感覺比較多。」因此當他遇到困難，他會選擇和他的倉鼠而不是和愛寶說，因為愛寶雖然比較會表達，但「我的倉鼠有比較多的感覺」[2]。

為數位裝置哀悼看似荒謬，但這些既提供陪伴也同時「索求愛」的電腦，顯然將人與機器、人與生命的關係帶入了新的局面。關於如何對待機器的道德倫理之思考，亦勢必直接挑戰我們過往看待「生命」的態度。[3]因此，在文學藝術等作品中，大量出現人與機器、生物混種的主題並不令人意外。「這樣的後人類景況（post-human condition）可以是聚焦於一種人類與機器的雜交趨勢；也可以是一種復返到異體生物之間的混種樣態」[4]。藝術家黃贊倫一系列的作品，就頗能展現對於人／機器／生物之間混雜的生命型態與倫理關係之想像。

黃贊倫的「混種」系列始於二〇一二年的《DAVID——練習者》（*DAVID*，2012-2013）[5]，他以仿皮草、機器、玻璃纖維等材質，打造出一尊具有真實感的「羊男」，被禁錮在透明壓克力牆中的他，只要有觀眾經過就會用頭去撞擊牆面。黃贊倫將西方神話中身為農業與自然守護神的羊男稱

---

1 雪莉・特克（Sherry Turkle）著，洪世民譯：《在一起孤獨：科技拉近了彼此距離，卻讓我們害怕親密交流？》（臺北：時報文化，2017），頁71。
2 同前註，頁82、112。
3 以上有關《在一起孤獨》之介紹，係摘錄自筆者：〈倫理的臉：《在一起孤獨》〉，《鏡文化》，2017/02/24。
4 邱誌勇：〈跨種人類的異體移植：短評黃贊倫《流變為動物II——怪物》展〉，《ARTALKS》，2015/08/06。
5 以下介紹之黃贊倫作品圖像可參見「工思工作室」（working hard studio）網站。

為「練習者」，藉此強調「他要練習怎麼當個人」，並透過頭不斷撞擊的行為，探問「人類若創造出具有智慧的生命體，他們是否情願接受人類賦予他們的姿態或責任」之倫理議題。[6]在DAVID之後，他持續這個「流變為動物」的系列創作與混種精神，於二〇一五年舉辦個展《流變為動物II——怪物》（*Becoming Animals II- Monsters*），其中鹿頭女體的《安妮》（*ANNIE*，2013）口鼻中套著沒有接上氧氣管的人工急救呼吸袋，只要有人靠近就會大口喘氣，造型靈感來自中藥材「龜鹿二仙膠」，提醒觀者被視為珍貴藥材的龜板與鹿角，是來自人對龜、鹿生命的掠取[7]；並透過「讓人的肉身軀殼成為『異體移植』的基底，使得作品的形體造型與影像成為跨種的人類，再次提出重新思考人性與人類本質的議題」[8]。二〇一七年，他舉辦《不曾到來的未來》(*The Future That Never Comes*）個展，延續並拓展了機器／自然／人之間的「混種倫理學」之思考，其中人頭馬身的《搖搖馬》（*The Coin Operated Rocking Horse*，2016），每十五分鐘會舉起手中武器對著觀眾；《控制》（*Control Freak*，2016）則將真實馬的形象與機械融合，延續過去創作中，模糊真實肉身與機器之間界線的企圖，創造生命的混雜樣態。該次個展中鮮明的戰爭意象，也提醒了觀者反思，人類利用其他生物作為戰爭工具的歷史和未來。[9]

有趣的是，此種「流變為動物」[10]的概念看似新穎，卻是個歷史悠久的欲望。如本書第六章所述，十七世紀的輸血實驗，之所以有部分的興趣是聚焦在思考輸血是否會令受血者變得更接近輸血者，就與人類對變種動物的迷戀遙相呼應。若綜觀東西方的文化史，都可找到大量混種動物的形象。這或許會讓人困惑，如果本書第二章所討論的，人總是亟欲在人與動物之間「劃界」的心態屬實，那麼同時又嚮往混種動物的世界——而且還有很大比例是人與動物的混種，不是自相矛盾嗎？但這兩種看似相互衝突的態度，確實同時影響著人類看待自然與世界的方式，儘管強調人異於禽獸、人具有道德上絕對優位的價值觀，始終是人在心理上維持「萬物之靈」自我認同的重要途徑，但另外那個更接近原初世界的，界線不明的混沌自然，卻也如同遠方的召喚，不時在文學藝術作品中重新浮現。不免令人好奇，這究竟意味著遠古的神話思維和後人類的概念產生了接合，抑或它們只是同樣有著物種混生的形式，但內在的核心價值仍然迥異？而混種動物的形象無論是在神話傳說之中，或是反烏托邦小說裡因基因實驗而造成的變異，它們是為了顛覆將人排除在自然萬物外的獨尊心態，而形成的一種「越界」嗎？要回答這個問題，我們必須先回到神話的脈絡中方能理解。本章將由此出發，再述及後人類時代的人與動物之混雜流變，分析它們如何在都市傳奇、文學作品與日常生活中以不同形貌出現，以及這些作品究竟是焦慮心理的呈現，抑或帶來新的想像認同可能。

---

6 吳垠慧報導：〈悲傷羊男遙望　黃贊倫探混種迷思〉，《中國時報》，2015/08/19。

7 同前註。

8 〈跨種人類的異體移植：短評黃贊倫「流變為動物II——怪物」展〉。

9 林宜靜報導：〈黃贊倫遊走真實與虛擬！機器人大舉突襲當代館〉，《中時電子報》，2017/01/25。

10 關於流變動物的概念，李育霖曾有過深入論析，簡單來說，「並非變成動物或模仿動物的行為與習性，甚或想像或幻想自己變成描寫的動物。相反地，流變動物意味著人與動物之間形構了奇怪的同盟，一條流變的路線穿透彼此，兩者的有機體形式與界線已無法明白區辨。」李育霖：《擬造新地球：當代臺灣自然書寫》（臺北：國立臺灣大學出版中心，2015），頁249。原文中該段文字是用以解釋幾位作家的創作，因此原文為「作家與動物之間形構了奇怪的同盟」，在此為便於理解將「作家與動物」修改為「人與動物」。

從神話到賽伯格

基本上，神話中的動物形象，反映的是初民與自然的關係，那是泛靈論的思維系統。詹姆斯・弗雷澤（James George Frazer）在《金枝》一書中，就闡述了早期社會「交感巫術」系統的兩個法則：順勢巫術與接觸巫術。順勢巫術基於相似律，而接觸巫術則基於接觸律。西格蒙德・弗洛依德（Sigmund Freud）在《圖騰與禁忌》中，曾對此有頗為扼要的說明：「用任何現成的材料來製作一個模像，至於這個模像是否和敵人相像倒是無關緊要的，因此，任何物體都可以『被當成』敵人的模樣。隨後，無論怎樣處置這個模像，都將靈驗於那個可恨的真人身上。」[11]同樣的，「如果我希望天能下雨，那麼我祇須做些貌似下雨或者能使人聯想到下雨的事情即可」[12]。也就是說，只要我主觀認定某物與某人有所關聯，透過我的聯想和想像之運作，就某種意義上來說，某物就真的成為了某人的替代物。

不過，順勢巫術並非都是為了進行詛咒或消滅敵人，也用於預防病痛。若我們想要理解混種生物這種思維的源流，《金枝》當中有不少值得注意的例子，可幫助我們從中找出「關於自然法則的現代觀念的胚芽」[13]。以古印度人醫治黃膽病為例，就是透過順勢巫術把病人身上的黃色轉移到黃色的牲畜或太陽身上，再把健康的紅色從一個生命力旺盛的動物例如紅色公牛轉移給病人。在過程中，會先用黃色植物製成的粥湯塗抹病人身體，並在床腳上綁三隻鳥，再向病人潑水，意味將身上的黃膽轉移到鳥身上；之後再以紅色公牛毛用金色樹葉包起，黏在病人皮膚上。[14]這和十七世紀輸血實驗進行的事情，差別在於輸血實驗對於「轉移」的執行，從聯想與象徵意味濃厚的運作方式，改為更直接的「輸出和輸入」，但嚴格來說，其中對於身體特質能經由特殊形式進行交換的思維，其實是相當類似的。至於順勢巫術原則下所有的食物禁忌，也都是同樣「錯誤聯想」模式運作下的結果：例如馬達加斯加的士兵不能吃刺蝟肉，因為認為刺蝟一遇驚嚇就縮成一團的特性，會讓吃了刺蝟肉的人變得和刺蝟一樣膽小畏縮[15]；至於接觸巫術則是基於「事物一旦互相接觸過，它們之間將一直保留著某種聯繫」[16]的概念，因此，你可以透過傷害一個人的足跡來傷害他本人的腳，此種信念在世界各地普遍被用在獵人對獵物的態度上，他們會用來自棺材的釘子插入獵物的足跡，或是把藥物放在足跡上，認為這樣這隻動物很快會來到眼前。[17]

11 西格蒙德．弗洛伊德（Sigmund Freud）著，邵迎生等譯：《圖騰與禁忌：文明及其缺憾》（臺北：胡桃木出版，2007），頁125。
12 同前註，頁127。
13 詹姆斯．弗雷澤（James George Frazer）著，汪培基譯：《金枝》（臺北：桂冠出版，1991）上冊，頁19。
14 同前註，頁27。
15 同前註，頁35。
16 同前註，頁55。
17 同前註，頁64-65。

因此我們可以發現，在泛靈世界的系統中，事物之間的「越界」本來就是理所當然之事，與其說那是越界，不如說那本來就是個混沌的，可以互相穿透的，界線不明的世界。人與自然事物之間的力量，透過交感法則相互轉移與共生。唐諾在析論《左傳》的《眼前》一書中，就如此描述泛靈世界的思維：「人自身的世界疏闊多間隙，奇事奇物不必發生在遙遠的某深山大澤之中，像魯哀公十六年之麟這一頭神獸，直接就闖到人的生活現場來；人們也相信龍是一種活著的『生物』，不時有人看見據說還曾經馴養。」[18]他據此指出，所謂「子不語怪力亂神」的不語，並非不信，而是不談，因為那超越了人理解的範疇。子產的態度與孔子一樣，「在人的世界和鬼神的世界劃一道界線，人的認知僅能抵達的最終那道界線，把鬼神置放在此界線之外，那是人不可知的、也無望解決的領域；他不好奇不求助，也不說沒有不特意抵抗揭穿，大家相安無事就好」[19]。在這樣的世界中，所謂兩龍相鬥的「奇觀」，對子產就成為一種淡然的日常：既然人天天打成一團也沒有龍來看，龍打架我們也沒有理由特地跑去看。[20]但慢慢地，鬼神奇獸從人的日常中淡出，人不再那麼相信事物之間的聯想關係，而更講究確實的因果邏輯了，但世界的種種不確定感，總會再度讓我們不斷彷彿「倒退」反挫，回到召喚那虛空中鬼神的年代。[21]而這種不斷回頭召喚的循環，在不同的時代、文化脈絡中都依然有跡可循，也繼續被保存在民間傳說與藝術創作之中。

十九世紀初法國藝術家尚・賈克・葛杭維（Jean-Jacques Grandville）的繪本《另一世界》（*Un autre monde*），就頗能展現出人與自然關係的轉變及多重性。葛杭維不只創造了許多混種、複合與變形的生物圖像，故事內容更耐人尋味。在這部虛構旅遊的作品中，幾位主角上山下海，有各種奇妙的見聞：主角在鄉間採集草藥時，發現植物們正在祕密組織革命，目的是要抗議卡爾・林奈（Carl von Linné）的分類法，以及人類對植物的嫁接與移植；動物園中展示了神話生物與奇珍異獸，如賽倫女妖、獨角獸和各類混種生物，動物學家們還在持續實驗將不同物種交配，期望製造出更強大的生物……。[22]這些超現實的情節，無不對應著現實世界中對科學研究的狂熱，他並自創「動物人狂熱」（L'animalomanie）一詞，來指稱當時法國熱中自然史知識，興起飼養寵物、逛動物園風氣的現象。葛杭維自己一方面同樣著迷於生物結構的觀察，但明顯跳脫笛卡兒所主導的「動物是沒有靈魂的機器」之價值觀，在葛杭維的時代，「自然史逐漸轉向生態學，強調各物種之間的共生關聯，質疑人類的獨特和權威，開啟了環境和野生保護的現代概念」[23]。因此其繪本中豐富怪誕的圖像，具有承上啟下與另闢蹊徑的多重意義，一方面透過其中「優雅的怪物性」，改變過往寓言和動物文學中，動物被賦予固定刻板化角色的傳統；另一方面，書中所展現的，對於「機器是完美的人類」[24]的讚頌，

18 唐諾：《眼前》（臺北：印刻出版，2015），頁89。
19 同前註，頁105。
20 同前註。
21 同前註，頁96。
22 引自曾少千、許綺玲主編：《變遷留轉：視域之徑》（臺北：書林出版，2011），頁248。
23 引自前註書，頁255-256。
24 引自前註書，頁248、258。

也與後人類時代人機一體，每個人都是嵌合體（chimeras）機器與有機體組裝混種的「賽伯格」（Cyborg）[25]精神遙相呼應。

但是，當混種的概念不只生物之間的特質交換或重組，還一併嵌入了機器時，問題將更為複雜。持比較正面態度看待科學與基因工程者，例如唐娜・哈洛威（Donna Haraway），會認為人與動物乃至機器在形成組配之際，將會相互適應、共同演化。因此張君玫指出，哈洛威「念茲在茲的賽伯格政治或怪物政治，乃是一種聯合跨界異質性以形成更大反對力量的政治」[26]。可以想像的是，並不是每個人都有辦法採取哈洛威這種將當代科技視為「以特殊的方式生產了自然（a particular production of nature）」[27]的態度，身體與機器的複合與組裝，一方面是一種逾越保守界線的抵抗，但越界所引發的各種焦慮，也始終如影隨形。安伯托・艾可（Umberto Eco）在《美的歷史》一書中，就非常精要地描述了人看待機器的矛盾心態：

> 任何延伸並擴大人體可能性的人為構造，都是機器，從第一塊磨利的燧石，到槓桿、手杖、棰……。人類實際上與這些「簡單的機器」合一，它們都與我們的身體直接接觸，是人體的自然延伸，……不過，人也發明「複雜的機器」，我們的身體與這類機器沒有直接接觸，如風車、聯斗式輸送機，……這類機器引起恐怖之感，因為它們使人類器官的力量倍增，隱藏其內的齒輪對身體又危險（誰將手伸進一部複雜的齒輪裡，都會受傷），尤其複雜的機器彷彿活生生似的，你看見風車的手臂，鐘裡鈍齒狀的輪齒，或夜行火車的兩隻紅眼，很難不把

它們想成活生生的東西。機器望之半人，或半動物，這「半」就是它們形同巨怪之處。這些機器有用而令人不安：人利用自己所造之物，卻又視其隱約有如魔鬼。[28]

文中「機器望之半人，或半動物」，正是人對所有混種越界狀態不安的關鍵。因此，混雜組裝的賽伯格狀態，一方面打破了本質論的想像，但由於人對各種不穩定與逾越的狀態注定會感到不安，這些對於越界的焦慮感，就反映在各式各樣的故事當中。透過創造出新的都市傳說，憂慮與焦慮因此找到了宣洩的出口，而另一方面，這些混雜與穿透，也繼續不斷訴說著跨越邊界的想像與混種認同的可能。

---

25 賽伯格是一個複合字，結合了機器的模控論（cybernetics）和有機體（organism）的混種，亦即模控的有機體（cyberneticorganism）。張君玫：《後殖民的賽伯格：哈洛威和史碧華克的批判書寫》（臺北：群學出版，2016），頁25。
26 同前註，頁34。
27 同前註，頁34。
28 安伯托．艾可（Umberto Eco）著，彭淮棟譯：《美的歷史》（臺北：聯經出版，2006），頁381-383。

神話再現或虛構自然？

基本上，當代人對於自然與人之間混雜越界的認識，既不是史詩片中氣勢磅礡的神獸人馬，也不是豹尾虎齒、蓬髮戴勝，宛如《山海經》中西王母那樣的人獸共生形象，而是充滿了恐懼與不安的「體內動物傳奇」。這類故事涉及的動物種類相當多元，發展框架則是類似，例如某人身體不舒服許久之後，從他的胃中取出巨大的青蛙（原因是生吞蝌蚪），或是其他例如章魚、老鼠、蛇等不同的動物。生物入侵的原因不一而足，但原則上牠們有能力穿透人身上的各種入口[29]，可以看出與交感巫術隱隱連結之處，不少信仰系統中會有若干護身物或儀式用以保護人體的開口，外星怪物如異形般寄生人體也始終是科幻恐怖電影中歷久不衰的題材；至於真實存在於地球的動物，其威脅性透過傳聞不斷擴散的結果，恐怖感也不亞於外星生物。例如亞馬遜（**Amazon River**）的寄生鯰會沿著人的尿液鑽入尿道的說法，除了不時有舉證歷歷的新聞增加其可信度之外，也是小說影集喜愛的題材，從動物星球頻道到影集《實習醫生格蕾》，都有寄生鯰的身影。這類體內生物的主題，都具有人的完整與主體性被異類入侵與玷汙的象徵，《都市傳奇》一書中就指出，這些故事的共通點在於：「受害者都太接近自然了：她們喝下未經檢驗的水、睡在草地上、食用野生桑葚……。」[30]因此，它們是人類對於不可馴服之自然的恐懼與敵意之混生產物。

若在都市傳奇中尋找動物的身影，將發現就算並非直接入侵人類身體，牠們多半也還是扮演著具有破壞力與危險性的角色；換言之，牠們的存在本身，就是一種「入侵與玷汙」。例如來自外國的「毯中蛇」系列傳說，商品（除了毯子之外，這個故事也有泰迪熊版）的原產地從印度到臺灣不等，共同點則是來自遠方的蛇蛋，透過溫度被孵化出來[31]；此外，都市傳奇也會有明顯的「流行年代」，例如「坐在金龜車上的大象」就流傳於馬戲團與小金龜車盛行的一九六〇至一九八〇年間，故事的焦點在於強調馬戲團大象對路人車子造成的損害，將小汽車誤認為矮凳，受害者在大象離開後多半會發生小擦撞，如果他表示自己的車子是被大象弄壞的，就會被認為胡言亂語而帶去測量是否酒駕。這個故事一方面在開金龜車的玩笑，也具有將大象與車子的力量進行比較的用意。[32]而無論是賣場裡的蛇、造成破壞的大象或是都市傳奇中最著名的「下水道鱷魚」，都隱然暗示著「一個野生的自然之物闖進一座戒備森嚴的城市，但是城市的管理邏輯卻無法拘束野生之物」[33]；換言之，這些故事都指向了人對自然那「惘惘的威脅」之焦慮。

---

29 這類故事可參見維若妮卡・坎皮儂・文森（Veronique Campion-Vincent）、尚・布魯諾・荷納（Jean-Bruno Renard）著，楊子葆譯：《都市傳奇：流傳全球大城市的謠言、耳語、趣聞》（臺北：麥田出版，2003），頁40-60。

30 同前註，頁57。

31 同前註，頁352-361。

32 同前註，頁190-197。

33 同前註，頁359。

但是，正如同前文所強調的，人們對於自然入侵的越界感，固然會恐懼不安，但對混種生物的迷戀卻也不曾消失過。也就是說，我們一方面期待疆界分明的秩序，但混沌混雜的原始力量，其魅惑力也不曾稍減，這說明了何以各類神祕動物目擊事件同樣是跨文化與跨地域的常見主題。先不論雪人或大腳怪、尼斯湖水怪這類結合自然景觀的神祕生物傳說，在城市或郊區的大型貓科目擊事件，其實同樣是個有趣的現象。這類故事的最初劇本，來自一九八八至一九八九年法國德隆（Drôme）省的「黑奧維爾野獸」（Fauve de Réauville）事件，當時一位男孩在遛狗時瞥見一頭野獸，其後警察發現一枚十二乘以十六公分的足跡，引發各界騷動。除了禁止附近狩獵之外，更多的目擊資料也紛紛湧入，許多人舉證歷歷表示看到巨獸，但這個神祕動物事件仍無疾而終，多數人決定相信那應該是山貓的足跡。[34]類似的故事在世界各地幾乎都出現過，其中許多不了了之，繼續以傳說形式發酵；有些是動物逃逸；有些則已被證實是誤認，例如二〇一二年一個發生在英國的大型貓科誤認事件。在該起事件中，一對夫妻在露營時，看見一隻獅子，這個消息很快在營區引起恐慌，雖然出動了警方與動物園試圖進行圍捕，這隻「艾塞克斯郡（Essex County）之獅」仍然神祕消失。但當事件被新聞媒體揭露之後，附近一位飼養了一隻大橘貓「泰迪（Teedy）」的民眾表示，當時他正好去度假，那隻神祕的獅子應該就是泰迪，因為「牠是那附近唯一又大又黃的動物」[35]。

但無論是否為誤認，神祕貓科動物目擊事件，恰好表現了兩種相反的情感：「失落——對於如今只能透過電視上的野生動物節目才能間接感受其存在的失落——以及威脅（對都市文明疆界的威脅）。」[36]正因為人們既會對隨著都市化而失落的野性自然抱有憧憬想像，又不免有著恐懼，因此對於進犯了都市文明的、「越界」的自然，態度才會總是如此又愛又恨。[37]這是何以貓科目擊事件中，普遍會強調這些貓科動物從外地而來，透過「通俗化的詮釋創造出在人類社會中一頭野生動物所造成的干擾」[38]。於是我們發現，在當代都市生活中，「真實自然」本身就是越界之物，是需要被阻隔與驅逐的存在。

但弔詭的是，在阻隔自然與劃界的同時，我們又無法真正放棄自然的召喚，於是透過各種人造物將其重新包裝或符號化，反而進一步造成了有機與無機物之間象徵意義上的混種共生。吳明益〈石獅子會記得哪些事？〉這個短篇小說中，就有一段頗耐人尋味的情節：敘事者從小就好奇著廟前的石獅子為何長得和現實中的獅子不同，甚至造型還有點卡通感。後來解籤人告訴他，曾經聽過長輩的一種講法，「據說如果石獅子刻得跟真獅子一樣，那麼牠就會跑走了」[39]。換言之，因為既相信石獅子具有被封印在石雕中的「靈魂」，卻又想要封存並控制那靈魂，所以石獅子必須刻得不太像真獅子。

---

34 同前註，頁197-200。

35 引自艾比蓋爾・塔克（Abigail Tucker）著，聞若婷譯：《我們為何成為貓奴？這群食肉動物不僅佔領沙發，更要接管世界》（臺北：紅樹林出版，2017），頁15-17。

36 Chris Philo and Chris Wibert, *"Feral cats in the city"in Animal spaces, beastly places*（London:Routledge, 2000）,pp.60.

37 同前註，pp64.

38 《都市傳奇：流傳全球大城市的謠言、耳語、趣聞》，頁201-202。

39 吳明益：〈石獅子會記得哪些事？〉，《天橋上的魔術師》（臺北：夏日出版，2011），頁78。

但這本身就是一種悖論，如果石獅子因此被創造得根本不像真獅子，失去了被指認為獅子的可能性時，牠還會有靈魂嗎？或者說，石獅已經是另一種被創造的生物，那麼牠的靈魂自然是「石獅」而非「獅子」，既然如此，牠又何必要像真實的獅子？這是何以小說的敘述者認為「也許即使石獅子跟真獅子不像，也是會跑出去的」[40]，因為「那眼睛雖然沒有瞳孔，卻彷彿有一種火燄般的光流轉其間」[41]。那流轉其間的，火燄般的光，既是人類用盡全力也阻擋不了的，活生生的自然所具有的強大生命力；也象徵著自然經過人類「變形」再造之後的重新「現身」。

邊界認同的可能？

雖然隨著都市生活模式與自然的疏離，真實自然顯得越具威脅性與越被排除在外，但它們仍被各種不同的「人造」形式符號化與重塑，這些人造自然安全無害，它們是當代的混種生物。如果說神話中人與動物混種，是為了汲取自然的力量，那麼這些當代城市中的混種生物，則恰好相反地展現出控制與壓抑自然力量的意圖。因此，動物被可愛化為各鄉鎮單位的「吉祥物」，從芝加哥乳牛到熊本熊，動物符號不只俯拾皆是，甚至逐漸成為家喻戶曉的城市代言人。值得注意的是，近年來，這些圖騰的「混種性」愈發強烈，但與城市文化本身的相關性卻似乎反而逐漸下降或扁平化。

舉例來說，美國芝加哥（Chicago）的「乳牛大遊行」（*Cow Parade*）原是一個公共藝術活動，當地選擇乳牛作為活動象徵，和美國過去中西部農牧業的發展自然有著密切的關係，千姿百態的彩繪乳牛不只豐富了市景，更和城市記憶相連結，「芝加哥歷史學會」贊助的「歐列利太太乳牛」，就傳神地表達了傳說中一八七一年因歐列利家中乳牛踢翻油燈導致全市大火的歷史[42]。這項一九九九年的節慶活動，讓企業和私人可以贊助，把都市行銷、都市觀光與公益結合，許多城市因此起而效尤，形成嶄新的公共藝術形態[43]。不久之後，德國柏林（Berlin）選擇以熊這個動物圖騰為城市代言，舉辦了大規模的藝術展，並進而以之作為和平的象徵，廣邀各國參與，「世界和平熊」（*United Buddy Bears*）於焉誕生。[44]其後動物圖騰的意義逐漸演變成純粹的象徵符號，不見得與城市本身的歷史文化有密切連結，以英國利物浦（Liverpool）為例，這個海港城市並無企鵝，卻以企鵝作為一種精神象徵，在二〇〇九年舉辦了類似的彩繪企鵝展。[45]

但無論芝加哥乳牛、柏林熊或是已在世界各國巡展多年，邀請不同藝術家進行大象彩繪與展示，

---

40 同前註，頁79。

41 同前註，頁67。

42 黃健敏：《節慶公共藝術嘉年華》（臺北：藝術家出版，2005），頁35-36。

43 同前註，頁20。

44 同前註，頁85-86。

45 以上有關芝加哥乳牛大遊行之討論，摘錄並修潤自筆者〈想像海洋：試論建構「在地」海洋文學的幾種可能〉，《現代中文學刊》2013年第3期（2013.6），頁53-59。

宣導保育概念的「大象巡遊」（*Elephant Parade*）[46]，都還是維持著動物的基本形象；近年流行的「吉祥物」則逐漸走向更加可愛化、擬人化的方向，甚至成為新時代另類「人獸合一」的混種生物。例如日本熊本縣的吉祥物「熊本熊」（くまモン／Kumamon），就是「熊人」之意，但熊本縣其實無熊，因此選擇用熊來當成吉祥物，是基於地方名稱的相關性而非一般吉祥物邏輯中，較常採用的地方特產路線。而熊本熊作為全日本最成功與最具代表性的城市行銷案例，熊本縣所採取的策略其實相當大膽且具創意，最有意思之處在於，熊本熊真的名符其實地成為一個介於熊與人之間的「熊人」形象。熊本縣一方面請熊本熊擔任「營業部長」，又大量散發「熊出沒注意」的單張，並舉辦虛構的記者會，宣稱熊本熊在大阪失蹤，請藝人手持有熊本熊圖案的協尋單，上面寫著：「他是一隻熊。」「有沒有看到我們家的熊本熊？」[47]換言之，熊本熊既是熊，又是人（部長），牠是介於熊與人之間的混生物。

熊本熊的成功案例，讓各地紛紛投入吉祥物的創作，臺灣近年來也相當風行將在地特產製作成吉祥物或大型雕像，但不乏圖像詭異的案例，如臺南「虱目魚小子」與吉貝「珍珠小童」都曾引來「鬼娃」負評[48]，可見吉祥物並非萬靈丹，若未將城市美學的整體概念提升，突兀的吉祥物終究只是當代都市中一個個荒涼的混生符號。更何況，就算成功案例如熊本熊，其符號的大量增生，也讓熊本縣的其他存在彷彿都隱匿淡化，當我們對熊本的所有與唯一印象，只剩下熊本熊時，這樣的城市行銷究竟算成功還失敗？不免也引來若干憂心的評論。例如村上春樹就曾指出，隨著熊本熊的大量增殖，「或許會更加遠離熊本縣這原本生根的土壤。正如『米老鼠』普遍化之後，就失去原本的『老鼠性』

一樣」[49]。但是，無論是榮升宣傳部長的熊本熊、在迪士尼樂園中與民眾熱情合照的大型布偶、或是街頭與商場活動中的那些巨大吉祥物，這類由人穿著布偶裝的城市景觀，確實也帶來了某種人與動物混生的象徵意涵。高翊峰的小說〈烏鴉燒〉，是一個奇特的認同鳥、想要化身為鳥的故事，其中的主角，就是透過縫製一件黑鳥人的服裝，作為實踐其「混種認同」的方式。

故事主角是一位改行賣鯛魚燒的工程師，某日，一隻烏鴉為了啄食他不慎彈到路面上的紅豆餡，卻因此遭到汽車輾斃，工程師看著馬路上的烏鴉屍體，突然覺得「輪胎輾過的烏鴉，有一種自然的美感，好看而且不停引人注視」[50]。於是，他細細描繪死去烏鴉的形象，將其製作為模具，並且決定要穿著烏鴉裝賣烏鴉燒。在研究烏鴉裝的過程中，「他突然興起念頭，想要了解鳥類飛行的空氣力學與氣流溫度之間的關係……以及，烏鴉是怎麼調節體溫的」[51]。他從想要了解烏鴉，進而想要成為烏

---

46 此活動始於二〇〇六年，源於發起人 Mike Spits 在泰國邂逅了誤踩地雷的一隻小象 Mosha，Mosha 也成為首隻接受義肢治療的小象。此展覽於二〇〇七年在荷蘭鹿特丹首度舉行，邀請藝術家或名人彩繪後，在主辦城市進行巡展與拍賣，所得則作為亞洲象保育基金。二〇一六年亦曾來臺展出。相關說明參見二〇一六臺灣「大象巡遊」網站。

47 蒲島郁夫著，蘇暐婷、江裕真譯：《我是熊本熊的上司：提拔吉祥物做營業部長，不怕打破盤子的創新精神》（臺北：野人文化，2014），頁 33-36、53-57。

48 楊金城報導：〈臺南北門「虱目魚小子」雕像　民眾負評如潮〉，《自由時報》，2015/07/23；〈鬼娃改了？臺南「虱目魚小子」畫上眼白〉，《自由時報》，2015/07/25；〈可愛嗎？澎湖吉貝新地標　網友驚呼「蚌殼鬼娃」〉，《聯合新聞網》，2017/07/20。

49 村上春樹著，賴明珠譯：《你說，寮國到底有什麼》（臺北：時報出版，2017），頁 272。

50 高翊峰：〈烏鴉燒〉，《烏鴉燒》（臺北：寶瓶文化，2012），頁 175。

51 同前註，頁 183。

鴉，透過烏鴉裝的製作，人和鳥之間的界線開始模糊：「工程師把黑鳥人攤開，整平成一片懶洋洋的人，而不是一隻鳥。他拿起針線，把細細的透明軟管，以氣流上升的曲線，縫紉到黑鳥人上半身的體表內層。」[52]穿著鳥人裝的他，行為也盡可能地模仿一隻鳥，或著更精確地說，模仿那隻死去的鳥：「他想著那隻被汽車輾斃的烏鴉，每吃一口，就學牠啄食紅豆餡料那樣，讓乾硬的鳥喙啄一次空氣，再學牠那樣顫抖甩頭。」[53]到最後，這個故事彷彿成為一個人讓一隻鳥復活的過程：他除了自己模仿死去烏鴉的行為樣貌、將紅豆泥繼續丟給烏鴉屍體宛如「餵養」、最後更透過烏鴉燒的製作，「讓一剖為二的烏鴉身體，重新接合在一起」，藉由「快速旋轉模具，由模具打成的烏鴉，活過來了」[54]。

但是，若以為高翊峰要表達一個「人認同動物並（象徵性）地化身動物」[55]的故事，或許將忽略了小說中其他的線索。事實上，工程師看似迷戀烏鴉，但那迷戀是被死亡而非烏鴉所召喚，他對這種生物從體型到食性基本上都缺乏認識，因此在烏鴉被輾斃後，他才會發現原來「牠的軀體比想像中巨大」，並且認為烏鴉是「十分饑餓，也被曬昏頭」才會誤以為紅豆餡料是鯛魚的生肉。[56]但都市烏鴉本就是雜食者，何況烏鴉並不知道他做的是「鯛魚燒」，自然不可能誤以為那是鯛魚肉，換言之，這個他所想像的「烏鴉的誤認」乃是基於他自身對烏鴉的誤認而生。至於後來想要成為烏鴉的種種作為，更明顯是出於情感的投射。小說透過賣鳥人裝的店員，一針見血地指出了殘酷的事實：「不過你穿成這樣，也不像烏鴉。」[57]想化身為鳥，終究是種徒勞的嘗試。

這不免讓人憂心，劃出疆界來排除對界線混雜的不安，以及跨界聯盟、共同演化的兩端之間，是否仍是想要清楚區隔人與自然、以人為優位的思維模式占了上風？所謂的「混種認同」難道只是一個抽象而難以達成的理想？社會學家琳達．卡蘿芙（Linda Kalof）的「邊界認同」概念，或許可以作為一個參考的方向：

邊界認同反映了人和動植物之間的交集和相似，進而解除自我和大自然的二分法，建立一個關係式自我（relational self），在自然中體認自我，並和自然保持一種非工具性的關聯。……在這過程裡，不僅自然被賦予人類情感，人的主體也同時被物理化（physiomophism），即用非人類的自然來詮釋人類經驗。擬人化的自然及物理化的人類，兩者實為瞭解自我和自然的

52 同前註，頁 188。

53 同前註，頁 190。

54 同前註，頁 196。

55 有關「人想要化身為動物」這個主題，在非虛構文學當中，有個相當奇特有趣的例子，是查爾斯．佛斯特（Charles Foster）的《變身野獸：不當人類的生存練習》（臺北：行人文化，2017）一書，該書作者將自己拋擲到五種動物的生活情境中，試圖「變身」為動物。他以四肢爬行，像獾一樣穴居，並以蠕蟲為食——當然，基於獾是相當投機的雜食動物，他也不會拒絕朋友送來的烤魚派；到水中學習水獺探索河流，讓身體打開所有如鱗片般的耳朵捕捉聲音；繞到狐狸身後，用狐狸的角度觀看與嗅聞世界，體會牠們如何捕捉氣味的時間，從而建構出獨特的「時間氣味地理學」；練習以赤鹿的速度奔跑；並且到天空感受樓燕的高度，換算牠們一生遷徙的距離與速度。這是一本沒有特定倫理位置、沒有答案甚至也不算成功的「生存練習」，可說是作者以人類的身分代替讀者進行的角色扮演，特立獨行的跨界挑戰背後，同時也是有關存在與自我的哲學對話，可與虛構文學中的「化身動物」主題對照閱讀。

56 高翊峰：〈烏鴉燒〉，頁 172-173。

57 同前註，頁 198。

關鍵所在，進而達到人類和非人類的互動和契合（affinity）。[58]

一直以來，科學理性對於化人主義總多少帶著排斥與猜疑，認為人的情感投射會妨礙客觀理性[59]，但邊界認同的概念強調的，正是透過人的擬物化與非人類的擬人化，將自我與自然之間建立一種類同與交集，我們才能真正體會，人其實在自然之中，而自然其實也就在我們的身體中。如同哈洛威所言，「我們就是邊界」[60]。

尋回他者的感受

一九九三年，霍爾（Rebecca Hall）在為她的動物權新書做宣傳時，曾以兩千五百美元的價格，要求四位男士住在一個像雞籠一樣的地方為期一週，整體環境是個狹小有斜坡的小籠，必須赤腳待在其中，會有自動食物遞送，二十四小時照明與不定時的噪音，結果他們只撐了十六個小時就放棄了。[61]這個「化身為雞」的實驗表面上看似失敗了，但其實也可說是一種成功，因為透過這個實驗，我們已可略為想像，身為一隻蛋雞，牠們無法喊停的一生都必須在比這還糟的環境中度過，那會是一種什麼樣的生活。另一方面，雞在各種商品廣告中，又是最常被擬人化或女性化的一種，曾經有一間美國嫩雞公司聘請一位廚師，宣稱該公司的冷凍雞肉可以用來玩保齡球，因為牠們已經被冷凍到如同鈦金屬般堅硬[62]；將雞模擬為女體形象之例更不時可見[63]，羅曼史小說《格雷的五十道陰影》大受歡迎之後，甚至有食譜搭上這個便車，取名為《烤雞的五十道陰影》，將全雞用各種方式綁縛烘烤，並搭配引人遐思的情色文字。

無論是霍爾的實驗或烤雞的陰影，無疑都呈現了人、自然、機器之間的混雜流動，雞的概念非常離奇地處在性感女體與鈦金屬之間，牠們被符號化、商品化，就是沒有被當成雞來對待。透過「化身為雞」的嘗試（或者說，理解此一嘗試之不易），是否有可能帶我們更趨近「邊界認同」的理想？其實，不需要每個人都去狹籠中住一天才能知道動物是否在受苦，只要我們能夠更敏感地察覺自身之外的世界，就能體會到「我們」與「他們」從來不是一個穩固不動的概念。如同法國人類學家馬克・奧

---

58 引自《變遷留轉》，頁259-260。

59 有關化人主義的討論，可參考黃宗慧：〈從母鹿到母豬：化人主義，行不行？〉，《鳴人堂》，2017/08/04。

60 唐娜・哈洛威（Donna J. Haraway）著，張君玫譯：《猿猴、賽伯格和女人：重新發明自然》（臺北：群學出版，2010），頁291。

61 引自保羅・克拉克（Paul Cloke）、菲利普・克朗（Philip Crang）、馬克・古德溫（Mark Goodwin）著，王志弘等譯：《人文地理概論》（臺北：巨流圖書，2006），頁419。

62 同前註，頁419。

63 例如日本有位暱稱為「八郎」的美術系學生，將烤雞帶到各景點拍出各種姿態，就被當成有趣的創作方式，但其作品其實也代表著消費社會下，雞先被商品化再被符號化的現象，如許芳瑋報導：〈性感烤雞的奔跑人生日女大生特殊寫真爆紅〉，《TVBSNEWS》，2016/06/01。

吉（Marc Augé）的建議，關於他者與差異的問題，「我們必須採取理解他者性的雙叉（two-pronged）取向」：

> 首先，我們應該尋求某種他者感（a sense for the other）。一如我們有方向感或家庭感或節奏感，……他認為這種感受既正在消失，又變得更尖銳。隨著我們對他者——對於差異——的寬容消失，這種感受也在消逝。不過，當不寬容本身創造和建構了他者性，例如國族主義、區域主義和「種族淨化」，這種感受也會變得更加尖銳。……其次，我們應該尋求一種他者的感受（a sense of the other），或是對於什麼東西是對他者有意義的察覺；瞭解到他們關心的是什麼。這牽涉了傾聽「他者」的聲音，以及透過「他者」的窗戶來觀看世界。[64]

雖然奧吉所討論的主要仍是人與人之間的他者與差異，因此強調的是國族主義或區域主義帶來的問題，但他的論述也提醒了我們：當不寬容而讓他者性變得更加尖銳時，我們「感受他者的感受」之能力也會逐漸消失，而動物他者所面臨的處境，顯然又比人類他者更艱難。如何尋回他者的感受，尋回某種更寬容的，與他者共存的可能，實屬當務之急。

---

64 引自《人文地理概論》，頁59-60。

選文：烏鴉燒（節錄）

高翊峰

那隻烏鴉快速俯衝到馬路上，停在那一團糊爛的紅豆泥旁，迅速啄了一口，發現不對勁立即抖開沾黏在黑尖嘴上的豆泥屑。就在烏鴉甩頭同時，一輛高速駛過的汽車，直接把烏鴉輾斃。被輪胎壓過前一秒，烏鴉沒有展開翅膀、也沒有跳開逃離的動作。

站在路邊攤販後頭的工程師，聽見烏鴉空心骨骼被折斷的聲響。他左看右看，沒有任何路人走近。關了鯛魚燒鐵板下的母火，讓鐵鑄的鯛魚模具再一次跳躍翻面。他繞出攤位，走到烏鴉旁邊，第一次發現，近看時牠的軀體比想像中巨大。死去的烏鴉只有少量的生肉和鮮血被擠壓到柏油路面上，那顆留在眼窩裡的眼珠，還有活著的晶體水感。他也注意到剛被汽車輾斃的烏鴉，並不會真正變成卡通式的扁平，死去後的身體看來依然骨肉飽滿。

工程師心想，這隻烏鴉一定十分饑餓，也被曬昏頭，才會誤以為不小心彈出的紅豆餡料，是鯛魚的生肉。

在太陽高溫下，紅豆餡無法像活魚蹦跳。

日曬的高溫在沒什麼車輛經過的偏僻柏油路面，看得特別清楚。已經是午茶時間，緊鄰馬路的電子公司大門，還沒有人走出來。管制進出的警衛室屋簷下，有一塊液晶螢幕，顯示著今年入夏以來的最高溫：36.9度。接近人體的體溫。今天一整天，他一直想著，接近人體溫的氣溫，究竟是怎麼一回事。這樣的氣溫會不會影響烤鯛魚燒的秒數。

一切都跟溫度有關。如果能夠把餅皮烤得更薄、更酥脆，讓紅豆更綿密，應該會引起更多上班族的喜愛。

皮不夠酥脆，一位不太熟識的研發部主任曾經給過他建議。

紅豆餡如果能甜一點可能更好……也不用太甜……就好像少了什麼東西，說不上來。一位還待在同一條生產線上的女同事，曾經這樣描述他的鯛魚燒。

工程師問過她，餡料裡少了什麼？

這位女同事有點不知所措回應，怎麼會知道呢。這要看老闆自己……

她反而想知道，為什麼他會放下不錯的薪資和公司福利，改行賣鯛魚燒？

他十分認真的回答，做太久了，想改變一點什麼。

她則回應他說，烤鯛魚燒，也沒有想像中的那麼簡單吧。

在那次對話後，他便不再喜歡那位女同事。過去曾經想要追求她的想法也都消失了。

提出辭呈前後，工程師決定在原工作的電子廠外頭做點與吃有關的小生意，應該比較有機會。他隸屬的部門主任也說，去試試，如果真的不行，就回頭說一聲，再來安排。離開工作崗位，工程師沒有求職雜誌描寫的，突然獲得自由的不安，也沒有那種對自己創業的猶疑。就是試著改變一點什麼而已。至少到今天，他依舊這麼認為。

近來會讓他半夜醒來的事，多半和鯛魚燒有關。麵粉的比例，幾比幾？醒來過一次。抹在模具內裡表面的油是大豆油、花生油，還是橄欖油？醒來過一次。如果用橄欖油，要選第一道初榨的嗎？也醒來過一次。要不要改買車輪餅形狀？再醒過來一次。鯛魚？不能是其他也活蹦亂跳的旗魚、黃鯖，或者會飛的飛魚？這些問題，也讓工程師多次醒來。餡料要試試增加奶油、芋頭、綠豆，還是也加賁鹹的菜脯、蘿蔔絲？餡料的問題，總是讓工程師無法再入睡，呆坐在廚房，猶豫著要不要開火試煮。他自嘲，這也是加班，不同的是生產與品管都由自己一個人決定與負責。

大多數人直覺會買也愛吃的，還是紅豆餡。工程師查過一則網路分析，清楚知道這項比例上的口味偏愛。

來了一陣風，十分微弱。工程師的背在排汗。他想，就連烏鴉也為了紅豆餡料喪命。看著馬路上的烏鴉屍體，嗅到新鮮生肉與血的氣味，他突然覺得，輪胎輾過的烏鴉，有一種自然的美感，好看而且不停引人注視。

似乎是的。路人都喜歡看一眼被壓死的貓狗、老鼠，蛇與青蛙。他覺得，鳥類最美。這一次，是黑的烏鴉。

回到攤位上，工程師從側背包裡拿出雜記本和鉛筆，再次左看右看往前看，確定沒有來車也沒有路人，才回到烏鴉旁，盡可能把牠的屍骸形體，粗線條描摹在空白的雜記本。死去的烏鴉依舊有鳥嘴、有眼珠、有頭顱，翅膀被壓成有點俯衝企圖的角度，兩隻細腳都折斷翹離路面，有些毛管根部刺出皮膚，但大部分的羽毛都還插在對的毛孔點。

就在停筆思考要不要多勾勒幾筆炸開的羽毛時，身後有人出聲叫喚。

「要買鯛魚燒。」是那位他曾經想要追求的女同事。

工程師收妥鉛筆雜記本，轉身回到小攤販的後頭。

「怎麼了？」她問。

「一隻烏鴉……被車子壓死了。」

女同事看向馬路上的那具烏鴉屍體，露出了嫌惡也恐懼的表情。口中輕罵，「還好不是貓狗……」

沒關係，已經死了，別怕。如果工程師對她還有興趣，會這樣告訴她，但他沒有說出口。

「六個？」他問。

「七個。」她說。

「多一個？誰吃兩個？」

「今天來了一個新人。主任說，請大家吃你的鯛魚燒。」

工程師抖開紙袋，一尾鯛魚蹦進袋洞。一個紙袋跳一隻肚包紅豆餡料的鯛魚。裝了幾個之後，他才開口問，「新人……補我的缺？」

女同事沒有第一時間回應，等接過一整袋七個鯛魚燒，才微微點頭，「我問過主任，只有一個人事缺。新人的速度沒有你快，不過我們這組交件不足，真的忙不過來……」

收下七個鯛魚燒的錢，這是今天的第一筆收入，也是昨天唯一的一筆生意。只不過，昨天是六份。

一輛載運零件的小貨車開出電子公司大門，再一次輾過烏鴉屍體。牠先是更扁了些，但熱風一滾過，又把牠吹出可以飛翔俯衝的薄片軀體。

警衛室外頭掛著的液晶螢幕，顯示要多喝開水避免中暑的字樣，接續跑出，目前氣溫：37度。一切都與溫度有關，但工程師無法感覺與體溫相同的氣溫溫度。他關掉母火，閉鎖瓦斯桶，迅速收妥查看熱度的粗鐵針與油布棒，把調好的濃稠麵糊冰回簡易冷藏箱。這時他發現小湯瓢上，還有一隻鯛魚燒肚子能容納的紅豆泥。表面一顆顆的紅豆，因日曬失去水潤。

趁著一陣弱風，他把這團乾燥的紅豆泥，丟給了那隻烏鴉屍體，像是餵養。乾燥的紅豆泥落地時瞬間扁平，向周圍緩緩游成出魚尾、魚頭，但還沒生出鰭，就乾了死了。

另一陣熱風捲起烏鴉的小朵羽毛，繞成毛絮的旋風。那些還有近黑湛藍光澤的羽毛，在路面上盤旋振動。風再強一些，折斷的細腳就拔出柏油。從工程師的視角看過去，烏鴉是活過來了。牠只是黏在柏油裡，也被小碎石卡住碎骨，無法趁著熱曬扭曲的氣流飛離路面。收拾完畢後，工程師把小於一塊榻榻米大小的攤子扣掛在摩托車的尾架，緩緩拖曳，騎入不停扭腰擺動的路面，離開了電子公司的大門側邊。

——選自高翊峰《烏鴉燒》／寶瓶文化／二〇一二年

問題討論

1. 請試著找出商品廣告中（影像或平面廣告皆可），將動物擬人化或情色化的例子，並簡要分析之。
2. 請舉出幾個世界各地的「吉祥物」之例，並分別由觀光、行銷、城市空間與傳統文化等不同角度分析之。

作業練習

1. 你認為在〈烏鴉燒〉和〈石獅子會記得哪些事？〉這兩篇小說中，分別反映出什麼樣的人與動物之關係？
2. 你養過電子寵物或照顧過電子嬰兒嗎？若有，請分享你的經驗和感受；無論是否有過相關經驗，都請說說看你對當代社會中，虛擬生命之科技發展可能帶來的影響。

相關影片

- 《魔法公主》，宮崎駿導演，松田洋治、石田百合子、田中裕子主演，1997。
- 《神隱少女》，宮崎駿、柯克．懷斯導演，柊瑠美、入野自由、夏木麻里主演，2001。
- 《撕裂人》，詹姆士．岡恩導演，奈森．菲利安、伊莉莎白．班克絲、葛雷格．亨利、麥可．魯克主演，2006。
- 《崖上的波妞》，宮崎駿導演，山口智子、長嶋一茂、天海祐希主演，2008。
- 《阿凡達》，詹姆斯．卡麥隆導演，山姆．沃辛頓、柔伊．沙達納、雪歌妮．薇佛、蜜雪兒．羅德里奎茲、史帝芬．朗主演，2009。
- 《動物方城市》，拜倫．霍華德、瑞奇．摩爾導演，吉妮佛．古德溫、傑森．貝特曼、伊卓瑞斯．艾巴、珍妮．斯蕾特、內特．托倫斯主演，2016。

關於這個議題，你可以閱讀下列書籍

- 查爾斯．佛斯特（Charles Foster）著，蔡孟儒譯：《變身野獸：不當人類的生存練習》。臺北：行人文化，2017。

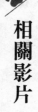

■唐娜・哈洛威（Donna J. Haraway）著，張君玫譯：《猿猴、賽伯格和女人：重新發明自然》。臺北：群學出版，2010。

■詹姆斯・弗雷澤（James George Frazer）著，汪培基譯：《金枝》。臺北：桂冠出版，1991。

■菲利普・狄克（Philip K. Dick）著，祁怡瑋譯：《銀翼殺手》。臺北：寂寞出版，2017。

■雪莉・特克（Sherry Turkle）著，洪世民譯：《在一起孤獨：科技拉近了彼此距離，卻讓我們害怕親密交流？》。臺北：時報文化，2017。

■西格蒙德・弗洛伊德（Sigmund Freud）著，邵迎生譯：《圖騰與禁忌：文明及其缺憾》。臺北：胡桃木出版，2007。

■維若妮卡・坎皮儂・文森（Veronique Campion-Vincent）、尚布魯諾・荷納（Jean-Bruno Renard）著，楊子葆譯：《都市傳奇：流傳全球大城市的謠言、耳語、趣聞》。臺北：麥田出版，2003。

■谷口治郎著，謝仲庭譯：《悠悠哉哉》。臺北：臉譜出版，2014。

■杉田俊介著，彭俊人譯：《宮崎駿論：眾神與孩子們的物語》。臺北：典藏藝術家庭，2017。

■方清純：《動物們》。臺北：九歌出版，2017。

■吳明益：《天橋上的魔術師》。臺北：夏日出版，2011。

■林建光、李育霖主編：《賽伯格與後人類主義》。臺北：Airiti Press Inc.，2013。

■高翊峰：《烏鴉燒》。臺北：寶瓶文化，2012。

■張君玫：《後殖民的賽伯格：哈洛威和史碧華克的批判書寫》。臺北：群學出版，2016。

■陳志華：〈大象〉，收錄於《失蹤的象》。香港：香港kubrick，2007。

■鄒文律：《N地之旅》。香港：香港kubrick，2010。

■韓麗珠：《失去洞穴》。臺北：印刻出版，2015。

大眾文學中的動物。

尋回斷裂的連結

在迷人與駭人之間？

安伯托・艾可（Umberto Eco）曾在〈熊是怎麼回事？〉一文中，由滿坑滿谷的可愛泰迪熊出發，反省人們對於動物形象的塑造是否背離現實的問題。但與其說他反對將動物改造成胖嘟嘟毛絨絨的玩偶，不如說他指出了一個人與動物關係中相當重要的兩極模式：妖魔化與可愛化。艾可認為：「從前的故事版本對大野狼太壞，現在的版本又太誇張狼的善良面。」[1]而這種過度強調動物可愛面的童話反而是一種危險的教育——如果小孩子們誤以為所有的熊都和小熊維尼一樣，那麼他們就無法體會自然動物所具有的危險性。在本書第一章所提及的，動物園中各種不當接觸造成的悲劇，多少也與長期以來，童話故事都把野生動物刻劃成「可愛的好朋友」有關。[2]更重要的是，無論妖魔化或可愛化，動物角色往往都被固定的刻板形象所塑造：狡猾的狐狸、好吃懶作的豬、大笨象、可愛的小白兔……於是我們一方面看似被動物（符號）所包圍，一方面又安心地將真實動物切割為少數「愛動物」人士的議題，並且繼續在日常語言、文學媒體中，強化那些無論在知識上、觀念上都有必要調整的偏見。

儘管近年來，漸漸有不少兒童故事或繪本，開始反省過往這些以動物作為主角或主題的故事過度刻板化的問題，然而這些想要「撥亂反正」的故事，往往不是矯枉過正，變得說教意味濃厚，就是徒有空洞的「愛護動物」口號，但在整體觀念並未扭轉的情況下，仍不時演出各種「錯誤示範」。舉例來說，一本描述叔姪三人到非洲旅行的圖文書《南非歷險記》，內容就融入了近幾年逐漸普及的觀點，呼籲小朋友不應該騎乘大象。問題是，除了愛護大象之外，幾位主角仍繼續轉戰動物園推出的極限冒險活動，和鱷魚一起潛水，以及和初生一個多星期的小獅子合照，還讚美小獅子溫順可愛又會撒嬌……。[3]這類的例子無不說明了，作者對動物議題若缺乏高度的敏感性與充分的理解，就算作品中出現愛護動物的訴求，往往也會流於片面與矛盾。

但是，若從另一個角度思考，這些兒童文學、小說和媒體，或許反而得以提供更多主流文化中看待動物方式的線索。不過，由於過去提到「動物」，彷彿總和「兒童」劃上等號，動物文學和動物小說，都被視為是給兒童看的教育或娛樂作品，而且往往具有濃厚的寓言色彩與象徵意義，因此本章的重點將以一般大眾文學、小說為主，凸顯這些不見得會被歸類為「動物文學」的作品，仍可看出人與動物互動關係的不同模式，以及動物並不總是要以「象徵」的形象才能出現在文學中。例如山白朝子（乙一）的短篇小說〈關於鳥與天降異物現象〉，雖是恐怖小說，卻呈現出人與鳥之間

---

1 安伯托．艾可（Umberto Eco）著，張定綺譯：〈熊是怎麼回事？〉，《帶著鮭魚去旅行》（臺北：皇冠出版，2000），頁222。

2 令人心驚的是，這類不當接觸不只發生在動物園，即使在野外，許多民眾對於野生動物也缺乏應有的距離。二〇一七年五月，加拿大的史蒂夫斯頓（Steveston）碼頭就發生一起女孩被海獅拖入海中的事件，據推測事發當時應有遊客無視碼頭禁止餵食野生動物的規定投餵麵包，且海獅在拖女孩入水之前，就已進行一次跳撲的動作，但眾人卻毫無警覺。所幸海獅很快鬆口，對人和海獅而言，都僅是虛驚一場。但這個看似偶發意外的背後，卻與長期以來海獅一直被動物表演和兒童故事塑造成可愛的「明星動物」不無關係。可參見〈加州海獅為何將女孩拖入海中？〉，《國家地理雜誌》，2017/05/24。

3 參見李浩先編：《南非歷險記》（臺北：漢湘文化，2016）。

複雜的情感關係。故事描述女主角的父親在屋頂上救了一隻形似烏鴉的傷重黑鳥，但體型碩大的牠，不屬於圖鑑上的任何一種鳥，黑鳥復原之後不願離開，就這樣住了下來。這隻鳥有一種特殊的「讀心」能力，當你想要某樣東西的時候，鳥會先一步去把東西叼過來。某日，父親被闖空門的小偷殺死了，和父親特別親近的鳥也離開了，可是只要女主角需要什麼，那樣東西總會神祕地從天上掉下來。直到有一天，不受歡迎的伯父來訪，女主角忍不住想著：要是死的是伯父而不是父親就好了⋯⋯。為了不破壞讀者閱讀的樂趣，在此不揭露故事的結局，但相信讀到這裡，「小心你的願望」的暗示已非常明顯。女主角與鳥的親密關係產生了微妙的變化，到後來，她為了避免黑鳥傷害她喜歡的人，選擇剝奪了黑鳥飛翔的能力：

> 我想要和別人在一起，為了跟別人在一起，我必須讓那隻鳥再也沒辦法攻擊任何人。⋯⋯「我必須這麼做，這是為了讓你融入人類社會⋯⋯」與其說是在對鳥說，更像是為了振奮自己。我撫摸了鳥背和鳥頭一陣子，然後把刀子銳利的前端抵到牠的左翅根部。鳥沒有掙扎，眼睛對著我，偶爾眨眨眼。⋯⋯這天夜晚，我奪走了鳥的天空。[4]

這個故事之所以值得注意，是因為它包含了人對動物的各種複雜甚至對立的情感：既有同情與依賴，也有猜疑、恐懼和背叛。動物對人建立信任關係之後，似乎就是確切不移的，可是從人的角度來考慮，卻不見得如此單純。包括對動物力量的畏懼、溝通的困難，都使得人與動物之間的情感連結平添許多變數。這隻具有「讀心」能力的鳥，固然能夠感應到人的情感需求，卻無法理解背後更複雜的種種糾葛，於是在關鍵時刻，溝通仍然是斷裂的，人無法了解鳥想要表達的事情，所謂的「讀心」，終究是單向與失能的，這無疑是個巨大的反諷。更重要的是，人與動物在這個故事中的付出不僅不對等，甚至完全不成比例。它提示了一個常被忽略的現實：要被納入「人類社會」，對動物而言是要付出代價的——無論那代價是天空或生命。

透過這個故事，我們亦可發現人看待動物的態度，表面上是每個人在喜愛與厭惡的光譜兩端之間，分別佔據不同位置，現實卻遠比此複雜。很多時候，愛的當中包含了投射、依賴、欠缺等自身願望的形變；而妖魔化的背後，卻也有可能隱含著崇敬、畏懼與厭惡等各種不同的感受。而且這些看似不相容的情感，甚至可以同時存在。人需要動物，卻又總是對動物的存在感到不安，事實上，本書所討論的每一個章節，都多少具備了此種矛盾的雙重性——牠們既是泰迪熊，同時也是猛獸。因此，本章將以若干文學小說為例，思考在迷人與駭人之間，人與動物的關係還有哪些可能性；以及除了動物寓言之外，動物在文學中的其他樣貌。

---

4 山白朝子（乙一）著，王華懋譯：《獻給死者的音樂》（臺北：獨步文化，2013），頁168-169。

動物一定要作為隱喻嗎？

「對於這之間的兩百二十七天，我跟你們說了兩種版本的故事。」「對。」「兩個都沒能解釋貨船為什麼沉沒。」「沒錯。」「兩個故事對你們也就都沒有差別。」「這倒是真的。」「你們不能證實哪個版本是真的，哪個是假的，只能相信我說的話。」……「那麼請告訴我，既然兩個版本都沒有差別，你們也證明不了孰是孰非，你們是喜歡哪一個故事？哪一個故事比較精彩，有動物的還是沒有動物的？」岡本先生：「這個問題倒很有意思……」千葉先生：「有動物的。」岡本先生：「對。有動物的故事比較精彩。」派．帕帖爾：「謝謝。老天終究是有眼睛的。」[5]

楊．馬泰爾（Yann Marter）的《少年Pi的奇幻漂流》（以下簡稱為《少年Pi》），經過李安改編為電影後，成為家喻戶曉的原著小說。相關影評與書評都已有非常豐富的討論，尤其主角Pi最後對兩位調查員講述故事時的「翻案」更引起熱議。哪個版本才是真的？或者說哪個才是小說家／導演想暗示的「最終版」？許多評論者抽絲剝繭，分析作品（尤其是電影中）的各種線索、隱喻，並且提出了自己的見解，更有人提出在真相之內還隱匿著更深沉與黑暗真相的「第三個版本」。為便於討論，以下先簡略介紹這部作品內容，才能了解所謂「有動物」與「沒動物」版本的差別。

若以原著小說的結構來看，《少年Pi》是一個層層包裹的敘事，小說家「我」為了寫作來到印度，在到處與人談話尋覓靈感的過程中，有個老人告訴他：「我有個故事會讓你相信上帝真的存在。」[6]於是小說家找到了故事的主角Pi，並以Pi的第一人稱開始描述他的故事：童年時父親經營動物園的回憶；小時候同時信仰基督教、伊斯蘭教與印度教的理由；以及全家人決定移民展開新生活，帶著所有動物飄洋過海打算將牠們賣到美國的動物園，不久之後卻發生船難的遭遇；接下來就是關鍵的，與一隻孟加拉虎「理查．帕克」在太平洋上一同漂流了兩百二十七天的過程。小說的後半，主要圍繞在這個貌似道德思想實驗的虛擬場景中，Pi如何在名符其實「虎視眈眈」的環境裡，克服海難的各種折磨，努力活下去的心路歷程。最後則是Pi獲救後對調查員敘述發生在自己身上的事，第一個版本自然就是讀者已經閱讀了三百多頁的上述細節，但調查員覺得許多情節包括老虎的存在都不夠合理，於是Pi就講述了第二個「沒有動物」的版本。第二個版本只花了八頁的篇幅，但許多人（不只是書中的調查員，也包括多數評論者）都認為版本二，以及透過版本二再推論出的版本三，才真正指出海上漂流的殘酷黑暗，以及人與自身「獸性」搏鬥、面對死亡與求生的艱難。

在此先隱去這個「翻案版本」的關鍵內容，但必須提出的是，版本二雖然比較符合我們對於船難、山難等重大災難生還者遭遇的想像，而且確實可以獨立成一個完整精簡的船難故事來閱讀，但以

---

5 楊．馬泰爾（Yann Marter）著，趙丕慧譯：《少年Pi的奇幻漂流》（臺北：皇冠出版，2012），頁330-331。原書中的對話為每句獨立成行，在此為便於讀者閱讀，僅將其以單引號隔開。

6 同前註，頁16。

小說本身的結構來看，版本二是依附在版本一之上才成立的。因此小說中刻意透過兩位調查員之口，表達某種懷疑——這兩個故事版本的主要脈絡為何如此類似？最大的差別在於，在版本一當中登場的斑馬、鬣狗、紅毛猩猩，在版本二代換成幾個真實人物，這也是何以許多人認為理查．帕克就是Pi的內在自我。當然，一部優秀的文學作品，本來就擁有多重的詮釋方式，以及不必然只有一種標準解答的開放空間，但本章想討論的重點在於，為何我們會比較傾向於相信版本二，以及更重要的，當我們相信版本二的時候，版本一的存在又意味著什麼？

值得注意的是，版本二之所以可以讓讀者迅速進入狀況，是因為我們已經跟著版本一和主角一起走完了整個歷程，之後只要把角色代換成人物，就可以產生了然於心的效果，也就是說，當我們選擇相信版本二的「真相」，版本一就成了我們所熟悉不過的「動物寓言」：斑馬、鬣狗與紅毛猩猩，各自被賦予某種符合刻板形象的角色特質，理查．帕克則成為人與「獸性自我」、「本能欲望」共處的典型象徵。這些象徵意義固然也都是小說中刻意安排，一如老虎理查．帕克，本就指向真實歷史中發生在一八八四年的英國船難，被吃掉的那位船員之名[7]；但馬泰爾並不是要寫一個「敘述性詭計」的推理小說，意圖在最後把讀者以為的事實全盤推翻，相反地，他讓兩個（或三個）版本都各有其合理處，也有某些無法讓拼圖完整的隙縫。更耐人尋味的是，Pi最後與調查員的爭辯，不只呼應了小說最初，有關理性與信仰的種種交鋒，並且提醒讀者憶起小說家一開始埋的伏筆：「這是一個會讓你相信上帝存在的故事。」換言之，馬泰爾在此其實要求讀者在故事帶來的困惑與懸念中，反思我們所認為的「合理」，究竟是追求科學實證的理性思維，抑或其實只是我們想要這樣相信而已？

關於這個問題，哲學家艾德蒙·葛隸爾三世（Edmund L. Gettier III）曾撰寫〈證實為真的信念就是知識嗎？〉一文，來探討「我們如何才能確認自己知道一件事，而不只是相信而已？」過去要證明某個信念為真，需要三個條件：(1)我相信此信念為真；(2)此信念確實為真；(3)我有充分理由相信此信念為真。但葛隸爾認為，有時就算符合上述條件，我們也不見得就能說「我知道」。舉例來說：假設我們在鐵軌上看到一棵倒下的樹幹，但那樹幹看起來很像一個人，所以我將其誤認為一個人（符合條件(1)：我相信有人）；事實上的確有一個人倒在這棵樹的後面，被綁在鐵軌上（符合條件(2)：確實有人）；我相信有人被綁在鐵軌上，也確實有人被綁在鐵軌上，而且我有充分理由相信有人被綁在鐵軌上，因為我確實看到鐵軌上有個像人的物體（符合條件(3)：我有理由相信）。在這樣的狀況下，我可以說我「知道」有個人被綁在鐵軌上嗎？葛隸爾認為，我們仍然只能說「我相信鐵軌上有人」[8]。

---

7 此為知名的「女王訴杜德利與史蒂芬案」：一八八四年五月十九日，包括船長湯姆·杜德利（Tom Dudley）、大副愛德恩·史蒂芬（Edwin Stephens）、水手愛德蒙·布魯克（Edmund Brooks）與船艙服務員理查·帕克（Richard Parker）四人搭乘「木樨草號」（Mignonette）由南安普敦（Southampton）前往悉尼（Sydney），於七月五日發生船難，因逃至救生艇時未攜帶淡水，四人在苦撐約二十天後，杜德利和史蒂芬聯手殺死了帕克。獲救之後，兩人被判絞刑，最後被特赦改判監禁半年。此案引發眾多倫理與法律上的爭議，許多討論道德哲學的書籍皆曾引用。費迪南·馮·席拉赫（Ferdiand von Schirach）在其《可侵犯的尊嚴：一位德國律師對罪行的13個提問》（臺北：先覺出版，2016）一書中，亦針對此案有詳盡的討論，可參閱之。

8 整理並引用自大衛·愛德蒙茲（David Edmonds）著，劉泗翰譯：《你該殺死那個胖子嗎？：為了多數人幸福而犧牲少數人權益是對的嗎？我們今日該如何看待道德哲學的經典難題》（臺北：漫遊者文化，2016），頁161-163。

Pi與調查員的爭論，亦可說是對於「知道」與「相信」之間的挑戰。當調查員質疑故事不合理，因為「在生物學上根本就是不可能的」、「我們只是想理智一點」時[9]，Pi卻點出了其中的盲點：「老虎是真的，救生艇是真的，海洋也是真的。因為在你們狹窄有限的經驗裡，這三者從來沒有會合在一起過，所以你們怎麼也不相信。但事實真相很簡單，奇桑號把這三者聚集在一起，然後沉沒了。」[10]如果我們相信之事不見得是真實，同理可知，我們無法相信的，也不見得就不會是事實真相。

所以，為何我們比較想相信版本二？除了它比較符合前述讓信念變成知識的幾個條件，有其他船難的前例可循、比較合理因此比較有理由相信之外，會否還隱含著「其實我們比較喜歡讓動物待在寓言系統中」的這個可能？也就是說，讓老虎成為獸性和原始的象徵，比起「一個人和一隻老虎在海上建立起某種患難情感」的這種想像，會讓人覺得更自在一些？其實，如果忽略「哪個版本才是真相」的糾結，單純從小說情節來觀察Pi與老虎的互動，仍有許多合情合理，可以思考人與動物關係之處。其中，Pi的種種心情變化，是非常值得注意的。

在海上遇難不久，Pi很快就醒悟自己只有「馴服」老虎這個選擇，否則必死無疑，因此他憑著機智取得了人虎關係中的主控權：供應水與食物，並且搭配他身為動物園園長兒子的所有知識——關鍵在於，他要馴服的對象正好也是一隻在動物園中長大的老虎，在人與動物權力角力的這場戰役中，牠一開始就輸在起跑點上：「理查．帕克從記事以來就是一隻動物園裡的動物，牠習慣了茶來伸手飯來張口。……我的作用十分簡單也十分神奇，因此我也就產生了權力。」[11]但是，由於《少年Pi》並不是一個描述某種「人定勝天」式的、「人類憑藉著不屈不撓的毅力克服了自然與力量強大的動物」

的典型敘事，它不是《老人與海》的少年海難版——儘管老人確實也對他所要戰勝的那條大馬林魚產生了某種認同與情感；但是Pi並不是懷抱著要成為「海上馴獸師」的目標來到救生艇上的，因此他對老虎的情感相對也就更加複雜。

在漫長的漂流過程中，理查．帕克讓Pi沒有時間思考死亡，牠激發了Pi活下去的意志力，而且是一起活下去的意志力。到後來，Pi和帕克甚至形成了某種命運共同體（當然，你也可詮釋為Pi與內在自我和解），他對帕克說的話都是「我們」，在看到遠方油輪往自己靠近時，以為獲救的他說的是「我們成功了！我們獲救了！」[12]，當希望變成失落，他對帕克說：

「我愛你！」我不假思索說出這句話，深厚的感情溢滿了胸懷。「我真的愛你，真的，理查．帕克。要是沒有你，我真不知道會怎麼樣。我大概沒辦法活下去，沒錯，我會活不下去。我會孤苦無依的死去。別灰心，理查．帕克，別灰心。我會讓你回到陸地的，我保證，我保證！」[13]

這個「我們」的認同一直持續到帕克頭也不回地消失在叢林中，從此與他的人生分別為止。[14]

---

9 《少年Pi的奇幻漂流》，頁302、307。
10 同前註，頁308。
11 同前註，頁229。
12 同前註，頁239。
13 同前註，頁241。
14 同前註，頁292。

Pi對帕克的感情包含了控制、恐懼、敬意、愛與認同，它們同時存在與相容，但也因此產生了某種制衡的力量，讓Pi即使在恐懼中也不失敬意。對比如今許多人在自以為制伏猛獸之後，就將其視為炫耀取樂的對象[15]，《少年Pi》之中人與動物、人與自然力量之間的關係，顯然提供了一種另類的，在極端情境中的人與動物倫理學的珍貴一課。

動物愛好者全是怪咖？

如果說，前述《少年Pi》的不同版本，隱含著某種人其實希望動物「留在隱喻系統中」的欲望，這似乎也同時解釋了另一個在動物文學中常見的設定，那就是動物愛好者／素食者，幾乎都是以某種邊緣的、缺乏社會化的怪咖形象登場。除了本書第五章提到的，羅爾德・達爾（Roald Dahl）〈豬〉裡面的姑婆（與她養育出來的主角）、約翰・柯慈（John Maxwell Coetzee）的〈伊莉莎白・卡斯特洛〉，都帶著某種不合時宜的氛圍外，J. K.羅琳（J. K. Rowling）《哈利波特》裡面，身為重要角色的海格，也是一個有趣的例子。表面上看來，熱愛動物的海格是個形象討好的正面角色，但事實上，羅琳卻又不時安排海格這種愛動物的個性，為哈利波特他們帶來不少困擾。試看下面兩個段落：

海格從枕頭下抽出一本大書，「這是我向圖書館借來的——《養龍的快樂與利潤》——當然，這本書是有點兒過時了，不過裡面什麼都有。要把蛋擱在火裡，因為牠們的母親總是朝蛋噴火，明白吧，等到孵出來以後，每隔半個鐘頭，餵牠一桶摻了雞血的白蘭地。……我的這個是挪威脊背龍。這種龍是非常罕見的。」他顯然對自己十分滿意，妙麗卻不以為然。「海格，你住的是一棟木頭房子。」她說。但海格根本沒在聽。他忙著撥弄爐火，一面還快樂地哼著小曲。[16]

牠們看起來就像是畸形的無殼龍蝦，顏色是嚇人的慘白，看起來黏呼呼的，全身到處長滿了腳，而且根本看不出哪裡是頭。每個板條箱裡都裝了上百隻爆尾釘蝦，每一隻大約有六吋長，全都擠成一團在彼此身上緩緩爬行，盲目地朝板條箱內側亂碰亂撞。牠們有一股非常強烈的腐魚腥味。每隔不久，就會有一隻爆尾釘蝦「噗」地一聲，從尾巴噴出一陣直竄到好幾吋外的火花。「才剛孵出來哩，」海格驕傲地說，「所以可以給你們養喔！我想我們可以來好好計畫一下！」「但我們為什麼會想要養牠們呢？」一個冷漠的嗓音說。[17]

---

15 例如二〇一七年七月，美國一群釣客在捕獲一隻黑邊鰭真鯊，用繩子綁住牠的尾鰭，繫在快艇上高速拖行，任其在海上痛苦翻滾，還一面嘻笑取樂，用手機拍下影片發送給其他人，完全不認為自己的行為有任何不妥。參見黃韵筑報導：〈鯊魚被高速拖行翻滾　釣客竟哈哈大笑〉，《中華電視公司》，2017/07/26。

16 J. K. 羅琳（J. K. Rowling）著，彭倩文譯：《哈利波特（1）：神秘的魔法石》（臺北：皇冠出版，2000），頁241。

17 J. K. 羅琳（J. K. Rowling）著，彭倩文譯：《哈利波特（4）：火盃的考驗》（臺北：皇冠出版，2001），頁215。

在這兩個例子中，海格對於他豢養的動物總是津津樂道，且對他人的不以為然、動物可能帶來的風險——例如讓一棟木頭房子燒起來——都渾然不覺。尤其在《火盃的考驗》中，他擔任「奇獸飼育學」課程的老師，卻對於他自己找來的這群爆尾釘蝦，從食性到行為都一無所知。不過雖然沒人知道這些釘蝦到底愛吃什麼，牠們仍以驚人的速度成長，並開始自相殘殺。[18]上述這些行為實在都不算是「愛動物」的正確示範，而身邊的朋友，在包容中總也多少帶些無奈。

由此可以發現，相較於其他人物設定，一個角色若被定位成「愛動物」，往往總是隱含著某種「難相處」或甚至「給別人添麻煩」的意味。如同茱迪思．夏朗斯基（Judith Schalansky）《長頸鹿的脖子》裡的生物老師英格．洛馬克，雖然並非傳統定義中的「動物愛好者」，但是以生物學和達爾文主義作為其世界觀的她卻令讀者印象深刻。洛馬克用生物學的眼睛看學生，用動植物的特質認識與記憶他們。因此在她眼中，這一個個「小型靈長類動物」，有的「如同雜草般不引人注意」；有的「如天竺鼠般躁動不安」；有些「唯有不斷餵食，才會保持安靜」，有的則「恍惚昏沉，蠑螈還比他漂亮」[19]。這些觀察或許精確，卻被認為教學方式不合時宜，不僅和學生漸行漸遠，嚴肅古板的她，在日常生活中也與自己的女兒和丈夫疏離隔閡。

這些例子不禁讓人懷疑，如果文學是人生的反映，是否在現實生活中，這就是動物愛好者給人的普遍印象？和動物的連結又是否必然意味著人際的挫敗？紐西蘭作家茱迪絲．懷特（Judith White）的《一千種呱呱聲》，就對此進行了相當細膩的思考。女主角漢娜在喪母後，丈夫賽門用一隻小鴨當禮物，作為「貼在她心上裂縫的OK繃」[20]，但當漢娜真的因此和小鴨建立了強烈的情感連結後，賽門卻心生不滿，從而讓夫妻之間原本累積的種種問題擴散開來。當漢娜在無趣的晚宴上，試著用鴨子打開話題時，「賽門把腳壓在她腳上，用力往地上磨蹭。她硬生生吞下說到一半的句子」[21]，晚宴結束後，賽門不滿地批評：「看看你自己跟那玩意兒。那不是嬰兒。真的。」[22]她的妹妹瑪姬更毫不客氣地說：「那隻該死的鴨子是怎麼回事？大家都覺得妳瘋了。所有人。那只是一隻髒鳥。真的很髒。但是你對待牠的方式，還有跟那鬼東西講話的方式。我真不知道賽門怎麼受得了妳。」[23]對身邊的人來說，無微不至地照顧與呵護鴨子不是美德，是某種「不正常」的證據，是會被當成「愚蠢的中年婦女」[24]的行徑。

無可否認的是，漢娜和鴨子之間的關係，也並非那麼單純的愛與付出，而有非常多的情感投射，她先將鴨子當成嬰兒般照顧，和鴨子對話，其後又在鴨子身上感受／製造出某種和「母親之間的情感延續」[25]，認為小鴨學會飛翔的那天，就是母親「翱翔在強風之上，永遠自由」[26]之時。但當鴨子慢

---

18 同前註，頁 254、283。
19 茱迪思・夏朗斯基（Judith Schalansky）著，管中琪譯：《長頸鹿的脖子》（臺北：大塊文化，2014），頁 18-22。
20 茱迪絲・懷特（Judith White）著，邱儉譯：《一千種呱呱聲》（臺北：時報文化，2015），頁 9。
21 同前註，頁 82。
22 同前註，頁 83。
23 同前註，頁 146。
24 同前註，頁 89。
25 同前註，頁 98。
26 同前註，頁 109。

慢長大，開始發情並有可能飛到鄰居的花園，牠就成了一隻「獸性在羽翼下沸騰」、「造成威脅的鳥」[27]；最後，她以「為鴨子好」的理由將其送回出生地，交給原本鴨圈的夫婦照顧，但她也非常清楚，對於鴨子來說，「他不會明白這是怎麼回事，他所熟悉的一切就這樣彈指間消失了」[28]。類似前述〈關於鳥與天降異物現象〉的人鳥關係再次出現：當動物對人與人之間的關係造成威脅，人對動物的愛就會變成有條件的愛，而這樣的愛，要堅持下去似乎非常困難。

但是，這並非意味著人與動物之間，不可能建立某種更純粹的互動模式；因為情感欠缺或孤單、寂寞而將注意力轉移到動物身上，也不等於一定無法善待動物，反之亦然。因此與其指責人將情感投射在動物身上（事實上非常難以避免），更重要的或許是，人如何好好將生命當一回事？就像小說中某次漢娜與友人晚餐時，在座的一對伴侶是「愛鴨人士」與獵人的組合，因此鴨子難得可以成為「上得了檯面」的話題。但是從對話中，只是凸顯了「愛鴨人士」對鴨子的無知（「鴨子有陰莖嗎？」是其中一個爭論的話題），以及獵人對鴨子的輕蔑。當獵人呱呱呱地模仿鴨子的叫聲，漢娜試圖反駁他，說明紅面鴨不會呱呱叫。但他只是嘲諷地說：「管牠怎麼叫，總之叫鴨子閉嘴吧。」[29]這對夫婦的種種行徑，無論是把鴨子翅膀剪掉來留住牠們的「愛」的方式，或是拿自己的獵物開玩笑的態度，都凸顯出人的自私、無知與輕蔑，正是動物無法被善待的關鍵。

至於鴨圈的夫婦，相較於漢娜正好是某種對照組，他們非常實際地以「把鴨子當成鴨子」的態度照顧動物。如前所述，沒有任何情感投射，很客觀地把動物當成動物，不代表就不會好好照顧動物；問題出在，正因為在他們眼中「鴨子不都一個樣」[30]，於是當漢娜想回去探視自己的鴨子時，才發現他們已把鴨子給了另一個想要幫小男孩找隻寵物的印度家庭。透過這些角色與動物之間的不同距離，懷特呈現出一個頗為「寫實」的人與動物關係之圖像：對許多人來說，動物就是動物，與他們的日常生活無關；至於另外一些人，無論他們將動物視為商品、寵物或獵物，動物的主體性都很難在這樣的關係中被正視；在這樣的世界裡，那些把動物當成人來照顧與在意的少數，會被視為怪咖也就不難理解了。但無論如何，鴨子的信任與依賴，終究是遭到了人類某種程度上的背叛，無論情感曾經如何緊密，畢竟都是不對等的愛。

找回斷裂的連結

另一方面，《一千種呱呱聲》也以非常複雜而細膩的方式，帶我們看到人為何會需要「寵物」背後的心理需求。事實上，這個問題無論以生物學、心理學或社會學來思考，答案都莫衷一是：

27 同前註，頁214。
28 小說中漢娜都稱呼她的鴨子為he而非it，因此中譯亦翻成「他」，非誤植。同前註，頁290。
29 同前註，頁128。
30 同前註，頁327。

臨床心理學醫師認為，人類養寵物是因為希望自己感到被愛。生物學家認為寵物飼養為巢寄生的變形。也有些社會學者認為寵物為人類社會關係建構的一塊磚，那就是為什麼狗在坎薩斯州會被視為家人、在肯亞被當作賤民，而在韓國又成為熱騰騰的午餐。總之，人類對寵物的愛可說是最親密的人類與動物互動關係之一，其背後的原因相當複雜而多元。寵物除了讓我們感到被需要以外，也可以在我們低落時提供情感支持，不過同時牠們也確實為社會建構的一部分元素，並且偷偷地以巢寄生的方式入侵我們的生活。[31]

但是，無論答案是哪一種（或哪幾種），真正重要的其實不是人為何飼養動物的心態，而是這種心理需求反映出人「想與動物之間產生連繫」的動機。如何將人與動物之間已然斷裂的連結重新鏈接，正是本書念茲在茲的課題。對此，若干可能會被認為過於溫情的作品，或許反倒是召喚人與動物最初連結的契機。

舉例而言，以「恐怖小說」知名的朱川湊人，曾寫過一個非常溫暖的短篇小說〈光球貓〉[32]。小說的敘事者是個「又窮又孤獨的年輕人」，一個人離家來到東京下町的舊公寓中，追求著想要成為漫畫家的夢想。而他在異鄉交到的第一個朋友，就是會默默來到房間安靜過夜的貓咪「茶太郎」。茶太郎的陪伴讓他得到了撫慰，但是，在一個意志消沉的寒冷夜晚，卻出現了奇妙的東西：那是一個「微微散發清白光輝、直徑約五公分的球」[33]，還會配合著敘事者的手指移動輕輕搖擺，就像一隻活生生的好奇貓咪一樣；將其捧在手心上用另一隻手撫摸，也會像貓咪發出呼嚕聲一般地輕輕振動。

敘事者原本以為是茶太郎發生不測，就這樣繼續和「光球貓」一起生活，會窩在膝蓋上睡覺的光球貓，讓他被打擊的心志彷彿也慢慢恢復了元氣。想不到過了一陣子，茶太郎回家了。敘事者跟隨著被茶太郎驅趕的光球貓來到覺智寺，終於在本堂的樑柱下找到了光球貓的遺體，那是他曾經見過的，一隻患了眼疾的白貓。被光球貓觸動的敘事者感嘆道：

這隻貓一定很寂寞，很想找人撒嬌，所以才會讓餘存的靈魂徘徊街上，最後終於找上我的房間。那時，牠也和茶太郎一樣，希望我能讓牠進入屋裡吧！（這世間，感到寂寞的生命是何其多呀！）看到那隻貓的屍體，不知為什麼，我突然有這樣的感觸。[34]

即使死去了也仍然會感到寂寞，所以那餘存的靈魂才會終日徘徊。敘事者最後帶回了白貓的遺體，將其埋在陽光充足的後院角落，回到故鄉仍持續創作漫畫的他，只要疲累的時候，總會感受到來自光球貓的撫慰。

朱川湊人的〈光球貓〉之所以動人，正是因為這個故事訴說的，是一種超越生靈與死者、人類

---

31 哈爾・賀札格（Hal Herzog）著，李奧森譯：《為什麼狗是寵物，豬是食物？——人類與動物之間的道德難題》（臺北：遠足文化，2016），頁163-164。
32 朱川湊人著，孫智齡譯：《光球貓》（臺北：遠流出版，2009），頁158。
33 同前註，頁174。
34 同前註，頁186-187。

與動物界線的共通情感，那就是愛與溫柔的需求。而文學的力量，不也正是將被遺忘在人類心靈角落的情感重新喚醒？如果連對已逝的生命都不吝釋出善意，在牠們生前，也不會那麼輕易視而不見吧？一如小川洋子《婆羅門的埋葬》書中，在「創作者之家」擔任管理員的主角，在某個夏日早晨與一隻受傷小動物的相遇。儘管並不確知這隻有著巧克力色瞳孔、腳下有五個肉球、指尖有蹼、尾巴比身體還長的小動物究竟是什麼，但牠有著確確實實的體溫。於是管理員將負傷求救的牠帶回房間，用奶瓶餵奶，細心地呵護直到痊癒。儘管最後被命名為婆羅門的小動物仍因人為意外而死亡，但是牠活著的每一天都得到了充分的愛與關心，死亡之後也得到同樣的慎重對待：

> 我最後一次撫摸婆羅門。將留有輪胎痕跡的那一邊朝下，尾巴安詳地捲起，閉上了雙眼。純白色的小斗篷非常適合牠。只要有這件小斗篷，就算冬天到了也不用擔心。我將手掌貼在不知撫摸過多少次的婆羅門頭上，告訴牠不必覺得孤單也毋需害怕，因為我就在這裡——就像每天晚上在睡前所做的一樣。[35]

正因為情感的連結仍在，因此不必孤單也毋須害怕。而無論是光球貓或婆羅門，都讓我們看到不管形體或樣貌如何不同，生命與生命之間，永遠需要善意的交流。

吳明益在〈牠們曾經給了我情感教育〉一文中，曾如此描述小學時為了找一個地方埋葬不小心被他壓死的鸜鵒，而走遍城中區的經歷：「在黑夜的台北市，我拿著兩隻筷子，在中華路的安全島上為牠挖了一個洞。那個洞至今都存在我的心的星球上。我常想，失去這些動物對我的情感教育，我一定是個貧乏、對其他人的存在缺少敬意與同情的生物。」[36]動物給了我們情感教育，我們從中學習愛，學習生與死，學習敬意與同情，讓我們成為比較好的人。牠們不是機器，是和我們同樣需要愛、會痛苦、有體溫與觸感的生命。

動物之於人：一種愛的代稱

彼得．辛格（Peter Singer）在其《動物解放》一書中，曾開宗明義地在序言中強調，他對動物「沒什麼特別的『興趣』。我們夫妻對於貓、狗、馬等等都沒有什麼特別的喜愛。我們並不『愛』動物，我們所要的只是希望人類把動物視為獨立於人之外的有情生命看待，而不是把牠們當作人類的工具或手段」[37]。除此之外，他亦不時在訪談中重申這個「不愛動物」的觀點。[38]因此，許多動物

35 小川洋子著，葉凱翎譯：《婆羅門的埋葬》（臺北：木馬文化，2005），頁172。

36 引自「放牠的手在你心上」志工小組編著：《放牠的手在你心上》（臺北：本事文化，2013），頁116-117。

37 彼得．辛格（Peter Singer）著，孟祥森、錢永祥譯：《動物解放》（臺北：社團法人中華民國關懷生命協會，1996），頁18。

38 例如他在接受香港《文匯報》田曉玲、祁濤訪談時，亦強調：「因為你提到了愛護動物，那麼首先讓我來澄清一件事。我不覺得我自己是一個動物熱愛者（animal lover），我自己不養任何寵物。我善待動物，痛恨對動物

權或動物福利的倡議者，時常引用此說法來申明自己的立場，強調自己不是愛動物，而是希望人們善待動物——畢竟眾多文學作品與現實事件，已經讓我們看到愛的各種侷限甚至傷害。本書亦曾在多處討論中強調，許多動物議題的爭議，不應圍繞在愛與不愛某種生物上，但是，這其實並不意味也不等於我們應該否定愛的價值。

以伊坂幸太郎帶有黑色幽默風格的《家鴨與野鴨的投幣式置物櫃》為例，這部小說以兩段時空交錯敘述的方式，帶出一起因動物虐殺事件造成的悲劇。努力追查動物虐殺案的寵物店女店員琴美，當時感嘆地說：「就跟颱風或地震是一樣的。……就算沒做壞事，它也會侵襲過來的。這就是毫無道理的惡意。」[39]當世界上仍然持續有那麼多毫無道理的惡意與傷害時，如果真的有什麼足以抵抗這無所不在的惡意，或許仍然是愛，或者說情感的力量。因此我們該做的或許是，與其刻意去否認愛的存在或價值，不如理解愛的侷限，並且，擴大對愛的定義和想像。如同詩人隱匿在其《河貓》一書中，對於人們以為她「最愛的貓」的說法：

朋友們總是說，金沙是我最愛的貓。其實不是的，金沙不是我最愛的貓，而是我在這世界上，所有最愛的人、事、物的總結。是我所能得到與付出的，愛的集合。是我向來羞於說出口的，愛的代稱。是愛的奴僕與主人，愛的呼喚與應答。是宇宙向我傳遞的一種無以名狀、無上甚深的意志。是從觀音山和淡水河裡淬瀝過的沙金。是陽光、空氣、花和露珠裡的金色光芒，也是我生命裡最燦爛的金光黨。是我的金色小王子和小狐狸，我的金色玫瑰和小行星。是我從黑暗裡找回來的一點點光，我從絕望裡找回來的一個，足夠的理由。[40]

動物之於人，因此可以是這樣的一種存在，是露珠裡的光，絕望裡的力量。是我們對於愛這個詞所能動員的，所有想像力的可能。

---

39 採取殘忍行為，但這不是因為我愛它們。這是一個關乎公平正義、是非對錯的問題，而與愛和不愛無關。」該訪談可參見「關懷生命協會」網站，全文轉引田曉玲、祁濤：〈善待動物關乎公平正義與是非〉，2012/03/15。

40 伊坂幸太郎著，王華懋譯：《家鴨與野鴨的投幣式置物櫃》（臺北：獨步文化，2008），頁183。隱匿：《河貓——有河book街貓記錄》（臺北：有河文化，2015），頁192。

問題討論

1. 關於《少年Pi的奇幻漂流》的兩種（或三種）版本，你認為哪種解釋較為合理？請說說你的想法與理由。
2. 請舉例說明動物形象在童話故事或文學作品中被過度妖魔化與可愛化的現象。

作業練習

請任選一部小說或電影，分析主要角色看待動物的態度與互動關係，其中人與人之間的互動關係，又是否受到人與動物關係之影響？

相關影片

- 《鳥》，亞佛烈德·希區考克導演，羅德·泰勒、潔西卡·坦迪、蒂比·海德倫主演，1963。
- 《家鴨與野鴨的投幣式置物櫃》，中村義洋導演，濱田岳、瑛太、關惠美主演，2007。
- 《大象的眼淚》，佛蘭西斯·路易斯導演，瑞絲·薇斯朋、羅伯·派汀森主演，2011。
- 《少年Pi的奇幻漂流》，李安導演，蘇瑞吉·沙瑪主演，2012。

關於這個議題，你可以閱讀下列書籍

- 茱迪思·夏朗斯基（Judith Schalansky）著，管中琪譯：《長頸鹿的脖子》。臺北：大塊文化，2014。
- 茱迪絲·懷特（Judith White）著，邱儉譯：《一千種呱呱聲》。臺北：時報文化，2015。
- 湯姆·米榭（Tom Michell）著，高霈芬譯：《一隻企鵝教我的事》。臺北：PCuSER電腦人文化，2017。
- 楊·馬泰爾（Yann Marter）著，趙丕慧譯：《少年Pi的奇幻漂流》。臺北：皇冠出版，2012。
- 乙一著，陳惠莉譯：〈形似小貓的幸福〉，《被遺忘的故事》。臺北：臺灣角川，2008。
- 山白朝子（乙一）著，王華懋譯：〈關於鳥與天降異物現象〉，《獻給死者的音樂》。臺北：獨步文化，

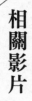

2013。

■ 小川洋子著，葉凱翎譯：《婆羅門的埋葬》。臺北：木馬文化，2005。

■ 川村元氣著，王蘊潔譯：《如果這世界貓消失了》。臺北：春天出版，2014。

■ 伊坂幸太郎著，王華懋譯：《家鴨與野鴨的投幣式置物櫃》。臺北：獨步文化，2008。

■ 伊坂幸太郎著，張智淵譯：《奧杜邦的祈禱》。臺北：獨步文化，2015。

■ 朱川湊人著，孫智齡譯：《光球貓》。臺北：遠流出版，2009。

■ 村上龍著，張智淵譯：〈喪犬之痛〉，《55歲開始的Hello Life》。臺北：大田出版，2015。

■ 東川篤哉著，張鈞堯譯：《完全犯罪需要幾隻貓》。臺北：尖端出版，2013。

■ 宮本輝著，劉姿君譯：《優駿》。臺北：青空文化，2017。

■ 鳥飼否宇著，張東君譯：《昆蟲偵探：熊蜂探長的華麗推理》。臺北：野人文化，2007。

■ 瀧森古都著，簡秀靜譯：《在悲傷谷底，貓咪教會我的重要事情》。臺北：尖端出版，2017。

■ 瀧森古都著，許芳瑋譯：《在孤獨盡頭，狗兒教會我的重要事情》。臺北：尖端出版，2017。

國家圖書館出版品預行編目資料

牠鄉何處？城市．動物與文學 / 黃宗潔著．
-- 一版．-- 台北市：新學林, 2017.09
面；　公分
ISBN　978-986-295-740-0（平裝）
1. 文學與自然 2. 動物保育
810.74　　106015711

牠鄉何處？城市．動物與文學

著　　者：黃宗潔
出 版 者：新學林出版股份有限公司
地　　址：台北市和平東路三段38號4樓
電　　話：02-2700-1808
傳　　真：02-2377-9080
網　　址：www.sharing.com.tw
總 經 理：毛基正　　副總編輯：林靜妙
經　　理：許承先　　企劃主編：陳瑋崢
責任編輯：陳瑋崢　　製程管理：洪瑄憶
出版日期：2017年9月　一版一刷
郵撥帳號：19889774 新學林出版股份有限公司
購書未滿1000元加收郵資60元，滿1000元可刷卡。
定　　價：450元
ISBN　978-986-295-740-0
本書如有缺頁、破損、倒裝，請寄回更換。
門市地址：10670 台北市和平東路三段38號4樓
團購專線：02-2700-1808 分機18
讀者服務：law@sharing.com.tw
電子商務：http://www.sharing.com.tw
大陸展售：廈門外圖臺灣書店有限公司　電話：0592-2986298
地址：廈門市湖里區悅華路8號外圖物流大廈4樓
中國圖書進出口廣州公司　電話：8620-34202231
地址：廣州市海珠區新港西路大江沖25號大院5樓
中國科技資料進出口總公司　電話：010-88820201
地址：北京市海澱區西三環北路72號世紀經貿B座1509室

致學如耕
涵泳歲稔

新學林